古代禮制風俗漫談 2

劉德謙等◉著

出版說明

爲什麼宋版書最好？爲什麼彌勒佛總是掛著布袋？「潤筆」一詞從何而來？爲什麼新婚夫婦必須共飲交杯酒？您知道嗎？

中國是世界四大文化古國之一，文化的根已深深植於人們的食衣住行與娛樂當中，只是因爲時代久遠，它們的許多原始意義與精神已漸漸爲人們所淡忘。所以我們知道今年是屬十二生肖的哪一年，以干支如何紀年，但卻很少有人去追究中國人爲何，或何時開始以干支紀年？小孩閒來無事，以踢毽子玩耍，更少有人會去追究毽子的來源爲何？

生活中的小事，我們可以「行而不知」，但是當我們翻開古代文史著作，面對古人古事，許多枝節卻不是我們能夠忽視的。如果我們不知「鐵券」是什麼，讀《水滸》時就不會明白它爲何能提供柴進如此大的權力、勢力；如果我們不知「結髮」的婚儀爲何，如何能算是充分了解杜甫

「結髮為君婦，席不暖君床。」這句詩呢？所以文化知識看似枝節末流，但卻是研讀古籍時不可或缺的一環。

經由大陸多位學者的努力，參考許多出土古物和現有資料，針對許多瑣碎的問題追根究底，並提供完整的資料，編成這套《古代禮制風俗漫談》，不但可作研讀古籍時的參考，更適合作消遣小品閱讀，無形中可增加許多小知識，一舉數得。

編輯部

目錄

從「五色土」說起

——古代社稷壇小史

／劉德謙

中山公園五色土

在那古柏遒勁、繁花飄香的北京中山公園內，有一座被人們稱做「五色土」的大土壇，每天有成千上萬的人來這裡參觀，一家有廣大讀者的晚報也把「五色土」作爲自己副刊的名稱。這五色土是什麼？它便是保留至今的明清時代的社稷壇。表面看來，這壇似乎跟北京的天壇、地壇、日壇、月壇、先農壇等一樣，是屬於同一範疇的名勝；然而就歷史意義來講，它的內涵卻比後五壇要豐富得多、深刻得多。

社稷壇，就是祭祀社稷時所用之壇。社，是社神，是土地之神；稷，是稷神，是五穀的代表。這種對社稷的祭祀，其由來的確太久遠了，如溯其淵源，恰是出於古人對鄉土國土的深厚感情。

現存北京中山公園的五色土，其原始便是明永樂年間營建北京時所建的社稷壇。說得更精確一點，這種鋪塡五色土的社稷壇，實在應該叫「太社稷壇」或「太社壇」。據有關明代的史料說，這種太社壇在明代先後有三處：一在南京，一在中都，一在北京。如跟前二者比起來，北京的太社壇自然是最年輕的了。明太祖吳元年（洪武前一年，西元一三六七年）落成的南京社稷壇，原是東西對峙的兩壇，社稷分開，兩壇相去五丈，二壇共用一壝（壇外的矮圍牆），壇南皆植松樹；壇上鋪塡五色土，土色隨其方位——東青、南赤、西白、北黑、中黃，爲了象徵中央的統治，又以黃土覆於面上。洪武十年（西元一三七七年），明太祖朱元璋認爲社稷分爲二壇祭祀不合經典，故讓禮官奏議，於是太社壇才改在午門的右方，社稷共爲一壇。永樂時北京社稷壇所遵照的，便是洪武十年改建後的制式。現存北京的這座太社壇仍是一座方形大平壇，壇分三階，每階高三十二釐米（約合明清營造尺一尺），用漢白玉砌成；壇上的東南西北中五個方位，分塡著青、紅、白、黑、黃五色的泥土；壇外壝牆用四色琉璃磚砌成，上覆四色琉璃瓦，其方色跟五色土的四方完全一致，壝牆簷高九十六釐米（約合明清營造尺三尺），正好跟壇上處在同一水平面上。四面壝牆均有漢白玉石門與外交通，壇北是一座現叫做中山堂的木結構大殿，這便是明清時祭祀社稷的拜殿，其實整個公園園地原來都屬於社稷壇。

春祈秋報的古禮

明人在議及社稷壇的建置時，是要引經據典的，而在他們所引經典之中，三禮的地位相當突出。據有關史料來看，自漢以來直至淸代，社稷壇的建置幾乎都以周代作爲依據。據《周禮》記載，西周時掌管國家祭祀的大宗伯就掌有「以血祭祭社稷」的職責；又有小宗伯「掌建國之神位，右社稷，左宗廟」，負責社稷壇的建立；此外還有封人「掌詔王之社壝」，對社稷壇進行日常的管理，並做一些祭祀社稷的輔助工作；在祭祀的時候，鼓人「以靈鼓鼓社祭」，敲擊一種名叫靈鼓的六面鼓；舞師「教帗舞，帥而舞社稷之祭祀」，領頭用一種柄上繫著五色繒，名叫帗的舞具，跳一種稱做帗舞的舞蹈。不難看出，祭祀社稷的活動在周時的確是隆重而熱烈的。《詩經》的歷代研究者們都認爲，《周頌》中的《載芟》、《良耜》正是周時春祈秋報祭祀社稷時演唱的歌曲：《載芟》是「春籍田祈社稷」所用的樂歌，《良耜》是「秋報社稷」所用的樂歌。《詩經》的《大雅》中還有一首《緜》，那是一首反映周人祖先古公亶父自豳遷岐的有關事迹的詩，詩中描寫亶父率領大家創業的艱辛，洋溢著一派對土地的摯愛之情，其中便寫到了社稷壇的建立：「乃立冢土，戎醜攸行。」看來周民建立社稷壇也早有悠久的歷史。

儘管這樣，前人卻認爲對社稷的祭祀不是從周民開始的。《史記·夏本紀》寫道：「堯崩，帝舜……曰：汝其往視爾事矣。……禹乃行，相地宜所有以貢。」《尚書·禹貢》說：「禹別九州，隨山浚川，任土作貢。……海岱及淮，惟徐州，……厥貢五色土。」前人普遍認爲，《禹貢》中徐州所貢的這五色土，便是舜時鋪塡社壇的所用之物。《左傳》昭公二十九年記載晋大夫蔡墨答魏獻子問時，曾說：「后土爲社，……杜爲稷，自夏以土祀之；周棄亦爲稷，自商以來祀之。」無怪乎《漢書》在述及漢時對社稷的祭祀時要說「郊祀社稷，所從來尚矣」了，這個「尚」，就是久遠之意，夏禹呢，不過是「遵之」而已。

人非土不立，故尊而親之

關於人們祭祀社稷的緣由，《白虎通義》的記載是後代學者普遍接受的。作爲漢章帝時講議五經同異的成果，《白虎通義》的《社稷》篇是這樣總結前人的看法的：「人非土不立，非穀不食。土地廣博，不可遍敬也；五穀衆多，不可一一祭也。故封土立社，示有土也；稷，五穀之長，故立稷而祭之也。」成書年代比《白虎通義》或稍早一些的《孝經援神契》也說：「社，土地之主；稷，五穀之主。……土地廣博，不可遍敬，故封土以爲社，而祀之以報功也；五穀衆多，不可遍祭，稷乃原隰之中能長五穀之祇，故立稷而祭之。」這看法根據我國古代地貌學的觀點，把土地劃分爲山林、川澤、丘陵、墳衍、原隰五類（稱爲「五土」），它認爲，原隰（即濕潤的平地）不過是五土之一，而社卻是五土的總神，因而人們說社時就可以代表稷，社稷也就又可簡稱爲社，祭社也就是對社稷的祭祀。由此看來，人們對社稷的祭祀的確是出自對養育自己的鄉土國土的感激之情。

前面提到的《左傳》昭公二十九年的記載，是把社和稷都具體化了的，《國語．魯語》以及《禮記．祭法》等所保存的上古的傳說，也跟《左傳》一致。在這個美麗的傳說中，社神名叫句龍（或作勾龍），他是紅髮蛇身的水神共工的兒子，因為能平九土，所以被中央的天帝黃帝選作了土官，官名就是后土。至於稷神，傳說夏代以上祭祀的是一位名叫柱的神人，他是烈山氏（亦作厲山氏）的兒子，因為能植百穀百蔬，所以祀為稷神；傳說中，夏代以後（或說商代以後）便改換成另一位始為農耕的周棄做稷神。如據《史記．周本紀》，這個周棄便是周人的遠祖后稷，自然也就是《詩經．大雅．生民》所歌唱的那位后稷了。這個飽含神話成分的傳說，跟《白虎通義》等所作的解釋固然有些差異，然而它所崇奉的，仍舊是在我們這片土地上辛勤開闢、指導並率領黎民百姓辛勤勞作的先人。

正因為如此，人們對社稷的祭祀才那樣隆重，那樣熱烈。春天耕種之前，人們要祈求他的保佑；秋天收獲之後，要報謝他的恩情。人們對社稷的這種感情，還可用國都太社壇的位置來說明。國都太社稷壇被規定設在王宮的前方，「右社稷，左宗廟」，這社稷的位置是同於祖先而又居於祖先之上的。明代的太社稷壇和太廟就是建在承天門（清時改稱天安門）之內、午門之前的，位在端門的兩側。「社稷在中門之外、外門之內何？尊而親之，與先祖同也。不置中門之內何？敬而示不褻瀆也。」（《白虎通義．社稷》）這種對國土的敬愛之情，跟現代人們習慣把大地比做母親、把祖國稱做母親的說法大概已沒有更多的不同了！

國家若亡，社稷亦遷

《詩經．大雅．緜》裡的「乃立冢土，戎醜攸行」，今人余冠英先生譯作「大社壇也建立起來，開出抗敵的軍隊」，陳子展先生譯爲「然後建立起祭土神的大社，大衆舉事就好像祭社行動」；楊公驥先生譯成「然後立大社冢土，把戎俘在社前排成行」。儘管譯文各異，但其理解卻有一致的地方。即太社壇前的行爲並不侷限於春祈秋報。《禮記．郊特牲》在述及社祭時也說：「季春出火，爲焚也。然後簡其車賦，而歷其卒伍；而君親誓社，以習軍旅：左之右之，坐之起之，以觀其習變也。」看來社稷壇的建立的確跟保衞國土的行爲很有關係。所以直到淸代，北京太社稷壇前還常常擧行獻俘的儀式。

《尚書．甘誓》記載著這樣一個故事：禹的兒子啓與有扈戰於甘之野時，戰前曾爲軍隊立下決戰的誓言，啓向全軍莊嚴地宣告，「用命賞於祖，弗用命戮於社」。對誓詰中的這句話，漢代的注釋是這樣的：「天子親征，又載社主，謂之社事；不用命奔北者，則戮之於社前。」在這裡，出征就是「社事」。這種載著社主（代表社稷的牌位）從事軍事行動的作法，看來並不是毫無道理的。據沿用下來的慣例，國家的興亡必然要反映爲社稷壇建置的改變。這種稱爲「遷社」的變化，或者另立社稷壇，或者改變稷神的內涵，或者改換社稷配祀爲先人，……據《禮記》、《白虎通義》、《論衡》等的記載，喪國的社壇即使不廢，也要用房屋遮掩起來，讓它不受天陽，得不到生機；把它保留下來的目的，不過是要引出「惡者失之」的教訓。國家滅亡引起的社稷祭祀的變遷，也許正是人們要把國家稱做社稷的一個原因。

四鄰並結的古社日

不少人曾有這樣的看法，認爲古代對社稷的祭祀只是君王或皇帝的事。這實在是一個誤會。從其他史料印證，《禮記》中關於社稷壇建置的記述還是相當可信的。《禮記．祭法》稱：「王爲羣姓立社，曰太社；王自爲立社，曰王社；諸侯爲百姓立社，曰國社；諸侯自爲立社，曰侯社；大夫以下，成羣立社，曰置社。」這裡，君王所建立的最高等級的太社，就是前面所說的五色土。五色，正是五方的象徵。據稱，在未實行郡縣制之前，君王要分封諸侯時，便依封地所在方位從太社壇上取一撮色土賜與該諸侯，然後諸侯再將它置於封地的社稷壇中，自然這社壇也就不能再有五色土了。至於更下一級置社時所立之壇，當然也就只能用本地的泥土了。既然大夫以下要成羣立社，國君在仲春仲秋之時還要「擇元日，命民社」，這樣民間便以祭社活動爲中心形成了居民的社會組織，這組織也叫「社」。

立社不僅要封土爲壇，而且還要各樹其土所宜之樹，這樹也是社的標誌。《說文》中社字的古文𥘶，字右土上之木，或許正是這一禮俗留下的痕迹。《論語．八佾》載，哀公問社於宰我時，宰我回答說：「夏后氏以松，殷人以柏，周人以栗。」不少學者認爲，這松、柏、栗，便是立社時宜栽的樹木。《莊子．人間世》講述的匠石在齊國曲轅所見的其大蔽牛的櫟社樹，抑或正是周初立社時所植栗樹的別種。《禮記．郊特牲》還說：「唯為社事，單出里；唯為社田，國人畢作；唯社，丘乘共粢盛」。意思是說，在稱做社日的祭社這一天，全社裡的人都要出來參加祭社的活動；為了準備祭社所用之牲，國中之人都參與了跟社獵有關的勞作；為了供給祭社需用的穀物，農家一起湊集了必需的糧食。

至於民間為祭社而建立起的組織——「社」的規模，漢代《風俗通義》和《說文》都曾引用前人的解釋：「二十五家為社。」當然，這也不是一成不變的，別的資料也有說十二家、五十家、乃至一百家的。漢時，民間就自發組織過不少不合規定的私社，因而才有官方禁止自立私社的命令。南北朝時，《荊楚歲時記》描述祭社這天民間風俗時這樣寫道：「社日，四鄰並結，綜會社牲醪，為屋於樹下，先祭神，然後饗其胙。」說的是社日這天，住在一起的左鄰右舍邀約在一起，各自湊上一些祭社的肉食和米酒，在樹下搭起了棚屋，一起祭祀了社稷之後，或者各分回一些祭品，或者興高采烈地會餐一頓。儘管《荊楚歲時記》的作者距《禮記》成書的漢代已有好幾百年，漢代離周代又有好幾百年，然而宗懍的記述跟《禮記．郊特牲》等所記內容卻是如此的吻合。

社日民間活動最普及的時期，大概應推唐宋，這時的社日簡直成了民間的盛大節日。社日來臨時，各社便殺雞宰豬，到了祭祀的時候，幾乎全社人都要出來參加慶祝活動。這天還有一種專為社日準備的社飯，有專為社日準備的社糕社餅。那時的社日跟人們今天所享有的節假日有些相似，除了有關社日的活動外，幾乎其他事都不用幹了，連婦女也停下了手中的針線活，當媳婦的還可以回娘家。農村裡，同社人的聚會飲宴更爲引人注目，社鼓神鴉，優場處處，暢飲歡歌，熱鬧非凡。孩子們這天也無須再念書，當然更是欣喜若狂，外公姨舅們還要送些葫蘆兒，棗兒什麼的，還要玩一種名叫鬥草的遊戲。社日這天的活動，一直要持續到太陽西斜，大家才戀戀不捨地回家。老百姓的這些歡樂，自然也引起了接近民衆的詩人的極大興趣，如唐代的杜甫、韓退之，宋代的陸游、范成大等，都在他們的詩中描寫了社日的盛況。而這社日時鄰里的會集，也就是現在的「社會」一詞的起源。

由於戰事頻仍，民生凋敝，再加上統治階級對民間集社集會的鉗制，宋以後，民間的社日活動便開始走向衰落，以致到了最後，百姓所用的社稷壇竟然變成了廣布全國的土地廟或土穀祠。不過民間社日的娛樂活動，還或多或少地保留了一些，如魯迅先生《社戲》一文所描寫的，就是清末江南地區的社日生活。

儘管官方對社稷的祭祀在本世紀初就已停止，民間的社日活動也早已衰落，然而人們對鄉土的眷眷之情、對國家的拳拳之心，卻從來沒有停止過，也沒有衰落。仁人志士，英雄先烈，血染疆場的有之，捨身取義的有之，爲民請命的有之，默默耕耘的有之。雖然沒有前人那種祭祀的儀式，但他們、我們，想著的、念著的、爲著的，仍舊是社稷——養育我們的國土，我們的祖國。看到這些，假如后土與后稷眞的地下有靈的話，他們定然比得到了牲醪的歆饗還要快活。

天安門前說「華表」

／張羽新

當你第一次來到北京的時候，一定會到天安門前去遊覽一番，盡情欣賞那古老宮殿與現代化建築交相輝映的壯麗風光。也許，你會對天安門前那一對漢白玉雕刻的華表產生興趣吧。你看，它那挺拔筆直的柱身上雕刻著精美的蟠龍流雲紋飾；柱的上部橫插著一塊雲形長石片，一頭大，一頭小，遠遠望去，似柱身直插雲間，給人以美的享受。它已經成為我們中華的標誌。不是嗎？那些用「中華」作為商品牌號的，哪一個不是用華表作商標？

深受人們喜愛的華表，有著十分悠久的歷史，相傳在原始社會的堯禹時代就出現了。最早，可能是人們用木樁作為標記。《尚書．禹貢》說「禹敷土，隨山刊木，奠高山大川」；《史記．夏本記》說是禹「行山表木，定高山大川」。這都是說禹帶領衆人砍伐樹木，留下樹幹，作為測量山川形勢的標記；此外，那時人們在交通要道豎立木柱，作為識別道路的標誌，因此叫它「華表木」或「桓表」。表者，標也，就是標示道路的木柱，相當於現在的指路標；另外，也讓人們在木柱上刻寫意見，因此又叫「誹謗木」。這在歷史典籍中是有記載的。《淮南子．主術訓》：「堯置敢諫之鼓，舜立誹謗之木」；《後漢書．楊震傳》：「臣聞堯舜之時，諫鼓謗木，立之於朝」。誹謗這個詞在古代是指議論是非，指責過失，即現代的提意見，並不是指造謠汚蔑、惡意中傷。例如，《漢書．賈山傳》就有「（秦）退誹謗之人，殺直諫之士，是以道諛偸合苟安」的話，「退誹謗之人」就是指的斥退提意見的人。所以「誹謗木」類似現在的「意見箱」。這在晚近的少數民族中也有實例。淸入關前的努爾哈赤時期，就曾於天命五年（西元一六二〇年）六月「樹二木於門外，有欲訴者，書而懸之木，覽其顚末而按問焉」（蔣良騏《東華錄》卷一），這當是「誹謗木」的遺風。

遠古時代的誹謗木是個什麼樣子呢？崔豹《古今注．問答釋義》載：「程雅問曰：『堯設誹謗之木，何也？』答曰：『今之華表木也。以横木交柱頭，狀若花也，形似桔槔，大路交衢悉施焉。或謂之表木，以表王者納諫也，亦以表識衢路也』。」今天，天安門前的華表仍然保持了「以横木交柱頭」、「形似桔槔」的基本形制。

隨著原始社會的瓦解，奴隸制、封建制度的確立，廣大人民羣衆議論政治是非的權利也被剝奪了，「誹謗木」上，再也不能刻寫「諫言」了，而被作爲皇權象徵的雲龍紋所代替。它被置於皇宮或帝王陵寢的前面，作爲皇家建築的一種特殊標誌。它作爲道路標誌的職能，也大大退化了，偶爾設於橋樑之頭，城垣之外，作爲標識，但大都在京城，一般地方就很難見到了。

如果你仔細觀察一下，就會發現，天安門前的一對華表，每個柱頭上都有一個蹲獸，頭向宮外；天安門後面還有一對華表，上面的蹲獸是頭朝宮內。據北京故老傳說：華表柱頭上的蹲獸，名叫犼，性好望。犼頭向內是希望帝王不要沈緬於紙醉金迷的宮廷生活，它好像在對帝王說，經常出來看看你的臣民吧，因而名叫「望帝出」；犼頭向外，是希望帝王不要耽戀山水，廢棄政務，它好像在對出遊的皇帝說，快些回來治理朝政吧！因而名叫「望帝歸」。當然，這只是古人對君王的一種虛幻的期望。我們在觀賞這精心雕琢的藝術珍品時，這類傳說不是正可增加遊人的興味嗎？

神判法與「獬豸」決訟

——漫談法的起源

／黃展岳

處理諸如偷盜、傷害、誣告等刑事案件，現代法官可以採用嚴密的偵察和現代科學技術檢驗方法來偵破定案。在缺乏科學、整個社會處於蒙昧狀態的上古時代，人們不能利用自己的智力來搜索犯罪證據或迫使嫌疑犯吐露眞情，便往往借助於神明的裁判，這就是「神判法」。

原始人相信神是無往而不在的。神是萬物之靈，它操縱世間萬物，能洞察一切人的善惡邪直。當人們無法證實某人有罪無罪或有理無理的時候，唯一簡便的方法就是乞助於神靈，由神來裁決。神判法是處於原始社會的各民族通用的一種法治。有些民族，即使在進入階級社會以後的一段長時期內，神判法仍具有潛在的生命力。所不同的是，原始社會的神判，一般不帶有執行者的主觀意志；階級社會中的神判，往往是假借神力來實現執行者的主觀意志。

最簡單的神判是測驗嫌疑犯能否逃過一般常人無法抗拒的危險。例如，古希臘人常把嫌疑犯扔進大海中；或迫使嫌疑犯跳懸崖；非洲原始人令嫌疑犯飲毒劑；或游過充滿毒蛇與鱷魚的池塘。他們相信神對於無辜者的生命是不會坐視其死而不加以保護的。如果嫌疑犯經得起這種以生命爲賭注的測驗，就說明他確是無罪的。在這裡，神不但是這一案件的裁判者，同時又是執行者。但在更多的原始部落中，一般不採用以死相威脅的辦法，而是採用使嫌疑犯嘗受肉體痛苦的測驗法。神只起裁判的作用，執行的部分則由法官決定。這種測驗法，名目繁多，各地不同，最常見的測驗是用火。以灼熱的鐵燙嫌疑犯的腳；或者讓嫌疑犯握在手裡；或以滾熱的油注入手中；或放石塊於沸水鍋中讓嫌疑犯撿出；或令嫌疑犯赤足走鐵蒺藜。根據測驗後有無傷毀來判斷嫌疑犯有罪或無罪。由於各地情況不同，驗證是否有罪的方法也不相同。例如將嫌疑犯拋入河中視其浮沈以測罪，巴比倫的漢謨拉比法認爲，犯罪的人會被河神打入河底，無罪則浮在河面；而印度的摩奴法則持相反的見解。還有一些神判法是借助巫術、占卜、發誓、宗教法或野獸、毒蟲來對嫌疑犯進行測驗的。這些形式的測驗，有的不一定會損傷肌膚，但都帶有極大的偶然性。

神判法在我國少數民族中也廣爲流行。對於可能具有犯罪行爲的嫌疑犯，都有一套傳統的神判辦法。一般採用撈油鍋、撈開水鍋、抓火炭三種辦法處理。花樣最多的是景頗族，根據西元一九五六年的調查，計有悶水、撈開水、煮米、鬥田螺、雞蛋卦、詛咒六種。前五種都是由爭執雙方請山官、蘇溫（村寨頭人）作證，當場測驗判決。全過程可舉「悶水」爲例。「悶水」用於較大的偷竊事件，如偷牛，失主懷疑某人偷竊，某人不承認時，則請山官作主，舉行悶水測驗。測驗前，雙方由親友幫助，各出牛二十～三十頭，送到山官家，擇定悶水日期、地點，屆時由山官、蘇溫主持，雙方親友到場作證。先由董薩（魔頭）念咒；然後請一位有威望的老人叫天，請老天判明是非。此後，爭執的雙方當事人即沿預先插在深水裡的竹竿悶入水底，只要一方悶不住先露出水面即可判決。如被嫌疑者先露出水面，則判為偷盜者，所出的牛全部賠償失主。如失主先露出水面，則判為誣賴好人罪，也將所出的牛全部賠償給對方。判定後，雙方各送一頭牛給山官，以為報酬，勝利者鳴槍慶祝，並殺一頭牛祭鬼。所得的牛，分幾頭送親友，其餘歸勝者所有。只有詛咒判決需待日後驗證。詛咒的辦法是爭執雙方各請一、二個中人陪同，到容易被雷擊的大樹下去向天發誓，如日後有一方重病、死亡、火災、遭雷擊，就算輸了理，得到了報應。

由於神判法帶有很大的偶然性，並且容易被神職人員操縱舞弊，逐漸不適於社會進步的需要，西元十三世紀前後，歐洲各國就相繼以刑訊取代神判。另一方面，神判的變種——武鬥，也開始風行起來。武鬥同樣是一種肉體考驗法，如果有人向法官控告某人犯了罪，而被告卻聲稱原告是扯謊，法官便讓這兩個人決鬥。當時人們相信，這樣的決鬥是「上帝的裁判」，是絕對公正的，有罪的一方一定會失敗，甚至被殺死。如果失敗的一方沒有當場喪生，他必須按照規定接受制裁。決鬥成為中世紀以來歐洲社會各階層、特別是上流社會的一種風尚。澳大利亞人判斷是非也是以爭執雙方的決鬥來解決，但不允許把對方鬥死。

中國上古時代以漢族為中心的華夏族，沒有像世界各國廣泛流行以用火、用水為主要內容的神判法，也沒有像歐洲中世紀風行的決鬥，見於史籍而可以信從的是別具風格的「獬豸決訟」。雖然以獸斷曲直，並不是中國所獨有，但中國的「獬豸決訟」帶有濃厚的神話色彩，對後代又有深遠影響，這卻是別的國家所比不上的。

獬豸，亦作解廌，觟觽，屈軼，是一種古代傳說中的神獸。《說文．廌部》：「解廌，獸也，似山牛（或作「似羊」），一角，古者決訟，令觸不直者。」東漢楊孚《異物志》：「北荒之中，有獸名獬豸，一角，性別曲直。見人鬥，觸不直者。鬥人爭，咋不正者。」《後漢書．輿服志》：「獬豸，神羊，能別曲直。」《晉書．輿服志》：「獬豸，神羊，能觸邪佞。」這些記載，繁簡稍有不同，但說法基本一致，都認爲古代有一種似牛或似羊的一角獸，它具有判斷是非曲直的特異功能，專門抵觸爲非不直的人。據《論衡．是應篇》說，獬豸是一角的羊，性知有罪，相傳皐陶被虞舜任命爲法官時，開始用獬豸參加審判疑案。當訴訟雙方爭辯得難解難分的時候，就將獬豸牽來法庭，把爭執雙方拉到獬豸跟前，如果獬豸對一方抵觸，就說明這一方有罪；另一方就是無罪。由於獬豸「性知有罪」，所以很受皐陶氏的敬重。這應是中國第一法官產生的時代。

近現代有不少學者以近現代的科學思想看待過去，斥「獬豸決訟」爲虛妄，理由之一是世間無獬豸其物；二是獬豸焉知是非曲直。從表面看很有道理，實則犯了棄其糟粕連精華也丟了的錯誤。著名學者楊樹達，針對當時出現的疑古風氣，鄭重地指出：「夫解廌之所觸不必爲不直，而不直者竟不爲解廌所觸，此在今日，盡人知之，其在初民，未必竟知。」（《積微居小學金石論叢》增訂本《說廌》篇，科學出版社，西元一九五五年）法律史學家瞿同祖也認爲：「至少上古的人都相信此種（指「獬豸決訟」——引者）傳說。可能當初即普通的羊，後人不明了神判的意義，加上神話的渲染。亦可能當初以羊爲判時即利用神的心理，使人易於信服。後來獬豸的絕迹與其說是神獸的絕迹，毋寧說是神判的絕迹。」（《中國法律與中國社會》二五三頁，中華書局，西元一九八一年版）這些見解是符合歷史唯物主義的。

剝開神話外衣，攫取合理內核，「獬豸決訟」不但不神祕，而且是合乎歷史眞實的了。它的存在不僅僅靠推理，而且有事實依據。《墨子．明鬼下》中有一個具體的案例：

昔者齊莊君之臣有所謂王里國、中里繳者。此二子者，訟三年而獄不斷，齊君由謙殺之恐不幸，猶謙釋之恐失有罪，乃使之人共一羊，盟齊之神社，二子許諾，於是泏洫，搖羊而漉其血。讀王里國之辭既已終矣。讀中里繳之辭未半也，羊起而觸之，折其腳，祧神之社而槁之，殪之盟所。

這個案例，有助於我們對獬豸治獄的全過程的了解。

有趣的是，我們現在通用的「法」字，居然是從獬豸來的。「法」字的初文寫成「灋」，就是解廌的廌字加水加去而成。《說文．廌部》：「灋，刑也，平之如水，从水，廌所以觸不直者去之，从廌去。法，今文省，古文金。」從字源上說，它包含三層意思：一是刑，即型，含有模範的意思；二是平之如水，含有均平的意思；三是从廌去，所以觸不直去之，含有正直的意思。獬豸決訟最均平，最正直，可爲模範，這就是法。獬豸成了法的具體體現者。

以後，隨著階級的出現，國家的確立，以刑法爲中心的法律的形成，古老的「獬豸決訟」逐漸成爲歷史陳迹。但應該看到，它對後世卻產生了極爲深遠的影響。上面提到的「灋」字，至今

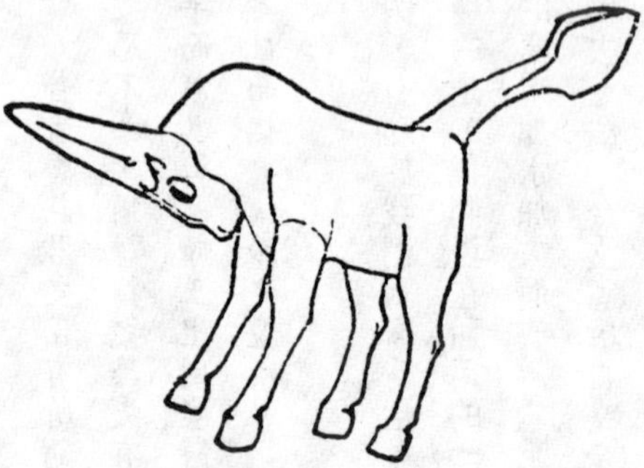

武威雷臺東漢墓的銅獬豸

仍作爲繁體字存在。襲用獬豸決訟的遺風在後代還時有發生。最著名的當推漢初竇太后使轅固入圈刺彘的故事。竇太后篤信黃老，有一次，轅固與黃生在景帝面前辯論儒道優劣，轅固的儒說激怒了竇太后，她有意懲治他，命他進入上林苑獸圈中與野豬搏鬥，以能否刺中作爲衡量他是否有罪的依據，幸虧景帝偷偷派人送去一把短劍，轅固刺彘正中其心，彘應手而倒。太后抓不到把柄，才沒有治他的罪（《漢書·儒林傳》）。上古之時，法官以獸觸人，漢世竇太后易以人刺獸，花樣翻新，實質則一。在東漢魏晋南北朝墓中，經常發現一種獨角獸，有銅製，有陶製，也有木製，大都作犄角觸人狀，形象與傳說中的獬豸十分相似（見上圖）。墓中放這種神獸，寓意似在鎭妖僻邪，然其源蓋出於獬豸觸不直。

更有甚者，獬豸的形象居然成爲歷代法官的代稱，它如同龍象徵皇帝、鳳象徵皇后一樣，千百年來家喻戶曉。據《異物志》說：「楚王嘗獲此獸，因像其形，以制衣冠。」《漢官儀》說：「秦滅楚，以其冠賜近臣御史服之，即今獬豸冠也。古有獬廌獸，觸不直者，故執憲以其形用為冠，令觸人也。」漢代法冠亦名獬豸冠，御史服之。唐宋時代，法冠皆名獬豸冠。明代以獬豸為風憲官公服。清代御史及按察使補服前後皆繡獬豸圖案。獬豸與法官結成不解之緣，這不能不說是中國文化史的特點之一。

說「金紫」

／孫機

《後漢書．馮衍傳》記馮衍感慨生平時曾說自己：「經歷顯位，懷金垂紫」，而唐人韓偓《懷恩敍懇詩》中也有「聲名烜赫文章士，金紫雍容富貴身」之句；兩處都用「金紫」代表高官顯宦的服章。但漢之「金紫」與唐之「金紫」，卻是毫不相干的兩回事。

高官之用金紫，本不始於漢，戰國時的蔡澤曾說：「懷黃金之印，結紫（絲帶）綬於腰……足矣。」其所謂金紫是指金印紫綬；漢代仍然如此。在漢代的官服上，用以區別官階高低的標誌，一是文官進賢冠的梁數，二是綬的稀密和彩色。但進賢冠裝梁的展筒較窄，公侯不過裝三梁，中二千石以下至博士兩梁，自博士以下至小吏都是一梁。每一階的跨度太大，等級分得不細；因而「以采之粗縟異尊卑」的綬就成爲權貴們最重要的儀飾了。秦末農民大起義時，項氏叔侄入會稽郡治，「籍遂拔劍斬守頭，項梁持守頭，佩其印綬。門下大驚，擾亂，籍所擊殺數十百人。一府中皆慴伏，莫敢起」。可見他們是把印綬當作權力的象徵看待的。新莽末年，商人杜吳攻上漸臺殺死王莽後，首先解去王莽的綬，而未割去王莽的頭。隨後趕到的校尉、軍人等，才

「斬莽首」、「分裂莽身」，「爭相殺者數十人」。而從杜吳看來，似乎王莽的綬比他的頭還重要，這也正反映出當日市井居民的社會心理之一斑。東漢末年，曹操要拉攏呂布，與布書云：「國家無好金，自取家好金，更相爲作印。國家無紫綬，自取所帶綬，以表孤心。」則直到這時，金印紫綬還有它的吸引力，有些軍閥也還吃這一套。

綬原自佩玉的繫組轉化而來。《爾雅・釋器》：「璲，綬也。」郭璞注：「即佩玉之組，所以連繫瑞者，因通謂之璲。」《續漢書・輿服志》：「五伯迭興，戰兵不息。於是解去韍佩，留其繫璲，以爲章表。……韍佩既廢，秦乃以采組連結於璲，光明章表，轉相結受，故謂之綬。」綬的形制據《漢官儀》說：「長一丈二尺，法十二月，闊三尺，法天、地、人。舊用赤韋，示不忘古也，秦漢易之爲絲，今綬如此。」漢代用綬繫印，平時把印納入腰側的鞶囊（革製的囊），而將綬垂於腹前；有時也連綬一併放進囊中。《隋書・禮儀志》：「古佩印，皆貯懸之，故有囊稱，或帶於旁。」《晉書・輿服志》：「漢世著鞶囊者，側在腰間，或謂之旁囊，或謂之綬囊。然則以紫囊盛綬也。或盛或散，各有其時。」在班固的書信中曾提到若干種高級鞶囊，如「虎頭金鞶囊」、「虎頭繡鞶囊」等；東漢末年的沂南畫像石中畫出了它們的形像（圖一）。但如果把印和綬都塞在囊裡，那就難以識別佩帶者的身分了。《漢書・朱買臣傳》說他拜爲會稽太守後，「衣故衣，懷其印綬，步歸郡邸，直上計時，會稽吏方相與羣飲，不視買臣。買臣入室中，守邸與共食，食且飽，少見其綬，守邸怪之，前引其綬，視其印，『會稽太守章』也。」羣吏於是大驚，擠在中庭拜謁。將印綬顯露出來之後，原先被看作平民的朱買臣，一下子就變成了威風凜凜的大官。

漢代一官必有一印，一印則隨一綬。《漢書·酷吏傳》記漢武帝敕責楊僕說：「將軍請乘傳行塞，因用歸家，懷銀、黃，垂三組，誇鄉里。」顏師古注：「銀，銀印也；黃，金印也。僕爲主爵都尉，又爲樓船將軍，並將梁侯；三印故三組也。組，印綬也。」《後漢書·張奐傳》云：「吾前後仕進，十要銀艾。」銀指銀印，艾指綠綬，十腰謂其歷十官。張奐只有銀印艾綬，那是因爲他的官還不夠大。漢代的丞相、列侯、太尉、大司馬、御史大夫、太傅、太師、太保、前後左右將軍均佩金印紫綬，那就更加煊赫了。漢代的官印並不太大，即《淮南子》所謂「方寸之印，丈二之組。」自實物觀察，一般不超過二·五釐米見方。

〔圖一〕沂南畫像石中帶虎頭鞶囊的武士（注意的囊房露出的綬）

漢綬的織法依《續漢書·輿服志》說：「凡先合單紡爲一系，四系爲一扶，五扶爲一首，五首成一文，文采淳爲一圭。首多者系細，少者系粗。皆廣尺六寸。」首指經縷而言。《說文》絩字下引《漢律》：「綺絲數謂之絩，布謂之總（即緵、升），綬謂之首。」一首合二十系，皇帝的綬爲五百首，得一萬系。綬的幅寬爲一·六漢尺，合三十六·八釐米，則每釐米有經系二七一·七根。這個數字很大，因爲現代普通棉布每釐米僅有經紗二十五・二根，所以綬的織法應爲多重組織，即是包含若干層裡經的提花織物。

漢代佩綬的情況在山東濟寧武氏祠畫像石中表現得很清楚。這裡的歷史故事部份中出現的帝王或官僚，腰下各有一段垂下複摺起的大帶子。黃帝、顓頊、帝嚳、堯、舜、桀、齊桓公、管仲、吳王、秦王、韓王、藺相如、范睢等都有，禹因爲戴笠執臿（掘土的農具）作農民打扮，所以沒有這種帶子。公孫杵臼、何饋等無官職者，雖著衣冠，卻也無此帶。因知這種帶子就是綬。尤其是齊王與鍾離春那一節，故事的結局是齊王冊鍾爲后。畫面上的齊王正將王后的印綬授給鍾，她則端立恭受（圖二）。方寸之印固然不容易表現，但綬卻刻畫得極清楚，其織紋和王身上佩帶的綬完全一致。過去曾有人認爲這幅畫上的齊王「右袖披物如帨巾」，那是因爲當時沒有把綬認出來的緣故。《隋書・禮儀志》說還有一種小雙綬，「間施三玉環。」施環之綬在江蘇睢寧雙溝漢畫像石和晉顧愷之《列女傳圖》中都能見到（圖三）；則此類綬的出現亦不晚於東漢。

但是這一套懷金紆紫的堂堂「漢官威儀」，卻受到了初看起來與之風馬牛不相及的另一種事物的沖擊，而退下了歷史舞台。這就是紙的應用。自東漢以來，紙在書寫領域中的地位日益重要。東漢末年，東萊一帶已能生產質地優良的左伯紙。東晉范寧說：「土紙不可作文書，皆令用藤、角（即穀）紙」（《北堂書鈔》卷一〇四），可見紙在這時已取簡牘的地位而代之。而漢代的官印原本是用於簡牘緘封時押印封泥的。紙流行開來以後。印籍朱色蓋在紙上，這樣就擺脫了塡泥之檢槽的面積的限制；於是印愈來愈大。南齊「永興郡印」，五釐米見方；隋「廣納府印」，

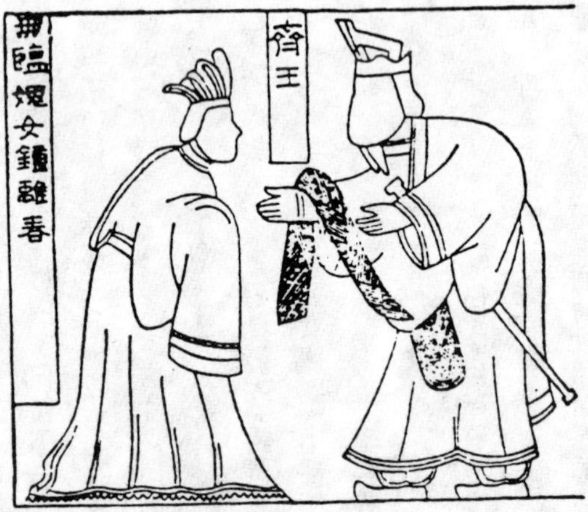

〔圖二〕武氏祠畫像石中的齊王和鍾離春

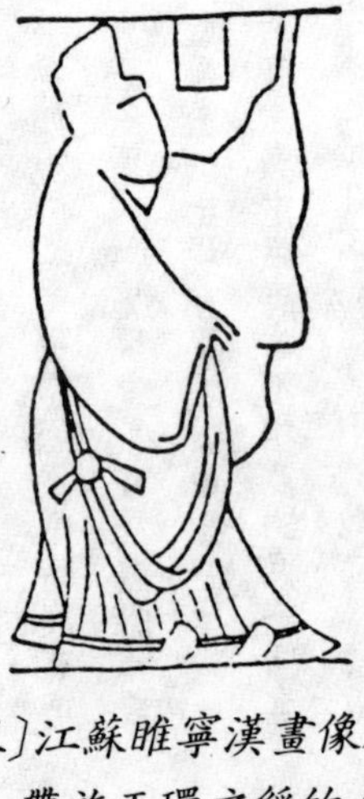

〔圖三〕江蘇睢寧漢畫像石中
帶施玉環之綬的人物

五・六釐米見方。這麼大的印已不便攜帶，所以《隋書・禮儀志》說：「璽，今文曰印。又併歸官府，身不自佩。」既然不佩印，綬也就無所附麗，失掉了存在的意義。

與此同時，我國服裝史上又有一種新制度興起，這就是品官服色的制定。原先在漢代，文官都穿黑色的衣服，它的傳統已很久遠。《荀子・富國篇》說戰國時「諸侯玄裷（袞龍服）衣冕」；秦自以爲得水德，衣服尚黑。漢因秦制，亦尚「袀玄之色」。《漢書・文帝紀》說文帝「身衣弋綈（黑色絲織物）」，可見連皇帝也穿黑色衣服。《漢書・蕭望之傳》：「敞備皂衣二十餘年。」顏師古注引如淳曰：「雖有五時服，至朝皆著皂衣。」《論衡・衡材篇》：「吏衣黑衣。」《獨斷》：「公卿、尚書衣皂而朝者曰朝臣。」河北望都一號漢墓壁畫中官員的服色正是如此。黑衣既然通乎上下，所以從顏色上無法分辨大官小官。北周時，才有所謂「品色衣」出現。《隋書・禮儀志》說：「大象二年下詔，天台近侍及宿衛之官，皆著五色衣，以錦、綺、繢、繡爲緣，名曰『品色衣』。」但北周品色衣的使用範圍小，其制度亦莫能詳徵。隋大業六年，「詔從駕涉遠者，文武官皆戎衣，貴賤異等，雜用五色。五品以上通著紫袍，六品以下兼用緋、綠」（《舊唐書・輿服志》）。從這時起，歷唐、宋、元、明各代，原則上就都採用這一制度了。

唐代品官的服色，據《隋唐嘉話》說：「舊官人所服，唯黃、紫二色而已。貞觀中，始令三品以上服紫。」其後雖然三品以下官員的服色屢有變動，但唐代三品以上之官始終服紫。其所謂紫，指青紫色。龍朔三年，司禮少常伯孫茂道奏稱：「深青亂紫，非卑品所服」，就是因爲深青與青紫容易相混的緣故。敦煌莫高窟一三〇窟壁畫中，榜題「朝議大夫、使持節都督晋昌郡諸軍事、守晉昌郡太守、兼墨離軍使、賜紫、金魚袋。上杜國欒庭瓌供養」一像，所著自當是紫袍。但壁畫年久，袍泛青色，所以潘絜茲先生《敦煌的故事》乃說他「穿藍袍」，也正是「深青亂紫」之故。紫袍上並應織出花紋，《唐會要》卷三十二載，節度使袍上的花紋爲鶻銜綬帶，觀察使的爲雁銜儀委（即瑞草）。不過當時的袍料皆爲熟織（先染後織）的本色花綾，所以在壁畫上就難以表現這些細節了。

唐代的高官還要佩魚符。原來隋開皇十五年時，京官五品以上已有佩銅魚符之制，唐代沿襲了這一制度而又加以神化。唐張鷟《耳目記》說：唐「以鯉爲符瑞，爲銅魚符以佩之。」宋吳仁傑《兩漢刊誤補遺》卷十說：「符契用魚，唐制也。……蓋以鯉、李一音，爲國氏也。」視玄宗時兩度禁捕鯉魚（見《舊唐書．玄宗紀》開元三年、十九年），則此說不爲無因。隨身魚符之用，本爲出入宮廷時，防止發生詐僞等事故而設。《新唐書．車服志》：「高宗給五品以上隨身魚、銀袋，以防召命之詐，出內必合之。三品以上金飾袋。」盛魚符之袋名魚袋，飾以金者名金魚袋，本有其實際用途。高宗頒發的魚符只給五品以上官員，本人去職或亡歿，魚符便須收繳。但永徽五年（西元六五四年）時又規定：「恩榮所加，本緣品命，帶魚之法，事彰要重。豈可生平在官，用爲褒飾，才正亡歿，便即追收？尋其終始，情不可忍。自今以後，五品以上有薨亡者，其隨身魚不須追收」（《唐會要》卷三十二）。於是魚符的初義漸失。武則天垂拱二年（西元六八六年）以後，地方上的都督、刺史亦准京官帶魚。外官遠離京畿，本來並不佩帶出入宮禁的隨身魚，讓他們也帶魚袋，反映出此物已成爲高官的一種褒飾了。天授二年以後，品卑不足以服紫者還可以借紫，同時一併借魚袋。開元中，魚袋並成爲軍中臨時行賞之物。安史亂時，唐統治者已經不能維持其正常秩序，金紫之賞尤濫。《通鑒》卷二一九說：這時「凡應募入軍者，一切衣金紫。至有朝士僮僕，衣金紫，稱大官，而執賤役者」。到了宋代，紫袍雖然還被看重，但魚袋愈益成爲徒具形式之物。宋程大昌《演繁露》卷六說：「本朝……所給魚袋，特存遺制，以爲品服之別耳。其飾魚者，因以爲文；而革韋之中，不復有契，但以木楦滿充其中，人亦不復能明其何用何象也。」至於出入宮禁的實際需要，北宋是驗門符、銅契，南渡以後，制度簡易，就改用絹號了。

由於魚袋之制宋以後久已湮沒無聞，所以明、清人不識此物。到了現代，經與日本正倉院藏品對比，才把它辨識出來。從而發現，在《凌煙閣功臣像》、《文苑圖》以及莫高窟唐、五代的壁畫中，都有佩魚袋的人物形像（圖四）。

由於在我國歷史上，唐代以前與以後的「金紫」的區別如此之大，所以讀書時不可不辨。如《魏書·袁翻傳》載袁翻上表請「以安南（安南將軍）、尚書（度支尚書）換一金紫」。而《新唐書·李泌傳》說泌「入議國事，出陪輿輦。衆指曰：『著黃者聖人，著白者山人。』帝聞，因賜金紫」。前一事發生在品官服色之制尚未形成之前，所指當是金印紫綬；後一事發生在此制久行之後，所指自然是紫袍和金魚袋了。

〔圖四〕莫高窟156窟晚唐壁畫中帶魚袋持鵲尾香爐的供養人

九品中正制淺說

／田久川

一

用人問題歷來受到重視。所謂「爲政在人」（《禮記·中庸》），「明政無大小，以得人爲本」（《後漢書·章帝紀》），「聖君莫不根心招賢，以擧才爲首務」（《抱朴子·審擧》），都論及用人問題。然則如何招賢擧才？這就涉及到古之「選擧」制度了。

選擧正式作爲選拔人才的政治制度，大約始自西漢。西漢至南北朝主要實行察擧制，隋唐至清末則以科擧制爲主。盛行於魏晋南北朝時期的九品中正制，是察擧制在特定歷史條件下的一種表現形式。這裡先從察擧制說起。

漢高祖晚年，曾下求賢詔，要求郡守親自勸勉賢士應詔，並書其行狀、儀容、年齡，以待擢用；郡守知遺賢不擧則免官。文帝亦曾詔擧賢良方正、直言極諫之士。武帝即位，經常察擧賢良、孝廉、秀才（東漢稱茂才），甚至規定二千石不舉孝廉者以罪論之。從此，察舉便成爲重要的選官方法。東漢時期，舉士科目繁多，而以賢良、明經、茂才、孝廉四科行之最久且得人最多。西漢偏重舉賢良，東漢則偏重察孝廉。被舉者經皇帝策問，按「對策」或「射策」的成績等第授予官職。

在察舉制度下，士人能否當官，一般取決於能否被舉；而能否被舉，則取決於鄉閭的輿論。因此，鄉閭輿論直接關係士人的「官運」，不能不受到士人的重視。東漢後期，興起名士品評人物的「清議」，具有左右鄉閭輿論、影響士人進退的威力。名士郭泰到處評論人物，「先言後驗，衆皆服之」（《後漢書．郭泰傳》注引謝承語）。許劭、許靖弟兄「好共核論鄉黨人物，每月輒更其品題，故汝南俗有月旦評焉」（《後漢書．許劭傳》）。清議有激濁揚清的積極意義，但也造成許多沽名釣譽的僞君子，並被操縱選舉的官僚大族所利用。章帝初，歲察孝廉、茂才以百數，但已出現「選舉乖實」的情況，以至皇帝下詔强調選舉要「以岩穴爲先，勿取浮華」。桓靈之世，朝政混亂，宦官專權，「臺閣失選用於上，州郡輕貢舉於下」，賢人「沈滯詣死不得登敍」，而「有黨有力者紛然鱗萃」，以致「舉秀才，不知書；察孝廉，父別居；寒素清白濁如泥，高第良將怯如雞」（《抱朴子．審舉》）。

針對上述腐敗現象，曹操主張「唯才是舉」，大膽拔用那些不齒於名教而「有治國用兵之術」的「高才異質」之士，一時出現了「猛將如雲，謀臣如雨」的盛況（《三國志．魏書．武帝紀》）。但「唯才是舉」是在「四海横流」、「軍中倉卒」的形勢下提出來的，它著眼於糾正用人標準問題，至於被選用者的「根底」如何，鄉閭如何議論，便不去多管了。何夔批評說：「自軍興以來，制度草創，用人未詳其本」，建議以後用人「必先核之鄉閭」，曹操「稱善」（同上書，《何夔傳》），但眞要「核之鄉閭」也非易事。漢末天下板蕩，士人流離遷移，鄉閭很難知道他們的情況。若像從前那樣單靠郡守了解鄉閭評論士人的意見，自然難乎其難；若讓名士恣意品評人物，又會助長朋黨浮華歪風，造成選擧失實和選擧權被名門大族把持的弊端。國家旣要掌握士人的詳細情況，又要抓住選擧大權，保證經常性的選擧工作順利進行，只有將輿論和選擧都抓在國家手裡。這就需要有專掌此事的官員和相應的制度。

西元二二〇年（獻帝延康元年）正月，曹操死了，子曹丕繼爲魏王。曹丕要保住其父留下的「基業」，並進而篡漢稱帝，急需爭取地主階級各階層的支持，而這時三國鼎立大局已成，北方社會比較安定，建立一套適應新的歷史條件的選擧制度不僅是必要的，而且也是可能的。九品中正制便應運而生。

二

九品中正制（即九品官人法）是吏部尚書陳羣創議的，延康元年春被曹丕採納施行，其後逐步完備，成爲魏晋南北朝時期的主要選擧制度。歸納起來，其主要內容如下：

㈠**設置中正**。郡置小中正，州置大中正（齊王芳時增設）。具體辦法是：由司徒選擧「賢有識鑒」的現任中央官員兼任其原籍的郡中正或州大中正；在個別情況下，司徒或吏部尚書亦可直接兼任州大中正；大小中正均有名爲「訪問」的屬員。中正由現任中央官員兼任，顯然是爲了避免他人干預中正事務，保證中央對選舉的直接控制。

㈡**品第人物**。中正負責察訪與之同籍的士人（包括散居他郡他州者）；了解其家世源流；整理其德才表現材料，並據此做出簡短的總評語；評定其等第。等第分爲九品：上上、上中、上下、中上、中中、中下、下上、下中、下下。將某人評在某一品，原則上是根據他的德行才能，但門資亦在考慮之內。一、二、三品爲上品，但實際上沒有誰能得到一品，而西晉以後，三品也不算上品，所以在較長時期內，上品即指二品。中正每月召集一次專門會議，評定或升降士人的品第，有如漢末汝南月旦評；每三年則對士人品第做一次總調整，稱作「清定」。

㈢**按品授官**。中正將品第士人的有關材料造成表册（即「寫黃紙」），定期送交司徒府，以供吏部選官參考。通常是官位尊卑與品第高低必須相符，即上品者任高官，下品者任卑職；升官要同時升品，而降品即等於免官。應該指出：中正評定人物優劣的「九品」，與表示職官品秩高下的「九品」，不是一碼事。前者指的是「人品」，後者指的是「官品」。例如，晋代縣令的最高品秩是六品，而擔任六品縣令的人，其中正品第則爲三品（個別有以中正四品者擔任的）。

根據九品中正制的內容和實行的情況看，它是封建國家在特定歷史條件下，仿效大族左右鄉論、把持選用人才大權的一種選舉制度。它既是名士大族控制士人的方式在國家用人制度中的反映，又是對名士大族的一種制約。這種對名士大族的制約性，決定了九品中正制具有一定的進步性，而實際上它確實起過一定的積極作用，至少在開始一段時間內是這樣。

其一，政府選擇中正比較愼重，多數中正符合「賢有識鑒」的標準。

其二，中正比較認眞負責，不負責者要受到糾彈。

其三，品第人物能以德才爲主要依據，而不專重家世閥閱。史書載：九品中正制之設「蓋以論人才優劣，非爲世族高卑。」（《宋書．恩幸傳序》）「其始造也，鄉邑清議，不拘爵位，褒貶所加，足爲勸勵，尤有鄉論餘風。」（《晉書．衞瓘傳》）這樣就在一定程度上扭轉了漢末那種「位成於私門，名定於橫巷」和「州郡記，如霹靂，得詔書，但掛壁」的嚴重局面（《太平御覽》卷四六九引崔寔《政論》），浮華朋黨的歪風邪氣受到很大打擊，中央對選舉大權的控制加强了，國家也就能夠經常得到一些有用之才。

對於這些應予適當肯定。

三

魏晋之際，世家大族的勢力日益膨脹，九品中正制的消極因素也不斷增長，因此逐漸走向了反面。

晋政權是士族政權，政治昏暗腐朽，中正官幾乎全部被盤踞朝廷的士族官僚所攫取。例如，泥陽大族傅暢，祖孫父子兄弟皆爲本州中正，「歷代掌鄉州之論」。其次，當初通過中正品第入仕的許多普通士人，也往往身登要津，高大門第，累世相因，遂爲新的簪纓之族，其子弟自然被另眼看待，容易得高品做大官。於是，品第人物的標準必然捨棄德才，不論賢愚，而專講家世門第，「故居上品者，非公侯之子孫則當途之昆弟也」（《晉書·段灼傳》），甚至發展到「上品無寒門，下品無世族」的程度。這樣，九品中正制就變爲擴大士族勢力、鞏固門閥制度的工具了。

晉太康五年（西元二八四年），尚書僕射劉毅曾極論其失，指出它有「人物難知」、「愛憎難防」、「情僞難明」等「三難」和不利皇權統治等「八損」，結論是「職名中正，實爲奸府；事名九品，而有八損。」他主張廢除九品中正制。另一方面，在門閥制度確立以後，清要顯職已成爲士族獨占之物，亦即誰血統「高貴」，誰就能任顯職，九品中正制對士族已無多大價值，甚至還增加了士族內部的矛盾，因此一些士族分子也批評它。

到南北朝時期，士族地主勢力日趨下降，而寒人地主勢力則日趨上升。在北方，曾經對北魏政權有過重大影響的崔、盧、李、鄭、王、韋、裴、柳、薛、楊、杜等著姓大族，在遭受一連串打擊之後，至東魏西魏、北齊北周時期已經羽敗翼垂；而漢化的鮮卑貴族和鮮卑化的漢族寒人地主則虎嘯鷹揚。在南方，士族子弟神昏體羸，畏苦懼死，既不願作庶務之官，又不堪任征戰之將，連王導、謝安一類人物也沒有了；而許多出身寒微的人則恣其所欲，展其所能，爲帝爲王，爲將爲相。在士、寒兩種勢力彼消此長的社會大變動中，寒人利用政治優勢，千方百計擠入士族行列，沖擊士寒界壁；而代表寒人地主利益的最高統治者又通過考試手段，甚至用不設中正的手段（如梁初），抬臺寒人，壓制士族，使寒人地主參政機會越來越多。南朝宋齊兩代考試科目有孝廉（試經）、秀才（試策），梁陳兩代又增設高策科，士族反對考試，即使參加考試也大多「顧人答策」。北齊皇帝經常坐朝考問秀才、孝廉，筆試過程中凡有錯別漏字者，即點名訓斥並讓他站到席後；凡字迹不工者，即罰飲墨水一升；凡文理欠通者，即奪去座席並解下佩刀。北齊後主高緯武平年間（西元五七〇～五七五年）以後，「州郡辟士之權浸（逐漸）移於朝廷」（《通典·選舉典》）。北周「刺史、府官則命於天朝（中央）」（《通典·職官典》）。北周武帝宇文邕採取「不限資蔭，唯在得人」的選舉政策（《周書·蘇綽傳》），「罷門資之制」（《通典·選舉典》）。這些變革，已經爲九品中正制奏起了送葬曲。

隋朝建立以後，士族勢力進一步沒落。開皇中，文帝終於明令廢除九品中正制。緊接著，科舉制便應運而生了。

唐朝法律略說

／楊廷福

衆所周知，唐朝是當時世界範圍內繁榮富强的帝國，也是封建政治、法律制度影響巨大的一個朝代。它重視法律的制訂，據統計，從武德二年（西元六一九年）到大中五年（西元八五一年）約二百三十多年的時間裡，共彙編了二十三部主要的法典，今存永徽二年（西元六五一年）頒行的《永徽律》和永徽四年頒布的《律疏》（《疏儀》）以及開元二十六年（西元七二八年）完成的《大唐六典》（《唐六典》），後者是我國現存最早的行政法典。

一

唐朝的成文法典沿襲隋朝，分爲律、令、格、式四類：「律」源於樂器的六呂之律，演變爲度量衡的準則，假借其爲「正刑定罪」的標準，是一切觸犯封建統治階級權益及其社會秩序的犯罪行爲懲處的量刑依據（其中也有涉及民事和訴訟法的法權規範）；「令」，具有命令、敎令、號令之義。所謂「令則行，禁而止」、「令以存事制」，「令以設範立制」，即國家制度規定所頒行的單行條例，同時又作爲律的補充，如《貞觀令》即有三十卷，一千五百九十條（一說一千五百四十六條）；「格」，「以禁違止邪」，「百官有司之所常行之事也。」源於漢代的科，從北魏開始才以格代科，乃朝廷（皇帝）臨時對國家機關所頒布的各種單行指示，是令的補充，也具有近代的行政法規性質。由於「格」原係皇帝隨時下達的敕命，而敕一般是對特定的事或特定的人發布的，時間一久，往往發生前後互見和相互矛盾之處，有的已失時效，每隔幾年就得整理一次，以便施行時有所依據，故唐朝往往以格敕連稱。因此，「格」在法律地位上較爲突出，也就頻頻編「格」了，例如《武德格》、《貞觀格》、《永徽格》、《垂拱格》等等。它分爲兩種，一謂散頒格（散行格）即公布於天下的格，一謂留司格（本行格），是留於官署（司）而不普遍頒行的格；「式」，「以軌物程式」，「其所常守之法也。」它出於漢朝的品式章程，始見於西魏的《大統式》。式規定了國家機關的辦事細則和帳籍等公文表格程式以及百官的權責，也類似近代的行政法規。

律、令、格、式的綜合運用，就是唐朝全部法律的實施。而四者以律爲主，「凡邦國之政，必從事於此三者。其有所違，及人之爲惡而入於罪戾者，一斷以律」（《新唐書．刑法志》）。律從某種意義上說，它是封建國家的根本大法，因此，唐律也就成了唐朝法律、法令的總稱。複雜的社會現象，不是僅有的法令規定所能包括的，但「法自王出」，往往對於特殊的事和人，憑著自己的喜怒愛憎頒發格敕，由於它是「天憲」，其效力則能直接變更律的規定，這樣就造成「有敕者不依格式，有格式者不依律令」的局面。唐朝的「一斷於律」，隨著令、格、式的增多，律也就漸漸地流於形式，到了宋朝神宗時就索性改爲「敕、令、格、式」了。

律和令、格、式的相互配合關係及其作用是：令、格、式是從積極方面規定封建國家的制度、政策、法令、辦事章程等等，而律則以消極方面規定違反這三者的行爲所應得的刑罰。例如，關於市肆貿易的規定載於《市令》，監獄制度載於《獄官令》，違犯其規定的處分，則依據《唐律》的《雜律》和《斷獄律》；而均田法規定於《田令》、《戶令》，而授田不如法、賣口分田、脫戶漏口等行爲的處刑，則詳見《戶婚律》。凡此等等，將《唐律》和《唐令拾遺》作一對勘，即能了然。

律既具有封建王朝根本大法的性質，而《唐律疏議》又是綜合性的刑事法典，就略談些它的主要內容和訴訟制度及其法例、原則吧。

(一)《唐律》的主要內容

《唐律》十二篇，五百條，三十卷。

1《名例》五十七條，是《唐律》的基本原則和精神的集中體現，具有總則的性質。它規定了刑罰的種類（五刑）、特別嚴重的犯罪行爲（十惡）、封建特權法規（八議、請、減、贖、官當等）以及責任能力、時效、自首、共犯、累犯、過失、併合論罪、減刑、類推、同居相爲隱、處理外國人的犯罪、法律用語的解釋等等。

2《衛禁》，三十三條，是爲了保護皇帝的安全和保衛國家主權而制訂的。主要是關於警衛宮、殿、廟、苑和城垣、關津、要塞、邊防以及宵禁、衞戍等方面的法律。

3《職制》，五十八條，是加强封建國家統治職能、提高辦事效率、整飭吏治、嚴明職守責任、懲處貪贓枉法、控制文武百官的法律。

4《戶婚》，四十六條，規定了關於戶籍、賦役、田宅、居喪、婚姻、繼承等方面的律文。是維護封建土地所有制、控制勞動人手、保證王朝的兵役、賦役來源和衞護父權家長制的法律。

5《廐庫》，二十八條，是關於養護、發展公私畜牧事業和倉庫管理、官物出納、維護等規定，偏重於類似近代的行政法規和經濟法規。

6《擅興》，二十四條，關於徵調軍隊、征人冒名相代、作戰臨陣脫逃、校閱違期、征人稽留、私藏禁兵器和工程興建制度、工作法式、丁夫雜匠管理等法律。頗類似近代的兵役法、軍事法規以及工程建築法規。

7《賊盜》，五十四條，規定對於謀反、大逆、殺人、搶劫、偷竊、强盜、略誘、贓物、掘墓殘屍、造畜蠱毒、妨害公共秩序、造謠惑衆等行爲的懲處，是維護封建政權及其社會秩序的法律。

8《鬥訟》，五十九條，鬥是毆鬥、殺傷；訟爲訴訟。它頗爲詳盡地規定了人們在毆鬥殺傷中因不同情況與身分地位之異的不同處罰，並建立「保辜」制度；又規定了訴訟程序和誣告、教唆訴訟、投匿名書等律文。

9《詐僞》，二十七條，是懲處詐欺和僞造兩方面種種不法行爲的法律。

10《雜律》，六十二條，《疏議》云：「諸篇罪名，各有條例。此篇拾遺補闕，錯綜成文，班雜不同」，故範圍廣泛。其內容包括失火、賭博、和姦、强姦以至私鑄貨幣、借貸及雇傭契約、市場管理、商品質量檢查、醫療事故、堤防水運、城市交通、公共危險、清潔衞生等等法律規定。

11《捕亡》，十八條，是關於追捕逃亡人犯和官吏管理罪犯的法律。

12《斷獄》，三十四條，是關於審訊、判決、囚禁、執行和司法人員責任制度以及監獄管理的法規。

㈡訴訟制度

從訴訟行爲而言，刑事訴訟法規定追究刑事責任的有關制度和程序。《唐律》規定八十歲以上，十歲以下，篤疾者與在囚禁中犯人除告發謀反、叛逆、子孫不孝等罪外，均無告發權。一般凡發現犯罪行爲和當事人人身受到侵害的，都有告發和起訴的義務；人們對於犯罪行爲，不論主動或被動均有緝捕和救助的義務。凡查明係誣告、教唆訴訟、投匿名書告人罪，皆受處分。御史和地方各級行政官吏以至里正、村正、坊正等都負有檢舉犯罪行爲，並提出公訴的責任；各部門長官發覺部下公事失誤或犯了法，也負有「舉劾」之責，否則均有處分。但另一方面，它根據人們的尊卑、貴賤、長幼、男女、親疏之別，法定不同的訴訟行爲，而有「同居相爲隱」的原則，除謀反、大逆外，凡屬告發祖父母、父母、期親尊長以及部曲、奴婢告發主人的，均予嚴懲。這樣，它既保障了封建政權及其秩序，又維護了綱常禮教和身分等級制。

案件既經起訴，就得審理。唐朝一般的審訴程序，採取三級三審制，自下而上，即由縣而州或府，由州、府而大理寺，不得越訴。審理時，司法機關有迴避的規定，據《唐六典》：「凡鞫官與被鞫人有親屬、仇嫌者，皆聽更之。」當事人如不服原審級的判決，得以上訴。上訴的形式不論口頭或書面，上級機關均應受理。凡案情較重，而冤屈無處申訴的，法律允許在一般上訴的規定之外，直接向中央進行訴訟：當皇帝出巡時在路旁迎駕而申訴的，謂「邀車駕」；東（洛陽）西（長安）兩京城門外置有大鼓，伸冤者得擊鼓鳴冤，謂「撾登聞鼓」；向朝廷上表章，披陳冤情，謂「上表」。《唐律》規定凡直接訴訟的，必須立即受理，但申訴不實，有一定的處分。這種「告御狀」的辦法，在立法上是爲了彌補司法訴訟制度的不足與窮盡。

《唐律》根據刑案性質和罪行輕重，規定各級審理機關的權限：凡屬笞刑、杖刑範圍內的，縣級有判決之權，其餘上申；凡屬徒刑範圍內的，州和府有判決之權，徒刑以上的罪行，必須上報，由大理寺判決，各級不得逾越權限。因此，凡徒刑以上的犯罪，經縣科斷後送州、府複審；流刑以上的犯罪，經州、府判處後，還須上報尚書省複審，否則就有處分，這樣就保證了朝廷和皇帝對於司法權的控制。尤其對於死刑的判決和執行，還是相當愼重。大理寺遇到疑案，必須詳讞，凡屬案情重大或冤情嚴重的進行「三司推事」（由刑部侍郎、御史中丞和大理寺會審）。對疑難案件，一時不能判決的，「各依所犯以贖論」；在合議審判中，「法官執見不同者，得為異議，議不得過三」。三司集議後，作出決定送祕書省奏報，因之皇帝往往又成為終審的最高裁判者。封建統治者從它的長遠利益著眼，認為草菅人命是不利於統治的。故而死刑的執行，必須經過「三奏五覆」的制度，一般必須通過詳慎的查核，不是隨便開刀或上絞的。

此外，《唐律》為了取得人們信任而達到安定封建社會的目的，還制定了比較嚴密的司法官責任制，以減少冤錯。它規定法官必須按照法律條文定罪，不得任意援引比附，如果以致判決科罪有出入的，以故失論；對判決的畸輕畸重，都有相應的處分。當時的封建王朝是頗重視行政效率的。《唐令．公式令》和《唐六典》規定了處理公事的程限，和結案的期限。

㈢《唐律》的法例和原則

犯罪和刑罰是矛盾的統一體，《唐律》以刑法為中心，而刑法又以刑罰為中心，故列刑名於篇首。它精簡主刑為笞、杖、徒、流、死五種，二十等，與歷代刑名相比較，刑罰有所減省，死刑的範圍有所縮小，廢除一些殘酷的身體刑，僅存笞、杖兩種，徒刑不得超過三年（加役流共分四年），流刑最遠三千里，死刑只有斬、絞二種。

關於人的行為能力與身分，法律區分為四個時期：1、凡九十以上，七歲以下，一律不負刑事責任；2、八十以上，十歲以下和篤疾的，相對無刑事責任；3、七十以上，十五以下，得減輕刑事責任；4、七十以下，十五以上，全負刑事責任，犯罪按律論處。如犯罪行為在事後若干年發現的，其責任年齡，以從輕處斷為依據，法律把人區分為「良民」和「賤民」兩種。良人中官（貴）與民（凡）又有不同，賤民中約分為三等，最下等為官私奴婢，上則部曲、番戶（官戶），再上則為雜戶。故若遇赦免，官奴婢一免為番戶，再免為雜戶，三免為良人。法律根據人們嚴格的等級區別，予以不同的待遇。

在法例上，犯罪人在犯罪時的量刑，到審判時有所改變的，比照新舊兩法，從其輕者處刑；數罪併罰，只對數罪中重的一罪科刑，對於其他犯罪則不予判刑：連續數行為而犯同一罪名的，以一罪論，但得加重其刑的二分之一；一個行為而觸犯幾個罪名的，從其中的一個重罪處刑。外國僑民相互犯法，凡同一國籍的，依據外僑的國法處理，如果是不同國籍的外僑，就以唐朝的法律判決。

刑罰的適用，《唐律》固然是因人的身分而異的特權法規，但其立法意圖，《名例律》開宗明義：「懲其未犯而防其未然」，在於「刑期於無刑」，即消滅犯罪，安定秩序，企圖王朝的長久統治，就寓教化於懲罰，著重於預防犯罪的發生。它在刑罰的加重方面，追究犯罪的原因，分析動機，體察犯罪人的惡意深淺，有准加等的限制，即使遞加只到滿流刑而止，不能加重到死刑。至於減輕那就不同了，如果合乎減輕的條件，得累加減輕，直到免除其刑事處分。因此對於犯罪事實與犯罪人的認識和了解程度有出入的，則注重犯罪人對於犯罪行為的是否了解為依據。例如法律對於在職官員的犯法，有公罪和私罪的區別：公罪，指在職務上的失誤與違法行為，而其動機是純正無私曲的，從輕處罰；私罪，指私自犯罪，或在職務上犯錯誤，而動機阿曲涉私，則從重處罰。又如共同犯罪，以首惡爲主，隨從減等。如二人以上犯罪，以先造意的爲主犯，其餘的爲從犯；一家人共同犯罪，則坐尊長；共監臨機關人員犯罪，以監臨的主守爲首犯。一般凡自首、未遂犯、過失、疑罪和官吏在行政上違法失錯，自行覺舉，均得減輕其刑罰。尤其對於自首減免的規定極爲周詳，這一立法上的進步，實爲外國古代的法律所未見。

以上對唐朝法律擇要地作了極其簡括的介紹，可以概見它是認眞地總結了歷代的法律實踐，經過一番研究而制定具體的法規。唐朝初期，社會生產力發展到了新的水平，成爲當時國際上富强的封建制國家，這和它健全封建法制有關。

唐代官吏的考課制度

／徐連達

我國封建社會政治制度的一個最基本特徵是君位由皇帝世襲，各級官吏由考選產生。秦漢的鄉舉里選，魏晉南北朝的九品中正，隋唐以後的科舉都是選拔官吏的重要方式。配合著這種選拔方式，國家又對官吏的功過行能進行考核，這便是考課。

考課有兩種含義：一是考，即考察各級官吏任職期間執行國家法令的具體表現；二是課，即依照國家所規定的行政計劃進行督課。換句話說，考課就是國家依照所頒布的法令和行政規畫，在一定的年限內，對各級官吏進行考核，並按其不同表現，區別不同等級，予以升降賞罰。所以考課制度又與官吏的銓選與任用有著緊密的聯繫。

在先後長達兩千多年的時間裡，考課制度就其本質來說，沒有根本的變化，都是爲鞏固封建地主階級政權服務的。但就其內容來看，則隨著各個歷史發展階段的不同而不斷演進，從而呈現出有詳有略、有增有損、時嚴時弛的不同色澤。大體而言，隨著封建時代的推移，考課制度有著逐漸走向嚴密化的趨勢。到了唐代，考課形成了一項嚴密的政治制度。

唐代是中國封建社會的鼎盛時期。唐帝國經濟繁榮，文化昌盛，疆域遼闊，出現了長期統一的局面，中央集權亦隨之加强。在官吏的任用方面，南北朝時期州郡可自行任命僚屬的做法得到了根本改變，中央和地方的各級官員，不論大小，都直接歸皇帝和中央的吏部任免。這種官吏任用上的巨大改變，也導致了考課制度的深刻變化。

唐代的官員，不論職位高低，從制度上來說，每年都需經過一定的考課手續，稱爲小考。每隔四年（也有三年或五年）又舉行一次大考。小考評定被考人的等第；大考則綜合數年中的等第以決定升降賞罰。這項繁重的工作是由尚書省的吏部主管。吏部所屬有考功司，顧名思義，這是專門負責考課官吏的機構。考功司設郎中、員外郎各一名，考功郎中品秩從五品上，負責京官考；員外郎從六品上，負責外官考。因爲他們的品秩較低，只能負責四品以下官吏的考課，對三品以上的大臣，還需報呈皇帝親自裁決。爲加强考課工作的權威性，唐制還規定由大臣兩人擔任考校使（簡稱考使），分校京官、外官考。又規定由門下省的給事中和中書省舍人分別監察考課的進行，稱爲監考使。這個制度開始確立於唐初的貞觀時期。《新唐書．百官志》「吏部考功郎中、員外郎」條說：

> 貞觀初，歲定京官望高者兩人，分校京官、外官考，給事中、中書舍人各一人涖之，號監中外官考使。考功郎中判京官考，員外郎判外官考。其後，屢置監考、校考、知考使。

這種制度一直到唐朝後期基本上沒有變化。

中央所進行的考課工作，一般在年底以前必須完成。這是爲次年的考選工作做準備。但在此之前，中央的省、臺、寺、監以及地方州郡等機構的長官，先要對被考的下屬人員進行品德才能的評定，並把他們當年的功過行能登入簿狀（功過狀），作爲檔案材料。被考人有流內官和流外官。他們的等第亦有差別：流內官分爲九等，流外官分爲四等。定等第後，各機構的長官，再召集被考人當面宣讀通過，注入簿册。至此，初審工作才算完成。此後，中央和地方各有關機構按照規定日期（京官限九月三十日，外官限十月二十五日以前）把被考者的簿狀送報尚書省。與此同時，尚書省又把屬下各司和各道監察官所收集到的有關官員的考課材料一併彙總，交考功司作爲考校時的參考。唐代對官吏的考課，有一定的內容。每年尚書省各司都需在本職規定的範圍內，把地方上的刺史縣令的治績，如殊功異行、災蝗祥瑞、戶口賦役、田土以及盜賊多少等情況報送考功司。唐代又有與考課相結合的監察制度，常由中央派遣監察御史和特遣的巡察使、存撫使等分道察訪官吏的工作狀況，於每年九月三十日以前將被考人員的狀況寫出報考功司，這些都作爲考功司決定等第或升降賞罰的參考或依據。最後的複考由考使和尚書省的考功郎中、員外郎進行，核定後，由考校使當面向齊集於都省的京官和地方各州的朝集使宣布。定考以後，中央和地方各機構的長官還要將被考人的名牒等第公開張掛於門上三天。縣一級的被考官吏的名牒送到州後，於當天下達到縣，公布如前。如果所定等第有不當之處，被考人可以陳訴。經審查若符合事實可重新改正考第；若不符合事實，則降低被考人考第以示懲罰。凡被考的人，在考定等第後，都給以考牒作爲憑證。從這些情況看來，唐代對考課工作相當重視，有關考課的組織程序已逐漸趨向完善。

唐代對官吏進行考課時有一定的標準。以流內官來說就有「四善二十七最」的要求。所謂「四善」即：德義有聞；清愼明著；公平可稱；恪勤匪懈。簡言之，即德、愼、公、勤四字。這主要是對各類官員共同的品德要求。至於「二十七最」則是針對各個部門的具體工作性質所規定的不同要求，這主要是才能方面的考察。「二十七最」就是：獻可替否，拾遺補闕爲近侍之最；銓衡人物，擢盡才良爲選司之最；揚清激濁，褒貶必當爲考校之最；禮制儀式，動合經典爲禮官之最；音律克諧，不失節奏爲樂官之最；決斷不滯，與奪合理爲判事之最；部統有方，警守無失爲宿衞之最；兵士調習，戎裝充備爲督領之最；推鞫得情，處斷平允爲法官之最；仇校精審，明於刊定爲校正之最；承旨敷奏，吐納明敏爲宣納之最；訓導有方，生徒充業爲學官之最；賞罰嚴明，攻戰必勝爲軍將之最；禮義興行，肅清所部爲政教之最；詳錄典正，詞理兼舉爲文史之最；訪察精審，彈舉必當爲糾正之最；明於勘覆，稽失無隱爲句檢之最；職事修理，供承强濟爲監掌之最；功課皆充，丁匠無怨爲役使之最；耕耨以時，收穫成課爲屯官之最；謹於蓋藏，明於出納爲倉庫之最；推步盈虛，究理精密爲曆官之最；占候醫卜，效驗多者爲方術之最；檢察有方，行旅無壅爲關津之最；市廛弗擾，奸濫不行爲市司之最；牧養肥碩，蕃息孳多爲牧官之最；邊境肅清，城隍修理爲鎭防之最。在進行考課時，考官便是根據「四善二十七最」的標準，把被考人的考績好壞和所得的善最多少，區別爲九等評定。其具體辦法是：一最四善爲上上，一最三善爲上中，一最二善爲上下，無最有二善爲中上，無最有一善爲中中，職事粗理、善最不聞爲中下，愛憎任情、處斷乖理爲下上，背公向私、職務廢缺爲下中，居官諂詐、貪濁有狀爲下下。（《唐六典》、《通典》、《册府元龜》諸書的文字稍有差異）這種九等配置的辦法，把各類官員的功過好壞區別十分詳盡。流外官及三衞人員的等第則比較簡化：流外官分爲四等，即清愼勤公爲上，執事無私爲中，不勤其職爲下，貪濁有狀爲下下。三衞人員以及王府執仗親事等佐衞人員則皆分爲三等。

評定等第的目的是爲了選賢任能、奬善罰惡、裁汰貪懦、澄清吏治，使官僚隊伍更適合於封建統治的需要。因此，凡考課時，列於中等以上的官吏，在政治上可以升官，在經濟上可以加祿；反過來說，凡列於中等以下的官吏，就要降級罰祿，在銓選的時候，情節嚴重的甚至要受到罷官的處分。這些在令文中都有具體的規定。《新唐書．百官志》「考功郎中、員外郎」條載：

凡考，中上以上，每進一等，加祿一季；中中，守本祿；中下以下，每退一等，奪祿一季。

中品以下，四考皆中中者，進一階；一中上考，復進一階；一上下考，進二階；計當進而參有下考者，以一中上覆一中下，以一上下覆二中下。

上中以上，雖有下考，從上第。

有下下考者，解任。

凡制敕不便，有執奏者，進其考。

從這些條文裡，我們可以了解到評定等第考績與升降賞罰的密切關係了。如果再以地方州縣官的工作做爲實例來考察，那麼就可以進一步了解到兩者之間的關係。《唐會要》卷八十二《考》下載大中六年七月考功司的奏文說：

准考課令……（刺史縣令）至於賦稅畢集，判斷不滯，戶口無逃散，田畝守常額，差科均平，廨宇修飾，館驛如法，道路開通，如此之類，皆是尋常職分，不合計課。自今後，但云所勾當常行公事，並無敗闕，即得准職分無失。

這裡指出州縣官職內的催督賦稅，審理刑獄以及戶口、田畝、科差等等事項，若不犯差錯都「准職分無失」處理，升一級。換句話說，在定考第時，只要能得中中，四年之後，依例敍勞，升遷一級。但如果戶口、田畝有增損，公事有得失，那麼就要酌情進考或減考。《通典·選舉·考績》載：

大唐考課之法……諸州縣官及戶口增益者，每增十分之一，刺史縣令各進考一等，若戶口減損，每減十分之一降一等；若勸課農田能使豐殖者，每加十分之二進一考，如有減損，每損十分之一，降考一等。若數處有功，並應進考者，並聽累加。

在封建社會裡，農業是國家的根本，農業人口和土地的增減，莊稼收穫的好壞，往往影響著國家的盛衰，唐王朝之所以採取這種升降獎罰的辦法，用意十分清楚，這就是爲了使地方行政官吏能各盡其職，努力做好工作。只有這樣，才能符合封建國家「長治久安」的需要。

一千多年以前的唐代，在行政管理上能建立起如此周密的考課制度，這是社會歷史發展和中央集權加强的結果。它是同時期的世界各國所不能比擬的。當然，嚴密的考課制度並不能從根本上解決封建吏治日益腐敗的痼疾，何況執行中弊病也日益增多，到了中晚唐時期，藩鎮割據，尾大不掉，考課制度也就難以在全國範圍內認眞執行了。

明代驛遞的設置、管轄和作用

／沈定平

驛遞或驛傳制度，歷來是封建國家機器中不可缺少的部分。它也是明皇朝爲在廣袤的土地上，對全國各地進行有效統治的重要手段。明人余子俊說：「宣上德，達下情，防奸宄，誅暴亂，馭邊疆等項機宜，不過旬日之間遍及天下，可以立待無或後期者，實於驛傳是賴。」（見《名臣經濟錄》卷三十四）

爲了保持封建肌體血脈的通暢，明朝統治者參酌古今之制，建立了一整套十分嚴密的組織和管理制度。《大明會典》卷一四五曰：「自京師達於四方，設有驛傳。在京曰會同館，在外曰水馬驛並遞運所，以便公差人員往來。其間有軍情重務，必給符驗以防詐僞。至於公文遞送，又置鋪舍，以免稽遲。及應役人等，各有事例。」所謂會同館，指的是設置於北京和南京的館舍，有天下首驛之稱。它負責接待各地王府公差進奏人員和邊遠少數民族上層人士，以及朝鮮、日本、安南等國的朝貢使客。館中備有飯食、鋪蓋、馬匹，以便於公差人員的寄宿和往返。

水馬驛站是明朝驛傳制度的基幹。大致每隔六十里或八十里便設有驛站。其職責「專在遞送使客，飛報軍務，轉運軍需等物」（《明太祖實錄》卷二十五）。位於陸路交通要衝或偏僻道路的驛站，備有馬驢數匹至數十匹；設於水道正路與偏路的水驛，置船幾隻至幾十隻。此外，水馬驛站還有館舍鋪陳（蓋），並供應一定數量的廩米，以解決過往使客的飲食住宿。

明代的水馬驛站和驛道遍及全國。據記載，洪武年間，僅連接京城南京與東南西北八個邊陲重鎮的水陸驛道就有十二條，加上浙江福建等十三布政司管轄的共通的水陸驛道，共長達十四萬三千七百餘里，有驛站一千九百三十六處。永樂年間遷都之後，經過調整，又形成以北京爲中樞的驛遞網。直至萬曆十五年（西元一五八七年），全國水陸驛站總數仍有一〇三六處之多。許多驛道不僅暢通無阻，而且遞送驛客也頗爲迅速。如萬曆二十九年（西元一六〇一年），刑部官員王臨亭奉命出差廣東，正月初四日從其家鄉蘇州乘驛出發，一路上晝行夜宿，舟馬轎交替使用，歷經南直隸、浙江、江西三省二十幾個大小驛站，於二月初二日抵達廣東南雄，爲時不到一個月（王臨亭《粵劍編》卷四）。

此外明代驛遞設置還有遞運所和急遞鋪兩種。前者在於「運遞糧物」，置於驛道可通之處；後者專在「遞送公文」，遍於全國各州縣，包括那些驛道不能通過的僻遠地區。不過，自明中葉以後，由於公差頻繁催逼和官吏玩忽職守，緊要公文改派專差經由驛站傳送，而急遞鋪則形同虛設。

這密如蛛網的驛遞系統是如何管理的呢？總的說，全國性的驛傳事務由兵部車駕清吏司管轄，主管官員爲郎中。地方上的驛傳則接受承宣布政使司和提刑按察使司的雙重管轄。布政使司及府州縣的行政機構，對驛遞有監督「稽核」的權力。而隸屬於按察使司的驛傳道，便是地方一級主管部門，其主管官員是按察副使或僉事。驛傳道直接管轄全省範圍的驛站和遞運所，驛站官員爲驛丞，遞運所是大使或副使。雖然急遞鋪的設立，載於兵部的職掌中，但其驛遞事務及官吏的任免，則直接由州縣負責。

爲保證驛傳的正常運行，明政府作出了頒發符驗、勘合和火牌的規定。這三者是馳驛人員起關驛傳船馬，證明個人身分的憑據。符驗多使用於明代前期。它是在一塊織錦上，縫製有「皇帝聖旨，公差人員經過驛分，持此符驗，方許應付馬匹」等字樣，以此來防止詐僞。但到嘉靖年間，由於官吏多用以營幹私事，以致差人過多，貽累驛遞。於是，符驗名存實亡，「公差俱改給勘合」，勘合也就成爲起關驛傳夫馬的主要形式。這種印在紙上的公文勘合，詳細地開列了乘驛人員的具體情況，如姓名職別，到達地點，往還日期，以及應得夫馬車船廩給等內容。與符驗比較而言，更易於識詐辨僞，而且使用範圍也縮小了。本來，統治者改符驗爲勘合，目的在杜絕驛遞冗濫的現象，然而吏風日下，積重難返，勘合之制收效也不大

「火牌」之制，原取其「火速」、「火急」的意思，「專爲飛報聲息，派探賊（按：這是對起義農民的誣稱）情而設，惟兵部與各邊總鎮得而用之」。萬曆三年（西元一五七五年），依照火牌規格改以紙票印發通行，故又稱爲「火票」。由於兵部自毀其陳例，本來「應給勘合者，率苟且給與火牌，多塡夫馬廩糧」（張萱《西園聞見錄》卷七十二），而各衙門也爭相效尤，故火牌或火票之制亦遭破壞。

明代驛遞制度給勞動人民增加了沈重和負擔。除了驛遞官吏的調任、房屋的建造和廪給米糧的支撥由官府承擔外，舉凡驛遞人夫、車船馬驢以至鋪陳什物等項，無一不是壓在百姓的肩上。按規定，驛遞中的差役和驛館的夫役，均屬於徭役的範疇，因此官府可以無償地徵取。不過，由於商品經濟的發展和政治軍事形勢的變化，人民在驛遞組織中的服役情況，在不同階段是不同的。這裡簡述如下：

明初至萬曆九年（西元一五八一年）一條鞭法在全國普遍推行之前爲第一階段。其主要特徵是驗照交納田糧的不同數量僉派馬驢車船，由民戶親身赴驛所服役。洪武元年（西元一三六八年）正月，朱元璋爲此作了詳細規定。如將納糧戶分爲七個等級，居於第一等級的納糧百石者，須出備上（等）馬一匹民夫一名到驛站執役。一戶糧數不及百石，允許衆戶「朋合」買馬出夫供應。而第七等級即納糧一石五斗之上、二石以下者，則充當急遞鋪的鋪兵。如果把明初編充馬驢夫役者的開銷大約估算一下，那麼包括置辦馬驢、鋪陳、鞍轡，維持服役者的食宿和馬驢草料、醫藥，重新買補倒斃的牲口，以及應付官吏需索的費用，每年需銀四、五十兩，折合糧食達二百數十石，較其所納正賦多出二、三倍。可見驛傳夫役的負擔，一開始就是非常沈重的。

隨著明朝吏治的窳敗，驛遞制度更是弊竇叢生。首先，朝廷放寬禁令，馳驛人員越來越多。明中葉驛遞冒濫的情形是：「轎或一二十乘，杠或八九十抬，多者用夫二三百名，少者用馬四五十四，民財既竭，民力亦疲，通之天下，莫不皆然。」（《明經世文編》卷二五一）其次，過往官吏對驛夫的額外勒索已形成陋規，名目愈加繁多。如馬驛站，「有折夫錢，有馬錢，又有趕纖錢，又有折吹手錢，種種指索，不一而足」（《西園聞見錄》卷七十二）。在這種情況下，「中人十家之產，歲不能備一役」（《明經世文編》卷二四一），役夫逃亡者相繼。爲剔除弊端稍蘇民困，嘉靖萬曆年間曾兩次裁省驛遞，禁止額外勒索。

萬曆九年至崇禎二年（西元一六二九年）劉懋請求裁驛之前爲第二階段。由於一條鞭法在全國的普遍推行，驛遞也由過去的親身執役一變而爲納銀代役的制度。從此，驛遞機構的各項經費和力役，不再直接由原來的役夫承當，役夫因而免除了昔日那種科索賠墊的痛苦。當驛站從所在州縣的地畝和人丁賦稅中領取銀兩後，驛站便自行雇人服役。這一重大改革，一定程度上減輕了人民的徭役負擔。

然而，曾幾何時，驛遞冗濫和額外勒索的陳規陋習依然出現，而且愈演愈烈。萬曆中葉以後，一匹馬一年的工食費用竟達到三百兩，較明初增加了六、七倍。這與日俱增的消費，自然又由人民來承當。不僅如此，許多地方人民既有一條鞭的徵索，又被非法僉充驛站的役夫，無端地遭受雙重的剝削。

崇禎二年裁減驛遞到明朝滅亡爲第三階段。這次大規模裁驛，乃是一種「剜肉補瘡」「飲鴆止渴」措施。這時，國家支撥的驛費雖日見減少，而驛遞冗濫和供應頻繁的程度，卻因吏治腐敗和社會矛盾尖銳化而變本加厲。在這種情況下，出路只能是：「裁驛夫，徵調往來仍責編戶」；「郵傳益疲，勢必再編里甲」（《續文獻通考》卷十六；《明史》卷二五八《魏呈潤傳》）。這樣，只能繼續加重人民的負擔。

更爲重要的是，自從驛遞實行徵銀雇役以來，社會上已經形成了一大批仰賴驛糈（糧）爲生的苦力。這些一無所有的「赤條寡漢」，終日在驛站爲人驅使負載，以換取菲薄的雇值而苟延歲月。一旦朝廷下令裁減驛夫的十分之六，大批因失業而無以存活的驛夫，紛紛參加農民起義。明末農民起義領袖李自成由驛卒而投身農民起義的經歷，正典型地反映了秦晉中原地區失業驛夫的去向。

綜上所述，明代的驛遞系統，是强化專制主義中央集權的統治工具，它給勞動人民帶來了無窮的困難。但應看到，它在促進統一的多民族國家的形成和商品經濟發展過程中曾起過積極的作用。例如，從貴州通往四川，四川內地通向松潘，以及由四川延伸到西藏的驛道，都是明朝借助於少數民族的力量開鑿的。這些驛道的建設，加强了邊遠地區的少數民族同內地的漢族之間的聯繫。又如，明代的商品交換和運輸有兩條主要幹線，一條是縱貫南北的大運河，另一條是由江南經贛江翻越庾嶺直達兩廣的水陸通道。這兩條幹線跟沿途設置的驛遞系統完全吻合和重疊，也就是說，前者是在後者的基礎上發展起來的。還有，商品經濟的興旺，推動了明代私人經營的民間郵遞機構的出現。而民間這種通信聯絡網的建立，也離不開官辦驛遞系統所形成的便利的交通條件。因此，完備的驛遞系統及其便利的交通條件，客觀上有助於明代商品經濟的興盛和發展。

黃册和魚鱗圖册

／王劍英

黃册和魚鱗圖册是封建社會後期比較高級的、系統的戶籍賦稅徭役管理制度和土地管理制度。

明朝政府建立以後，洪武三年（西元一三七〇年），進行了全國範圍的戶口調查，登記姓名、籍貫、年齡、丁口、產業，製成戶帖，發給各戶，戶籍則彙總於戶部。洪武十四年（西元一三八一年），又進行了更爲詳密的調查登記。各戶先按規定格式，填報《清册供單》，叫「親供」，內容包括：

戶主、鄉貫

舊管

人丁　總數併男子、婦女分別口數

事產　田、地、山、塘總面積，夏稅秋糧總數併各單項的總面積，夏稅秋糧總數

住房　類別、間數

牛　頭數

新收

開除

實在

人丁　並須分別寫明各人姓名、年齡

事產　並須詳細開列每塊田畝的大小和夏稅秋糧細數

明政府同時又規定，地域相鄰接的一百一十戶編爲一里，按丁口多寡，事產厚薄，分爲上、中、下三等九則，確定丁多田多的十戶按年輪流做里長，其餘一百戶編成十甲，每甲十戶，按年輪流當甲首。僅有老幼殘疾不任役的人戶，作爲帶管畸零，附在本里册籍的後面。

供單由各戶塡寫好後交甲首，甲首審核無誤後彙交里長，里長審核無誤後把一里的戶籍合訂成里册，一式四份送本縣，三份分存本縣、本府、本省，一份連同本縣、本府、本省的人丁賦稅統計總册，一併上報戶部。戶部再類編全國人丁、事產總册，進呈皇帝御覽。凡送戶部的戶籍册，都用黃紙作封面，因此叫作「黃册」。黃册不僅是登記戶口的册籍，還是政府徵派賦稅徭役的根據，所以它的正式名稱叫「賦役黃册」。黃册每十年重編一次，以丁糧增減更定各戶等則。

明代徭役有里甲、均徭、雜泛三等。里甲以戶爲單位，負擔最重。一里之中所有追徵錢糧，

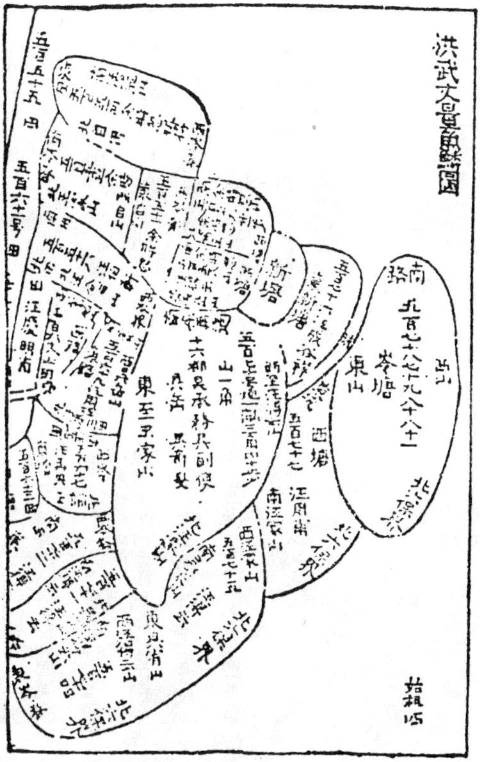

魚鱗圖冊

勾攝公事，祭祀鬼神，接應賓客，以及官府有所徵求，民間有所爭鬥，都由排年里甲負責承辦。富戶畏避徭役，往往以田產詭寄親鄰田僕。於是洪武二十年（西元一三八七年），明太祖朱元璋派國子生武淳等分行州縣，履畝丈量，繪製土地總圖、分圖、畫出每塊田畝的形狀，註明位置、土質、丈尺、四至、主人姓名，編上字號。總圖上一塊土地挨著一塊土地，狀若魚鱗，因此叫作「魚鱗圖冊」（見右圖）。此後土地買賣過割，父子兄弟分家，都要寫明魚鱗圖冊上的編號。這樣，富民就無法再大量隱匿田產。

由於明政府進行了比較徹底的人口調查和土地丈量，編制了賦役黃冊和魚鱗圖冊，黃冊以戶為主，「賦役之法定焉」，「稅不可逋」，魚鱗圖冊以田為母，「土田之訟質焉」，「業不可隱」，兩種冊籍互相補充，互相配合，互相牽制，互相考核。這樣，明政府既限制了豪強富民的隱漏人丁田產、逃避徭役稅糧，相對地減輕了廣大農民的負擔，同時，又直接控制了全國千百萬分散的個體農民，嚴密掌握了全國土地占有和使用的狀況，大大加强了皇帝和中央政府專制主義統治的權力。

明初洪、永、熙、宣四朝七十年間，廣大農民有田可耕，賦稅徭役因按產業厚薄、人丁多少有區別地徵取數額不同的賦稅和編派不同的徭役，戶等亦與實際情況大體相符，負擔比較平均，因此社會較爲安定，生產有所發展，與元朝後期土地兼併極爲嚴重、農民負擔極爲沈重相比，有了相當的改善。《明史．食貨志》說明初這段時期「百姓充實，府藏衍溢」，雖不無溢美，但總的說來，這七十年間，確是明朝近三百年中最爲穩定和富足的一個階段。

但是，在封建社會裡，地主階級兼併土地，並把賦稅徭役轉嫁到農民身上去的弊端，是難以消除的，到明朝中期，這種現象十分嚴重，里甲制度逐漸名存實亡。於是，萬曆九年（西元一五八一年），明政府不得不改行一條鞭法，一切賦稅徭役，悉併爲一條，「計畝徵銀，折辦於官」，明初「一以黃册爲準」的制度被替代取消了，編審單位也由一里變成了一州、一縣。到明朝滅亡，黃册以及魚鱗圖册就一起告終了。

什麼叫「八旗制度」

／傅克東

八旗制度是滿族的一種社會組織形式。關於它的形成，有一個過程。先從牛彔制說起。原來處在氏族制時期的女眞人，已有一起隨時集散的從事於軍事和狩獵的「十人」小行動集體，這種舊的組織形式叫做牛彔（漢語譯爲大箭）。十六世紀八十年代以前，女眞族內長期處於分崩離析的內亂狀態。有鑒於此，滿族傑出領袖努爾哈赤下定決心統一本民族。西元一五八三年（明萬曆十一年）清太祖努爾哈赤爲了適應軍事形勢的需要，援用牛彔名稱，並把它改造成龐大、固定、有嚴格統屬關係和起多種作用的新的組織形式。努爾哈赤統一女眞各部的過程，也就是牛彔和牛彔額眞（以後統稱佐領）不斷改造的過程。據《清史稿》卷二二七載：「太祖初起兵，有挾丁口來歸者，籍爲牛彔，即使爲牛彔額眞領其衆。」當時曾有編設牛彔的事。如西元一五八三年「正遇太祖皇帝興兵復仇（討伐尼堪外蘭），……汪幾努帶領弟兄、族人及屬下人等投歸太祖，……將領來壯丁編爲半個牛彔」①；又如清代久負盛名的費英東，早在「戊子」年（西元一五八八年）就隨父索爾果「率人丁五百戶棄鄉來歸」，「初編五個牛彔」③。

西元一六〇一年，努爾哈赤改牛彔制爲固山（旗）制。這之前，他已統一了建州女眞本部，並乘勝進軍海西女眞。形勢的發展使努爾哈赤作了改制的決定。據《八旗通志》載：「至辛丑年（西元一六〇一年），設黃、白、紅、藍四旗，旗皆純色。」在兼併了海西女眞三部（葉赫除外）之後，由於牛彔額數每次增加，始於西元一六一五年（萬曆四十三年）正式建立八旗組織。據《太祖武皇帝實錄》載，此時已「削平各處」，於是重新規定每三百人立一牛彔額眞，五牛彔立一扎攔額眞（參領），五扎攔立一固山額眞（都統）。「原旗有黃、白、藍、紅四色，將此色鑲之爲八色，成八固山」。八色，即正黃、正白、正紅、正藍，加上鑲黃、鑲白、鑲紅、鑲藍。這一組織，就是事後通稱的滿洲八旗。皇太極時，又把降附的蒙古人和漢人編爲「八旗蒙古」和「八旗漢軍」。

在八旗蒙古建立以前，先是編設了蒙古牛彔，置在原八旗的管轄之下。如天命六年（西元一六二一年）古爾布什「率部屬先衆來歸，……（由）屬下白虎賴管理」。他所編的牛彔③便是如此。從這時起到天聰八、九年間，因後金兵不斷進攻蒙古各部，在軍威的脅迫下，其間不斷有人歸附它。如天命七年科爾沁部明安等十七個貝勒「共率所屬軍民三千餘戶」④來歸；天聰二年征察哈爾，「俘獲萬一千二百人」⑤，從中挑選一部分壯丁編入牛彔。由於歸附後金的蒙古人丁不斷增加，才於西元一六二九年（天聰三年）編設了「蒙古二旗」⑥，即《太宗實錄》天聰三年十月二十四日所載的「右翼蒙古諸貝勒兵」和「左翼蒙古諸貝勒兵」兩旗。西元一六三五年（天聰九年）清太宗皇太極在打敗察哈爾蒙古林丹汗以後，始將旗內分管的蒙古兵和旗外衆多的蒙古壯丁，進行了一次大規模編審，在此基礎上「設立蒙古八旗……其旗色與滿洲八旗同」⑦。

至於八旗漢軍的設立，當與皇太極對强力火器的迫切需求有關。清人稱漢軍爲重兵（滿語稱爲烏眞超哈）。探其原因，這是與漢軍所肩負的造炮和使用炮的任務分不開的。天聰四年正月，侵明的後金兵於直隸永平府擄走了一批漢人，其中就有一個平民身分的王天相，被利用以「首鑄紅衣大炮」⑧；同時，又有一個「進造紅衣炮法」的祝世蔭。⑨這些掌握有軍工技術的漢人受到了清統治者的重視。另一方面，原在滿洲八旗管轄之下的漢人，其組織體制也在起變化，他們從滿族上層人物的嚴格控制下逐漸擺脫出來，其中有的擔任了漢軍職務。如西元一六三〇年，以文館館臣高鴻中被任爲漢軍甲喇額眞（參領）⑩，同時清統治者又吸收了一批新漢兵和擴建了一些漢軍牛彔。爲漢軍獨立成旗準備了條件。據《實錄》載稱，天聰五年（西元一六三一年），正月初八宣布「天祐助威大將軍」炮鑄成，緊接著皇太極敕令佟養性總理「漢人軍民一切事務」，並諭令衆漢官服從他的「節制」。這一年漢軍一旗成立。同年八月佟養性率領「漢兵全軍」在大凌河與明軍遭遇首戰告捷，從而得到了皇太極的刮目相看，它的聲望和地位一下子提高了。西元一六三七年（清崇德二年），漢軍一旗分爲二旗；西元一六三九年，又由二旗分爲四旗；西元一六四二年（清崇德七年），正式建立八旗漢軍。它的旗色、官制與八旗滿洲、蒙古相同。

從西元一六一五年至一六四二年，前後經歷二十八年，八旗的主要旗分：滿洲、蒙古、漢軍的二十四固山全都齊備了。至於兄弟民族如達斡爾人，鄂倫春人等，又編入了「布特哈八旗」⑪，也就是打牲八旗。

八旗制度在建立初期，兼有軍事、行政和生產三方面的職能，是與當時滿族社會經濟基礎相適應的，對推動滿族社會經濟的發展起了積極作用。具體而言，它有利於消除滿洲內部「强凌弱，衆暴寡」的混戰狀態，使族內得以治理；它把分散的滿洲人組織起來，使之團結一致；它實行「出則爲兵，入則爲民」的耕戰政策，以保證兵丁自帶給養制度得到長久維持等等。這對滿洲統一局面的形成和鞏固，對軍事力量的加强，促進社會生產力的提高，促進民族間經濟文化交流和滿族共同體的形成等等，都具有積極意義。同時也爲滿族統治者建立清政權和統一全國創造了條件。

但是清人入關以後，情況發生了變化。這時，滿族統治者利用八旗制度加强對人民的控制。作爲一個軍事組織，八旗軍隊和綠營兵共同構成清代統治階級統治全國的工具。這一點正是八旗制度的要害之處。滿族統治者把旗人尤其滿洲甲兵看成是國家的根本，似乎從北京放走一人，江山立即搖曳。因而使八旗兵環繞京城內外紮實地駐守，以維護清政權和其最高主宰者——皇帝，專靠「鐵桿莊稼」——糧餉過日子。雍乾以後，由於人口劇增，八旗生計日漸窘迫，加以限制旗人自由的制度沒變，因此，旗人不必操心謀生而全靠國家供養，清政府已無法滿足旗人日益增加的需求量，這使旗人的生計成了問題。正如沈起元所說：「未有舉數十萬不士、不農、不工、不商、非兵、非民之徒，安坐而仰食於王家而可以爲治者」⑫。其次由於清初對旗人供給優厚，他們採取一種特殊的生活方式，因而官兵逐漸養成驕奢淫逸、貪吃懶散、酗酒賭博的作風。他們出門坐轎，鮮衣艷服，例如禁止縫穿緞靴之時，反而把錦緞作靴裡，做就一種叫「寧綢靴」的穿。

他們坐吃山空之時，便變賣旗地，把兵器也押當了，件件不法的事兒接二連三地幹出來了。甚至如福州駐防兵，每把好馬推下縣崖，大家落個口福，用一句口頭傳呼的隱語叫做「馬湯鍋」。如此一來，它的戰鬥力逐漸減弱，以致連綠營兵都不如。再者，清統治者爲了維護正身旗人的權益⑬，對非正身正戶旗人實行了種種限制，如削減糧餉等等。這樣旗人之間的等級差距擴大了，矛盾激化了，八旗制度更是處於飄搖之中。它雖延續到清代末期，但已無法挽救清王朝滅亡的命運。

注釋

①北京中國第一歷史檔案館藏（下引檔案同）：《八旗雜檔》第一包，四十七號。
②《八旗雜檔》第一包，三十六號；第二包，四十八號。
③《八旗雜檔》第二包，四十八號。
④《太祖武皇帝實錄》（西元一九三二年北平故宮博物院鉛印本）卷四，頁一下。
⑤《太宗實錄》（歷朝實錄影印本）卷四，頁七下。
⑥《太宗實錄》卷五，頁三十八上，頁四十六上載三處。
⑦《清文獻通考》（《萬有文庫》本）卷一七九，頁六三九二。
⑧《世職譜檔》全宗二，襲字三十一號。
⑨《八旗掌故》（北平圖書館藏鈔本。作者應是浙人楊維昆，道光七—咸豐五）上册。

⑩《太宗實錄》卷十，頁三十六上；卷十一，頁十二下。

⑪見《布特哈志略》（《遼海叢書》本）。

⑫《清經世文編》（石印本）卷三十五，頁十上，《擬時務策》。

⑬正身：在八旗範圍內的意義就是正戶（但正戶之內不一定都是正身）。它指稱那些有譜籍可查，的確屬於有名分的各氏族內部成員的旗人。凡是世系無可稽考者，民童過繼與旗人爲嗣者，旗内奴僕得到另開戶頭入於戶籍和丁籍者（即開戶人或稱開檔人）等等，這些被認爲非正身正戶旗人。

南書房

／黃愛平

清代是我國歷史上最後一個封建王朝，清朝貴族為了維護它的統治，把專制主義的中央集權推向中國封建社會的最後一個高峯。而在這一過程中，作為皇帝宮廷御用機構的南書房，曾經起了非常重要的作用。

南書房設於康熙十六年（西元一六七七年）十一月。清朝統治者之所以要設立這一機構，主要目的就是為了加強封建君主的專制統治。清初，專制皇權並不十分集中。清政府保留了帶有滿族貴族軍事部落聯盟組織共同議政色彩的政權組織形式，即議政王大臣會議，又稱「國議」。議政王大臣有很大的權力，「凡軍國重務不由閣臣票發者，皆交議政大臣。每朝期，坐中左門外會議，如坐朝儀」（昭槤《嘯亭雜錄》卷四）。國家的許多重要事務，都由議政王大臣會議決定。另一方面，清政府又仿明制設立內閣，負責票擬諭旨，起草詔令，議決政事等，成為管理全國政務的最高官署。這種情況，顯然不利於加强封建君主的集權統治的。因為國議使少數王公貴族擁有相當的權力，皇帝難以為所欲為；而內閣作為政府的一個正式機構，班居六部之上，地位崇高，其首腦很容易取得各種大權。這對皇權是一個潛在威脅，明代就曾出現過內閣首輔專權的現象。爲了改變這種狀況，康熙在十六年十一月「建立南書房於乾清門石階下，揀擇詞臣才品兼優者充之」（《嘯亭續錄》卷一）。這一設於康熙原讀書處的南書房，實際上是皇帝親自處理政務的機要祕書班子，擁有很大的權力。爲便於宣召，康熙還特地下令「於內城撥給閒房，停其升轉，在內侍從」（《東華錄》康熙朝卷二十），這就是要這些「詞臣」常侍左右，一心一意爲自己效力。於此可見康熙對南書房的重視了。

在南書房供職的官員，「無定員，亦無品級限制（崇彝《道咸以來朝野雜記》），但必須由皇帝親自銓選，「非崇班貴僚、上所親信者不得入」（蕭奭《永憲錄》卷一）。文臣被選入直者，稱「南書房行走」。他們直接秉承皇帝的旨意，撰擬詔諭，發布命令，參預處理全國軍政大事。趙翼說：「時尚未有軍機處，凡撰述諭旨，多屬南書房諸臣，……地既親切，權勢日益崇（《簷曝雜記》卷二），南書房成了皇帝加强專制統治的一個非正式的、特殊的辦事機構。由於南書房的設立，皇權得到加强，國議和內閣的權力大大削弱。康熙時，軍國大事幾乎都由皇帝親理。到雍正初年，又建立了軍機處，舉國軍政大權便全部轉入皇帝的嚴格控制之下，內閣僅處理日常例行事務，國議更是名存實亡，形同虛設。

南書房的設立，還爲了籠絡漢族知識分子。清朝以少數民族入主中原。入關以後，又實行民族高壓政策，國內民族矛盾十分尖銳。淸朝統治者爲了泯滅廣大漢族人民，特別是士大夫階層强烈的反淸意識，採取了一系列措施，南書房的設置，即是其中之一。在南書房內任職的，都是翰林出身的中央官員；而在這些官員中，漢族又占絕大多數。爲了籠絡漢族知識分子，康熙有意識地銓選漢族文官入直，視之爲心腹，委之以重任，給予優厚的待遇。諸如「欽饌給於大官」，「器具之屬皆取於御府」，「珍果膳饈」則常常「撤自御饌」，就連其出入也「皆奉旨，由某門侍衞，某人導引伴送」（章唐容《清宮述聞》卷四）。康熙還不時賜給他們筆墨台硯，字畫詩集等，以示恩寵。如最早供職南書房的漢官高士奇，「最蒙聖祖知眷」，以致聲名顯赫，勢焰日張，「每歸第，則九卿肩輿伺其巷皆滿」（趙翼《簷曝雜記》卷二）。張英也自稱「十載侍從，深受特簡之遇，猥膺超擢之榮，日近光華，仰承顧問，給廬內地，授餐大官，殊恩弄數疊至洊加。從來臣子遭遇，未有如臣今日之寵渥者也」（張英《篤素堂集》卷三）。由於南書房的特殊地位和皇帝的特別優待，使得南書房行走的權勢和地位，遠過他人之上，南書房也就成了京朝文臣官員引頸相望之處。很多著名的漢族知識分子，如陳廷敬、王士禎、朱彝尊、徐乾學、王鴻緒、查愼行、胡渭、熊賜履、李光地、張廷玉、方苞等，都在南書房內任過職。誠如昭槤所說：「一時卿相如張文和、蔣文肅、厲尙書廷儀、魏尙書廷珍等，皆出其間，當代榮之」（《嘯亭續錄》卷一）。可以看到，在籠絡、控制和利用漢族知識分子和士大夫，維護淸王朝的統治方面，南書房是起了一定作用的。

南書房還是講經論史、撰文作詩、侍奉皇帝讀書的地方。滿族貴族入主中原，遇到的是比它要先進得多的封建政治、經濟、文化制度。他們要維持和鞏固自己的統治，就必須逐步接受漢族的先進文化，了解並援用歷代的統治方式和有關制度。康熙在這方面是很注意學習的。張英曾記載：「康熙十二年癸丑（西元一六七三年）春，天子御講筵，從容與學士言：朕願得文學之臣，朝夕置左右，惟經史講誦是職。」（《清宮述聞》卷四轉引）在南書房供職的官員，要經常給皇帝講析儒家經典以及歷代興亡之迹，還要不時應制賦詩、評論書畫，或代皇帝書寫賜給王公大臣的條幅。高士奇曾說：「余自康熙丁巳（西元一六七七年）叨塵侍從，日值大內南書房，寒暑無間，將十有三年，日惟探討載籍，與筆硯爲伍」（《清宮述聞》卷四轉引）。康熙也「與諸文士賞花釣魚，剖析經義，無異同堂師友」（《嘯亭續錄》卷一）。可見，南書房又有適應清朝統治階級趨於漢化的作用。

雍正朝設立軍機處以後，軍政大權即歸於軍機處。曾以講經論史、賦詩作文爲名，而行加强封建君主專制統治之實的南書房，就眞正成了專師文詞書畫，僅供奉皇帝讀書撰文、吟詩作畫、消遣玩樂的地方，直至與清運相終結。

清代「筆帖式」

／杜家驥

筆帖式，是清朝政府各機構中負責翻譯文書、掌理簿籍的一種低品級官，可稱作是「文書官」，或「書記官」。筆帖式一詞，是滿文名詞bithe（書、信、文之義，讀作「筆特赫」）加上附加成分si（音近於漢語的「希」或「式」）而成的一個派生名詞。起初作爲對掌管文書、簿籍、帳目等人員的稱呼，後來才成爲官名。它的正規讀音應是「筆特赫希」，或「筆特赫式」①，俗讀「筆帖式」。在清政府的各部、院、府、寺等衙署中，普遍設置筆帖式，而且數額很大，從乾隆四十五年所修的《歷代職官表》來看，諸如都察院、內務府、刑部、戶部筆帖式都在百名以上，其他如兵部、工部等也有幾十名不等。不僅數量大，而且這種官在清朝入關前後相當長一段時期的社會政治生活中占有特殊地位，所以它遍見於清史典籍。

早在天命建元以前的西元一六一五年，努爾哈赤設置倉庫管理人員中，就有筆帖式八名，負責糧食出入的帳目。但當時還不是官，作爲官名，見於記載的，最早是在王氏《東華錄》的天聰三年（西元一六二九年）二月初二日中，有「掌糧官筆帖式」一語，證明在此之前，筆帖式已作爲官名出現了。同年四月，後金汗皇太極命儒臣入直文館，其中又有剛林、吳巴什等八名筆帖式，負責翻譯漢語書籍，記注後金政權的政事得失。至天聰五年（西元一六三一年）七月，後金設立六部，各部又設「辦事筆帖式」，並且下令，「文臣賜號榜式②者，仍許舊稱，餘稱筆帖式」③，至此，筆帖式已普遍存在於後金政權的各機構中了。就官品而言，當時最高者爲五品，最低者僅九品，雖然品級不高，可職務卻相當重要，由於當時制度不完善，「未備文學、翰林之職」，所以「凡制誥、簿籍」就都由筆帖式負責④。另外在文館中入直的筆帖式還有兩項重要職責，一是負責翻譯和日講，另一項是記注汗的起居和朝政得失。當時，後金進入遼瀋一帶，君臨的是早已高度封建化的廣大漢族地區，極需要漢族的統治經驗，皇太極在身邊漢官的啓迪下，除了命巴什達海和筆帖式翻譯《資治通鑑》、《六韜》、《四書》等典籍外，還經常讓他們講解，因此，皇太極在當時有「樂聞古今得失」之稱。天聰六年（西元一六三二年）八月，汗官沈文奎鑒於當時文館在達海死後，筆帖式中僅恩國泰一人精通漢文經典，又建議再選一二個通文義的筆帖式和秀才，分別擔任翻譯和講解。這時的筆帖式實際又擔任著後來翰林院中侍讀、侍講及纂修國史的職責，在當時滿族文化落後而社會又處於急劇變化之際，這些不可多得的文士向滿族的上層掌權者們講述了漢族封建統治者歷代以來治亂興衰的經驗教訓和漢族的封建綱常倫理，促進了滿族的封建化。

清入關後，建立了以滿族貴族爲主體的滿漢地主階級的聯合統治，中央機構中，六部、都察院、通政使司、大理寺等重要衙門的尙書、侍郎、左都御史、通政使、卿一級的職務，不且由滿人擔任，而且還設有同等數量的漢官。清朝皇帝又規定政府各機構中往來文移滿漢文並用，這樣，兩種文字的交流就成了一件大事，而熟悉滿、漢兩種文字的筆帖式就成了這一工作的主要擔當者。更重要的是由於清初地方督撫及中下層官吏多由漢人充任，這些人不會滿文，章奏文書只用漢文，而當時中央各部、院的主要掌權者滿族貴族們又有不少是嫻於騎射而粗通文墨，無法全面、確切地掌握漢文章奏的內容，妨礙了統治權力的行使，甚至會使大權旁落於漢官之手，所以筆帖式的設置就更必要了，不但中央各機構，就是地方的督撫衙門，都有設置。以後，隨著中央和衙署的不斷健全和擴大，筆帖式數額也不斷增加，職務也越來越龐雜了。

筆帖式主要負責翻譯文書。另外還擔任謄錄、收發文移、掌理稿件簿籍等一般文墨雜物及其他低級事務性工作。就其職務而言，主要有翻譯筆帖式、繕本筆帖式、貼寫筆帖式、掌稿筆帖式等多種名目。

擔任筆帖式的只能是八旗旗人，而旗人中滿人又占絕大多數，蒙人和漢軍旗人人數很少。因此，筆帖式的大量額缺，不但爲八旗滿人中的知識分子安排了官場職業，而且也爲他們進入官僚階層開闢了廣闊途徑，這是廣大的漢族知識分子所無法比擬的。筆帖式主要通過考試得官，也有通過捐納、議敍等得官的情形。旗人中，不論是原已取得文武舉人、貢生、監生、翻譯生員身分的，還是沒有這種身分的官學、義學學生，驍騎閒散、親軍領催、庫使等等，都可入試。入選者，據其原來身分，舉人、貢生用爲七品，監生、翻譯生員用爲八品，官、義學生，驍騎閒散等用爲九品⑤。

擔任筆帖式，不僅是旗人入仕的便利途徑，而且是一條升遷的捷徑。清代，每三年百官要考核評級，並以此作爲升轉的一個重要依據，「京察一等」和「大計卓異」都有定額，據《清史稿》志八十六選舉六考績載，筆帖式是八人拔一，而道、府、州、縣官是十五拔一，佐雜、教官等百三十拔一，顯然，筆帖式升遷的可能性要比同品級或較高品級的地方道、府、州、縣官大得多。在部、院等機要部門中的筆帖式，更由於諳習政務，補官尤其容易，「或不數年，輒至通顯」。嘉慶朝以前，由筆帖式而擢至朝廷大員或封疆大吏者比比皆是，著名者如剛林、年羹堯、兆惠、舒赫德、松筠、托津、長齡、嵩貴、英善、富俊、福寧、和琳等人或至大學士、大將軍、軍機大臣，或至尚書、侍郎、總督、巡撫，所以清人稱有筆帖式之處爲「文臣儲才之地」，「將相大僚多由此途歷階。」

由於清代皇帝屢次詔旨滿人以清語、騎射爲其根本，規定滿族官員必須通曉滿語、滿文，滿人科舉都要加試滿文，三年一次考核中，不諳滿語者，不能列爲「上考」，所以筆帖式一職也因爲滿文在公文中的不斷使用而成爲要職。可是帝王的意志畢竟阻擋不了兩族融合的趨勢，抵抗不住先進的漢族文化的主流，京旗以及駐防各地的滿族官員、庶民與漢人長期相處，逐漸也即忘卻了本族的語言，學習滿文的也日漸稀少，「雖詔旨諄諄勉以國語（滿語）騎射爲旗人根本，而應試者終屬寥寥。」筆帖式也便隨著這種發展的趨勢而逐漸失去在政治上的重要性，到了道光中葉以後，就只是負責單純的低級文墨雜務了，只有在內務府、理藩院這些仍然大量使用滿文的機構中，筆帖式還顯得很重要，所以官職上還殘存著六品筆帖式代理主事，其他衙署，早在乾隆中葉後，最高者也就七品了。在官職的升轉上，道光中葉以後，只有那些精通漢族儒學的滿族進士、舉人出身的筆帖式，可以轉翰林院中的重要官職，一般的筆帖式則不在話下了。

注釋

①《聽雨叢談》卷一。

②榜式，即巴克什。巴克什，漢語博士的轉音，是入關前滿族對深通文墨者的賜號，又近於官名。

③王氏《東華錄》天聰六。

④《聽雨叢談》卷一。

⑤《清史稿》志八十五。

花翎漫談

／施小樵

從反映清宮生活的電影中，可以看到那些王公貴族峨冠博帶、衣著十分華麗講究。而有的人在珠光閃爍的禮冠上，還拖著一根孔雀翎。皇帝發怒，要懲治某人，則大喊：「拔去花翎！」作爲制裁手段。花翎即孔雀翎，在清代是極爲重要的冠飾。關於花翎來源，清代福格《聽雨叢談》卷一有這樣一段記載：「（明）都督江彬等承白紅笠之上，綴以靛染天鵝翎，以爲貴飾，貴者飄三英，次者二英，兵部尚書王瓊得賜一英。冠以下教場，自謂殊遇。似與今三眼雙眼單眼花翎之制相同。惟雉尾鵝翎，不及本朝之孔翠壯觀多矣。」清陸心源在《翎頂考》中也說：「靛青天鵝翎即今之翎頂，此乃翎制之肇端也。」（見《儀顧堂集》卷二）可見孔雀翎似來源於明朝的靛青天鵝翎。

花翎在等級森嚴的清王朝，是一種「辨等威、昭品秩」的標誌，非一般官員所能戴用。花翎本身有三眼、雙眼、單眼之分，所謂「眼」指的是孔雀翎上的眼狀的圓花紋，一個圓圈就算作一眼。翎眼的多寡，也反映了嚴格的等級差別。《清史稿・禮志》和《清會典事例・禮部・冠服》記載：皇室成員中爵位低於親王、郡王、貝勒的貝子和固倫額駙（皇后所生公主的丈夫），有資格享戴三眼花翎；清宗室和藩部中被封爲鎭國公或輔國公的貴族，還有和碩額駙（妃嬪所生公主的丈夫），戴雙眼孔雀翎；五品以上，在皇宮服務的內大臣、前鋒、護軍和統領、參領（擔任這些職務的人必須是滿州鑲黃旗、正黃旗、正白旗出身），戴單眼孔雀翎。可見花翎是清朝居某種地位的王公貴族特有的冠飾，而「外任文臣無賜花翎者」（昭槤《嘯亭續錄》卷一）。在清宗室藩部內，也「不得逾分濫用」（《清會典事例》卷三二八）；在尙武風氣猶存的清朝，即使是有資格戴用花翎的王公貴族們也並非生下來就可享戴，而是在十歲時，經過必要的騎、射兩項考試，合格後才能戴用。不過，到後來花翎賞賜漸多，才不一定經過考試了。花翎如此高貴，因而在清朝特別被人重視和嚮往。

福建提督施琅，本是明朝將領鄭芝龍的部將，他降清後隸屬漢軍鑲黃旗。康熙年間，在平定台灣時立了頭等大功，還建議在台灣屯兵駐守，以備抵禦外來侵略者。他的功勞與建議得到了康熙皇帝的讚賞，被賜予御用袍等榮貴物品，封爲「世襲罔替」的靖海侯。所得榮譽足夠顯赫，但是施琅卻上疏，力辭侯位，而懇切要求「照前此在內大臣之列賜戴花翎」。這件事，引起朝廷的震動，大臣們認爲在外的將軍提督，無賜花翎的先例。而眼光遠大的康熙皇帝則特別下旨予以賜戴，他說：「以開疆海外，削平僭僞之元勳，賞翎弗及，以澤延後世。」（陳康琪《郎潛紀聞》卷二）拿「巍巍五等之崇封」，要去換取一枝花翎，這就可以看出當時崇尙花翎的風氣。

此後，清最高統治者爲了籠絡收買人心，鼓勵臣下爲其效力，開始把花翎賞賜給對封建王朝作出特別貢獻的官員。乾隆皇帝曾明確宣稱：花翎可「特賞軍營奮勇出力之員」，並規定，「如有建立大功，著有勞績，理應戴用（花翎）者，各該將軍大臣等，即應聲明具奏，令其戴用」（《清會典事例》卷三二八）。這樣，花翎的作用擴大，不僅是某種地位的標誌，而且也成了顯赫軍功的象徵。

大臣中因功賞賜的花翎，也有三眼、雙眼和單眼之分。乾隆時功勳卓著的保和殿大學士兼軍機大臣傅恆，據《清史稿》本傳載，曾先後被賜予雙眼花翎兩次、三眼花翎一次，每次他都感到誠惶誠恐，上疏力辭，不敢戴用，可見花翎在當時人們心目中的地位。乾隆以來直至清末被賜三眼花翎的大臣只有乾隆時的傅恆、福康安，嘉慶時的和琳，道光時的長齡、禧恩，光緒時的李鴻章、徐桐，總共七人（據朱彭壽《舊典備徵》卷二）。這也說明清統治者賜給臣下花翎是非常審慎的。據《嘯亭續錄》記載，大臣中賜雙眼花翎的也不過才二十餘人。難怪賞賜花翎，被看作是「寵遇尤隆」的「千古榮遇」，被賞賜的人能夠對皇帝「感激涕零」了。

清朝的宗臣中最爲顯貴的是親王、郡王和貝勒，按照規定，是不戴花翎的。而花翎這種貝子以下的「臣僚之冠」，由於日益爲人所重視，也被親郡王們看中了。於是，一位郡王以擔任前鋒統領爲理由，竟向乾隆乞戴花翎，乾隆認爲「花翎乃貝子品制，諸王戴之，反覺失制」。有一位大臣說：他年幼，「欲戴之以爲美觀」，乾隆這才說：「皆朕之孫輩，以爲美觀可也。」同意了這位郡王的要求。這樣，親王、郡王、貝勒就開始戴三眼花翎了（據《嘯亭續錄》卷一）。

花翎的賞賜雖然嚴格，但趕得巧，也可能在皇帝高興時意外地得到它。新疆張格爾叛亂，道光皇帝「銳意太平，望捷若渴」。各省的文報，按照規定是由兵部經奏事處上報皇帝的。有一位宦況淒涼的老司員，平常獨乘驢車出入，行止都在別人後面，被人鄙爲「寒傖翁」。擒獲張格爾的捷報傳來時，天色已晚，官員們都已回家，而兵部來不及派值班的人去奏報，湊巧這位「寒傖翁」仍在公署，於是便派他去報捷。道光皇帝聽到平張的捷報後，大喜過望，下旨說：「報捷音者，賞戴花翎，著軍機處行走。」老司員眞可謂「時來運轉」，受寵若驚；而當時的人也不得不嘆服老司員的福氣（《淸稗類鈔》）。

淸朝後期，花翎的賞賜範圍漸漸擴大。過去「非軍功不准保薦」，「若建績大臣及賞賜王公宗室大員子弟，並行圍、較射、射牲、贊禮嫻熟等項，（賞賜花翎）皆出自特恩」。到了道光二十八年（西元一八四八年），恭修玉牒告成，定親王載銓奏獎賞戴花翎，開了對在其他方面作出貢獻的人保擧花翎的先例。道光時刑部郞中耆齡還因平反冤獄有功被特賞花翎（薛福成《庸盦筆記・書涿州獄條》）。後來則更有了捐翎的例制。鴉片戰爭後，淸國庫空虛，財政窘迫。廣東洋商伍崇曜、潘仕成捐十數萬兩銀子，無法褒獎，於是被賜戴花翎，自覺榮耀無比。以後淸最高統治者還明確規定了捐翎的金額，花翎七千兩實銀，藍翎五千兩（據福格《聽雨叢談》卷一）。

上面所說的藍翎，也是與花翎性質相同的一種冠飾，以染成藍色鶡鳥羽毛作成，無眼。六品以下，在皇宮王府服務的侍衞官員享戴，也賞賜地位較低而又建立功勳的小軍官。鶡生性好鬥，至死不卻，武士冠上插鶡翎，正顯示武士的英勇，淸以前就有這樣的習慣。如《後漢書・輿服志》記載：「（武冠）加雙鶡尾豎左右，爲鶡冠云」。而淸代把鶡翎染成藍色，所以又稱「染藍翎」。藍翎與花翎一樣，也規定了許多有關戴用的規矩（見《清會典事例》卷三二八）。

花翎的作用是昭明等級和賞賜軍功，從內容到形式上加强封建專制的威權，清朝各代皇帝都三令五申，制定了許多清規戒律，既不能僭越本分妄戴，又不能隨意不戴，違反者則「嚴行參處」。爲了整肅朝廷的威儀，甚至降職留任或革職留任的官員，仍然要按其本任的品級穿戴（《清會典事例》卷三二八），因此，那「拔去花翎」，實際就是非同一般的嚴重處罰了。

司母戊鼎的發現和價值

／楊　雲

在出土的古代青銅器中，司母戊鼎是殷代青銅器的代表作。司母戊大方鼎是西元一九三九年三月在河南安陽侯家莊武官村吳玉瑤家的農田中發現的。這裡距武官村大墓西南隅大約八十米。大鼎出土後，因太重太大，移動困難，人們便想鋸斷大鼎，然後運出。但是，由於日本侵略者多次勒索和强購，當時恐怕被日寇掠取，便把大鼎又重新埋在地下。抗戰勝利後，西元一九四六年六月大鼎重新掘出，但已失去一耳。大鼎出土後，先存放在安陽縣政府，同年十月移到前中央博物院籌備處（解放後稱南京博物院）。西元一九五九年，中國歷史博物館在北京建館，又將方鼎運到北京展出。現在中國歷史博物館展出的是原鼎的複製品，眞品早已作爲珍貴的歷史文物保護起來了。

司母戊鼎是世界上罕見的青銅器貴重文物，它是迄今爲止所有出土的鼎中最大最重的。鼎重八七五公斤，高一三三釐米，口長一一〇釐米，寬七十八釐米，足高四十六釐米，壁厚六釐米。鼎大得可以做馬槽，所以人們又叫它「馬槽鼎」。

司母戊鼎紋飾美觀莊重，工藝精巧，一向爲世人所欽羡。它的價值因此而更高。鼎身四周鑄有精巧的盤龍紋和饕餮紋，增加了文物本身的威武凝重之感。饕餮是傳說中好吃的野獸，把它鑄在青銅器上，表示吉祥、豐年足食。耳廓紋飾俗稱虎咬人頭紋，這種紋飾是在耳的左右作虎形，虎頭繞到耳的上部張口相向，虎的中間有一人頭，好像被虎所吞噬。耳的上面還有兩尾魚形。足上鑄的蟬紋，圖案表現蟬體，線條清晰。

大鼎的腹內長壁上有三個銘文「司母戊」。關於這三個銘文如何解釋，目前學術界有三種說法：

一、一般的解釋認爲這鼎是商王爲祭祀他的母親戊而鑄造的。「司」解釋爲職司、官司、典司。

二、另一種解釋認爲這是一個氏族的名稱。

三、第三種解釋把「司」釋爲祠。「祠」就是祭祀的意思。

也還有把「司」釋作王后的「后」字的。「母戊」是誰呢？最早的推測，母戊是殷王武乙的配偶妣戊，即文丁的母親，作器者則爲文丁。卜辭記載文丁的配偶爲妣癸，而帝乙的配偶卻不見記載，因此陳夢家同志認爲，「母戊」可能是帝乙的配偶。據此，則大鼎爲殷墟晚期的器物（陳夢家《殷代銅器》，見《考古學報》西元一九五四年，第七册，第三十頁）。另一種意見認爲，「母戊」可能是指武丁的法定配偶或祖甲的法定配偶，因此作器者可能爲祖庚、祖甲、或廩辛、康丁。這樣，該鼎就是殷墟前期的遺物（《考古》西元一九七七年第一期）。

司母戊鼎是我國殷代青銅器的代表作，有人曾用光譜定性分析它的合金成分，結果表明大鼎的成分和殷代一般銅器的成分基本相同。人們又對銅、錫、鉛三元素用化學分析的沈澱法進行了定量分析，結果表明大鼎的合金成分是：銅占百分之八十四點七七，錫占百分之十一點六四，鉛占百分之二點七九，這一分析與《周禮・考工記》上說的「六分其金而錫居一」的記載基本是相符的。

關於大鼎的鑄造方法，根據考古工作者的觀察分析，認爲大鼎是採用組芯的造型方法，即先用土塑造泥模，用泥模翻製陶范，再把陶范合到一起灌注銅液。從鑄造痕迹來看，司母戊鼎是用二十塊範鑄成的。司母戊鼎出色的鑄造技術，標誌著商代青銅鑄造技術的發展水平。

瓦罐・龍骨車・抽水機

——漫談古代的灌溉工具

／陳仲安

在使用現代化的抽水機以前，我國農業主要的灌溉工具是龍骨車。龍骨車的名稱，大概始自北宋時期，屢見於當時人的詩文中。北宋著名的改革家王安石的《元豐行示德逢》詩云：

四山翛翛映赤日，田背坼如龜兆出，湖陰先生坐草室，看踏溝車望秋實。雷蟠電掣雲滔滔，夜半載雨輸亭皋，旱禾秀髮埋牛尻，豆死更蘇肥莢毛。倒持龍骨掛屋敖，買酒澆客追前勞。（下略）

這首詩非常生動地描繪了用龍骨車車水抗旱的情景。又在他的《山田久欲坼》詩中，也有「山田久欲坼，秋至尚求雨，婦女喜秋涼，踏車多笑語。……龍骨已嘔啞，田家眞作苦」的句子。兩首詩都用了「龍骨」這個名稱。北宋著名文學家蘇東坡也有首描寫龍骨車的詩：

踏車圖

翻翻聯聯銜尾鴉，犖犖確確蛻骨蛇，分畦翠浪走雲陣，刺水綠秧抽稻芽。

用「銜尾鴉」和「蛻骨蛇」來刻畫龍骨車的形狀，也是維妙維肖的（見圖一：《踏車圖》，採自宋應星《天工開物》）。

這種形似龍骨、節節相連的水車在宋代出現，應該有一個長時期發展的歷程。那麼，宋以前更爲原始的灌溉工具是什麼呢？

我國原始的汲水工具是甕缶瓶罐之類陶製容器，新石器時代考古發掘出土的文物中，已經屢見不鮮。可能還有用竹木做成的筒桶之類，由於容易腐朽，所以出土文物中少見其例。但從他處原始社會末期的兄弟民族生活習慣中，還可得到旁證（如雲南有些高山民族用竹筒背水）。用這種容器直接到河、湖、池、井中取水，提攜抱負而出，是很辛苦的，效率也不高。出土文物中的尖底瓶，盛水滿則正，虛則覆，便於汲水，已是當時最巧妙的方法。後來，人們逐漸知道使用桔槔。《莊子・天地篇》講了一個故事：

子貢南游於楚，返於晉，過漢陰，見一丈人，方將為圃畦，鑿隧而入，抱甕而出灌，搰搰然用力多而見功寡。子貢曰：「有械於此，一日浸百畦，用力甚寡而見功多，夫子不欲乎？」為圃者仰而視之曰：「奈何？」曰：「鑿木為機，後重前輕，挈水若抽，數如泆湯，其名為槔。」

下面記載漢陰丈人回答道：這種機械我不是不知道。只是使用機械便會有機心（計較得失之心），我不願有機心，所以不用。類似的故事還見於劉向《說苑》。又《莊子・天運篇》說：

顏淵問師金曰：「子獨不見桔槔乎？引之則俯，舍之則仰。」

具體描繪了桔槔使用的形態（見圖二：《桔槔圖》，採自《農政全書》）。《莊子》成書在戰國時，所敍雖是寓言，但可以說明那時人們已熟知桔槔的使用方法。桔槔是利用槓桿的原理以節省力氣的提水工具，製作簡便，是農家最常用的器械。但它只能使用於淺井、低岸，對於深井、高岸，它是不適用的。於是又發明轆轤。據宋人高承的《物原》記載，「史佚始作轆轤」。相傳史佚是西周初年的史官，那麼它的發明已在西元前一千一百多年。不過這種記載不一定可靠。轆轤是一種可

桔槔圖

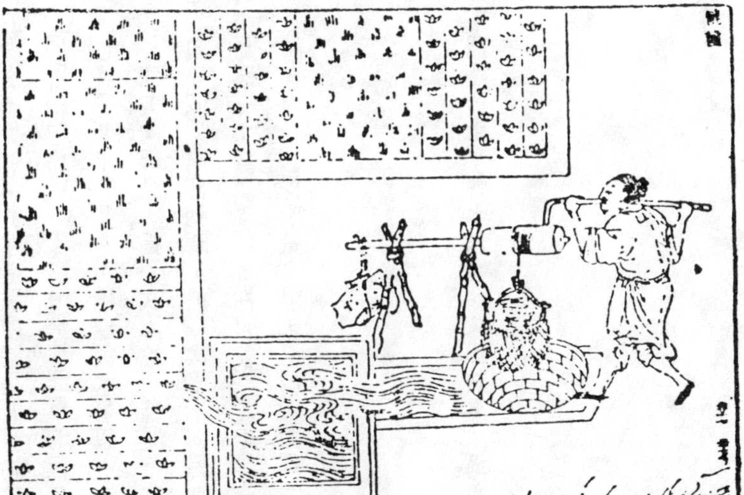

轆轤圖

以轉動的軸，在軸上絞纏繩索以引物上升。它不只用於汲水，也可用於建造房屋時提升重物。建國後，在陝西周原發掘出來的周人早期建造的宮室，規模已相當巨大，沒有這種簡單的起重機械，是不可想像的。因此，它的發明決不會晚於西周，也許還要早一些。用轆轤汲水可以有兩種方式，一種是單向汲水，即用一條繩子繫一只吊桶，從一個方向轉動，提一次水。一種是雙向汲水，即用兩條繩子繫兩只吊桶，以相反方向纏於軸上，向一個方向轉動時，提一次水，向另一方向轉動時，又提一次水。實桶上，虛桶下，交互運轉（見圖三：《轆轤圖》，採自《農政全書》）。轆轤適用於深井，現在北方農家汲飲用水還普遍使用轆轤，但是它提水量有限，用於大面積的灌溉，顯然是不夠的。

東漢、三國時翻車的出現，是汲水工具的大進步。《後漢書．張讓傳》：

又使掖庭令畢嵐……鑄天祿蝦蟆，吐水於平門外橋東，轉水入宮。又作翻車、渴烏，施於橋西，用灑南北郊路，以省百姓灑道之費。

唐人李賢注道：

翻車，設機車以引水；渴烏，為曲筒以氣引水上也。

按：天祿是神話傳說中的猛獸，這裡是指用白石鑿成天祿和蝦蟆形狀的洩水涵管，猶如現今有些公園水池旁的吐水龍頭。渴烏本是我國古代漏刻計中的零件。《初學記》卷二十五載李蘭《漏刻法》說：「以器貯水，以銅爲渴烏，狀如鈎曲，以引器中水，於銀龍口中吐入權器。」陸機《漏刻賦》說：「口納胸吐，水無滯咽。」它實際是一個虹吸管。古代人認爲靈烏是太陽之精，太陽是古代人辨別早晚的主要依據，所以把漏刻計中這個關鍵性零件用銅鑄爲烏形，讓它的口從上壺中吸水而從胸部流入下壺。由於它吸水永遠不完，因此名爲渴烏。畢嵐把渴烏用於引水灑道，當然不是像漏刻計中那樣涓涓細流，而是能夠通過較大水量的曲筒。虹吸管是利用虹吸現象進行引水的裝置，它雖然可以使水翻過壺沿、堤埂，卻不能眞正引水上升。引水上升的是翻車。《張讓傳》和李賢注沒有說明翻車的運動形狀。《三國志．杜夔傳》注中有關於馬鈞造翻車的記載：

> 居京都，城內有地，可以爲園，患無水以灌之，乃作翻車，令童兒轉之，而灌水自覆，更入更出，其巧百倍於常。

描繪翻車運轉情況，比較生動具體。元朝人王禎著《農書》，認爲它就是龍骨車（見圖四：《手轉龍骨車圖》，採自宋應星《天工開物》）。但是，它是不是龍骨車還有待考究，因爲後來所見的水車中，至少還有一種筒車符合「灌水自覆，更入更出」的形象。上述資料，說明自三國時起，翻車已開始用來灌園。我們還可舉出一條佐證。《全三國文》卷三十應璩《與尚書諸郎書》載：

雖欣皇天之降潤，亮水車之思雨，私懷蹙額，良不可言。

這幾句話意思不夠明顯，但有「水車」二字，又與「降潤」、「思雨」等詞聯繫在一起，應該是指灌溉工具。這是目前所知「水車」二字的最早的一條資料。應璩是魏文帝、明帝時人，與馬鈞同時，居住在洛陽，有個園子在洛陽附近。因此他所使用的水車，很可能就是畢嵐、馬鈞所發明的翻車。不過，這時翻車的使用，還只是限於灌園，限於當時士族地主的田園別墅，並沒有普及到一般農家。因爲它的構造比較複雜，需要像馬鈞那樣的巧匠才能製造，而當時的耕地主要是在平原，自流灌溉比較容易。北方主要種植旱作物，需水量不多；南方雖種水稻，主要是在陂澤地帶，取水比較便利，對於高效率灌溉工具的需要還不那麼迫切，因此它的推廣受到了局限。

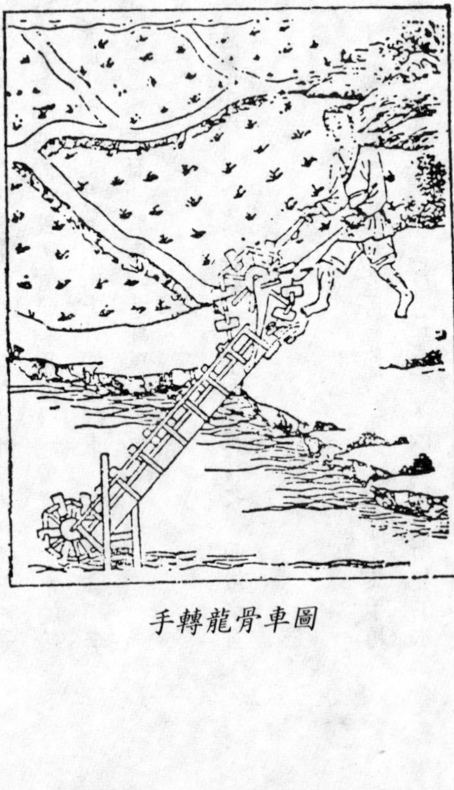
手轉龍骨車圖

兩晉南北朝時，人們提到的灌溉工具主要還是桔槔、轆轤。如西晉郭璞《井賦》云：「鼓鹿盧，揮勁索，飛輕袪之繽紛，手爭鶩而互搦，長緤委蛇以曾縈，瑤甕龍騰而灑激。」東晉王彪之《井賦》云：「方欄結，鹿盧懸，下汲瓶而互汲，飛繼綆而幽牽。」它們都是描寫用轆轤汲水的情形。北魏賈思勰的《齊民要術》是談農業生產的專書，但他提到的灌溉工具也只有桔槔、轆轤，柳罐。其書卷三十《種葵篇》云：

近州郡都邑有市之處，負郭良田三十畝，……穿井十口，井別作桔槔、轆轤。井深用轆轤，井淺用桔槔。柳罐令受一石，罐小，用則功費。

戽斗圖

柳罐似即桔槔、轆轤上面的盛水器（見圖三：《轆轤圖》）；或者是兩人相對牽引的戽斗（見圖五：《戽斗圖》，採自《農政全書》）。賈思勰只是在談蔬菜種植時談到灌溉工具，而關於糧食作物的種植卻未提及，所提到的灌溉方法，主要是自流灌溉。如其書卷二《種麻子篇》說：

天旱，以流水澆之，……無流

水，曝井水，殺其寒氣以澆之。

同卷《水稻篇》則引《周官》云：

稻人，掌稼下地，以瀦畜水，以防止水，以溝蕩水，以遂均水，以列舍水，以澮瀉水。

自注云：「瀦者，畜流水之陂也；防，瀦旁堤也；遂，田首受水小溝也；列，田之畦畤也；澮，田尾去水大溝。」完全沒有提到如何提水的方法。可見當時對穀物灌溉還是以「舉插爲雲，決渠爲雨」的方式爲主。南朝謝靈運《山居賦》描寫他的園中，「阡陌縱橫，塍埒交經，導渠引流，脈散溝並」，也是一幅自流灌溉的圖畫。

自流灌溉在平原和陂澤地區較易辦到，在丘陵山坡地就需要有高效率的提水工具。魏晉南北朝時，地主莊園迅速發展，占山護澤的多了起來，耕地逐步從平原推進到丘陵山地。這種趨勢發展到唐朝開元、天寶年間達到高峯，「雖高山絕壑，耒耜亦滿」（元結《問進士》）。灌溉工具的需要比過去迫切多了，因此在唐代關於水車的資料多了起來。《太平廣記》卷二五〇引《啓顏錄》云：

唐鄧玄挺入寺行香，與諸僧詣園，觀植蔬，見水車以木桶相連，汲於井中。乃曰：「法師等自踏此車，當大辛苦。」答曰：「遣家人挽之。」鄧應聲曰：「法師若不自踏，用如許木桶何為？」僧愕然思量，始知玄挺以「木桶」為「幪禿」。

讀了這則笑話，使人不禁想起「十五只吊桶打水，七上八下」的俗語。武則天時代的鄧玄挺所見的水車，大約就是這種成串的吊桶。這種水車應是由轆轤發展而來的，轆轤只是一段圓木，它能絞纏繩索而不能通過木桶（或竹筒）。要能通過木桶，必需造作車輪形的機械，使由下而上的木桶繞過車輪而由上向下。因其形似車輪，所以名爲水車。它十分符合「灌水自覆，更入更出」的形象。明末徐光啓著《農政全書》，說到當時在河南及眞定（今河北正定）一帶有龍骨水斗（見圖六，採自劉仙洲《中國機械工程發明史》），大約就是根據這種水車的運轉原理，改繩繫成串木桶爲鏈式木斗。這種水車適用於深井汲水，運動方式是直上直下，可稱爲立井式水車。但在河岸、渠傍或陂塘中汲水，必

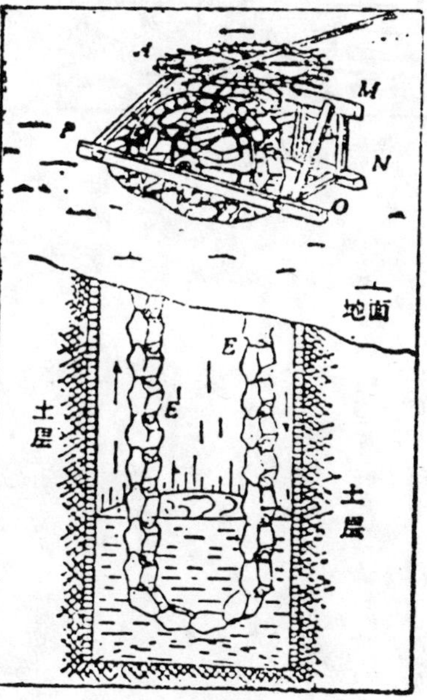

龍骨水斗

須斜放，它就不適用了。元人王禎《農書》所介紹的高轉筒車，可說是這種立井式水車的改造（見圖七：《高轉筒車圖》）。《農書》云：

高轉筒車，其高以十丈為準。上下架木，各豎一輪，下輪半在水內，各輪徑可四尺。輪之一周，兩旁高起，其中若槽，以受筒索。其索用竹，均排三股，通穿為一，隨車長短，如環無端。索上相距五寸，俱置竹筒，筒長一尺。筒索之底，托以木牌，長亦如之，通用鐵線縛定，隨索列次，絡於上下二輪。復於二輪筒索之間，架刳木平底行槽一，連上與二輪相平，以承筒索之重。或人踏，或牛曳，轉上輪，則筒索自下兜水，循槽至上輪覆水，空筒復下，如此循環不已。

高轉筒車圖

這種筒車比上述立井式水車或龍骨木斗多了一個下輪和承重行槽，而運動原理卻是相同的，可稱爲斜臥式水車，適用於高岸水源。高轉筒車不知始於何時，但唐人劉禹錫描寫過一種適用於高岸水源的汲機。《劉賓客文集》卷二十七《汲機記》說到他被貶爲朗州（今湖南常德）司馬時，住在城內，城外便是江流，可是隔著城牆，用水很不方便。一天有個工匠來看了，認爲居室距江邊並不遠，可以用機械汲水，劉禹錫請他建造。

> 由是，比（批，即剖）竹以為畚，置於流中，中植數尺之臬（柱），輂石以壯（加固）其趾（基礎），如建標焉。索綯以為絙（大竹索），縻於標垂（縛在柱端），上屬數仞（指城牆）之端，亘空以峻其勢，如張弦焉（像弓弦一樣拉直）。鍛鐵為器，外廉（邊楞）如鼎耳，內鍵（鑰牡為鍵）如樂鼓，牝牡相函（子母相套），轉於兩端（來回於城頭和柱端之間），走於索上（在索道上滑動），且受汲具（懸吊著汲瓶）。及泉（水流）而修綆（長繩）下垂，盈器（汲器內水滿）而圓軸（轆轤）上引，其往有建瓴之駛，其來有推轂之易。瓶繘（繩）不羸（損壞），如搏（抱持）而升。枝長瀾（分取流水），出高岸，拂林杪，逾峻防（指城垣）。剞蟠木（大木）以承澍（水），貫脩筠（長竹）以達脈，走下潺潺，聲寒空中，通洞環折，唯用所在。

詳審劉文，似乎是在城頭樹一木架，架上裝置轆轤（圓軸）。江邊流水中，用竹籠（畚）盛石作基礎，建一木柱。柱端和木架之間綳一條大竹索，成爲索道。用鐵造成外形像鼎耳，內部有個像樂鼓的（圓形而又可轉動的）器械，它可能是個鐵鈷轆（即滑輪），鐵鈷轆上懸吊汲具如瓶罐之類。套在索道上循環往來。鐵鈷轆用長繩繫住，長繩纏在鈷轆上。汲水時，鐵鈷轆帶著空瓶順勢而下，到江水中，由於流水的沖激，自然汲滿了水，然後轉動轤轆，沿索道牽引上升。達到城頭後，由於傾入木槽中，再用長竹打通竹節，連成管道，引至用水處所（見圖八：《汲機示意圖》）。如果我們的理解不錯，那麼劉禹錫所見的汲機，實際上是改直上直下的轆轤爲斜上斜下的轆轤，還不是王禎所述高的轉筒車。但是如果進一步改造，參照立井式水車的方式，易轆轤爲車輪，易索道爲承重行槽，易繩牽鐵鈷轆懸吊汲具爲繩繫若干竹筒，再改江中木柱爲木架，裝置車輪，就可改造爲高轉筒車（見圖九：《水轉筒車圖》）了。當然，古人的發明創造不一定是循著這條思路進行的。

汲機示意圖

唐人陳廷章的《水輪賦》（見《全唐文》九四八卷）爲我們描述了另一種水車。現摘取數語如下：

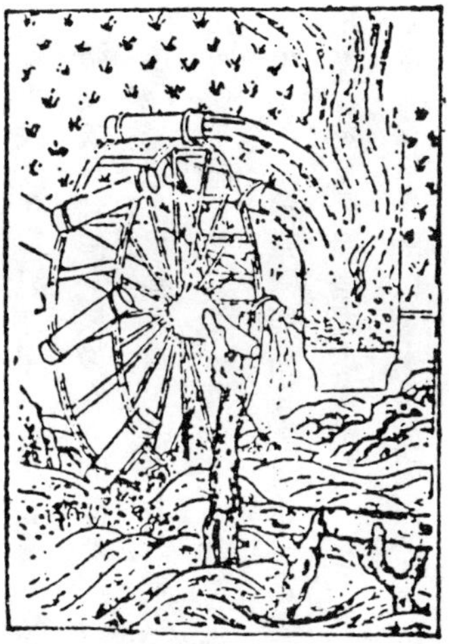
水轉筒車

觀夫斲木而為，憑河而引，箭馳（指迅急的流水）可得而滴瀝，輻湊（指輪輻）必循乎規準。何先何後，互興而自契心期；不疾不徐，迭用而寧因手敏？信勞機於出沒，惟與日而推移。殊轆轤以致功，就其深矣；鄙桔槔之煩力，使自趨之。轉轂諒由乎順道，盈科每悅於柔隨。……回環潤乎嘉穀，洊至逾於行潦。鈎深致遠，沿洄而可使在山；積少之多，灌輸而各由其道。

這種水輪，至宋代見於詩詠的相當多。如梅聖俞詩集有《水輪詠》：

孤輪運寒水，無乃農者營，隨流轉自速，居高還復傾。

王安石和梅聖俞農具詩中，有首《詠水車》：

取車當要津，膏潤及原野，與天常斡旋，如雨自潀（傾）瀉。

這種水輪被宋人稱之爲竹車或筒車，王禎《農書》記載了它的構造方法。

其車之所在，自上流排作石倉，斜擗（逼）水勢，急湊筒輪。其輪就軸作轂，軸之兩旁，擱於椿柱山口之內，輪軸之間，除受水板外，又作木圈縛繞輪上，就繫竹筒或木筒（謂小輪用竹筒，大輪則用木筒）於輪之一周。水激轉輪，衆筒兜水，次第傾於岸上所横木槽，謂之天池，以灌田稻，日夜不息，絕勝人力。

這種水輪唐代已見使用，可見其發明相當早。它不煩人力，確實是很理想的灌溉工具。所以南宋人張安國見到後，稱讚它勝過江浙一帶的「七蹋」（七人並踏的龍骨車）。但是以上幾種水車，雖各有其長處，卻都有條件的限制。如立井式水車（不論其是木桶相連式，還是龍骨木斗式）只能用於立井。高轉筒車只能用在高度適當的陡岸旁，坡度平緩之處就汲不上水。水輪車只能用在溪流迅激之處，否則就轉不動車輪。而且以上幾種水車都有一個共同缺點，即是它們都是固定安置在一處，不能隨時看情況移動，也不能變汲水爲排水，因此它們都敵不過龍骨車。所以至少是從宋代開始，龍骨車就成爲我國主要的灌溉工具和排水工具了。

那麼，龍骨車是什麼時候開始普及的呢？前面我們已經說過，畢嵐、馬鈞創造的翻車不一定就是龍骨車；即使是龍骨車，那時也未普及。開始普及，我認爲是在唐代。《册府元龜》卷四九七《邦計部・河渠》記載：

> 文宗太和二年閏三月，京兆府奏：准內出樣造水車訖。時鄭、白渠既役（復），又命江南徵造水軍（車）匠，帝於禁中親指准（揮），乃分賜畿內諸縣，令依樣製造，以廣溉種。

這條資料，《舊唐書・文宗紀》和《唐會要》卷八十九疏鑿利人條，都只作「內出水車樣，令京兆府造水車，散給緣鄭、白渠百姓，以溉水田」，使人容易誤解爲原樣是宮內的發明創造。其實它是從江南來的水車匠人製造的，唐文宗不過是把它推廣到關中地區罷了。當然推廣也值得肯定，不過發明權不應屬於宮內。這種水車既然可以在宮內造成樣品分發到各縣去照樣製作，當然不是我們上面所談到的那幾種水車，而且它是爲了配合鄭、白二渠的修復而推廣的汲水工具，當然是可以隨時架設在渠旁的斜臥式水車。因此，我們認爲它就是龍骨車。如果它的發明權不屬於畢嵐、馬鈞，那麼就應當是屬於江南地區的勞動人民。即使是屬於畢嵐、馬鈞，江南人民也有保存這種先進技術的功績。我們知道，江南主要種植水稻，對汲水工具的需要遠過於北方。西漢劉安的《淮南子》就說：「夫臨江之鄉，其人汲水以溉其園，江水弗減也。」可見他們是在大量汲水，不然就談不上江水減不減的問題。東晉、南朝時，今江浙一帶世族地主決湖爲田，湖田當雨水多時有排澇的需要；而被迫到山區開荒種山田的農民則有抗旱的需要。靈活便利而又效率很高的龍骨車首先在這裡發展就不是偶然的了。

龍骨車提水的原理是利用括水板在木槽中括水上升。用括的方式提水的機械，還有一種叫括車（見圖十，採自《農政全書》），但只能用於低岸。如岸高三四尺以上，就不能使用。龍骨車則可以提水到相當高度，數架連用，還可以上至高坡。王禎《農書》記其製作方法如下：

車身用板作槽，長可二丈，闊則不等，或四寸至七寸，高約一尺。槽中架行道板一條，隨槽闊狹，比槽板兩頭俱短一尺，用置大小輪軸。同行道板上下，通周以龍骨板葉。其在上輪大軸兩端，各帶拐木四莖，置於岸上木架之間。人憑架上踏動拐木，則龍骨板隨輪旋轉，刮水上岸。

括車

（見圖一：《踏車圖》）

按龍骨車提水方法與高轉筒車不同之處，在於高轉筒車是用竹筒（或木筒）兜水循著承重行槽上面轉到上輪上面覆水，然後空筒向下轉，由行槽下面轉到水中兜水。龍骨車則是龍骨板在行道板下面水槽中括水上升，到上輪下面出水，然後隨輪向上轉，循行道板上面滑下，繞過水中小輪，重新括水。所以從「灌水自覆」的「覆」字上考究，筒車式的提水方法更符合於翻車的運動形態，所以我在前面說王禎認爲畢嵐、馬鈞造的翻車就是龍骨車的結論還值得懷疑。不過自王禎作此論斷後，後來的農學家卻都把龍骨車叫作翻車了。

　　龍骨車在宋代已普遍採用腳踏，利用人體重量比起用手挽動省力多了。所以宋人常詠踏車。如南宋范成大《石湖詩集》卷二十七《田園雜興》云：

　　下田戽水出江流（排澇），高壠翻江逆上溝（抗旱）。
　　地勢不齊人力盡，丁男常在踏車頭。

到了元代，又發展到利用畜力和水力。王禎《農書》所記有牛轉翻車和水轉翻車。牛轉翻車即是在龍骨車的上輪軸端加置一個立齒輪，又另立一個平齒輪與立輪相交，用牛或驢牽引平輪轉動，便可帶動龍骨車運轉（見圖十一：《牛轉翻車圖》，採自《農政全書》）。水轉翻車，則是在平齒輪之

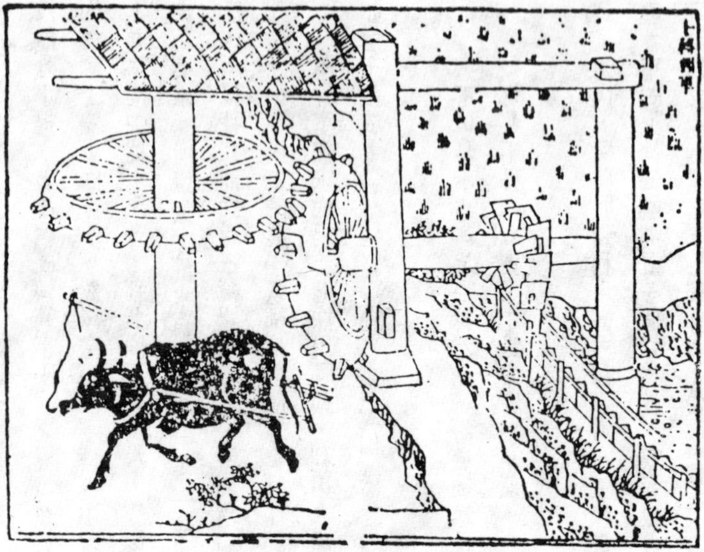

牛轉翻車

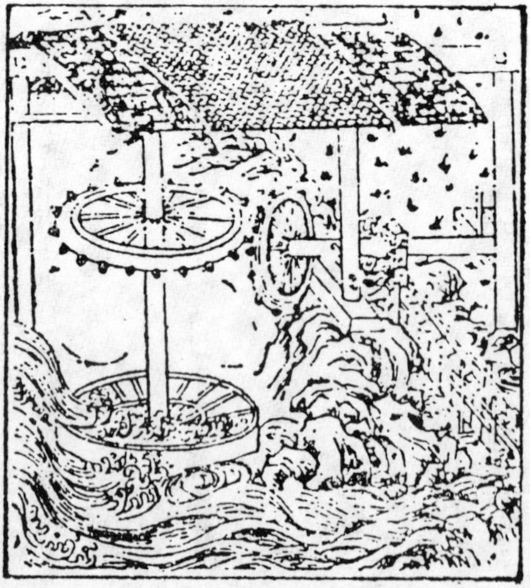

水轉翻車

下再裝一個水輪，流水沖動水輪便可帶動龍骨車運轉（見圖十二：《水轉翻車圖》）。但明末人徐光啓指出，水轉翻車由於水速不易控制，容易損壞龍骨板，所以使用並不普遍。徐光啓還創造一種風轉翻車，由於風力更加不易控制，所以並未見民間使用。而牛轉翻車的使用也不及踏車普遍，原因就在於它只能固定在一個地方，不能靈活移動。

龍尾車

明末，耶穌教士東來傳教，徐光啓根據他們的講解，撰《泰西水法》，繪圖介紹了幾種歐洲人使用的灌溉工具，有龍尾車、玉衡、恒升（並係徐氏命名）三種。龍尾車（圖十三：《龍尾車圖》，採自《農政全書》）是用一根軸在圓筒中旋轉，軸端有輪葉，利用輪葉旋轉力壓水上升。其原理類似現在的渦輪抽水機。玉衡實際上是雙管唧筒，恒升是單管唧筒。這幾種汲水器由於製作比較麻煩，玉衡、恒升還要用銅製造，所以雖經徐氏大力提倡，農家並未採用。直到近代，我國農家灌溉還是以戽斗、桔槔、轆轤、龍骨車、筒車（水輪車）爲主，而龍骨車居於首位。

（本文參考了李劍農《中國經濟史稿》下冊及劉仙洲《中國機械工程發明史》第一編，並吸收了他們的研究成果。）

西瓜何時傳入中國

／馬執斌

西瓜，原產於非洲。埃及栽培西瓜已有五六千年的歷史。過去，有人引宋代歐陽修《新五代史·四夷附錄》說：五代同州郃陽縣令胡嶠入契丹「始食西瓜」，「契丹破回紇得此種，以牛糞覆棚而種，大如中國冬瓜而味甘」，「周廣順三年（西元九五三年）……嶠歸」。於是，西瓜從五代時由西域傳入中國的說法，似乎成了定論。近年報刊上談論西瓜的文章多持此說。西元一九八一年湖南人民出版社出版的中學生課外讀物《衣食住行史話》中就有「西瓜始於五代」一節。其實，這種說法並不確切。

明代李時珍在《本草綱目》中指出：西瓜又名寒瓜。「陶弘景（南北朝時人）注瓜蒂言永嘉（晉懷帝年號）有寒瓜甚大，可藏至春者，即此也。蓋五代之先瓜種已入浙東，但無西瓜之名，未遍中國爾。」《南史·滕曇恭傳》說，曇恭「年五歲，母楊氏患熱，思食寒瓜，土俗所不產。曇恭歷訪不能得，銜悲哀切。俄遇一桑門問其故，曇恭具以告。桑門曰：『我有兩瓜，分一相遺。』還以與母，舉室驚異，尋訪桑門，莫知所在」。唐代段成式的《酉陽雜俎》卷十九記載隱侯（沈約）的《行園》詩云：「寒瓜方臥壠，秋蒲正滿陂。紫茄紛爛熳，綠芋鬱參差。」從詩中談到寒瓜臥壠的時節看，正跟西瓜相符。另外，舊北京曾稱先上市的西瓜為「水瓜」，後上市的為「寒瓜」；今訪老農，也說晚西瓜確有「寒瓜」一稱。看來，上述文獻資料可以和李時珍的說法相印證。然而，李時珍的說法幾百年來似乎並未引起人們的注意。西元一九七六年，廣西貴縣西漢墓槨室淤泥中曾發現西瓜籽；西元一九八〇年，江蘇省揚州西郊邗江縣漢墓隨葬漆笥中出有西瓜籽，墓主卒於漢宣帝本始三年（西元前七十一年）。這就無可辯駁地證明了李時珍記載的可靠性。

西瓜，顧名思義，是西域傳來的瓜。五代以前，既然它已經傳入我國東南沿海地區，卻又不叫西瓜，而因其性寒解熱，稱寒瓜。因此，西瓜是從西域傳入中國的說法似有疑問。那麼，它是從什麼路線傳入中國的呢？

筆者推測它是由「海上絲綢之路」傳入中國的。漢武帝曾派「譯長」，募商民，攜絲綢，乘海船去西方國家「市明珠、璧流離、奇石、異物」。海船從雷州半島啓航，沿北部灣西岸和越南沿海航行，繞過越南端金甌角，再沿暹邏灣，順馬來半島海岸南下，到達新加坡，又西折，穿越馬六甲海峽，沿孟加拉灣到達已程不國，「漢之譯使自此還矣」（《漢書．地理志》）。這條海道，就是所謂的「海上絲綢之路」。

「已程不國」是今天的什麼地方呢？多數學者認為是斯里蘭卡，也有人說是非洲東部的阿比西尼亞。無論哪種說法對，都說明漢武帝時代中國和非洲交通的海路已經打開了。因為在漢代，阿拉伯人已經掌握了印度洋上信風的祕密，能夠東西穿航印度洋。這樣，斯里蘭卡和南洋羣島完全有可能成爲中國和非洲交通的中轉站。非洲的西瓜可以經過斯里蘭卡或南洋羣島再傳入中國。廣西和江蘇漢墓出土的西瓜籽，就是海上絲綢之路溝通中非文化交流的佐證。

另外，據西元一九五九年二月二十四日《光明日報》報導：在浙江杭州水田畈新石器時代遺址中也曾發現過西瓜籽。如果這個考古收穫確實可靠的話，我國有西瓜的歷史至少在四千年以上，而且西瓜原產非洲的說法，又另當別論。

棉花是怎樣在中國傳播開的

／袁庭棟

我國是世界上最大的產棉國，棉花是我國製作衣被的主要原料。可是，在我國歷史上，棉花用於紡織，在各種植物原料中發展最晚，又發展最迅速。我國人民普遍穿棉衣的歷史還不到一千年。那麼在這以前，我國人民衣被的主要原料是什麼呢？

我國最早用於紡織的原料是葛、麻、蠶絲和羊毛。葛，就是今天南方山區常見的葛藤，長達數十米，其皮堅韌，用沸水煮過，就會變軟而分離出白而細的纖維來。用手拈搓，可成細線或粗繩，是古代先民用於結繩編網的主要材料。密編的網披在身上，用以代替原來的獸皮或樹葉，就成爲最早的衣被。《繹史》卷三引《文子》：「枕石寢繩。」《淮南子・泛論訓》：「伯余之初作衣也，綫麻索縷，手經指掛，其成猶網羅。後世爲之機杼勝復，以便其用，而民得以掩形禦寒。」這類記載基本上符合歷史實際。葛（還包括麻）就這樣成了人們最初的紡織原料。西元一九七二年在江蘇吳縣草鞋山新石器時代遺址中發現了三塊五、六千年前的葛布，是我國已見到的最早的紡織品實物。在《詩經》中，涉及葛的種植與紡織的詞句多達四十餘處。《周禮》中有管理葛紡生產的專門職官「掌葛」。《韓非子．五蠹》所載「冬日麑裘，夏日葛衣」的情況，是先秦時的普遍現象。越王勾踐爲了麻痺吳王夫差，曾特地送去高級的細葛布十萬匹，可見當時葛紡業之盛。秦漢以後，葛布逐漸被絲、麻織物所取代，但一直到近代，山區仍有以葛爲紡織原料的。廣東增城地區的「女兒葛」，其纖維「細入毫芒，視若無有」，其織物如「蜩蟬之翼」（《吳越筆記．葛布》），更是明清時著名的手工藝品。今天的紡織品中仍有「葛」這一類，雖不再以葛藤製造，但很明顯是歷史上以葛爲紡織原料的遺證。

麻，包括苧麻和大麻（不包括亞麻，亞麻是張騫通西域時引進的，古代僅作爲藥用），都是原產於我國的古老作物，與葛一樣是最早的紡織原料。西元一九五八年在浙江吳興錢山漾新石器時代遺址中出土的四千七百多年前的苧麻布，其紗線的細度和經緯的密度，已與今天的粗布相近；西元一九五七年在長沙楚墓中出土的戰國細苧布則比今天的細棉布還要細密，由此可知我國很早就掌握了熟練的麻紡技術。《詩經》中關於麻類生產的記載有二十餘處，《周禮》中有管理麻類生產的專門職官「典枲」（雄株的大麻，麻類雌雄異株，雌性者稱苴，不宜紡織）。在長期的培育中，大麻適合在北方推廣，苧麻則在南方普遍種植。古代著名的農書如氾勝之《氾勝之書》、賈思勰《齊民要術》、王禎《農書》等，都有麻類生產的專門記述。宋元以前，麻布是我國平民長期的主要衣著原料，「布衣」遂成爲平民的代稱，從《戰國策．趙策二》的「布衣之士」，到諸葛亮《出師表》的「臣本布衣」，這是大家所熟知的。這些「布」都是指麻布，不是棉布。宋元以後，棉花逐漸取代了麻而成爲紡織業的主要原料，但用苧麻細紗織成的輕而薄的夏布則至今仍是人們喜愛的夏季衣料和蚊帳用料。

我國的棉花是從國外傳入的。傳入邊疆地區較早，而傳入中原很遲。棉花傳入我國，大約有三條不同的途徑：

第一條途徑是印度的亞洲棉（棉花原產於印度和南美，現在已知的有二十幾個原生種，以後培育為亞洲棉、非洲棉、陸地棉、海島棉四個栽培種）經由東南亞傳入我國的海南島及兩廣地區。戰國時成書的《尚書・禹貢》中有「島夷卉服，厥篚織貝」之載，古今不少學者認為「卉服」就是指棉布所製之衣，故作為沿海地區向不出產棉花的中原的貢品。如果說這一說法尚未被公認的話，《後漢書・南蠻傳》載：「武帝末，珠崖太守會稽孫幸調廣幅布獻之。」珠崖即今海南島東北部，廣幅布就是棉布，當無疑問。由此可知，秦漢時海南島已經植棉生產棉布了。

第二條途徑是由印度經緬甸傳入我國雲南地區。《後漢書・西南夷傳》記哀牢夷「有梧桐木華，績以為布，幅廣五尺。」左思《蜀都賦》：「布有橦華」，李善注引張揖曰：「橦華者，樹名橦，其花柔毳，可績為布也，出永昌。」這裡的哀牢、永昌，均指今滇南地區，而「梧桐木華」、「橦華」就是指的棉花。

第三條途徑是非洲棉經由中亞傳入我國新疆地區，再到河西走廊。《梁書・西北諸戎傳》：「高昌國，多草木，草實如繭，繭中絲如細纑，名曰白疊子，國人多取織以為布。布甚軟白，交市用焉。」高昌就是今天盛產棉花的吐魯番。由於新疆地區乾燥的自然環境，給我們留下了不少古代的棉織品遺物。截至西元一九七九年四月為止，在新疆已出土了自東漢至唐代的棉布與棉布製品共十批（根據《農史研究》第二輯《中國農業考古資料索引》統計材料）。特別是在吐魯番的晋代墓葬中發現了已炭化的棉籽，經鑑定是非洲棉。非洲棉又名草棉，質量不高，在我國早已被淘汰。

棉花通過以上三條道路傳入我國之後，長期停留在邊疆地區，未能廣泛傳入中原。西元八五一年，著名的阿拉伯旅行家蘇萊曼在其《蘇萊曼東遊記》中，記述在今天北京地區所見到的棉花還是在花園之中作爲「花」來觀賞的。唐宋的文學作品中，「白疊布」、「木棉裘」都還是珍貴之物。北宋末年，蔡絛在《北征紀實》中還稱棉布爲「南貨」，可見當時棉布主要還是在嶺南地區生產的。

在目前所見到的史料中，棉花由邊疆傳入中原的具體過程還不太清楚。但是，由於唐代與西域地區經濟文化交流的頻繁，由於宋代經濟重心南移，長江流域與兩廣、雲貴地區經濟來往密切，棉花在唐宋時期已不斷向中原地區移植，則是可以肯定的。在宋代，周去非的《嶺外代答》、趙汝適的《諸蕃志》、方勺的《泊宅編》等書，都有關於「南人」、「閩廣之人」如何紡績棉花的記載，證明中土之人對棉花已有相當清楚的認識。由於棉花「比之桑蠶，無採養之勞，有必收之效；埒之枲苧，免績緝之工，得禦寒之益，可謂不麻而布，不繭而絮，……此最省便」（王禎《農書．農器圖譜集之十九．木棉序》），因而得到了比桑麻更快的發展。元代官修的《農桑輯要》稱：「苧麻本南方之物，木棉亦西域所產。近歲以來，苧麻藝於河南，木棉種於陝右，滋茂繁盛，與本土無異。二方之民，深荷其利。」王禎《農書》亦稱：木棉「其種本南海諸國所產，後福建諸縣皆有，近江東、陝右亦多種，滋茂繁盛，與本土無異。」由這兩條記載可以明顯看出宋元時期棉花由南北二途迅速傳入中原地區的史實。目前在中原地區所見到的最早的棉製品遺物是西元一九六六年在浙江蘭溪的南宋墓葬中發現的一條棉線毯。

元代時，棉花種植迅速發展並超過桑麻而成爲我國紡織工業的主要原料。西元一二八九年，元世祖在江南各地設置「木棉提舉司」，專門督課棉植，徵收棉布。到了明代，李時珍在《本草綱目》中說：棉花在「宋末始入江南，今遍及江北與中州」。丘浚在《大學衍義補》中說：「其種乃遍布於天下，地無南北皆宜之，人無貧富皆賴之。」到了清代，李拔在《種棉說》中則稱「天下無不衣棉之人，無不宜棉之土」了。由於棉花生產的大發展，我國迅速成爲棉花與棉布的出口國。明代末期，每年向菲律賓出口棉線七千多斤與棉布一萬多匹（明代布匹長三丈二尺，寬一尺八寸，重三斤），以後陸續增大出口量與擴大出口地區，遠至墨西哥、祕魯等地。單是西元一八一九年一年，從廣州出口的江南紫花布（當時稱南京布），就達三百三十萬匹。清末，每年出口的棉花達六十三萬擔之多。與此同時，在植棉經驗長期積累的基礎上，我國還出現了一批專門記述、研究植棉的著作，如明代徐光啓的《吉貝疏》、清代褚華的《木棉譜》、饒敦秩的《植棉纂要》、方觀承的《棉花圖》等。

談到棉花生產與棉紡技術在中原地區的推廣，就不能不提到對這一重大的生產活動作出傑出貢獻的古代女紡織專家黃道婆。黃道婆大約在西元一二四五年生於松江府的烏泥涇鎮（今上海縣龍華公社）的貧苦家庭，十二三歲時被賣作童養媳，因不堪虐待，深夜逃入道觀之中。以後被一道姑帶上海船，去到崖州，即今海南島南端的崖縣。她受到當地黎族同胞的友好接待，生活了三十餘年，在種植棉花千餘年的崖州學會了種棉、棉紡、棉織的全部技術。西元一二九五～一二九六年，她又搭海船回到闊別多年的家鄉烏泥涇，傳播植棉技術，並對家鄉落後的紡織工具進行了極爲成功的改革，如以軋車去除棉籽，以四尺大弓擊弦彈棉，以足踏的三錠紡車紡紗（這是當時世界上最先進的棉紡車，比英國哈格利夫斯於西元一七六四年創造的西方第一架手搖紡紗機，即著名的「珍妮機」早四百多年），以「錯紗、配色、綜線、挈花」的方法織造各種美麗的棉織品，「其上折枝、團鳳、棋局、字樣，燦然若寫」（陶宗儀《綴耕錄》）。短期之中，「松江棉布，衣被天下」，不僅成爲著名的棉紡中心，並推動了大江南北棉紡業的迅速發展。黃道婆的巨大成就受到家鄉人民的高度崇敬，她的名字至今還在上海農村的兒歌中流傳。西元一九五七年，政府還爲她修建了松柏蒼翠的陵園。

關於棉花在我國的發展，還有兩個問題有必要講清楚：

其一，從新疆傳入的非洲棉即草棉早已淘汰。從南方傳入的印度棉原是多年生木本，最初是落葉喬木，晉代張勃的《吳錄》載：「交趾定安縣有木綿，樹高數丈，實如酒杯，中有綿，如蠶之絲也，又可作布」，就是指的這種木本棉花。傳入我國之後，隨著向北的遷徙與不斷的選育，最後變爲不高而一年生的「中棉」（現在在南方仍可使中棉變爲多年生）。因爲棉花是由印度輾轉傳入，故而長期以梵文的稱呼轉譯，故稱爲「吉貝」、「白疊」、「桐」、「橦」（至今雲南佤族仍稱棉花爲「戴」、白綿布爲「白戴」），佛經中又稱爲「劫波羅」。由於其初是喬木，故又稱爲「木綿」（古代的綿只指絲綿），以後才稱爲「棉」或「木棉」，宋代以後才稱棉花，這與現在我國南方高大的「木棉樹（又稱英雄樹、攀枝花）」並非一事。棉花屬錦葵科，木棉樹屬木棉科。木棉樹也有棉狀短纖維，但不拈曲，不可能紡紗，更不能織布，只能作枕芯之類塡充物。這一點，過去經常造成誤解。

其二，我國廣泛種植由亞洲棉培養而成的中棉數百年，但中棉並非良種，纖維不長，產量不高。西元一八九二年開始，不斷從美國引入了陸地棉良種，發展迅速，數十年間，傳遍全國。現在，我國基本上全部種植各種屬於陸地棉的品種，老祖先當年引人的「亞洲棉」已基本絕迹了。

世界上最早的紙幣

／王曾瑜

紙幣具有重量輕，使用和攜帶方便等等優點。人類出現金屬鑄幣的歷史大約有三千年，而出現紙幣的歷史卻不到一千年。紙幣首先出現於北宋，當時稱爲「交子」，這是中華民族對人類文明的一項重大貢獻。

世界上最早的紙幣，出現在北宋決非偶然。這是當時居於世界先進地位的宋朝，既具備了技術條件，也具備了經濟條件，兩者缺一不可。

從技術條件說來，要發行紙幣，就必須具備造紙術和印刷術。然而在當時的地球上，掌握印刷術的國家卻寥寥無幾，其中自然又以北宋帝國的技術條件最爲優越，最爲成熟。北宋的造紙業和雕版印刷業較前代有很大的發展和提高，四川即是造紙業和雕版印刷業的重要中心之一。

從經濟條件說來，交子是商品貨幣經濟發展的產物。唐朝是中國封建時代的鼎盛期，然而在初唐還是錢帛兼行。貞觀治世，「匹絹得粟十餘斛」，絲織品絹帛在相當程度上行使貨幣的職能，也就是說，當時商品交換在一定程度上仍處於以物易物的發展水平。自唐中葉後，銅錢日益排擠絹帛，到北宋時，絹帛大體上已終止貨幣的職能。北宋統一中原地區，卻沒有統一幣制，而是銅錢和鐵錢兼行。在四川地區行用鐵錢，陝西與河東地區兼用銅、鐵錢，而其他地區則行用銅錢。盡管北宋銅錢產量比唐朝提高好幾倍至十幾倍，然而因商品經濟的發展，仍須鑄造鐵錢，以彌補和調節銅錢流通之不足。

鐵錢是一種價賤而笨重的鑄幣，「川峽鐵錢十，直銅錢一」。鐵錢一貫，即一千文，約重三點九公斤。如購買絲織品羅一匹，須用二萬文鐵錢，約重七十八公斤。購買其他貴重的物品，也就可想而知了。由於行用鐵錢極不方便，四川人不得不想方設法，另找方便的流通手段。

據歷史記載說，交子最早出現於宋眞宗大中祥符四年（西元一〇一一年），原由十幾戶富商發行。十二年後，即宋仁宗天聖元年（西元一〇二三年），由官府接收。宋廷特令在四川設置交子務，作爲發行交子的機構。

交子作爲世界上最早的紙幣，當然也是比較原始的紙幣，卻已具備了紙幣的基本特徵。馬克思說，「紙幣的發行限於它象徵地代表的金（或銀）的實際流通的數量」，「紙幣是金的符號或貨幣符號」，「紙幣只有代表金量（金量同其他一切商品量一樣，也是價值量），才成爲價值符號」（《馬恩全集》第二十三卷，一四七～一四八頁）。交子這種紙幣，是以鐵錢作本位的，亦即是鐵錢的價值符號。早在私商發行期間，交子的圖案有「屋木人物」，用朱、墨兩色，還有各私人鋪戶的押字，「各自隱密題號」，以防僞冒。這種辦法，近世紙幣亦予採用，而其防止僞造的各種記號，自然要比交子精密得多。此外，宋朝紙幣開始大約是用木版印刷，後又改用銅版印刷，這也是印刷史上的重大進步。

交子的幣面價值，最早限於一貫至十貫，而在發放時臨時書塡，這與近世支票也有相似之處。宋仁宗寶元二年（西元一〇三九年），改爲只發行五貫和十貫兩種交子，五貫交子占發行總額的百分之二十，十貫交子占發行總額的百分之八十。宋神宗熙寧元年（西元一〇六八年），又改爲發行一貫和五百文兩種交子，一貫交子占發行總額的百分之六十，五百文交子占發行總額的百分之四十。幣面價值由臨時書塡改爲定額印刷，這也是紙幣史上的一個重大進步。近代紙幣即是實行幣面價值定額印刷，大體仍是沿用交子的遺制。

交子作爲地區性的貨幣，行用地區大體限於四川。最早，在四川以外地區是不能通用交子的。然而按照北宋財政制度，四川地方官府收入的財賦，往往就近支撥與陝西各路，以充對付西夏的軍事費用。所以四川的交子，便漸漸行用於陝西各路了。如宋仁宗時曾規定，四川商人在沿邊「入中」糧草，官府可以支付錢幣，也可支付交子。有一次，宋廷特別規定，取川交子三十萬貫，在陝西秦州（今甘肅天水）「募人入中糧草」。宋神宗時，不僅陝西路單獨發行過交子，宋廷還在河東路潞州（今山西長治），也設置交子務，單獨發行交子。但這兩路的交子發行事業，都未取得成功，旋即廢罷。河東和陝西路是銅、鐵錢兼用的地區，故也可行用或發放以鐵錢爲本位的交子。由此看來，北宋交子的行用地域仍是有限的，並未超出鐵錢通用地區的範圍。

北宋交子一個重大特點是分界發行，定期回收。實行這種制度，看來與交子的紙張和印刷質量較差有關，而不便於長期行用。交子每界的發行時間，有的書上說是兩年一界，有的書上說是三年一界。這是因爲過去中國人算年歲，一般是不算足年的緣故。兩界交子的交替時間最初是二月，後來又移至七月，因此每界交子行用兩整年，正好橫跨三個年度。從宋仁宗天聖元年（西元一〇二三年）開始，到宋徽宗大觀元年（西元一一〇七年）爲止。前後共發行了四十二界官營交子。宋神宗熙寧五年（西元一〇七二年），又將交子每界的行用期由兩年延長到四年，如熙寧四年（西元一〇七一年）發行的第二十五界交子行用期延長到熙寧八年（西元一〇七五年），而與第二十七界交子交替，而在後兩年，即與熙寧六年（西元一〇七三年）發行的第二十六界交子同時行用，往後的各界交子也依此類推。

紙幣的紙面幣值，與這張經過印刷的紙的實際價值之間，存在著差距和矛盾，有時差距和矛盾還很大。自交子問世後，宋人語匯中漸漸出現兩個前代沒有的新詞。一是「折閱」，折閱原是損耗破敗之意，而轉用於紙幣，即是指貶值。二是「稱提」，即是設法保持幣值的穩定。爲了保持四川交子的幣值穩定，宋朝嚴格控制發行量，規定每界交子的發行額爲一二五六三四〇貫，絕不濫印濫發。此外，還專門保留三十六萬貫鐵錢作爲儲備金，用以保證民間隨時可用交子兌換鐵錢，而對四川當地交子的流通和交換，也不加任何限制。所以在官營交子發行大約五十年內，一直保持了幣值的穩定。蘇轍曾說：「蜀人利交子之輕便，一貫有賣一貫一百者。」可見在某些時間或地點，交子的價格甚至超過其紙面幣值和鐵錢，給當地的經濟發展和商品交換，帶來很大方便。

宋神宗時，將每界交子的發行期由兩年延長到四年，實行兩界並用，實際上就相當於每界交子發行額增長一倍，為二五一二六八○貫，於是交子便開始貶值。如在熙寧十年（西元一○七七年）時，彭州（今四川彭縣）一帶，第二十六界交子每貫只能賣九四○文，第二十七界交子每貫只能賣九六○文。大約在宋神宗末期，每貫交子貶值至九百文以上。看來當時的貶值幅度還不大，只在百分之十以下，自宋哲宗紹聖元年（西元一○九四年）開始，宋廷為了彌補財政的虧空，開始濫印濫發交子。到宋徽宗大觀元年，第四十二界交子的發行額達二六五五六三四○貫，由於兩界並行，實際上相當於發行五三一一二六八○貫，為宋神宗以前的四十二倍。於是造成交子大幅度的貶值，當兩界交子交替之際，舊交子四貫只能換到新交子一貫。宋廷眼看交子的貶值已無可挽回，又採取了換湯不換藥的辦法，在大觀元年（西元一一○七年）四月，即第四十一界交子行將到期交界之前，下令將交子務改名錢引務，自第四十三界起，將交子改名錢引。官營交子共行用四十二界，八十多年，再加上天聖元年（西元一○二三年）以前私商發行的十二年，共計不到一百年。錢引取代交子後，仍作為四川地區性的紙幣，分界發行，沿用到南宋。

白瓷・青瓷・黑瓷・青白瓷

——宋代瓷器略說

／徐萍芳

中國古代的製瓷工藝發展到宋代，出現了一個突飛猛進的高峯，主要表現在四個方面：

(1)窰場分布地域廣泛。已發現的宋代窰址分布於全國十七個省的一百三十餘縣中，每縣少者數處，多者數百處，從數量上說，比唐代要多出數倍。

(2)由於改進了裝窰的方法，提高了窰的單位產量，使宋代瓷器的產量大增。

(3)由於製瓷技術的提高，出現了不同的釉色和裝飾花紋，形成了不同風格的窰系。

(4)瓷器已成爲民間普及的日用器皿，瓷器貿易發達，著名窰場的瓷器不但運銷國內各地，而且成爲對外貿易的主要出口商品。

宋代瓷器在宋代文化藝術中占有重要的地位。

在宋代諸窰中，定窰的時代較早。定窰在今河北曲陽澗磁村。產品以白釉瓷器爲主，裝飾花紋繁富華麗，流行刻印牡丹、蓮花、菊花等花卉組成的圖案，也有禽鳥、嬰戲等花紋，布局對稱，構圖嚴謹，有很高的藝術水平。大約在北宋中期，定窰創造了覆燒的方法，廢棄了一個匣鉢裝燒一件瓷器，改爲將碗盤之類的瓷器反置於墊圈組合成的匣鉢內，增加了裝燒瓷器的件數，提高了產量，這在裝燒工藝上是一次很大的改革。另外，由於覆燒造成了碗盤口緣露胎無釉，即當時所稱的「芒」，爲了彌補這個缺欠，有些高級定瓷便在芒口上包鑲金屬扣，反而把瓷器裝飾的更華麗了。

在定窰遺址中曾發現過刻有「官」、「尚食局」、「五王府」字款的白瓷片，說明定窰中有一部分產品是爲官府和宮廷燒造的。河北定縣兩座宋代塔基中出土了一百餘件定窰白瓷器，其中有十幾件刻有「官」字款，胎薄而細密，釉色潤淨，造型優美，確是定窰白瓷的上乘之作。

磁州窰是宋代北方著名的民窰，在今河北磁縣觀臺鎮。產品以碗盤爲主，也燒造大型的罐盆之類日用器皿，還燒造兒童玩具和瓷枕，尤以各種瓷枕最具特色，印有「張家造」戳記的瓷枕就是觀臺的產品。觀臺瓷器的胎質堅細，呈灰白色，釉白中微帶黃色，釉下有黑、褐彩花紋，用繪花、繪劃花、剔花和珍珠地劃花等技法繪製，花紋種類繁多，以卷葉、纏枝牡丹、水波紋、花卉禽魚等圖案爲多，線條流暢，構圖灑脫，給人一種清新活潑的感覺。瓷枕的畫面則更富有生活情趣，小兒遊戲的畫面，著墨不多，卻極傳神，是宋代民間的小品畫，還有在枕面上題詩詞的，無疑這都是當時最受人歡迎的。

屬於磁州窰系的窰場很多，它們分布於今河北、河南、山西一帶，除觀臺以外，河南修武當陽峪和湯陰鶴壁集的兩個窰場也很重要。當陽峪窰的瓷胎呈褐色，胎上施一層陶衣，釉色潔白瑩亮，與釉下的黑彩花紋，形成了强烈的對比，非常明快；花紋以纏枝牡丹居多。鶴壁集窰以燒造大件瓷器爲主，與它處不同的是一種黃褐色釉刻花寬沿大盆，可視爲鶴壁集的代表作。磁州窰系窰場多，產量大，產品從宋到元連續不衰，是北方民間日用瓷的暢銷品。

耀州窰是宋代北方專燒青瓷的民窰，在今陝西銅川市黃堡鎭。西元一九五九年曾進行過考古發掘。耀州窰在唐代是燒白瓷和黑瓷的，北宋時改燒青瓷，到北宋中葉製瓷技術成熟。瓷器的種類很多，有碗、盤、碟、罐、盒、爐等。胎薄，呈灰白色，釉也很潤淨。花紋有纏枝或折枝的牡丹、菊花、蓮花等花卉圖案，也有游魚水禽和嬰戲等紋飾，分刻花和印花兩種，刻花線條流暢，印花繁麗規整，可與定窰紋飾相媲美。在神宗元豐至徽宗崇寧年間，耀州窰瓷器曾入貢北宋宮廷。

鈞窰瓷器也屬於青瓷，但它的釉色卻是一種藍色的乳光釉，深的作天藍色，淺的如天青色，最淡的似月白色。在藍色釉中利用還原銅的呈色作用，燒出了紅色，紅藍釉互相溶合又出現了紫色，猶如藍天中的彩霞，海棠般的紅，玫瑰樣的紫，散落在澄淸的藍釉中，眞是艷麗極了。這是宋代製瓷工藝在釉色上的突出成就。

北宋鈞窰窰址，西元一九七四年在河南禹縣城內鈞臺和八卦洞發現，發掘了窰爐、作坊等遺迹，出土了大批窰具和瓷器碎片，有各式花盆、盆托，以及洗、爐、尊、鉢等器。有些是專爲宮廷燒造的，它們的底部往往按大小刻一至十的數字。鈞窰瓷器以絢麗的釉色取勝，不另裝飾花紋。胎呈灰色，上釉前先素燒，釉層特別厚，由於燒窰時溫度的變化，使釉流入胎上的裂紋中，形成如「蚯蚓走泥」似的線紋。這本來是燒造過程中的缺陷，卻被後世古董鑑賞家當成鈞窰的特殊紋飾了。

在南方諸窰中，最重要的是景德鎭窰和龍泉窰。景德鎭窰在宋代燒造青白釉瓷器，這種瓷器的釉白中透青，釉厚處呈淡青綠色，是介於青白二者之間的一種釉，也稱之爲「影青」釉。種類很多，有日用的杯、碗、碟、盤等容器，有執壺、注子、淺碗和盞托等酒具，還有瓜棱罐、鏤空香熏、各式各樣的小粉盒，以及造型優美的瓷枕等。在青白色的釉下刻印花卉等圖案，顯得十分淡雅。青白瓷器是北宋中葉（約西元一〇〇〇年左右）才出現的，主要流行於長江中下游地區。在這個地區的北宋中葉至南宋時期的墓葬中，幾乎都出土青白瓷器，少者幾件，多者達數十件。由於採用並改進了定窰的覆燒裝置，景德鎭青白瓷器的產量是很大的。有的還北運至遼金。在遼代中期以後的一些契丹貴族墓葬中，或金大定以後的墓葬中，都經常出土景德鎭青白瓷器。

龍泉窰是在五代越窰衰落以後，繼之而起的南方燒造青瓷器的窰場，分布於今浙江南部諸縣中，而以龍泉縣爲中心。龍泉窰的窰床都是依山坡而建的長達數十米的「龍窰」，在窰床附近發掘了工作間、晾坯間、淘洗池等遺迹，出土了各種製瓷工具和大量不同時期的瓷片標本，使我們對龍泉窰的歷史和它的工藝過程有了較清楚的認識。

龍泉瓷器在北宋時期尚處於初創階段，青黃色的釉和畫花紋飾，顯然是受了越窰的影響。到南宋中期以後，才有了較大的變化。瓷器種類除日用的碗、盤、碟、盞、壺等外，還燒水盂、筆筒、筆架等文房用具和香爐等供器，值得注意的是出現了燒造仿古器物，如鬲、觚等古銅器和仿古玉琮等。在釉色方面發明了石灰鹼釉，燒出代表龍泉特色的粉青釉和梅子青釉。粉青釉的釉層中含有大量小氣泡和未溶的石英顆粒，使進入釉層的光線發生强烈的散射，給人一種與玻璃釉完全不同的視感，覺得如青玉一樣。梅子青釉由於燒成溫度高，釉的玻化程度也高，釉層略帶透明狀，釉面光澤亦較强，形成了翡翠般的碧綠色調。這不但在龍泉瓷器中是極精的作品，在我國古代青瓷工藝中也是罕見的，具有很高的藝術水平。

建窯以燒造黑釉瓷著稱，在今福建建陽水吉鎭。產品以碗盞爲主。在漆黑色的釉上有閃銀光的細條紋，狀如兔毫；也有閃銀光的圓點紋，猶如油滴。它們是利用鐵的結晶體來呈現的，燒成溫度的限定很窄，沒有高超的技術是燒不出這種瓷器來的。在建窯窰址中發現底部刻有「供御」和「進琖」款的瓷器，說明建窯黑瓷也曾爲宮廷燒造過。

江西吉安永和鎭的吉州窰，是在南宋才發展起來的窰場。它的產品多仿其他名窰，如白瓷是仿定窰的，白釉黑褐花瓷是仿磁州窰的。據說是靖康之變後，北方定窰和磁州窰南渡的工匠來吉州燒造的。青白釉瓷是仿景德鎭的。還仿造建窰黑釉瓷，能燒出黑、黃色混合如海龜殼似的釉色，稱爲玳瑁釉；又將民間剪紙的花樣作爲紋飾移植到瓷器上去，成爲吉州窰的獨特風格。

明朝人所說的宋代五大名窰，除前述之定、鈞二窰外，還有官、哥、汝三窰。汝窰是北宋著名的青瓷窰，也曾爲宮廷燒造，窰址卻一直未發現。在河南臨汝發現的青瓷窰址，是專燒民用瓷的，可能是汝窰的一個分支，但從出土的瓷片來看，與耀州窰頗多相似之處。

哥窰也是明朝人說的。相傳南宋時有章姓兄弟二人在龍泉燒造瓷器，兄名生一，所燒者稱哥窰；弟名生二，所燒者稱弟窰。弟窰瓷器即指一般的龍泉窰瓷器。哥窰瓷器是指一種黑胎、釉面有許多疏密的裂紋的瓷器，通稱之爲「鐵骨」和「百圾碎」；口沿施釉淡薄，顯出胎色，圈足底亦露胎，故有「紫口鐵足」之稱。這種瓷器只有傳世品，在龍泉窰址中並未發現。龍泉窰址中也有一種黑胎的瓷器，但其胎釉的化學成分都與傳世哥窰瓷不同，卻與景德鎭窰明代的仿哥瓷器接近。傳世哥窰瓷器究竟是那個窰的產品，目前尙無定論。

官窰是指宋代宮廷自置的窰場。相傳始自北宋大觀、政和年間，設在開封。南宋時置官窰於修內司，在今杭州市鳳凰山北。這兩個窰址迄今皆未發現。南宋又在郊壇另建新窰，稱爲郊壇下官窰，在今杭州市烏龜山附近，窰址範圍甚廣，西元一九五六年作了部分發掘。郊壇下官窰燒造的青瓷，胎薄釉厚，胎呈灰、褐、黑三色，釉以粉青色最佳，晶瑩潤澤，猶如美玉，也是南宋瓷器中的優秀作品。

瓷器是唐代以來對外貿易的主要出口商品。南宋時對外貿易的稅收成了政府一項重要收入，瓷器外銷亦隨之大增。景德鎭的青白瓷和龍泉的青瓷都大量出口，同時在浙江和福建沿海還出現專門燒造外銷瓷的窰場，如浙江的武義、東陽，福州的泉州、安溪、同安、莆田、閩侯、連江等地，產品也是仿景德鎭青白瓷和龍泉青瓷的。

在亞洲、非洲各地都曾發現過中國宋代瓷器，日本和朝鮮是大量發現中國古代陶瓷的國家。日本的本州、九州和四國等地四十多個縣市，都曾發現過宋代瓷器，以青白瓷和青瓷居多。青白瓷主要是景德鎭的產品；青瓷中龍泉窖占很大比重。另外還有一種裡刻畫篦點紋、外刻複線紋的青瓷碗，也發現很多，他們稱之爲「珠光青瓷」，這是福建沿海的產品。菲律賓出土的中國古代瓷器已逾數萬件，窰口複雜，屬於宋代的有龍泉窰和泉州附近諸窰，軍持瓶發現很多，還有青白釉帶褐斑的小罐小盒之類，都是專銷菲律賓的產品。在汶萊和馬來西亞也有宋代瓷器出土，特別是馬來西亞的砂勝越河三角洲地區，發掘出來的中國瓷片已達一百餘萬片，其中有宋代青白瓷、青瓷、黑瓷和磁州窰系的標本。在巴基斯坦的布拉米納巴（Brahminabad）、巴博（Bhambore）和巴克（Pak），都曾發現宋代青瓷和青白瓷。伊朗的席拉夫（Sinaf）、尼沙布爾（Nishapur）、米納布（Minab）和賴依（Rayy）等處，也都發現中國唐宋瓷片，特別是席拉夫和尼沙布爾出土最多，除唐代的白瓷青瓷外，也有宋代的青瓷和青白瓷。伊拉克的薩馬拉（Samarra）也以出土中國陶瓷而聞名，有宋代的青瓷和青白瓷，青瓷是龍泉窰的產品。在埃及的福斯特（Fostat）開羅古城遺址中，曾發掘到許多宋代越窰和龍泉窰的青瓷器，也有青白瓷器。此外，在非洲的桑給巴爾、索馬里、坦噶尼喀、羅得西亞也都發現過宋代瓷器。

宋代瓷器作爲中國的著名工藝品，流傳亞非各地，形成了以海路爲主的「陶瓷之道」，它和陸路上的「絲綢之路」一樣，都是中外貿易和文化交流史上的重要史迹。

宋代的海船與海員生活

／楊欽章

西元一九七四年，泉州灣後渚港海灘上發掘出一艘宋代遠洋海船，在船艙中發現一批珍貴的歷史文物。西元一九八二年，在泉州灣內法石晋江之畔，又試掘到一艘宋代沈船。它們不僅是中外人民友好往來的歷史見證，還爲人們了解我國宋代的造船技術、航海史，以及經濟貿易活動，提供了極爲重要的實物證據。

泉州灣內屢屢發現宋代海船和海上交通史文物並非偶然。泉州是我國宋代最重要的對外貿易港口之一，古人曾有「漲海聲中萬國商」、「風檣鱗集」的讚語。阿拉伯旅行家在他們的記載中，描述泉州是東方第一港──「刺桐港」（因唐末五代泉州環城植以刺桐樹）。泉州灣宋代海船的出土，反映了宋代泉州港的繁盛，來往海船衆多，造船業的發達誠如史籍所載：「海舟以福建爲上」（《三朝北盟會編》），「舶貨充羡」。

萬里海洋，茫無涯際。宋代舟師遠洋航行，首先需要建造結構堅固、抗風力强、便於裝載和遠航的船舶。宋人徐兢《宣和奉使高麗圖經》說，海船「上平如衡，下側如刃，貴其可以破浪而行也」。泉州灣出土的海船，證實了徐兢的這一記載。後渚海船雖然只是一個殘存的底部，殘長二十四．二〇米，殘寬九．一五米，但是仍可想見原船的巨大。據推算該船的載重量，約爲二百噸左右。從結構看，尖底，船身扁闊，具有矩形龍骨，船舷側板爲三重木板，船底板爲二重木板，海船的桅桿雖已無存，但從保存完好的頭桅底座和中桅底座看，肯定是一艘三桅以上的海船。船艙內分十三個水密隔艙。採用水密隔艙的建造技術，大大提高船舶的抗沈能力，它的創造是我國古代在造船技術上的一項重大成就。法石海船型制相近，同屬有方龍骨的尖底造型。根據船後部的船底板厚度和龍骨大小估計，該船的復原長度大約在二十三米以上，船底板雖爲單層結構，但板厚達九．五釐米。而艙內發現的較大面積的六角形竹編，表現古船使用了竹帆，上述考古收穫，是宋代海船發展到一定高度的體現。

根據宋代市舶法則的規定，出海貿易的船隻、人員、貨物，都要呈報市舶司審批，領取允許出海的「公憑」方可出海。每艘船的公憑，開列船員的姓名和職務。當時一艘海舶，大的可容數百人，小的也能載一百多人。這麼多「風雨同舟」的船員，由於宋代船舶設施的改善和日趨大型化，需要有明確的分工，各司職事。宋船有綱首（即船長，以巨商充任）、副綱首、直庫、雜事、部領、梢工、舵工、火長、碇手、纜工等職務名稱。在後渚沈船的遺物中，有一批有文字的木牌木簽，形狀多樣，有方形、六角形、長方形、菱形束腰等數種。出土時絕大多數夾在各艙殘存貨物或腐蝕質沈渣中，有的還結有細繩，它們應是貨牌、貨簽、職稱牌（包括人名），另外還有地名、商號等等，屬於職稱牌有曾幹、林幹、張幹、朱庫、禮天香、丘碇、張絆、張什、楊工、尤工、陳工、三九工、安廚紀等不同身分的船員。「幹」應是宋代幹辦官、舶幹之省稱，在民間轉稱幹人。泉州九日山南宋「祈風」石刻中，就有「權舶幹」的記錄。墨書有「幹」字的人員，爲船上的舶幹。朱庫即直庫，在船上管理武器；張什即雜事，負責日常事務；禮天香可能是司祭；丘碇即碇手，負責操縱石碇；安廚紀即廚工；張絆爲纜工，負責索纜。其他帶有「工」字的大概是一般水手。這些七百年前的木牌簽，是宋代船員內部組織嚴密的具體例證。

海船啓碇出港，揚帆翔風，經常要受到波浪、潮汐、風信、流向等海洋運動的影響。宋代船員們，大部分是沿海一帶的勞動人民。他們在同大自然的鬥爭中，積累了豐富的遠洋航行經驗。宋時我國海員已經熟練地掌握海洋季節風（信風）的規律，利用它來出海或返航。去南海諸國，是「北風航海南風回」（王十朋《梅溪後集·提船生日》）；去朝鮮乘夏至後南風，「北風方回」（趙彥衞《雲麓漫鈔》）；去日本一般利用初夏的西南季節風，回船則利用春季的東北季節風。指南針被應用於航海，出現了航海羅盤，是這時期我國航海技術的一項突出成就。宋人朱彧《萍洲可談》記述道：「舟師識地理，夜則觀星，晝則觀日，陰晦觀指南針。」指南針的普遍使用，使得海舶能比較安全地在海上航行。中國船員刻苦耐勞，且善於創造。泉州後渚沈船出土了一只完整的椰子殼，殼頂開有小孔，還發現一個環狀紋飾的銅鉢（盆）殘件，容量約半升。有的同志認爲，這種椰子殼和銅鉢，就是船員創造的航海水時計，它是計算晝夜順風行駛有多少「更」數或里數的用具。第三艙出土的一件重一七二克的銅勺，當時被尊爲「換水神君」，「換水神君」這一類東西，是專門爲船上水羅盤和水時計換水之用的。

由泉州放洋至南海諸國，一般是一年往返，可以想像，海洋生活是相當艱苦的。古代船員憑借船上風帆，把碧海波濤化作友誼橋樑，爲各國人民的和平交往而遠航。他們航海生活雖然緊張忙碌，但也有遊戲、娛樂的時光。後渚海船出土的木質象棋子，便是船工文化生活的遺物。出土象棋子二十枚。一種陰刻加圓框塡紅；另一種墨書或雙鈎朱書，有將、士、象、車、炮、馬、兵等名稱，屬於三套不同形制的象棋殘存。海船上發現的象棋子說明象棋在宋代已經定型，對奕遊戲之風，盛行於宮闕市井，乃至航船。它們是船員的消遣娛樂用品。異域海灘上五光十色的貝殼和珊瑚，吸引著航海者的目光，爲船員們增添許多情趣。發掘宋船時，人們從艙內的海泥裡篩洗出貝殼二千多個，還有一塊珊瑚，其中有環紋貝殼、籬鳳螺、水晶鳳螺、銀口凹螺、乳玉螺等，光彩奪目，惹人喜愛。色彩斑斕的貝殼，向人們標示了古船的萬里航線，它們是船員們的玩賞品和裝飾品，有的可能是一種貨幣，當時南洋有的國家仍把貝殼作爲貨幣使用。

宋代遠洋貨船，主要航行於南洋至印度洋的航線。熱帶的高溫氣候，火燒火燎，令人口乾舌燥。「凡舟船將過洋，必設水櫃，廣蓄甘泉，以備食飲，蓋洋中不甚憂風，而以水之有無爲生死耳」（《宣和奉使高麗圖經》）。由於淡水的需求量比較大，航船設有水櫃，後渚古船第七倉中垛（倉名）就盛裝著供飲用的淡水。飲用水異常寶貴，勢必採取有計劃配給的辦法，讓個人保存一些，以防備淡水櫃受損漏水或其他意外。泉州灣宋代海船曾出土帶有「水記」的標簽二十二件，如「曾幹水記」、「林幹水記」、「丘碇水記」等等，有的還繫上小繩，可能就是船員個人貯存淡水的記號。出土物中不少帶有蓋子的罐、瓶類，大概就是盛水的容器。那種有「××水記」字樣的八角形小木牌，很可能還兼作這種水罐的木蓋。

海上航行周旋時間長，船用設備方面，也應考慮生活的設施。宋人周去非《嶺外代答》記載說：「一舟數百人，中積一年糧，豢豕釀酒其中。」宋代海船出土的一件件遺物，向人們形象生動地展示了一幅幅生活情景：小方格紋的麻袋編織物，曾裝滿了大米及其他糧食。豬骨、羊骨、魚骨和鳥骨，顯然是船員食用過的殘存骨骼。其中的鳥骨還揭示了「綠水揚洪波，飛鳥相隨翔」的漫長海程。小口陶瓶應是裝酒用的。長年和風浪打交道的船工，「陳年佳釀」是必備的飲料。散布在各艙的，還有一些桃核、荔枝核、李核、楊梅核、銀杏核、橄欖核、椰殼。它們淸楚說明，在數百年前，這些南方沿海盛產的夏令水果，豐富了海員們水上生活，給海員增加了水分和營養。

我國宋代海船所航行過的航線，是歷代航海家歷盡艱難險阻開闢出來的聯繫亞非各國的海上通路。這條航線的航海者，就是中外人民的友誼使者。泉州船舶滿載絲綢、瓷器、銅鐵、藥材等物品出發，又從阿拉伯國家、印度、東南亞等地運回香料、珠寶、象牙、犀角、玳瑁等特產。這些貿易品不僅是有價可計的貨物，而且還滿載著中外人民友好情誼。「海上絲綢之路」新發現的宋代海船，出土了四千多斤的香藥，有檀香、沈香、降眞香、乳香、龍涎香，以及胡椒、玳瑁、檳榔等等。這些物品多數產自三佛齊、占城、東非的「香料之角」，是宋代泉州海商販運進口商品的重要物證。

中國海船每到一處，都向當地人民傳送了中國人民的友好情誼。許多外國官員民衆，聚集海岸，競相歡迎，甚至出現了「傾國聳觀」的熱烈場面。例如，在印尼爪哇，凡「賈人至者，館之賓舍，飲食豐潔」（趙汝適《諸蕃志》）。泉州商人黃愼赴高麗貿易，國王讓他寓於國家賓館，並遣使隨他來宋朝，同宋朝恢復中斷四十二年之久的密切關係。馬可波羅在他的遊記中，也記載了中國商船將藥材運到埃及亞歷山大港，並受到歡迎的情況。

許多長年在海上從事貿易活動的中國商人和水手，就在一些海外國家定居下來，成爲僑民，同當地人民通婚，促進了相互間的了解和友誼。據《宋史》記載，北宋末年，居住朝鮮的就有「華人數百，多閩人因賈至者」。宋神宗的一個詔令說：福建、廣東人因貿易到越南，「或聞有留彼用事」。有的客死異邦的僑民，墓地受到當地人民尊重和保護。近年在婆羅洲的汶萊，發現了保存完好的死於南宋嘉定年間的「泉州判院蒲公之墓」。

頻繁的貿易和人員往來，促進了中西文明的交流，指南針和火藥，就是通過海外交通貿易，經阿拉伯商人西傳到歐洲的。據南印度學者的研究，月季花的品種，是由泉州經海路傳到印度、斯里蘭卡的。宋代海員不畏風波浪谷，克服無數艱難困苦，爲發展中外政治、經濟、文化聯繫做出了重要的貢獻。

乘風破浪話寶船

／莊為璣

鄭和（西元一三七一～一四三五年）是我國明代最傑出的航海家。從永樂三年至宣德八年（西元一四〇五～一四三三年）近三十年中，他率領舟師三萬人，前後七次下西洋，出使亞非三十多個國家，其規模之大，人數之多，時間之長，足迹之廣，是中外航海史上少有的壯舉，也是世界航海史上空前的盛事。

這一史實引起了國內外學者的濃厚的興趣。多年來，學者們探討了有關鄭和下西洋的許多問題，其中最耐人尋味的是「寶船之謎」。本文也想談談對這個問題的看法。

一、鄭和七次下西洋所用寶船是否一樣

一般歷史工作者講到鄭和寶船，總是根據《明史．鄭和傳》「造大舶六十二」的記載，認為七次下西洋所用的寶船都是一樣的。我們認為，實際情形並不如此。現在先談談什麼是「寶船」。

關於「寶船」的解釋，《辭海》、《辭源》均無。倒見於伯希和的《鄭和下西洋考》。他認為寶船是「西洋取寶之船」。另一種說法是三寶太監下西洋專用的名詞，意謂鄭和所用的大船。這個名詞，在鄭和以前並未用過。

對「寶船」的認識，也有所不同。有的人說：「寶船」只有一艘，就是指鄭和所乘的大船；有的人說是大船六十二隻；有的人說：鄭和船隊所有的船隻都是寶船。還有的人說：《西洋記》認為下西洋的大船分為寶船、馬船、糧船、坐船、戰船五種，寶船是五種船隻中最大的一種。到底哪一種說法才對？目前還沒定論。如果照《西洋記》的說法，寶船是指鄭和所乘的特大船隻，其他都不能稱為寶船，只可稱為專業船隊。《明實錄》云：「永樂十七年（西元一四一九年）造寶船四十一艘。」可見寶船僅僅是少數，其餘實錄通稱為「海船」。

那麼，鄭和下西洋所用的「寶船」是否七次都一樣呢？根據文獻記載，七下西洋的寶船數目，並不一樣。例如，第一次下西洋在永樂三年（西元一四〇五年），馬歡《瀛涯勝覽》說有「寶舡六十三號」即六十三艘，《明史・鄭和傳》則說：大舶六十二。《西洋記》卻認為三十六艘。這個數字應以馬歡書為準，而六十二、三十六，恐係抄寫的筆誤。

第三次下西洋，在永樂七年（西元一四〇九年），則僅四十八艘。據《星槎勝覽》云：「永樂七年己丑上命正使太監鄭和、王景弘等，統領官兵二萬七千餘人，駕駛海舶四十八號，往諸番國。」可見第三次只有四十八艘，並不是六十三艘。

第七次下西洋，在宣德五年（西元一四三〇年）。《瀛涯勝覽》說；「敕：今命太監鄭和等往

等級	船數	桅數	長度	寬度	比例
1 寶船	36	9	44 丈	18 丈	2.43
2 馬船	700	8	37 丈	15 丈	2.46
3 糧船	240	7	28 丈	12 丈	2.33
4 坐船	300	6	24 丈	9 丈	2.66
5 戰船	180	5	18 丈	6.8 丈	2.50

西洋忽魯謨斯等國公幹，大小舡六十一隻。」這次船數與第一次相近。但《西洋番國志》則云：「宣宗章皇帝嗣登大寶，乃命正使太監鄭和，統率官兵萬數，駕寶船百艘，往返三年。」則這次船數有二種記載，並不相同。

總而言之，鄭和各次下西洋所用的寶船數字是不同的。

二、鄭和寶船究竟有多大

鄭和寶船有大有小，並不相同。如《瀛涯勝覽》（明鈔說集本）說：「寶舡六十三號。大者長四十四丈四尺，闊一十八丈；中者長三十七丈，闊十五丈。」《西洋記》的記載更加詳細。它把鄭和船隊分為五等，大小各不一樣。一是寶船，爲鄭和、王景弘、天師、和尚所坐；二是馬船，即運輸船；三是糧船，即運糧船；四是坐船，即運兵船；五是戰船。其大小列表於上。

從表上看，寶船最大，數量並不多。在一四五六隻海船中，只有三十六隻。其大小記錄完全和明史所記相同。大者長四十四丈，寬十八丈，這個尺度，也與《瀛涯勝覽》、《明史》所記完全相同，可是有的同志，卻把長改為十八丈，寬改為四丈四；或改為長四十四丈，寬六丈，認為上述數字，是不可信的。

後來，丘克同志在北京圖書館中，找到一部《三寶征彝集》，認為該書是《瀛涯勝覽》的較早鈔本。鈔本云：「寶船陸拾參隻，大者長肆拾肆丈肆尺，闊壹拾捌丈。」該書所記的數字，都用大寫的繁體字，這證明寶船的尺度也和上述各書相同，幾成定論。

鞏珍在《西洋番國志》中所記，雖沒有具體的數字，但是他所描述的也和上述一致。志云：「其所乘之寶舟，體勢巍然，巨無與敵，蓬帆錨舵，非二三百人莫能舉動。」其所記寶船「體勢巍然，巨無與敵」，並非誇張之言，而是實際的描述。根據各種文獻的記載，我們認為：寶船大者長四十四丈，寬十八丈是可信的。

三、鄭和寶船建造於泉州

鄭和下西洋是永樂三年（西元一四〇五年）開始的。永樂元年、二年所造的大船，《明實錄》明言：「永樂元年五月辛巳，命福建都司造海船一百三十七艘」，又說「永樂二年正月癸亥，以故中軍都督僉事小青子雲，襲父原職為金吾左衞指揮使，將遣使西洋諸國，命福建造海船五艘」。那麼，建造於福建的何處呢？我們認為是泉州。其理由有三：

㈠**泉州港是歷代造大船的地方**。宋《太平寰宇記》說，泉州的土產是「海船」。元代《伊本·

巴都他遊記》說，中國大船是在泉州和廣州建造的。宋代泉州是法定港口，設有「市舶司」。《諸蕃志》和《島夷志略》這兩部交通名著，都是在泉州編寫的。宋代使節出使高麗的客船，也是在福建租用的。《元史》世祖本紀說泉州用海船五百艘。西元一九七三年在泉州發現宋末元初的海船，便是具體的物證。

明初，泉州仍然是造船基地。明俞大猷的《洗海近事》記載「福船」非常詳細。俞氏是泉州人，他造船抗擊倭寇有功。可見《明實錄》所記「命福建造船」，也一定是在泉州或福州建造的。由此也可說明，鄭和的「寶船」，實際上是「福船」，而不是「沙船」。「福船」底尖而闊，適於遠洋航運。明《紀效新書》說：「福船可分六號，一二號俱名福船，三號哨船，四號冬船，五號鳥船，六號快船。」正和上述鄭和船隊大小五號（寶船、馬船、糧船、坐船、戰船）相近，其中大號「寶船」，等於大號「福船」。

又，泉州西元一九七三年發現的宋船長寬比例爲二點四八或二點六五。而鄭和寶船的比例爲二點四六，二點五五，二點六七。可見寶船與泉州船的長寬比例大體是相近的。而和浙江船（寧波宋船二點七一或二點八）不一樣，也和福州船五：一和七：一（使高麗船及使琉球船）的比例不一樣。

㈡**泉州港的帆船是經常開往東西洋的**。如宋《諸蕃志》所說的「泉舶」，經常開往東西洋。自宋元以來，這種開往西洋的船，都是在泉州港造的。鄭和的寶船，也是開往西洋，所以在泉州港建造是比較適宜的。

㈢**泉州港最近發現的史料證明**：鄭和寶船是在泉州港造的。《西山雜記》云：「鄭和，王景弘，張文等造大舶百艘（即《明實錄》所記永樂元年造海船二三七艘事），率軍二萬七千人。王景弘，閩南人，領泉州舟，以東石沿海名䑸導引，從蘇州劉家港入海，至泉州寄泊。」文中明言在泉州造大舶百艘，又雇泉州名䑸事，非常明確。又云：「鄭和等……上九日山（在泉州南安）祈風，至清眞寺祈禱。滿載陶瓷錦繡布帛，歷漳、潮、瓊崖至占城。」凡此種種都說明，鄭和寶船是在福建泉州港建造的，時間是在鄭和出國以前的永樂元年和二年之間。

石渠閣述略

／鍾建民

石渠閣是西漢的藏書所在之一。《通典》：「漢凡圖書所在，有石渠石室延閣廣內，貯之於外府，又有御史中丞居殿中，掌蘭臺祕書，及麒麟天祿兩閣藏之於內禁。」漢高祖八年（西元前一九九年），蕭何營造未央宮時，就在那巍峨壯麗的未央宮大殿北面造了石渠閣。石渠閣的下面，有一條礱石的水渠，流水淙淙，石渠閣的名稱即由此而來①。在石渠閣裡面，還繪了漢代功臣賢大夫的畫像，以霍光爲首，蘇武第二②。

當初造石渠閣的目的，一方面是由於漢統初立，需要建立一套禮儀制度；另一方面蕭何入涵谷關後所收的秦御史丞相府的圖籍文書，也要有個處置，於是就造了石渠閣來存放這些圖籍文書。《三輔黃圖》中說，石渠閣一開始收藏蕭何所得的秦朝御史丞相府的圖籍文書，到了漢成帝的時候，才在裡面收藏祕書。其實並非這樣。早在漢武帝的時候就開始收藏起祕書來了，漢成帝的時候只是大量收藏祕書罷了。武帝的時候，雖然有「書缺簡脫，朕甚閔焉」的感嘆，但比起漢初的藏書量來委實增加了不少。那時淮南王安和河間獻王的藏書很是豐富，漢朝的藏書想來也不會在其下的了。這些逐漸豐富起來的藏書，其中就有一部分藏進了石渠閣。武帝對石渠閣十分重視，班固在《兩都賦》中說，武帝和宣帝的時候，尊崇禮官，考文章，設了金馬和石渠閣。許多言語侍從的臣子，像司馬相如、虞丘壽之、東方朔、枚皐、王褒和劉向等朝夕討論爭辯；公卿大臣，像御史倪寬、太常孔臧、太中大夫董仲舒、宗正劉德、太子太傅蕭望之等也常常議論異同。其中多與石渠閣有關係。班固還說：石渠閣在那時不僅是典籍之府，還是討論之所。一些學識淵博，德高望重的人和名儒師傅常在石渠閣研討六藝。石渠閣開始由單一藏書性質的所在發展為兼有學術討論性質的場所。由於漢武帝尊崇儒術，設立了五經博士和博士弟子，正如班固說：「尊禮官，考文章，內設金馬石渠之署。」因此，石渠閣裡藏進的圖書，也就以儒家圖籍爲主了。它成了博士官的藏書處所，許多名儒博士也就在那裡充分利用圖書研究經義。鄭樵在《通志》中說：「有石渠石室延閣廣內，貯之外府。」劉歆在《七略》中說，「外則有太常太史博士之藏。」延閣廣內撇開不談，鄭樵以爲石室貯於外府，石室的藏書又曾爲司馬遷著《史記》所利用，劉歆說太史之藏在外府，正合了鄭樵的說法，石室是太史的藏書所在。至於石渠閣，鄭樵也認爲「貯於外府」。石渠位處未央宮大殿以北，而北門則是「上書俟事謁見」的所詣之處，也是在外府。又常常有名儒博士在石渠閣裡講習六藝，劉歆說外有博士之藏就是指石渠閣。到了昭帝和宣帝的時候，由於儒學的發展和興盛，昭帝增加博士弟子員百人，宣帝末又倍之，因而石渠閣的地位進一步加强，開始在石渠閣裡繪了功臣賢大夫的像，霍光的像被畫在了第一位。到了成帝的時候，陳農被委派向全國民間徵求遺書，收穫很大，圖書收藏量大大增加，於是便在石渠閣裡大量收藏祕籍了，所以《三輔舊事》才有「至於成帝又於此藏祕籍」的說法。

石渠閣在漢代文化發展中起了重要作用。自漢武帝置博士弟子以後，說經的人越來越多，經說也越來越細碎，家法也越來越繁縟。念書人讀一輩子經書，也難於精通一部經書。於是，宣帝在甘露三年的時候，詔蕭望之和韋元成及五經諸儒博士在石渠閣裡召開「石渠閣會議」。會上，各位名儒大家各呈己見、各獻所學、討論異同。最後，確定增立梁丘的《周易》、大小夏侯的《尚書》和《穀梁春秋》爲博士學。自此以後，漢代經說繼《詩》分三家後，都有了各自的學派。會後，還總結了討論的結果上呈宣帝，有《五經雜議》十八篇、《書議》四十二篇、《禮議》三十八篇、《春秋儀俵》三十九篇、《論語議俵》十八篇。這些著作對以前的儒家經說都作了詳細的評價，對後人影響很大。現在這些書都亡佚了，唯一能見到的是《馬國翰山房輯佚》中的《石渠禮議》四卷。「石渠閣會議」還爲後人所仿效，東漢也由於經說的紛雜不一、細碎繁複，楊級就建議，仿西漢故事，像宣帝召開「石渠閣會議」一樣召開白虎觀會議，後來白虎觀會議也召開了，就是受了「石渠閣會議」的影響。

注釋

①《三輔黃圖》：「石渠閣，蕭何造，其下礱石，以渠導水，若令御溝，因爲閣名。」《三輔舊事》：「石渠閣在未央宮大殿北。」

②見《太平御覽・閣》。

「門生」的變遷

／宋衍申

「門生」是我國古代標明人的一種特定身分的專用名詞。「門生」的含義是什麼？宋歐陽修在其《集古錄跋尾·後漢孔宙碑陰題名》中，曾這樣下過定義：「親授業者爲弟子，轉相傳授者爲門生。」但是，這個定義只適用於東漢。其實，「門生」一詞在不同時代，其含義是不盡相同的。

據清人梁退菴《稱謂錄》載，「門生」的稱謂，最早出現於西漢。其文曰：「王褒門生爲縣役，褒不囑縣令，乃步擔乾飯而立路旁，罄折而言：『門生爲役，故來送。』令即放之。」王褒是西漢宣帝時人，《漢書》有傳。

但是，在「門生」的稱謂出現之前，遠在春秋時代已有「門人」的稱呼了。孔子聚徒講學，無論親授業者，還是轉相傳授者，一律稱「門人」。《論語》一書，「門人」共出現八次。如：「子出，門人問曰：『何謂也？』」（《論語·里仁》）又如：「互鄉難與言，童子見，門人惑。」（《論語·述而》）這兩處提到的「門人」，顯然是指親授業者。另如：「子疾病，子路使門人爲臣。」(《論語·子罕》)這個「門人」，可以被孔子的弟子子路「使」，那麼無疑該是孔子的轉相傳授者了。如果說「門人」是「門生」的原始概念，其原始的含義就既包含「親授業者」，也包含「轉相傳授者」了。

到了戰國，「門人」仍然包含受業弟子的意思。如：《史記·孟子荀卿列傳》載孟軻「受業子思之門人」。但是，這時寄食於貴族門下的食客，也被稱之爲「門人」，如：《戰國策·齊策》載：「孟嘗君出行國，至楚，獻象床。郢之登徒直，使送之，不欲行。見孟嘗君門人公孫戍曰：『臣，郢之登徒也……』」又如：《資治通鑑·赧王五十七年》載：「趙王使平原君求救於楚，平原君約其門下食客文武備具者二十人與之俱。」這裡的門下食客與孟嘗君門人公孫戍的身分是一樣的。這些人大都具有某種才能，屬於「士」階層的一部分，具有一種俠義精神。

西漢初年，由於秦始皇的焚書坑儒和秦末戰爭的掃蕩，講學授業和寄食遊說都受到了衝擊，所以在文獻中很難找到有關「門人」的記載，到漢宣帝時才有「門生」一詞的出現(即上文《稱謂錄》中所載)。

「門生」稱呼的大量出現是在東漢。不僅如此，而且常見「門生」與「弟子」、「故吏」並列地記載。如：《後漢書·賈逵傳》：「皆拜逵所選弟子及門生爲千乘王國郎」。《後漢書·袁紹傳》：「袁氏樹恩四世，門生故吏遍天下」。這說明「門生」「弟子」「故吏」的身分是有區別的，但又有聯繫。當時《五經》傳授各有專門家，凡從師所學，親授業者爲弟子，轉相傳授則爲門生，故吏是舊部下的意思。歐陽修《集古錄跋尾·孔宙碑陰題名》載：「今宙碑殘缺，其姓名里邑僅可見者，才六十三人，其稱弟子者十人，門生者四十三人，故吏者八人，故民者一人。」由此看來，「門生」已是對特定身分的人的一種稱呼了。《後漢書．鄭康成傳》中有一段記載，對「門生」的含義做了比較明確地說明：「康成沒，門生相與撰其問答諸弟子之詞，依《論語》爲《鄭志》。」顯然，這裡所稱的「門生」是弟子的弟子，如歐陽修所說的「轉相傳授者」了。

從《後漢書．賈逵傳》的記載中，我們能夠看到，「門生」可以成爲升官的階梯。這種情形一出現，就帶來了一個新的社會現象：一些並不以學問相師承的鑽營投機者，也極力設法爲自己取得「門生」的桂冠，於是他們四處奔走，去討好有權勢的人。並無學問的權貴們也有了自己的「門生」，這種「門生」實質是權貴的打手、狗腿子。《後漢書．郅壽傳》載：「是時大將軍竇憲以外戚之寵，威傾天下。憲嘗使門生齎書詣壽，有所請托，壽即送詔獄。」《後漢書．楊彪傳》載：「黃門令王甫使門生於郡界辜榷官財物七千餘萬，彪發其奸，言之司隸。」竇憲是權臣而不是學問家，王甫是宦官也無學問可談，他們的「門生」自然不會是什麼學問上的親授業者或轉相傳授者了。爲了攀權附貴，自稱爲「門生」者，在權貴死後，還爭相爲之立碑頌揚功德，把自己的姓名也刻在碑上，以抬高身價。從歐陽修所集錄的東漢碑石中可以看到，絕大部分碑石都是弟子、門生、故吏爲權貴們所立的。如：《後漢文翁學生題名》、《後漢劉寬碑》、《後漢楊震碑陰題名》……這種立碑之風，影響既深且遠。

魏晉南北朝時期，由於重門第，寒士絕了進身之路。但是，這時一仍東漢的風習，如果能當上士族權貴人物的「門生」，卻可獨闢蹊徑，得到升官的機會。清人趙翼在《陔餘叢考》「門生」

條載：「陸慧曉爲吏部尚書，王晏典選，內外要職多用門生義故……王琨爲吏部，自公卿以下至大夫，例用兩門生。」因此，這時的一些「門生」的實際身分已接近扈從、奴僕的地位。他們在權貴身旁也不惜身爲下賤，車前馬後爲之奔走，常常狐假虎威無惡不作。如：《晋書·劉隗傳》載：「周嵩嫁女，門生斷道解廬，斫傷二人，建康左尉赴變，又被斫。」又如：《宋書·徐湛之傳》載：「門生千餘人，皆三吳富人之子，資質端妍，衣服鮮麗，每出入行遊，塗巷盈滿。泥雨日，悉以後車載之。」這些「門生」，根本與學問的師承無關。

隋唐以後，由於科擧制興起，「門生」含義又發生了新的變化。科擧的主考官被稱爲「座主」；及第者，就稱爲「座主」的「門生」。《舊唐書·楊嗣復傳》載：「嗣復與牛僧孺、李宗閔，皆權德輿貢擧門生，情義相得，進退取捨，多與之同。」科擧時代「座主」以能選中有才幹的「門生」爲榮耀。白居易詩，有「何須身自得，將相是門生」的句子。《新五代史·王仁裕傳》載：「仁裕門生王溥……皆至宰相，對稱其得人。」對「門生」來說，無論日後地位多高，在「座主」面前，都要行「門生」之禮。《舊五代史·裴皞傳》載：「皞累知貢擧，稱得士，宰相馬裔孫、桑維翰皆其所取進士也。後，裔孫知貢擧，率新進士謁皞，皞喜，爲詩曰：『詞場最重是持衡，天遣愚夫受盛名。三主禮闈年八十，門生門下見門生。』當世榮之。桑維翰嘗私見皞，皞不爲迎送，人問之，皞曰：『我見桑公於中書，庶僚也；今見我於私第，門生也。』』人以爲允。」

實行科擧制，是我國封建社會選用人才的重大改革，在當時是有進步意義的，也有利於中央集權制政權的鞏固，但是伴隨而來的「座主」與「門生」這種特殊的個人密切關係，則往往釀成派系之爭，甚至發展成與中央專制主義集權相對抗的政治勢力。鑑於這種情況，後唐長興元年中書、門下上奏云：「門生者，門第也。大朝所命春官，不曾教誨學子，是國家貢士，非宗伯門徒，今後及第人，不得呼春官爲恩門、師門及自稱門生。」（清・翟灝《通俗篇》）但是，既然實行科學制，這種關係就難以禁止。宋、元、明、清以來「座主」與「門生」的這種特殊關係依舊保持下來了。正如《清國行政法汎論・官吏分限・迴避・備考》所云：「其及第者則感考官拔擢之恩深矣，故尊崇之，呼爲座師；考官亦指其及第者稱曰門生，絕身不絕其關係，互相引援附合。」

科學制實行後，在學問的師承關係上仍然沿用「門生」的稱呼。一個學問家往往有許多「門生」，南宋朱熹的「門生」載於《宋元學案》中有名可查的就達五十四人之多。這時的「門生」、「門人」常常通用，《宋元學案》中就多稱之爲「門人」。「門生」（或「門人」）與師長的關係，往往不僅僅是學問的師承關係，也表現爲政治的派別關係。如：《宋元學案・涑水學案》載：「涑水門人……歐陽中立……上書言新法不便，以司馬溫公門下坐廢。」顯然這個歐陽中立和他的師長司馬光一樣反對王安石的新法，因而受到王安石的打擊。在明代，「門生」與「師長」的關係在一定情況下，表現爲純粹的政治派別關係。如：東林黨人設書院講學，主要目的是裁量人物，訾議國政。《明儒學案・東林學案一・端文顧涇陽先生憲成》載：「時江陵（即張居正）當國，先生（按：指顧憲成）與南樂魏允中、漳浦劉廷蘭風期相許，時稱爲三解元，上書吳縣，言時政得失，無所隱蔽，江陵謂吳縣曰：『聞有三元會，皆貴門生，公知之乎？』吳縣以不知對。江陵病，百官爲之齋醮，同官署先生名，先生聞之，馳往削之。」到清代，「門生」與「師長」關係；政治色彩淡漠了，常常表現爲純粹的師承授受的學問上的關係。考據學興盛後，「門生」的稱呼，也漸漸少見了。這恐怕與避免文字獄株連很有關係。不過，向既非受業老師，又非科舉座主的大官僚投獻門生帖子的人，也屢見記載，這大多是爲了攀龍附鳳，以求升官的勢利之徒。

隨著封建制度的崩潰，「門生」的稱呼，也已作廢。除偶有稱「弟子」者外，都以「學生」代替，而且也只限於表示學問上的師承關係了。

一種特殊的圖書

——貝葉經

／王梅堂

在北京圖書館舉辦的展覽上，一種被大家稱之爲特殊的圖畫——貝葉經受到了人們普遍的注意。

貝葉經是我國傣族人民極其寶貴的文化遺產之一，是傣族人民最早的一種佛教經書。它的使用距今已有兩千多年了。經文用鐵筆刻在貝多羅（梵文Pattra）樹的葉子上，字小如豆粟，刻寫精細工整，有的一些經頁中間還貼著繪畫的釋迦牟尼像。貝葉是一種棕櫚類的木本植物的葉子，這種木本植物生長在熱帶、亞熱帶地區，印度較多。我國西雙版納地區屬亞熱帶，也產此樹。這種樹傣語叫「戈蘭」，學名叫「貝葉棕」，人們通稱爲貝葉樹。至於貝葉的發現以及使用，在傣族人民中流傳著一個神奇的故事。說是一個勇敢而善良的傣族青年爲了給未婚妻寫信，在尋找材料時意外地發現了貝葉的祕密。貝葉耐久性强，不怕潮濕，不易磨損，刻在上面的字迹長年不變，因此傣族人民不僅把佛教經典在貝葉上刻寫，而且凡是有價值的歷史文獻、醫藥典籍、天文曆法、文學作品都在貝葉上刻寫，以留傳後世。

貝葉經所用之貝葉是要經過加工處理的，方法是先把成批的鮮葉砍下來，用開水煮後曬乾，按照需要的長短規格，用小刀或剪子把它一片一片裁下來，每片長六十公分，寬六、七公分左右。在葉片靠邊的地方穿一個孔，把零散的葉片串成五十頁或一百頁爲一册，置放整齊，再用平板蓋上，平板上再壓一塊沈重的石頭。過十天或者半月，就把它取出來，用搓好的線條穿成活動的本子，然後用鐵筆把字刻在貝葉上，塗上植物油，就成了我們今天見到的貝葉經那樣的圖書了。貝葉經的刻寫行數和格式不一，一般分爲五行、六行、八行或九行。

用貝葉始於何時？根據傣文經書《尼賧坦帕召》（關於佛祖歷史的經書）和《坦蘭帕召》（佛祖的經書）的記載，貝葉在歷史上的使用和傳播已有二千七百多年了。在漢文書籍中，《全唐詩》收錄的詩人錢起《紫參歌》「貝葉經前無住色，蓮花會裡暫留香」的詩句，就出現了「貝葉經」之稱。在唐代貝葉經也稱爲「貝編」、「貝多」或簡稱「貝葉」，唐代段成式《酉陽雜俎》卷之三《貝編》皆錄釋典中事，說明原用貝多葉書寫的佛經，當時就叫做貝編。但在卷之十八《廣動植之三·木篇》中卻又這樣寫道：《貝多，出摩伽陀國，長六、七丈，經冬不凋。此樹有三種：……並書其葉，部闍一色取其皮書之。貝多是梵語，漢翻爲葉，貝多婆（一曰娑）力叉者，漢言樹葉也。西域經書，用此三種皮葉，若能保護，亦得五六百年。」可見，當時也稱爲貝多，是由梵語轉音譯漢而來。而且唐代詩人李商隱《題僧壁》詩「若信貝多眞實語，三生同聽一樓鐘」，也以「貝多」表示佛教經典。從詩人柳宗元《晨詣超師院讀禪經》詩「汲井漱寒齒，清心拂塵服。閒持貝葉書，步出東齋讀。」王維《青龍寺曇壁上人兄院集並序》：「不起而遊覽，不風而清涼。得世界於蓮花，寄文章於貝葉。」可知貝葉就是佛教經典的代名詞。同時說明貝葉也記載佛教經典以外的文獻。

貝葉、貝多兩詞在唐代的詩文中均代指佛教典籍。在以後的詩文中使用貝葉一詞較多。元代散曲家張可久在《集慶方丈．繡紅鞋》一曲中寫道：「蓮花香世界，貝葉古文章，秋堂聽夜講。」明蔣一葵撰著的《長安客話》卷三郊垧雜記，記述北京萬壽寺詩：「寺就三摩地，樓懸萬斛鏞，……貝葉蠅頭密，閒花蔓尾鎔」，以及清吳長元輯的《宸垣識略》卷十四郊垧三引明朱國祚萬壽寺詩：「貝葉三車少，華鐘萬石餘。」這裡對貝葉經的字體進行了形象的描寫，證實在明代北京已收藏著貝葉經。到了清代，貝葉一詞不僅使用得更爲頻繁，而且從字面上看，貝葉所代表的含義也已有所引伸，如清蕭雄的《西疆雜述詩》：「尚喜愚頑解忠信，家傳貝葉當詩書」（《風俗總敍》），「約法何曾六尺拘，全憑貝葉當刑書」（《刑法》）等等。這一方面說明貝葉已經代替了「貝編」、「貝多」的稱呼，另一方面也說明貝葉經使用和傳播的範圍已經擴大，已經不只是佛教的經文了。我國現存的傣文貝葉經，據有關學者證實，除佛教教義外，還包括大量的文學作品、歷史傳說、天文曆法、法律、自然常識和生產知識，醫藥衞生、體育、心理學等文化知識，其內容極其豐富，可見貝葉經在記載和傳播傣族人民的歷史文化方面起了十分重要的作用。

由於貝葉經主要是記載佛教經典的，所以解放前幾乎所有貝葉經均保存在佛寺裡，並總是被人們放置在最重要的上等台欄上面。據初步調查，西雙版納解放前有佛寺五百多座，保存在佛寺裡的貝葉經多達五萬册。

我國珍藏的貝葉經，文種很多，除傣文外，還有用藏文、梵文、緬甸文、僧伽羅文刻寫的。西藏自治區珍藏不少，僅薩迦縣的薩迦寺裡就保存著貝葉經二十函三千六百三十六頁。在北京地區北京圖書館、民族圖書館、佛教協會、中央民族學院等單位也均有收藏。西元一九八三年民族圖書館將保存的梵文《妙法蓮花經》貝葉寫本精印出版，爲學術研究、文物考證等方面提供了方便。

唐代的學校

／蘇渭昌

唐代的文化非常發達。各級學校，曾經達到空前昌盛和完備的程度，在我國和世界教育史上殊爲少見。

學制概況　唐代的學校制度是在前代基礎上發展和完善起來的。基本上可分爲中央與地方兩類學校。中央學校，按隸屬關係，有兩種情況：一是由專門管理教育的行政部門——國子監統一管轄的，如國子學、太學、四門學、律學、書學、算學等①；一是由中央其他行政部門分別管轄的，如弘文館、崇文館、崇玄學、醫學等。有的行政部門雖未設學校，但有專門人員從事專科性教育，如太史局有天文、曆博士，教授天文觀生、天文生及曆生；太僕寺有獸醫博士，教授獸醫學生；太卜署有卜正、博士及卜助教，教授卜筮生；門下省校書郎亦招收學生進行校理典籍的訓練。上述國子學、太學、四門學、弘文館、崇文館、崇玄學均係大學性質，其他係專科學校性質。地方學校，按隸屬關係，也有兩種情況：一是由州府長史（相當今日的教育廳長）直接掌管的，如府學、州學、縣學、市學與鎮學，這些學校的性質介乎中小學之間；一是直隸中央有關局的州府醫學、崇玄學等。

我國自漢代起已有太學，東漢有藝術專門學校——鴻都門學，南北朝有文科專門學校——文學、史學、玄學諸館，隋朝在國子監下除設有國子學、太學外，也有書學等。然而，從中央到地方，學校之完備，專門學校之發達，當推唐代。唐朝的醫學、算學等自然科學性質的專門學校，是世界上最早出現的實科學校，比歐洲早一千年左右。

學額與入學資格　唐代學校，崇尚儒學，等級明顯，因而各學校學額及入學資格均有差別。國子學額三百人，限文武官員三品以上的子孫；太學生員五百人，限五品以上的子孫；四門學額一千三百人，其中五百人限七品以上子孫，八百人由庶民中俊異者充之。弘文館、崇文館是全國學校中最高的貴族學校，學額分別爲三十與二十人，限皇室近親及宰相大臣一品功臣的子孫。律學學額五十名，書學及算學學額各三十名，凡八品以下的子孫及庶民子弟均可入學。上述中央「六學」、「二館」合計生員定額爲二千二百六十名，最高達到八千餘名。中央醫學學額爲四十名。地方學校學額從十名至八十名不等，皆爲一般庶民子弟所入。入學年齡，一般爲十四歲到十九歲，律學學生限十八歲到二十五歲。

束修與師資　中國古代，學生初見業師時，必先奉贈禮物，以示敬意，稱爲「束修之禮」。至唐，此風猶存。據《文獻通考》記載：「神龍二年（西元七〇六年）敕學生在學各以長幼爲序，初入學皆行束修之禮禮於師。國子太學各絹三匹，四門學絹二匹，俊士及律書算學州縣各絹一匹，皆有酒脯。其束修三分入博士，二分助教。」《唐開元禮》曾記述了皇子初上學拜見業師，敬奉束修的儀式：「皇子束修，束帛一篚，五匹；酒一壺，二斗；修一案，三脡。皇子服學生之服，至學門外陳三物於西南。少進，曰某方受業於先生，敢請。執篚者以篚授皇子。皇子跪，奠篚，再拜。博士答，再拜。皇子還避，遂進跪取篚。博士受幣，皇子拜訖，乃出。」眞是畢恭畢敬。

唐代學校的教師有博士、助教、直講等名稱。講課以系統講授爲主。當時不少博士博學善講，如徐文遠「多立新義」，「聽者忘倦」，陸德明「隨端立義，衆皆爲之屈」。教師的官品與薪俸因校而異。如國子學博士須有五品以上的資格，助教須有從七品以上資格。太學以下，品級漸低。據史書載，大曆十二年（西元七七七年）的月俸是，博士自二十五貫至二貫，助教自五貫三百文至一、二貫。

學科與修業年限 國子學、太學、四門學，專授經學。經學分正經、旁經兩類。正經九種：《禮記》、《左傳》爲大經，各習三年，《詩經》、《周禮》、《儀禮》爲中經，各習二年，《易》、《尙書》、《公羊》、《穀梁》爲小經，各習一年半。旁經兩種：《孝經》、《論語》共習一年，爲必讀。正經不必全通，可有選擇。

算學，以七年爲限，學生分二組，一組讀《九章算術》、《海島算經》共三年，《孫子算經》、《五曹算經》共一年，《張丘建算經》、《夏侯陽算經》各一年，《周髀算經》、《五經算術》共一年；一組讀《綴術》四年，《緝古算經》三年。前者似古典數學專業，後者似應用數學專業。《數學記遺》與《三等數》，二組皆必讀。

書學，除習書法外，兼習時務學及文字學。凡習《石經》三體，三年爲限，《說文》二年，《字林》一年。

律學，以律令爲專業，兼習格式法例。詳細學程，無明文可考。

弘文館、崇文館，課程與國子學同。

崇玄學，專習老子《道德經》、《莊子》、《列子》、《文子》等。

醫學，分醫學、針學、按摩、咒禁四門。第一門醫學又分五科：體療、瘡腫、少小、耳目口齒、角法。第一科學程爲七年，第二、三科五年，第四、五科二年。《本草》、《甲乙》、《脈經》爲必修科目。

中央學校的修業年限除律學爲六年外，餘均爲九年。地方州府縣學，修業年限，無明文規定。學習課程亦以讀九經爲主，並兼習吉凶二禮。遇有公私吉凶儀式，即相助演習。

假期　分長期短期兩種：短期爲「旬假」，每十日放一天；長期每年放假兩次，一次在五月，爲「田假」，一次在九月，爲「授衣假」（回家取冬衣），各限一個月。路程過二百里的，可延長假期。凡逾限過三十日，因事故過百日，因親人故過二百日的，皆令罷學。

考試及退學　中央學校的考試分三種：「旬試」，於旬假前舉行，試十日內所學課程，考背誦與講解；「歲試」，於年終舉行，就一年所學課程，口問大義十條，通八條爲上等，六條爲中等，五條爲下等（不及格）；「畢業考試」，於應修學程期滿成績及格時舉行，由國子祭酒監考。

醫學考試，最爲嚴格。每月終由博士考試一次，每季由太醫令丞考試一次，每年終由太常丞總試。

地方州縣學生，能通一經，即可畢業，「入四門學充俊士」。

凡遇以下三種情況之一，皆要退學：「告假逾限；不及格三次，年滿至最高修業期限；操行過劣，不堪教誨。

外國留學生 唐代學校有鄰近各國派遣的衆多留學生。據《新唐書．選擧志》所載，當時有「……高麗、百濟、新羅、高昌、吐蕃相繼遣子弟入學」。《日中交流二千年》（藤家禮之助著）一書介紹，日本派遣的遣唐使有十九次，每次隨行的留學生、留學僧有十餘人，多的時候爲二、三十人。留學生阿倍仲麻呂與吉備眞備的事迹，曾傳爲中日文化史上的佳話。仲麻呂於西元七一七年九月到達長安，入太學學習，後參加科擧考試，成爲唐朝的官吏。他留唐五十三年，與王維、李白等結爲知己。李白的《哭晁卿衡》一詩即是寫他和仲麻呂的友誼的。吉備眞備在中國留學十八年，他在太學學習尚不能滿足他的求知慾，於是唐玄宗特許他跟著名的四門助教趙玄默學習。眞備學成回國後，受到天皇召見，被任命爲「大學助」，負責「大學寮」的教學工作。

此外，朝鮮半島上的新羅國，也派來了許多留學生。《唐會要．新羅》記載，唐文宗開成五年（西元八四〇年），學成歸國的新羅學生一次就達一百零五人之多。新羅學生崔致遠十二歲來唐，十八歲就考中進士。阿拉伯人在唐代也有學習漢文學並有一定造詣的。如西元八四八年（唐宣宗大中二年）大食國人李彥升在長安考中了進士。

唐代學校的發達和完備，原因是多方面的。其中與唐初統治者，特別是唐太宗的尊重知識、尊重人才是分不開的。西元六一八年，李淵入長安爲大丞相，即下令置生員，使京師至州縣皆有教，及受禪爲皇帝後，便置修文館（即弘文館）於門下省，並下詔興學。唐太宗即位後對教育更加推崇，選名儒入弘文館，於國子監增置書學、律學，東宮置崇文館，增築學舍，使四方儒士，抱負典籍，雲會京師；親幸國子學聽課，獎賞高第精勤者；起用《緝古算經》作者王孝通爲算學博士，並讓他參與太史局領導工作等。唐太宗爲了刷新政治，還罷免了裴寂等保守官僚，起用了既是庶族地主的代表人物又是知識分子的魏徵、戴冑、劉洎、馬周、李勣、張亮等。在這種尊重知識和人才的背景下，學校的昌盛是必然的。安史之亂後，由於政局紊亂，民生塗炭，以致「太學空設，諸生蓋寡」，學校逐漸衰落，這從另一方面反映了國家政治對學校教育的制約作用。

注釋

①《新唐書．百官志三》記載，國子監「總國子、太學、廣文、四門、律、書、算凡七學」，廣文館是在唐玄宗天寶九年（西元七五〇年）臨時設立的，不久即廢止，故一般只提「六學」。另，書學曾隸蘭臺，算學曾隸祕書局，律學曾隸詳刑寺。

爲什麼宋版書最好

／丁　瑜

整理古籍必須鑑別版本，這是最基本的工作。版本中應重視善本，歷代善本包括：宋元時代的刻本，明清兩代的精刻精抄本，以及各個時代具有學術價值的稿本、批校題跋本等。其中，最爲世人艷羨，視作拱璧珠琳的則爲宋版書。

早在明代嘉靖時，錢塘學者高濂曾指出宋版書的優點：「宋代刻書，雕鏤不苟，校閱不訛；書寫肥細有則，印刷清朗，故以宋刻爲善。」到了明末崇禎年間，著名的刻書和藏書家毛晋，爲搜求宋版書，就在他的藏書樓汲古閣門前，懸掛徵求啓事謂：「有以宋槧本至者，門內主人計葉酬錢，每葉出二百……有以時下善本至者，別家出一千，主人出一千二百。」可見當時宋版書流傳不多，藏書家已不是單純地把它作爲傳播知識、交流文化的讀物，而是作爲珍貴的藝術品和罕見的歷史文物來收藏了。

清初錢謙益（牧齋）和曹溶（秋岳），都是重視版本的藏書家。曹溶爲錢氏《絳雲樓書目》撰《序》，明確地闡明他選擇藏書的標準是：「所收必宋元版，不取近人所刻及抄本。雖蘇子美、葉石林、三沈集等，以非舊刻，不入目錄中。」清代中葉著名版本校勘學者黃丕烈（蕘圃），因篤嗜收藏宋版書，乃以「佞宋主人」自號。他爲獲得了一部宋版《陶詩》，又名其書齋爲《陶陶室》。

古人篤愛宋版書如此，今人亦不乏其例。那麼，宋版書爲什麼如此珍貴呢？這是由於宋版書流傳不多，極爲罕見，加以宋代刻印的書籍內容近於古本，刊印精美，裝潢考究。北宋時期，除首都汴梁（開封）外，尚有浙江的杭州、福建的建陽、四川的眉山等地，都是刻書的中心。後代的兵燹戰亂、水火天災，給宋版書帶來了厄運，使北宋印本書籍能留存到今天的，除極少數的佛經外，其他書籍有如鳳毛麟角，很難見到了。

南宋小朝廷，偏安江左，但有魚米茶桑棉鹽之利，東西兩浙又盛產紙張，對刻書事業的發展十分有利，當時全國各路均有刻書。而以兩浙東西路的浙刻本最精，成都府路的蜀刻本稍次。福建刻本優劣參半，其中麻沙本最差。各地區刻書又有官刻、家刻、坊刻的區別。官刻刊印裝潢精美，家刻校勘精審，坊刻內容廣泛。

南宋刊刻的書籍，內容的編排形式有了改變。我國古代的經、史，其正文和注疏都分別寫在或刻在兩個書本上。南宋初期，盛行在同一書版上，用大字刻正文，用小字刻注疏。如浙東茶鹽司刻《周易》、《尚書》、《禮記》、《春秋左氏傳》，都把經文、注疏合刻在一版之上。建安（今福建建甌）黃善夫刻《史記》，把《集解》、《索隱》、《正義》都刻在正文之下。這樣給讀者帶來了很大方便。

南宋刻書，數量之多，效率之高，都是空前的。如紹興二年（西元一一三二年），湖州（吳興）王永從一家刊刻《思溪資福禪院大藏經》，全經五千四百八十卷，從開雕到完成，僅用一年時間，參加刻經的工人多達二百六十餘人。其中有一位叫董明的刻字工人，他在湖州刻完《思溪藏經》，於次年去越州（紹興）茶鹽司刊刻《資治通鑑》；紹興九年（西元一一三九年）又到臨安府刻《漢官儀》，同年在臨安還刻了《唐文粹》。紹興二十八年（西元一一五八年），又到明州（寧波）刊刻《昭明文選》。此外，還在湖州刻《北山小集》，在臨安刻《後漢書》等。二十餘年間，刻書不少，其經歷充分反映當時刻書數量之多和效率之高。

坊刻本即書鋪所刻的書。南宋的書坊多集中在臨安和建陽兩地。它們除了刊印經、史、子、集四部書籍之外，主要刊印佛經、俗文、雜書等民間讀物。現今有鋪名可考的，在臨安和建陽兩地，尚有四十多家。其中最著名的是臨安府陳宅書籍鋪。書肆主人陳起，字宗之，自號陳道人。他擅長詩文，與當時江湖詩人相唱和，編著《江湖小集》刊行於世。他的兒子陳解元，名思，也開設書鋪。陳氏父子刊印的書籍，在卷尾都分別題有「臨安府棚北睦親坊南陳宅書籍鋪」或「臨安府棚北大街陳解元書籍鋪」一行牌記。因爲著名書坊，多設在棚北大街。所以，書坊本又稱「書棚本」。陳氏書籍鋪印書，紙墨工料多選上等，刊刻技術高超，是坊刻本中的精品，極爲後世藏書家所寶重。

宋版書爲世人珍重若此，究竟它是什麼樣子，能否一見便能辨識？要解決這個問題，必須多看實物，加以細心研究。其主要特徵是：印書多用皮紙和麻紙，紋理堅致有韌性。版式疏朗雅潔，版心下方往往有刻字工人姓名和每版的字數。

刻書選用字體，各地風格不同。浙本多用秀麗俊俏的歐體字；蜀本多用雄偉樸拙的顏體字；建本字形介於顏、柳之間，橫輕豎重。印書用墨也很講究，色澤青純勻淨。

裝訂形式採用「蝴蝶裝」。其方法是將書葉面對面相對折齊，在書葉反面版心的地方用漿糊粘連，再用較厚的紙包裹作爲書皮；從外表看，厚皮包背，與現代的精裝書相似；翻閱時候，書葉兩邊展開，如蝴蝶雙翅，故稱「蝴蝶裝」，簡稱「蝶裝」。宋版書流傳至今，能保持原來蝶裝的，極爲難得。現存宋版書多已改裝爲清代盛行的「綫裝」了。

除以上所述，宋版書尚有一種較突出的特徵，即宋刻書多有諱字，尤其以官刻本避諱更多，是鑑定宋版書及其年代的重要依據。

數百年來，借助宋版書保存了後代刻本所沒有的資料；或用宋版書校正明清以來所刻古籍的訛誤，在學術研究和歷史的考證等方面，都起了一定的作用。例如流行最廣，號稱精審的殿本《二十四史》，其中《南齊書．本紀第三》有宋孝武帝的宗室劉遐犯罪的記載。原文是：「遐坐通嫡母殷氏養女，殷舌中出血，衆疑行毒害。」讀此文不禁懷疑，劉遐的嫡母殷氏，舌中出血，怎能就懷疑是被兒子毒害呢？再查閱明監本《南齊書》則作「殷言中出血」。這就更爲荒謬了，言語中怎能出血？再校以宋版《南齊書》則爲「殷亡，口中血出。」更以《宋書．列傳．宗室》相校證，則有：「遐與嫡母養女雲敷私通，殷每禁之，殷暴病卒，未大殮，口鼻流血。」據此則情節與文字俱能吻合，可證宋本之佳。當然，宋版書不是精善無瑕的，有些校勘不精的書坊本，往往存在脫文訛字。讀者如不講求審定版本，就會發生錯誤，鬧出笑話。宋葉夢得《石林燕語》記載有位教官考試生員，所出題目是《乾爲金，坤亦爲金，何也？》參加考試的生員，雖然有的人熟讀《九經》，但是對此題目卻不知如何下筆。後來，有人懷疑所出之題有誤，請教官取原書查看，果眞是福建痲沙本《周易》將「坤爲釜」的「釜」字，誤刻爲「金」字。教官不察，鬧出了笑話。可見整理古籍，必須重視鑑別版本，但又不能盲目迷信宋版，要擇善而用。

什麼叫影抄、影刻和影印

／姚伯岳

我們在查閱古籍目錄時，常常在其版本項中發現有「影抄」、「影刻」和「影印」的字樣。它們似乎很相似——都有一「影」字，也同樣是把圖書原件如樣複製，但在技術方法上，三者卻迥然不同。「影抄」，是手工模寫；而「影刻」，是雕版翻刻；「影印」則是照像複印。從字面上我們就可以看出這是書籍複製技術的發展過程中所遺留下來的不同概念。下面我們就簡單地回顧一下這個漫長的歷程。

印刷術發明以前，圖書以抄本傳世，數量既少又不易得。尤其是那些出自名人之手的本子，更是難得一睹尊容。據說唐太宗爲了得到王羲之的絕代佳作《蘭亭序》眞迹，百計尋覓，費盡心機，最後還是靠行騙才得以遂願。而這一眞迹的收藏者辯才和尚卻因此飲恨而死。

好的作品既然如此難得，於是一種有意義的工作也就應運而生，這就是影抄。影抄就是把可透影的紙覆在底本上面，按其原來的字體行款，甚至邊欄界線原樣摹寫。從事這項工作的往往是經驗豐富的名手，由抄家以重金延聘。唐太宗身邊就專置此官，其中如趙模影寫《蘭亭序》，百年之後竟賣至數萬錢。明代毛氏汲古閣影抄了許多宋元珍本，摹寫精工，備受後人重視，謂之「毛抄」。清代孫從添在其《藏書紀要》中更譽之爲「古今絕作」。

値得注意的是，這種影抄的方法直到印刷術已相當發達的清代仍然廣爲流行，不減其生命力。清人阮元所輯但未得刊行的大型叢書《宛委別藏》，其中影抄本就占了相當的數量。乾嘉年間，于敏中、彭元瑞等人奉命撰內府《天祿琳琅書目》，在宋版和元版之間特闢「影宋抄本」一類，可見清人對影抄本的重視。

影抄本保存了古書原貌，在寫本書中獨居一席，有較高的版本價値和文物價値。商務印書館解放前影印的大型叢書《四部叢刊》中，收有許多影宋抄本，爲我們今天直接利用提供了莫大的方便。

唐代印刷術發明，至宋代已相當發達，無論中央還是地方，刻書技術都已達到很高水平。宋代刻書，有官刻，家刻和坊刻之分。其中家刻本和官刻本由於校勘精細，更採用善本珍本，因此備受後人推崇。至明代，影刻宋版書的風氣大盛，一些大藏書家精選底本，一絲不苟，所刻書幾與原書無異。清人王士禎在其《池北偶談》卷二十二中敍述了這樣一個生動的故事：

（王延喆）性豪侈，一日有持宋槧《史記》求鬻者，索價三百金。延喆給其人曰：「姑留此，一月後來取直。」乃鳩集善工就宋版摹刻，甫一月而畢工。其人如期至索直，故紿之曰：「以原書還汝。」其人不辨真贋持去。既而復來，曰：「此亦宋槧，而紙差不如吾書，豈誤耶？」延喆大笑，告以故，因取新雕本數十部，散置堂上，示之曰：「君意在獲三百金耳，今如數予君，且為君幻千萬億化身矣。」其人大喜過望。

王士禎《池北偶談》所說不可盡信，據查，這部《史記集解索引正義》是據宋黃善夫本，翻刻歷時三載餘，絕非一月，但從另一側面也反映出當時的一些影刻本確實已達到亂眞的地步，以致於後人只能從紙張、墨色中去尋找一些蛛絲馬迹。這固然給後代的版本鑑定增添了困難，卻也說明當時刻工的技藝是多麼高超。

王延喆這次影刻雖已達到亂眞的程度，但不過是偶一爲之，炫耀其豪侈而已。而當時卻有許多藏書家終生致力於影刻宋版書，孜孜不倦，感人至深。吳縣袁褧就是一例。袁氏嘉趣堂影刻的宋本《六臣注文選》堪稱這一時期的代表。據其題跋曰：「余家藏百年，此本堪稱精美。因命工翻雕，匡郭字體未少改易。計十六載而完。用費浩繁，梓人艱集，今模榻傳播海內，覽茲册者，毋徒曰開卷快然也。」這番話深深道出了影刻工作的艱辛。

清代此風仍沿盛不衰。大藏書家黃丕烈的士禮居、汪士鐘的藝芸精舍，皆以仿刻善本爲高，「以爲每書皆據祖本仿刻，不失累黍，廬山面目，儼然具在，庶不致遺誤後人」（謝國禎《明清筆記談叢》）。汪氏、黃氏的影宋刻本，代表了清代影刻技術的水平。此後江都秦恩復，聊城楊氏海源閣，常熟瞿氏鐵琴銅劍樓等，也都出過比較著名的影刻本。清光緒年間，黎庶昌、楊守敬訪求日本所藏中國已佚古籍，選輯二十六種，編成《古逸叢書》，則已是古籍影刻的尾聲了。

必須指出，所謂影刻本，並非與原本無二。由於影刻本採用雕版翻刻，改動數字並非難事。有的刻書家影刻時精加校勘，改正原書謬誤之處，使影刻本較之原本內容更爲精善。而有的刻書家出於某種私利，隨意刪改添補，使影刻本大失原貌，這是我們在閱讀影刻本時不可不加以注意的。

儘管如此，影刻本的功勞仍是不可抹殺的。在照像印刷術發明以前，許多具有文獻意義而版本稀少的古籍，每每借此得以流傳於世。其中有的原版後來散失，我們卻仍可借影刻本窺見原書面貌。這是我們應當感謝於古人的。

近代照像製版技術的發明和傳入，產生了一門新的古籍複製技術——影印。影印就是將原書攝影，通過底片將圖文顯影於石版或金屬版上，然後著墨印刷。這種照像製版的方法在凸版、平版、凹版印刷中均可採用。此法在我國最早被採用的，凸版中有照像銅鋅版，平版中有石印和珂羅版。這是早期最主要的三種影印方法。其中特別值得一提的，是石版印刷即通常所謂石印。

古籍的影印最早是英國人美查西元一八七九年開辦的點石齋石印館開始的。此舉大受歡迎。於是各家紛紛效仿，接踵而起者不下數十家。其中著名的有同文書局、蜚英館、拜石山房等。石印書「字迹清晰，與原書無毫髮爽，縮小放大，悉隨人意」，紙墨質佳，裝訂精美，再加上工藝簡單，出書速度很快，因此自點石齋之始直到本世紀二、三十年代才逐漸被更先進的金屬版替代，石印書獨步一時，壟斷古籍影印業達數十年之久，在中國近代文化史上發揮了很大的作用。

這一時期的影印本內容範圍也是很廣的。經史子集，無所不有。既有服務於當時科學考試的各種經書及《大題文府》、《小題十萬選》之類的縮印本，也有具有整理古籍意義的《二十四史》、《古今圖書集成》等大部頭著作；既有供參考玩賞的如《佩文韻府》、《佩文齋書畫譜》之類，也有投一般民衆所好的舊小說如《三國演義》、《水滸傳》、《紅樓夢》等。凡是可牟利的古書，無不大量影印出版。於是石印書滿天下，石印術名噪一時，古籍的翻印出現了空前未有的盛況。這一切都標誌著源遠流長的古籍複製技術進入了一個新的發展階段。

縱觀由影抄到影刻以至影印的發展歷程，我們可以看出科學技術的發展對圖書事業的巨大推動作用。影抄、影刻與影印，雖然同是將原書按原樣複製出來，但其作用和影響卻有著天壤之別。如果說影抄的主要作用在於保存古書原貌的話，那麼，影印則是憑借其先進的技術在更廣大的範圍內把古籍普及到千千萬萬的讀者中去，使人人得窺古書原貌，了解古代文化，這是靠手工摹寫的影抄本所根本無法比擬的。

漫話「藍本」

／張　恬

「藍本」這個詞，今天已被人們所普遍使用，它的意思是「著作所根據的底本」。但是為什麼「底本」要稱為「藍本」呢？這就未必人人都清楚了。

「藍本」實為古籍版本中的一種形式。

在我國，作為古籍印刷的主要方式——雕版印刷，始於中唐，盛於五代。雕版印刷的大致方法是：把一整張抄好的書頁反貼於同樣大小的本版之上，用刀刻去無字的地方，使上面的字迹凸現出來。然後塗上墨，將白紙敷上，再用刷子輕輕刷撫，揭下的即為一張印刷頁。這樣一張一張刊印下來就成為一部完整的書了。因為古代稱刻版為「梓」，而刻版所用的木板多是結實的棗木、梨木，所以古人又稱刊印書籍為「付梓」或「付之梨棗」。

宋人用「版（板）本」來指雕版印刷的書籍，以區別手抄的「寫本」。（這裡所說「版本」，並非今天廣義的「版本」，含意有別。）朱熹《上蔡語錄跋》云：「熹初到括蒼，得吳任君寫本一篇，後得吳中版本一篇。」「版本」與「寫本」的不同就在於製作方法各異。這種雕版印刷的「版本」一般都是用墨印成的，所以通常稱爲「墨本」。《齊民要術・葛祐之後序》中就有「得使君所遺墨本」的字樣。

用墨以外的其他顏色印書，要推遲到元代以後了。今天所見最早的朱墨兩色套印是元代至元六年（西元一三四〇年）湖北江陵資福寺刻的無聞和尚《金剛經注解》卷首的《靈芝圖》和經注。隨著雕版印刷工藝的不斷完善，相繼出現了朱墨套印，四色、五色乃至六色套印的書籍。清代道光年間涿州盧坤所刻《杜工部集》二十五卷，就採用了六色套印的方法。詩文用墨色，下面五個注者的注釋分別用五種不同的顏色套印：明人王世貞用紫色，王愼中用藍色，清人王士禎用紅色，邵長蘅用綠色，宋犖用黃色。

此外，還有用紅色或藍色單獨一種顏色印成的書籍，它們分別稱爲「朱印本」、「藍印本」。

朱印本、藍印本（除朱印本的印譜、符籙，藍印本的明末的志書外）與墨本、套色印本不同，有它自己的特定用途。明清兩代，書籍在雕版初成以後，刊刻人一般要按慣例先用紅色或藍色印刷若干部，以供校訂改正之用，其作用大約相當於現代出版印刷中的「校樣」。而定稿本則用墨印。

關於藍印本的這種特定用途，可引《書林淸話》卷八的記載作爲佐證：「其一色藍印者，如黃記《墨子》十五卷，陸志《李文饒集》二十卷、《別集》十卷、《外集》四卷，邵注《四庫簡明書目》，張登雲刻《呂氏春秋》二十六卷，明萬曆丁亥刻張佳胤《崌崍集》二十七卷，此疑初印樣本，取便校正，非以藍印爲通行本也。」

由於朱印本、藍印本是一部書雕版之後最早的印本，因此就有了「初印紅本」、「初印藍本」之稱。後來作爲「著作所根據的底本」意義上的「藍本」一詞，就是從「初印藍本」引申出來的。

因爲初印本是在書版剛剛雕成，未經多次印刷的磨損時印刷的，通常具有字迹清朗、邊框完整等優點，因而多爲後代藏書家所珍視，經常被認爲是較珍貴的善本。北京圖書館今天仍藏有明代的珍本，其中有明嘉靖十六年（西元一五三七年）于湛刻藍印本《契翁中說錄》二卷；明嘉靖二十三年（西元一五四四年）王貞吉刻藍印本《便民圖纂》十六卷（明于錙撰）；明嘉靖三十一年（西元一五五二年）芝城銅活字藍印本《墨子》十五卷等。

往往有這種情形，一種新的技術出現之後，對它的概括和說明常常要晚些時候才能得以廣泛流行。至於它的引申義，則會更晚。「藍本」這個詞的使用和傳布就是這樣的。藍印本雖然在明代就出現了，可是據現有的資料來看，「藍本」一詞到清代才開始爲人們所使用。

「藍本」一詞最早見於清初學者王士禎的《居易錄》。《居易錄》云：「今方修《一統志》，似當以舊《通志》爲藍本。」這裡，「藍本」已不再是「初印藍本」的本意，而加以引申，有獨立的用法了。

清乾隆時，學者焦循的《易餘籥錄》亦云：「王實甫《西廂記》全藍本於董解元。」這裡已經以「藍本」爲動詞，其含意被進一步引申了。

再晚還有清代錢大昕寫於嘉慶四年（西元一七九九年）的《十駕齋養新錄》，卷十六中亦云：「唐付奕上疏詆浮圖云：『五帝三王，未有佛法，君明臣忠，年祚長久。至漢明帝，始立胡祠，然惟西域沙門，自傳其教。西晉以上，不許中國髡髮事華。及弛厥禁，主庸臣佞，政虐祚短。梁武齊襄，尤足爲戒。』此韓退之佛骨表之藍本也。」

類似這樣的例子，當然還有。由此可見，在清代，「藍本」一詞的意義，已經離開「初印藍本」的原意而被引申使用。現代人使用「藍本」一詞，也正是沿襲了清人引申後的說法。

中國最早的工科大學

／雷克嘯

北洋大學是現在天津大學的前身，創建於西元一八九五年（光緒二十一年），初名天津北洋西學堂，次年改爲天津大學堂，校址在天津大營門外梁家園。西元一九〇二年校址遷至天津西沽，更名爲北洋大學堂。它是中國最早的工科大學。

北洋大學是中國近代洋務運動的產物。從十九世紀六十年代開始，以奕訢、曾國藩、李鴻章、左宗棠等人爲代表的洋務派提出「及早自强，變易兵制，講求軍實」的主張，推行所謂「自强新政」，開辦了諸如江南製造局、福州船政局、開平礦務局、天津電報局等軍用和民用的工廠企業。在辦工廠、開礦山、修鐵路、造輪船的過程中，他們感到迫切需要造就高級科學技術人才。但當時中國實行的仍然是封建科舉制度，這種以八股取士的科舉制度選拔不出科學技術人才；而當時外國人在中國辦的一些學校，講課內容也多爲宗教義理，涉及科學技術內容的不多，即便涉及一些，水平也不高；至於淸政府早已開辦的北京同文館、廣州同文館、廣州方言館、福州船政學堂、廣東水師學堂、天津水師學堂、天津武備學堂等「洋學堂」，雖是爲洋務派培養人材的場所，但其中課程多是語文翻譯和技藝傳習，也不能滿足對高級科學技術人才的需求。在這種情況下，洋務派不惜重金，投資興學，北洋大學也就應運而生。北洋大學是我國洋務派爲學習國外的先進科學技術、培養高級工程技術人才而舉辦的一所工科大學。

西元一八九五年，天津海關道盛宣懷呈請北洋大臣王文韶轉奏清廷，利用天津博文書院舊址，建立北洋西學堂，此奏獲准。同年十月二日，北洋西學堂舉行開學典禮。創辦後，盛宣懷爲督辦，美國傳教士丁家立爲總教習（相當於今之教務長）。丁家立把持該校達十餘年。此人畢業於美國達特茅斯大學，後進入歐柏林大學研究院，獲神學碩士學位，西元一八八二年來華，在山西傳教，西元一八八六年脫離了他所屬的美國公理會，以學者的姿態來到天津進行文化活動。他曾在天津英國領事館工作，並辦過一所中西書院，教中國官僚子弟學習英語。由於李鴻章的兒子成了他的得意門生，因而他也受到了洋務派的推崇，洋務派即讓他主持了北洋大學的校務。

西元一九〇〇年，八國聯軍戰爭爆發，北洋大學被迫停辦，一部分學生被派往國外留學，大部分赴上海借讀於南洋公學。西元一九〇三年，北洋大學又在天津西沽重建，調整了校內的系科和課程設置，加速了對出國留學生的派遣，並委任丁家立爲「留美學生監督」。於是北洋大學的學生紛紛赴歐美、日本留學，成爲當時向國外選派留學生最多的學校之一。西元一九〇七年丁家立辭去北洋大學總教習職，由中國學者王劭廉接任，北洋大學開始由中國人自己主管。王劭廉在任期間，糾正了洋人獨斷專行的局面，教務上進行了整頓，提高了教學質量。

西元一九一一年，辛亥革命後，北洋大學堂又先後更名爲北洋大學校及國立北洋大學。西元一九二八年因試行大學區制，改名國立北洋大學第二工學院，西元一九二九年大學區制停止試行後，又改稱國立北洋工學院。

西元一九三七年，抗日戰爭爆發後，北洋工學院西遷入陝，與北平大學及北平師範大學合組爲西安臨時大學，後改稱西北聯合大學，不久又與東北大學工學院、私立河南焦作工學院合爲西北工學院。抗日戰爭勝利後，西元一九四六年在天津原址復校，復名北洋大學。

北洋大學創立時所設學科和修業年限，以美國哈佛大學、耶魯大學爲藍本，開設了頭等學堂和二等學堂。頭等學堂，即本科，修業年限爲四年，分採礦冶金、土木工程、機械製造和法律四科。二等學堂爲預科，以學習數理化和外文爲主。因爲頭等學堂開辦時，合格的新生太少，翌年就自辦了預科，名爲二等學堂。又因學生學習外文有困難，故將二等學堂的修業年限亦定爲四年。

北洋大學於西元一九〇二年改本科學制爲三年，停辦機械製造工程學系。西元一九一七年科系調整，北洋大學的法科調到北京大學，北京大學的工科調入北洋大學。西元一九二四年機械製造工程學系恢復；西元一九三一年新設電機工程學系；西元一九三五年預科停辦，機械製造工程學系分爲機械、航空兩組，土木工程學系分爲土木、水利兩組，並創辦了工程研究所，開始招收研究生。西元一九四六年復校時，設理學院和工學院。理學院下設物理、數學、化學、地質四系；工學院下設土木、水利、採礦、冶金、建築、航空、機械、化工、電機、紡織十個系。

北洋大學的校長王劭廉於西元一九一四年辭職，他在辭職時，推薦趙天麟接任校長職務。趙天麟在任時，提出以「實事求是」四個字作爲校訓。因而，北洋大學的校徽是一個鐘形紅棕色的銅牌，中部鑲以景泰藍的工科大學圖樣，兩旁鑲有「實事求是」四個篆體字。在當時的歷史條件下，「實事求是」的校訓難以實現，但校內讀書做學問的風氣確實很濃。該校學生在校學習刻苦，畢業以後也多有建樹。

北洋大學在趙天麟校長之後，曾經湧現出一些負有盛名的校長，如機械工程專家劉仙洲，橋樑工程專家茅以升，水利工程專家張含英、李書田等。他們在主持北洋大學工作期間，嘔心瀝血，苦心經營，贏得了師生的愛戴和讚譽。劉仙洲任校長期間（西元一九二四～一九二八年），曾聘請一些在國外留過學的中國專家到北洋大學任教，以逐漸代替美籍教授。應聘的中國教授有不少是今天的知名學者、專家，其中有化工專家侯德榜，機械專家石樹德，地質採礦專家何傑等。茅以升、張含英也是劉仙洲聘請到北洋大學去的。劉仙洲在反複倡導「工讀協作制」的同時，於西元一九二五年提出了《北洋大學附設工讀協作制機械工學門意見書》，他强調學校工程教育與生產實際的聯繫。他指出當時工科大學偏重學理，忽視生產實習；主張實行「工讀協作制」，使學生所做的工力求和他所讀的課程有關，而課程的分配也力求和學生所做的工接近。他主張將北洋大學辦爲理工大學，使理與工結合。他說：「工科爲理科之實用，理科爲工科之根基」；「工科同時兼辦理科，則凡工科各學門之根基，可由理科教授擔任之，其程度自易提高；凡理科各學門有需實物以證明者，可由工科之設備參考之，其觀念自易明了也。」（引自《中國當代科學家傳》第四十三頁）理工結合，這是當今工科大學發展的共同趨勢，北洋大學的辦學方針也為今天提供了可資借鑑的經驗。

茅以升在《回憶我在北洋大學》(載《天津文史資料選輯》第十一輯，天津人民出版社)一文中說：他就任北洋院長一職於西元一九二八年十二月，「就職後，目擊院內停課多時，百廢待學，即動員各方力量，逐步恢復舊觀。」做了許多艱苦的工作。在他看來，北洋不但歷史久，而且教育新，所聘的教授皆國內外知名之士，歷年來教誨不倦，辛勤培植，故功課嚴格，力爭上游，在國內與唐山交大、上海交大齊名。他回憶道：教授中不論本國人或美國人，教務均甚繁重，每星期授課二十小時以上。教本採用英文原版，內容完備而有系統，同時亦給學生外語訓練。他說：「校風淳正，學生大部分都能刻苦勤學，但亦不忘政治。」

張含英是西元一九四七年初就任北洋大學校長的。他是個搞工程技術的人，習慣於認眞、負責和紮紮實實。他以校為家，在那種混亂的局面中，首先使學校恢復了秩序，並與進步師生一道同國民黨反動派進行了面對面的鬥爭。

北洋大學在教學上素以嚴格、認眞著稱，學生的入學考試，學期、學年的考試均很嚴格。它開設的課程門類較多，教學所用的課本大多是美國大學裡的教科書。它强調英語教學，教授講課多用英語。學校創辦之初，聘用的教授大多是美國人；其中有的是有學問的學者，也有的是濫竽充數。這些教授講課一般都脫離中國學生實際，並且向學生灌輸帝國主義文化侵略思想。西元一九二四年以後，因軍閥混戰，北洋大學經費困難，美國教授逐漸離去。當時我國科技人員有建樹者日多，北洋大學便聘請我國專家學者到校任教，很快，教師隊伍中中國學者就占了絕大多數。

北洋大學的學生一般比較貧苦，大都住在學校。學生刻苦用功，勤奮好學，星期天很少有人進城閒逛。學校對學生的要求也相當嚴格，主課一門補考不及格就得留級。每年都有相當數量的學生留級、退學，從入學到畢業淘汰率高達百分之五十～六十。北洋大學在創辦初期，教學水平就與美國哈佛大學、耶魯大學不相上下，其畢業生到美國留學，可不經考試，直接進入美國各研究院。它的畢業生一般都能勝任本專業工作。

北洋大學的學生不僅學習勤奮，而且有著高度的愛國熱忱，具有光榮的革命傳統。每當國家存亡之秋，他們大都義無反顧、勇往直前，站在反帝愛國鬥爭的最前列。「五四」運動爆發以後，北洋大學學生羣情激昂，衝鋒陷陣，同賣國的反動政府進行了殊死的搏鬥。「一二、九」運動中，他們奮起抗爭，聯合其他各校學生在天津舉行了聲勢浩大的示威遊行，並發起組織了「平津學生擴大宣傳團」和「中華民族解放先鋒隊」，在中國共產黨領導下，積極開展抗日救亡活動。抗日戰爭爆發以後，不少學生投筆從戎，奔赴延安和太行山等抗日根據地，成爲革命軍隊中的骨幹力量。在抗議美軍製造「沈崇事件」和「反內戰、反饑餓」的鬥爭中，北洋大學的學生也表現得十分出色。他們多次高舉校旗，走上街頭，示威遊行，反對國民黨反動派的法西斯統治。因而也造就出一批優秀的革命人物。早期的中國共產黨人張太雷就是西元一九二〇年畢業於北洋大學法科己班的學生。他在革命實踐中成爲中國共產黨的傑出黨員和卓越的革命活動家，著名的廣州起義的總指揮。

北洋大學在半封建、半殖民地的舊中國，經歷了半個多世紀的艱苦歲月，共培養出三千多名高級工程技術人材，其中許多人成爲國內外知名的學者，如著名經濟學家馬寅初就是北洋大學西元一九〇七年的赴美留學生。

北洋大學在科學研究工作中也做出了許多傑出的貢獻。我國第一台飛機發動機，就是於西元一九三六年在北洋大學研製成功的。

西元一九四六年，北洋大學五十一周年校慶時，有一副對聯。上聯寫：

西沽奠基，北洋定號，發祥於甲午媾和以後，樹大學教育之先聲，半世紀，閱盡滄桑，栽遍桃李，人才萃朝野，令譽著瀛寰，堪與劍橋牛津名媲美；

下聯是：

河山光復，母校重興，恢宏於抗戰勝利周年，負儲才建國之重任，雙十前，欣逢盛典，再聽弦歌，舊侶集一堂，新儔滿黌宇，共祝千秋萬祀壽無疆。

這副長聯頗能反映出該校歷屆校友對母校的盛情。

新中國的誕生，結束了北洋大學五十餘年的艱苦歲月。爲了恢復和發展教育事業，西元一九五一年秋，中央教育部呈請中央政務院批准，北洋大學與河北工學院（創辦於西元一九〇三年二月）併校，更名天津大學，直屬中央人民政府教育部。

北洋大學自西元一八九五年創辦，至西元一九五二年與河北工學院併校更名爲天津大學，先後歷時五十七年之久。總起來看，它從初創時起，在舊中國具有半殖民地教育的性質。但是，它在中國採礦、冶金、土木工程事業的開拓上，在機械、電機、水利技術的研究上，在航空、石油、紡織、化工事業的發端上，都做出了貢獻。

北洋大學可以說是開中國近代培養工程技術人才之先河的一所著名大學，它爲我國高等教育事業的發展提供了豐富的經驗。

道教的源與流

／卿希泰

一、爲什麽要研究中國道教思想史

我國是一個多民族和多宗教的國家。世界三大宗教——基督教、伊斯蘭教、佛教——在我國的傳播，都有千年以上的歷史。道教是我國土生土長的一種傳統宗教，也有其長期發展的歷史。它是在東漢中葉產生的，伴隨著漫長的封建社會而發展。它以修道成仙的思想爲中心，神化老子及其關於「道」的學說，吸收陰陽五行家、道家、墨家、儒家包括讖緯學的一些思想，在中國古代社會的宗教信仰基礎上，沿著方仙道和黃老道的某些思想和修持方法而逐漸形成。早期主要在民間流傳，並同當時的農民起義相結合。魏晉以後，一部分道教徒接受封建統治者的扶植和利用，使道教逐漸向上層發展並與綱常名教觀念深相結合；在有些朝代還捲入了宮廷政治，成爲維護封建統治的御用工具。而在民間則繼續流傳通俗形式的道教，在有些農民——平民的鬥爭中，成爲發動和組織羣衆的旗幟和紐帶。在它的長期發展過程中，與儒學和各種外來的宗教尤其是佛教既互相排斥、互相鬥爭，又互相滲透、互相融合。所以，它和世界三大宗教一樣，對我國封建時代的政治、經濟、哲學、文學、藝術、醫學、藥物學、化學、養生、天文、地理以及社會生活、民族關係、農民運動等等各個方面，都曾產生過極爲深刻的影響；它所積累下來的大量經籍文獻，是我國古代文化遺產的一個重要組成部分。中國道教在國外也有影響。它曾流傳到朝鮮、日本、越南、印度和南洋一帶，道教經典，則更是遠播歐美。因此，爲了全面地了解我國的歷史，探討我國哲學思想和科學、文化思想的演變及其發展規律，爲當前社會主義的「四化」建設服務，爲了國際文化交流，很有必要開展對道教思想的研究。

最近若干年來，國外研究道教的學者和學術團體日益增多，國際道教研究的學術活動，也在逐步開展之中。比較而言，我們自己對這門學科的研究卻很不夠，所以至今它還是一個急待開發的處女地。

二、道家和道教的基本信仰

道家和道教，本來是有區別的。道家是先秦時候的學術派別之一，而道教乃是東漢時期形成的一種宗教。但二者並不是毫無聯繫。道家哲學，乃是道教的思想淵源之一。道教創立的時候，奉老子爲教祖，以老子的《道德經》爲主要經典，規定爲教徒必須習誦的功課。《道德經》的基本思想是「道」，並把「道」視爲「虛無」，它是超時空的永恆存在，是天地萬物的根源。《莊子》則把「道」解釋爲「有情有信，無爲無形；可傳而不可受，可得而不見；自本自根，未有天地，自古以固存；神鬼神帝，生天生地；在太極之先而不爲高，在六極之下而不爲深，先天地生而不爲久，長於上古而不爲老。」並謂「黃帝得之，以登雲天；顓頊得之，以處玄宮」，「西王母得之，坐乎少廣，莫知其始，莫知其終。」①這些得道成仙的思想，皆爲道教所利用。道教的基本信仰也是「道」，它的教義思想和神仙方術，無不發端於此。他們從宗教的角度把「道」說成是「神異之物，靈而有性」②，「爲一切之祖首，萬物之父母」③，並與神祕化了的元氣學說結合起來，認爲「道」是「虛無之繫，造化之根，神明之本，天地之源。其大無外，其微無內」④，無形無名，有清有濁，有動有靜，「萬象以之生，五音以之成」⑤，宇宙、陰陽、萬物，都是由它化生的。東漢明帝、章帝之際，益州太守王阜所作的《老子聖母碑》又說：「老子者，道也。乃生於無形之先，起於太初之前，行於太素之元，浮游六虛，出入幽明，觀混合之未別，窺清濁之未分。」把「道」與「老子」合而爲一。道教繼續發揮了這一思想。相傳爲漢天師張陵所作的《老子想爾注》中，也把老子作爲「道」的化身，稱：「一者，道也」，「一散形爲氣，聚形爲太上老君」。其後《混元皇帝聖紀》又謂：「老子者，老君也，此即道之身也，元氣之祖宗，天地之根也。」於是「老子」與「道」在道教中便神化爲衆生信奉的神靈。「道」是天地萬物之源，因而作爲「道」的化身的太上老君也就成爲混沌之祖宗、天地之父母、陰陽之主宰、萬神之帝君。說明哲學家老子和哲學範疇的「道」，在道教中已被神化爲天上的神。因此，信「道」也變成了信神，崇奉老子亦即崇奉天神。由此可見，它之所以命名爲「道教」，也並不是偶然的，而是與它的基本信仰密切相關的。六朝時，「道」又衍化出至高無上的元始天尊，產生「三清」尊神；以後，又逐漸發展並形成了包羅許多天神、地祇、人鬼在內的神仙體系。梁陶弘景「搜訪人綱，究朝班之品序；研綜天經，測眞靈之階業」，「埒其高卑，區其宮域」⑥，對神仙地位作了排列。道教認爲，神仙在其神仙朝班中，各有不同的品級；並且各有其神通，相成相依，形成無所不能的神力；神仙各有居住的仙境，如「十洲三島」和「洞天福地」的神仙世界。神仙世界這種高卑不同的品級，乃是人間世界封建等級制度的一種反映。

道教所追求的最終目標，是長生不死和即身成仙。這同樣利用了道家哲學中的一些神祕思想。老子書中又講「德」，並有「長生久視」⑦、「穀神不死」⑧「陸行不遇兕虎，入軍不被甲兵」⑨之類的言論；莊子書中有關於「眞人」、「至人」、「神人」和他們「不食五穀，吸風飲露」⑩，能夠「入水不濡，入火不熱」⑪、「御風而行」、「乘雲氣，御飛龍」⑫、「獨與天地精神往來」⑬之類的言論。這些思想便爲道教所吸取，並從宗教角度加以渲染、發揮和發展，成爲他們夢寐以求的目標，爲他們的基本信仰服務。他們相信，「道」是可以「因修而得」⑭的，視「道之在我之謂德⑮」。因此，認爲只要認眞修道，就能「使道與生相守，生與道相保，二者不相離」，「神與道合，謂之得道」，便會「與道同久」⑯，長生久視，成爲神仙。他們按照這一衆生均可修道成仙的思想，提出了一系列的所謂道功和道術，如服食、行氣、房中術、守一、外丹、內丹以及齋醮、符籙、禁咒、守庚申等等。在涉及這類內容的著作當中，除了大量宣傳宗教迷信的糟粕之外，也保存了一些有關化學、醫學、藥物學、養生學等等有價值的材料，爲研究中國古代科技史的重要文獻。

三、道教發展史的分期和宗派

道教是封建社會的意識形態之一。其發展的歷史，與封建社會的歷史進程交織在一起。根據其發展過程中的不同特點，可大致分爲四個時期：

㈠**道教的開創時期**。從張陵創教時起至魏晉南北朝爲止。主要特點是由民間的比較原始的早期道教向作爲封建統治階級御用工具的官方道教的轉化。東漢時候，張陵創立的五斗米道和張角創立的太平道，都是早期比較原始的民間道教派別，主要是在民間流傳，都受道教早期經典《太平經》裡部分反映羣衆願望和要求的思想影響，爲農民起義所利用。封建統治階級對這種民間的原始的道教，採取了鎭壓與改造相結合的兩手政策。以後，道教內部便逐漸分化，一部分向上層發展。東晉時，葛洪撰《抱朴子》，系統地總結和闡述了戰國以來神仙方術的理論，爲道教構造了種種修煉成仙方法，並建立了一套成仙的理論體系，豐富了道教的思想內容，對後來道教的發展有較大的影響。他竭力攻訐民間的原始道教，詆毀農民運動，提出了以神仙養生爲內，儒術應世爲外，爲適應封建統治階級的需要，將道教的神仙方術與儒家的綱常名教結合起來，宣揚道教徒要以儒家的忠孝仁恕信義和順爲本，否則，雖勤於修煉，也不能成仙，爲官方道教奠定了理論基礎。一些代表封建統治階級的道教徒也著手對民間早期道教進行改造，統治階級上層人物參加道教的也逐漸增多；上清、靈寶等派別也相繼出現。道教在上層化的同時，民間仍然傳播著通俗形式的道教。李家道曾廣泛流行。東晉末，孫恩、盧循利用五斗米道組織起義，並提出了「誅殺異己」的口號，誅殺了「世奉張氏五斗米道」的王凝之。後雖遭鎮壓，但卻嚴重地打擊了東晉王朝的統治。對民間早期道教的成功改造，是在南北朝的時候。北魏太平眞君年間（西元四四〇～四五〇年），嵩山道士寇謙之在崇信道教的魏太武帝（西元四二三～四五一年在位）和宰相、儒士崔浩的共同支持下，自稱奉太上老君的意旨，「清整道教，除去三張（張陵、張衡、張魯）僞法」⑰，制訂樂章誦誡新法，「專以禮度爲首，而加之以服食閉練」⑱，「佐國扶命」⑲，代張陵爲天師，是爲北天師道；在南朝劉宋，則有廬山道士陸修靜，「祖述三張，弘衍二葛（葛玄、葛洪）」⑳，搜羅經訣，盡有上清、靈寶、三皇各派經典，遂「總括三洞」㉑，匯歸一流；又依據封建的宗法思想和制度，並吸收佛教修持儀式，廣制齋戒儀範，以改革五斗米道，「意在王者遵奉」㉒，稱爲南天師道。道教的教規、儀範經過寇謙之和陸修靜修訂以後，便逐步定型。在此基礎上，陶弘景繼續吸收儒、釋兩家的思想，充實道教的內容；構造道教神仙譜系，敍述道教傳授歷史，主張三教合流，對以後道教的發展，影響至大。經過南北朝時候的改造，遂使官方道教從形式到內容都逐步得以健全和充實。

㈡**道教的興盛和發展**。在隋唐到北宋的時候，道教日益興盛和發展。這是由於從民間道教被改造成爲地主階級的御用工具以後，便一直受到封建統治者的崇奉和扶植。隋文帝尊道士焦子順爲天師，特爲他在皇宮附近建五通觀。隋煬帝曾拜茅山道士王遠知爲師。唐代統治者則自稱老子之後，更是採取崇道政策。唐高祖於武德三年（西元六二〇年）在羊角山爲老子立廟，武德八年（西元六二五年）又規定三教次序：道先、儒次、佛最後。唐太宗謂「朕之本系起自柱下」，須使「尊祖之風貽諸萬葉」㉓，又一再重申這一規定。高宗乾封元年（西元六六六年），尊老子爲「太上玄元皇帝」。唐玄宗於開元十年（西元七二二年）詔兩京及諸州各置玄元皇帝廟一所，每年依道法齋醮；開元二十四年（西元七三六年）令「道士女冠宜隸宗正寺」㉔，視道士爲宗室；開元二十九年（西元七四一年）設立「崇玄學，置生徒，令習《老子》、《莊子》、《列子》、《文子》，每年准明經例考試」㉕；天寶元年（西元七四二年）又規定將「莊子號爲南華眞人，文子號爲通玄眞人，列子號爲沖虛眞人，庚桑子號爲洞虛眞人。其四子所著書改爲眞經。」㉖唐玄宗還親自爲《道德經》作注，制令士庶均須家藏一本。唐武宗信任道士趙歸眞，於會昌五年（西元八四五年）與道滅佛。趙宋王朝對道教亦極力提倡，尤以太宗、眞宗、徽宗爲最盛。太宗曾親自召見華山道士陳搏，並賜號「希夷先生」，又在汴京、蘇州等地建立道觀，積極收集五代時因兵火散失的道教經典，得七千餘卷，命徐鉉、王禹偁校正，刪去重複，寫好送入宮觀。眞宗對道教的崇奉更爲狂熱，導演了一幕幕的「天書」鬧劇。他仿效唐朝宗祖老子的做法，但因他姓趙，於是便虛構他的始祖趙元朗爲道教尊神，封爲「聖祖上靈高道九天司命保生天尊大帝」，藉以宣揚趙氏王朝的奉天承運，並加封老子爲「太上老君混元上德皇帝」。又命司徒王欽若領校《道藏》，任張君房爲著作佐郎，編修《大宋天宮寶藏》，君房又撮其精華，撰成《雲笈七籤》一書，許多道教經典，賴以保存。宋徽宗自稱是神霄帝君下凡，示意道籙院上章，册封自己爲「教主道君皇帝」，詔天下訪求道教仙經，校定鏤板，刊行全藏；並用蔡京言，集古今道教史事爲紀、志，賜名《道史》；又於太學、辟雍各置《內經》、《道德經》、《莊子》、《列子》博士二員，封莊周爲微妙元通眞君，列禦寇爲致虛觀妙眞君，配享混元皇帝，置道階二十六等，並親自爲多種道經作注；詔改佛爲大覺金仙、餘爲仙人、大士；僧爲德士，尼爲女德，令穿道服，加入道學，依道士法。在封建統治者的大力扶植下，一時道教大盛。道士人數大增，宮觀規模日益壯觀，神仙系統也更爲龐大；經書數量益增，並彙編成藏，正式刊行。這一時期的主要特點是：第一，由於統治者積極提倡研究道經，並採取各種有力措施加以推動，於是研究道經便蔚然成風，道教的理論大爲發展，著名的道士和道教學者相繼出現，如隋唐時候的王遠知、孫思邈、成玄英、王玄覽、司馬承禎、吳筠、李榮、呂洞賓、施肩吾；五代十國時的杜光庭、閭丘方遠、彭曉、譚峭；北宋時期的陳摶、張伯端、陳景元等，都是道教史上或學術史上有較大影響的人物，對道教理論的發展有過一定的貢獻。第二，在修煉方術上，這一時期內丹理論已有重大發展，但在較長時間裡比較重視外丹，熱衷於煉製長生不死的仙藥，尤以唐代最爲突出，不少皇帝，皆因服食丹藥，中毒而死。

㈢**道教的宗派紛起和繼續發展時期**。南宋以後到明代中葉，封建統治者對道教仍然繼續支持，道教也仍然繼續發展。這一時期道教的活動特點是，首先，由於出現了南宋與金、元南北對峙的形勢，因此道教內部的宗派紛起。新起的道教宗派，力圖革新教理，大多主張道教與儒、釋的三教融合；在修煉方術方面，則比較重視內丹，强調精氣神的修煉，斥外丹爲邪術。金大定七年（西元一一六七年），王重陽創立以道教爲主、兼融儒、釋的全眞道。金、元之際，又有劉德仁創立的大道教，後稱眞大道教，蕭抱珍創立的太一道，這二派一度在北中國流傳，但歷世不久，就衰落下去了。惟有全眞道，因爲王重陽的弟子丘處機見重於元太祖，而盛極一時。天師道爲了與新起的全眞道爭奪教權，在這以後，便與上清、靈寶、淨明各派逐漸合流，到元代歸併於以符籙爲主的正一派中。此後，道教遂正式分爲正一、全眞兩大宗派，在明代繼續流傳。明代統治者對道教仍然重視。明太祖洪武元年（西元一六三八年），封張正常爲正一嗣教眞人，命其統率天下所有道教，食二品官俸。明成祖大修宮觀，從此以後，明代帝王大多都和道士有密切往來。明世宗崇道尤甚，自號「玄都境萬壽帝君」，親自齋醮，任命道士邵元節、陶仲文等擔任朝廷重要官職，深入宮廷，參與朝政，使政教發生了更爲密切的關係。許多道士被封爲眞人。到憲宗以後，這些眞人高士充滿都下。明代還十分重視對道教經書的整理。正統十年（西元一四四五年），收集編纂《大明正統道藏》五千三百零五卷，萬曆三十五年（西元一六〇七年），又編纂《續道藏》一百八十卷，對道教經典的保存和傳播，起了較大的作用。道教的各種勸善書，在明代盛行起來；宣揚道教法術的各種神魔小說，在元末明初不斷出現，是這時道教活動的又一特點。

㈣**道教的逐漸衰落時期**。明中葉以後，隨著資本主義因素的萌芽，封建社會進入了它的衰落時期。作爲封建社會意識形態之一的道教，也隨之逐漸走向衰落。這一時期的道教，逐漸失去了封建統治者的有力支持。淸代統治者重視佛教，對道教採取了抑制政策。乾隆時，一度禁止正一眞人差遣法員傳度，限天師率領本山道衆，官階由二品降至五品。道光時，停止張天師朝覲。辛亥革命以後，眞人封號亦被取消。在官方道教日趨衰微的時候，民間的通俗形式的道教活動卻很活躍。以各種宗教互相融合爲特點的民間祕密宗教，雖然派別繁多，思想淵源複雜，但其中有些派別在思想上、乃至組織上，同道教仍有一定的關係，屬於變相的道教。如淸初出現的八卦教，便是屬於這類祕密組織之一，後來的義和拳，和道教也有一定的關係。這類變相道教的民間祕密組織，有的一直延續到解放前爲止。

建國以後，道教界各宗派團結一致，結束了過去全眞派與正一派的分裂局面，成立了中國道教協會，團結廣大的道教徒，共同整理教務，研究教義。

注釋

①《莊子．大宗師第六》。
②司馬承禎《坐忘論》（《全唐文》）。
③《妙門由起序》。
④⑤成玄英《道德眞經玄德義疏》（强思齊本），又見吳筠《玄綱論》上篇《道德章第一》。
⑥陶弘景《眞靈位業圖》。
⑦《老子》第五十九章。
⑧《老子》第六章。
⑨《老子》第五十章。

⑩⑫《莊子・逍遙遊第一》。
⑪《莊子・大宗師第六》。
⑬《莊子・天下第三十三》。
⑭《玄珠錄》。
⑮《宋徽宗御注西升經序》。
⑯司馬承禎《坐忘論》（《全唐文》本）。
⑰⑱《魏書・釋老志》。
⑲《老君音誦誡經》。
⑳㉒《廣弘明集》卷四。
㉑陳國符《道藏源流考》上册二十八頁。
㉓《唐大詔令集》卷一一三《道士女冠在僧尼之上詔》。
㉔《唐會要》卷四十九《僧尼所隸》。
㉕㉖《舊唐書》卷九《玄宗本紀》。

原始道教

——五斗米道和太平道

／樓宇烈

道教是我國自創的一種宗教。關於道教的起源問題，後世道教徒編造過許多說法。如起初有借託老子爲道教創始人的說法，以後在佛教傳入後，受到佛教關於佛國淨土迷信的影響，道教徒也編造出一套天宮神仙世界的說法來與之抗衡，並抬出一個據說在天地未分之前就已存在的所謂「元始天王」（或「元始天尊」）作爲道教的教主，而老子則成了「元始天尊」所引渡的一個「得道尤精」的「天仙上品」（見《隋書．經籍志》、葛洪《神仙傳》）。其實，道教是從我國古代原始宗教的巫術，特別是戰國秦漢以來的神仙方術等基礎上發展起來的一種宗教。至東漢末年，才開始出現並形成最初的道教組織。

戰國以來的神仙方術，其主要內容是追求長生久視，肉身成仙。方士們或倡導吐納導引，或鼓吹煉丹製藥，或從事巫祝術數等。東漢時期，神仙方術逐漸形成兩個派別，一派以內修煉丹爲主，如相傳爲東漢桓帝時魏伯陽所著的《周易參同契》，就是這一派的代表作。這一派以後發展爲道教中的「丹鼎派」。另一派以符籙咒語爲主，如相傳爲東漢末出現的《太平經》（又稱《太平清領書》），就是這一派的代表作。這一派以後發展爲道教中的「符籙派」。內修丹鼎派的煉製外丹，是需要有相當的財力、物力才能做到的，因此它在統治者、上層社會中比較流行。相反，畫幾張符籙，造一碗咒水則製作方便，因此它結合著「治病」，在下層社會勞動人民中有較大的影響。

東漢末年由張陵創立的「五斗米道」和由張角創立的「太平道」，都是利用符籙咒水避邪驅鬼，爲人治病，從而在下層社會勞動人民中組織起最早的道教團體的。「五斗米道」最初具有某些勞動者反抗官府、相互救濟的積極精神，因此被統治者誣稱爲「米賊」。而「太平道」則以宗教的組織形式，發動了漢末最大規模的農民大起義——黃巾起義。

「五斗米道」的創始人張陵爲東漢順帝時人，原籍江蘇豐縣，客居四川，學道於鵠鳴山（或作「鵠鳴山」，相傳在四川大邑縣境內）中，自稱「天師」（後來道教徒稱他爲「張天師」，「五斗米道」也稱作「天師道」），借託太上老君口授，造作「道書」，傳授道徒。據《後漢書·劉焉傳》、《三國志·張魯傳》等記述，因爲「從受道者，出五斗米」，所以人們稱其爲「五斗米道」①。又說，其道首爲人治病，痊癒後病家要出五斗米，所以也稱爲「五斗米師」。張陵死後，其子張衡繼續行道，張衡死後又由其子張魯繼之。經過張陵到張魯三代的傳道，又加上與地方軍閥勢力的結合，五斗米道在川北、漢中有很大的勢力。據《張魯傳》載，張魯「雄據巴漢垂三十年」，影響十分大。在他把持的漢中政權中，他實行政教合一，「不置長吏，皆以祭酒爲治」，即按宗教組織系統治理民政。張魯等把初學道者稱爲「鬼卒」，把入道較久，「受本道已信」的道徒稱爲「祭酒」，使他們「各領部衆」，而在其上又設有「大祭酒」，層層統領。這些祭酒在他們管理的範圍內要設立「義舍」、「置義米肉」，使「行路者量腹取足」。就這些情況看，「五斗米道」帶有一定的下層勞動人民要求互助的性質。但需要指出的是，張魯在漢中建立的政權還是依靠於東漢朝廷和地方軍閥的，後來又投降了曹操，因此不可簡單視爲「農民政權」。又據《三國志》注引《典略》等記載，漢中在張魯入據之前，已有張修在該處傳五斗米道②，他也是以符咒爲人治病，並令祭酒以《老子》五千言教習道徒。漢獻帝中平元年，他率領道徒起義，與黃巾軍相呼應。黃巾起義被鎮壓後，張修亦亡。

「太平道」是以崇奉《太平經》而得名的。據《後漢書·襄楷傳》記述，在東漢順帝時，一名叫宮崇的道士向朝廷進獻他老師于吉（有的史書作「干吉」）在曲陽泉水上所得神書——《太平清領書》，但被認爲其中「多巫覡雜語」，「妖妄不經」，未予重視。又說，以後張角「頗有其書」，利用這部書組織太平道，發動黃巾軍農民起義。據《後漢書·皇甫嵩傳》記載，張角爲鉅鹿人，他在漢靈帝光和年間傳播「太平道」，通過「符水咒說以療病，病者頗癒，百姓信向之」。張角自稱「大賢良師」，派遣弟子到各地去「以善道教化天下」。十餘年間，徒衆發展至數十萬，分布於全國各州，組織爲三十六方（大方萬餘人，小方六、七千人）。他們聲稱：「蒼天已死，黃天當立，歲在甲子，天下大吉」，發動了巨大規模的農民起義，張角自稱「天公將軍」，其弟張寶稱「地公將軍」、張梁稱「人公將軍」，「旬日之間天下響應，京師震動」。因爲他們起義時「皆著黃巾爲標幟」，所以人稱爲黃巾軍。「太平道」發動的農民起義，目的是明確的，即推翻「蒼天」（劉漢皇朝），建立「黃天」（農民理想的政權），實現「太平」（均平）。可是由於歷史條件的限制，起義最後爲曹操率領的地主武裝所鎮壓。

關於現存《太平經》是否就是于吉、張角所崇奉的《太平清領書》，以及《太平經》究竟反映了哪個階級的利益等問題，學術界尚有爭議。但有一點是可以肯定的，「太平道」以「太平」爲名，以「黃天太平」（《三國志・孫堅傳》）爲綱領，顯然是與《太平經》有關的。《太平經》中的一些說法，曾爲張角領導的太平道起義軍所利用。如《經》中說：「此財物乃天地中和所有，以共養人也。」「或積財億萬，不肯救窮周急，使人饑寒而死，罪不除也。」（《太平經合校》卷六十七）等等，即可爲太平道的平均要求所借用。又如太平道所以定在「甲子」日起義，也是與《經》中所謂「甲爲首，子爲本」，「今甲子天正也」等說法有關。

由上述情況看，東漢末年形成的原始道教，主要活動於下層勞動人民中，並與農民反對封建經濟剝削和政治壓迫等要求結合在一起。它的宗教活動內容還比較簡單，主要是古代長期以來在民間流傳的「陰陽五行」、「巫覡雜語」、「符水咒說」、鬼神崇拜等，在宗教理論方面雖說有像《太平清領書》這樣的經典，以及奉讀《老子》五千言等，但總起來說，也還是比較簡略、粗糙的，沒有形成系統的道教教理。因此，還帶著較多的民間宗教的色彩。

魏晋以後，統治者注意了對原始道教的利用和改造。這時除了繼續在民間流行著的道教外（如東晋孫恩、盧循等仍然以五斗米道來發動並組織起義），在當時許多門閥士族中也流行起來，如東晋著名書法家王羲之的王氏家族就「世事五斗米道」。而爲了適應門閥士族的需要，對原始道教的改造就提了出來。晋代著名道士葛洪、梁代的陶弘景、北魏的寇謙之等都是對原始道教進行改造，使道教適合門閥士族統治者的需要，使道教的教理、教規、教儀系統化的重要代表。如寇謙之即假託得到太上老君的旨意，命他「宣吾新科，清整道敎，除去三張（指張陵、張衡、張魯）僞法」，提倡「專以禮度爲首」等等。經過他們的改造和發展，「天師道」（即五斗米道）成了爲封建統治服務的道教正統了。

注釋

①或認爲，在《道藏·洞神部》傷字號中有《太上玄靈北斗本命長生妙經》、《太上說南斗六司延壽度人妙經》、《太上說東斗主算護命妙經》、《太上說西斗記名護身妙經》、《太上說中斗大魁保命妙經》等幾部內容相關，可總爲「五斗經」的道書，其經文中都說是太上老君在漢桓帝永壽初年降蜀，親口授予張陵。故從思想內容上考察，「五斗米道」的名稱，可能與崇拜五方星斗有關。「斗米」乃「斗姆」之音轉（見卿希泰著《中國道教思想史綱》第一卷）。

②一說，張修即張衡。如《三國志·張魯傳》裴松之注：「張修應是張衡，非《典略》之失，則傳寫之誤。」卿希泰著《中國道教思想史綱》主裴說。

魏晉道教

／許抗生

魏晉道教是在漢代早期道教的基礎上，發展起來的。漢代屬於道教的初創時期，道教的組織首先在民間創建，並在社會上得到了廣泛的傳播。當時產生了兩大道教組織：

一、先由張陵創建，後經張衡張魯傳播的五斗米道（後亦稱爲天師道）；

二、張角領導的太平道。

這兩大羣衆性的道教組織，都是與農民起義利用宗教來組織和宣傳羣衆分不開的。張角利用了太平道發動了大規模的黃巾農民大起義，張魯則在漢中建立了政教合一的農民政權。他們所宣揚的思想則與社會上一般的神仙家所鼓吹長生不死的思想不同，他們主要是叫人「跪拜首過」，和用「符水咒說以療病」，以及「蒼天已死，黃天當立」（《後漢書・皇甫嵩傳》）的農民造反的思想。張魯還在漢中設有義舍，「懸置米肉，以給行旅」（《後漢書・劉焉傳》）。所有這些思想和活動都受到了勞動人民的歡迎。當時農民階級要求的是改善自己的經濟狀況，能使自己吃上飽飯，自然是沒有心思像封建貴族們那樣去追求長生不死的。正由於太平道與五斗米道反映了下層人民的要求，所以它們能在羣衆中得到廣泛的傳播，起到了宣傳與組織羣衆起義的作用。

顯然這樣的民間道教是不符合統治階級的需要的。自黃巾起義被鎮壓下去之後，民間中仍有道教方士在活動。三國初年，封建統治者們害怕他們仍能「挾姦宄以欺衆，行妖隱以惑民」，對他們採取了禁抑打擊的政策。曾鎮壓過黃巾起義的曹操深深懂得下層人民是可以利用道教方術來宣傳與聯絡羣衆進行起義造反的。因此曹操爲了防止農民起義的再起，他把天下方士收錄了起來，集中加以管制，以防他們在民間「造謠惑衆」，煽起民變。所以曹植在《辯道論》中說：「世有方士，吾王（曹操）悉所招致。甘陵有甘始，廬江有左慈，陽城有郗儉。始能行氣導引，慈曉房中之術，儉善辟穀，悉號三百歲。本所以集之於魏國者，誠恐斯人之徒挾姦宄以欺衆，行妖隱以惑民，故聚而禁之也。……自家王與太子及餘兄弟，咸以爲調笑不信之矣。」至於東吳的孫策則認爲，「讀邪俗道書」無益於治，於是腰斬了道士于吉，並「懸首於市」，更是對道教方士採取了打擊的政策。因此道教在三國時代並未得到很大的發展。

兩晋時期是門閥士族腐朽統治的社會，諸王之間互相殘殺奪權爭利，少數民族的豪酋乘機入主中原，社會處於動蕩不安、分裂割據的局面。這種黑暗動蕩的社會，給勞動人民帶來了莫大的災難。這無情的世界正是宗教賴以滋生的絕好土壤。「宗教是被壓迫生靈的嘆息，是無情世界的感情，正像它是沒有精神的制度的精神一樣。宗教是人民的鴉片」（《馬克思恩格斯選集》第一卷第二頁）。兩晋時期的統治階級，一方面爲了用宗教這一鴉片煙來麻醉人民以維護自己的統治；另一方面也是爲了用來麻醉自己，妄圖在享盡人間富貴之後，還能永遠享受天國的幸福，以自我安慰。因此兩晉的統治階級紛紛提倡佛道兩教，佛道兩教所以能在兩晉同時並興，其原因就在這裡。

晉代的道教，一方面它承繼了兩漢三國以來的神仙學思想，另一方面它又對早期道教作了一番改造使之成爲統治階級手中的思想武器。如果說過去的早期道教主要是平民道教的話，那麼兩晉時期的道教則主要變成了封建貴族的道教。其主要代表人物則是兩晉之際的道教理論家葛洪。

葛洪，字雅川，丹陽句容人。生於西晉武帝太康五年（西元二八四年），卒於東晉穆帝永和元年（西元三四五年）。祖父葛系爲吳大鴻臚，父葛悌亦仕於吳，後爲晉邵陵太守。葛洪少好學，廣覽衆書，以儒學知名，尤好神仙導養之術。從祖父葛玄，吳時學道，號爲葛仙公，以其煉丹祕術授弟子鄭隱。葛洪先就學於鄭隱，後又師事南海太守鮑玄。鮑玄亦爲神仙家。晉太安中，石冰領導的農民起義爆發，葛洪又隨吳興太守顧祕參與軍事，爲將兵都尉，因鎭壓農民起義有功，「遷伏波將軍」，「賜爵關內侯」，後又入羅浮山，煉丹終生。葛洪既是一位鎭壓農民起義的劊子手，又是一位宣揚神仙道教的宗教家，在他身上牧師與劊子手的兩項職能是兼而有之的。葛洪的道教著作，主要有《抱朴子》一書。

要把道教改造成爲統治階級所需要的宗教，首先，要從政治倫理上，把道教思想與維護封建綱常的儒家正統思想密切結合起來；其次，必須拋棄下層平民的道教思想，把長生不死的神仙術當作道教的中心問題加以討論；其三，要使道教成爲統治階級手中有影響的，能起巨大欺騙作用的宗教，還必須建立一套比較完整的道教哲學思想體系，以便給神仙學提供理論的根據。葛洪當時就是按照著這三個方面，建立起符合統治階級所需要的道教宗教理論的。

我國封建社會的正統思想，是維護封建等級秩序與封建道德，即所謂「三綱五常」的儒家思想。因此，道教要成爲統治階級所需要的宗教，就必須使自己的教義符合儒家正統思想的要求。作爲地主階級思想家的葛洪，深深懂得這一道理。因此，他在《抱朴子》一書中，用了很大的力量論說了道教與儒家兩者的關係。《抱朴子》一書的內容，「其內篇言神仙、方藥、鬼怪、變化、養生延年、禳邪卻禍之事，屬道家；其外篇言人間得失，世事臧否，屬儒家」（《抱朴子·自敍》），是把儒道兩者緊密結合在一起的。葛洪還認爲，道教與儒家本是一個事物的兩個方面，道爲本儒爲末，本末體用兩者不可分。所以他說：「道者，儒之本也；儒者，道之末也。」（《抱朴子·明本》）又說：「道者，萬殊之源也。儒者，大淳之流。」（《抱朴子·塞難》）這就是說，儒家的綱常名教出自道教，是包括在道教的教義之中的。這樣葛洪就把道教納入了維護封建禮教的軌道。

成仙的途徑與方法問題，一向是歷來的神仙學研究的重要課題，葛洪繼承了這一傳統，把求得長生不死成神仙的問題，當作道教的根本宗旨。以此他指斥早期道教張角等人是「假託小術」，「誑眩黎庶，糾合羣愚」，「招集奸黨，稱合逆亂」（《抱朴子·道意》），是違背了道教的根本宗旨的。葛洪認爲成仙的最好辦法，是提煉大補之藥的金丹術。他說：「余考覽養生之書，鳩集久視之方，曾所披涉篇卷以千計矣，莫不皆以還丹金液爲大要者焉。然則此二事蓋仙道之極也，服此而不仙，則古來無仙矣。」（《抱朴子·金丹》）爲此他大力從事煉丹術的研究。在以丹砂（硫化汞）爲原料的煉丹過程中，他還發現了「丹砂燒之成水銀，積變又還成丹砂」（《抱朴子·金丹》）的自然變化的現象。雖說他煉出的金丹含有劇毒的水銀，不僅不能使人長生，反而會把人毒死，但是他卻研究了丹砂（紅色硫化汞）化學變化的過程，在我國古代化學發展史上作出了一定的貢獻。

葛洪在道教史上的貢獻，還在於他給神仙學提供了一個哲學的理論根據，建立起了一個比較完整的道教哲學體系。他的哲學很明顯是爲他的神學服務的。他認爲世界的最後根源是一種叫做「玄」（或稱「道」）的東西。「玄者，自然之始祖，而萬殊之大宗也。」（《抱朴子·暢玄》）這即是說，「玄」是世界上萬事萬物的總根源。先秦的老子把道說成是「無」，葛洪則把玄（即「道」）說得很神祕，認爲不能簡單地斷定它爲「無」爲「有」，它是「因兆類而爲有，托潛寂而爲無」（同上）的。然而，這樣的「玄」卻有著無窮的力量，「乾以之高，坤以之卑，雲以之行，雨以之施」（同上）。總之，自然界的一切乾高坤卑、雲行雨施，乃至方靜圓動等等，都是由它造成的。而它自己則是獨一無二的永恆的絕對，所以葛洪又把「玄」比做「一」。他說：「一在北極大淵之中，前有明堂，後有絳宮，巍巍華蓋，金樓穹窿，……龍虎在位，神人在傍。」（《抱朴子·地眞》）這裡的「一」已經大不同於老子思辯哲學所講的「一」了，而純粹是宗教學上的上帝的別名。照葛洪看來，既然玄或一是永恆的具有無限威力的神祕的絕對物，因此誰只要得到它，保持住它，誰就可以與它爲一，成爲永恆存在的長生不死的仙人。所以葛洪說：「子欲長生，守一當明」，又說：「守一存眞，乃能通神。」（同上）這即是說，只要守住一就可長生不死，就可得到神通，「鬼不敢近，刄不敢中」，所謂刀槍不入，龍虎不傷，成爲無所不能的神人仙人。這自然完全是宗教神祕主義的夢囈了。

在葛洪之前，道教的神仙學說，並沒有得到完整的哲學論證，道教的理論是貧乏的。葛洪則比較完整地給道教神仙學提供了一個哲學的根據，就這點來說，葛洪在道教發展史上也應占有一個重要的地位。

綜上所述，我們可以看到，魏晋道教在中國道教史上，是一個重要的發展時期，是從漢代的下層民間的道教，向上層封建統治階級的道教發展的一個重要的轉折時期，從而對爾後的道教發展起到了深遠的影響。

中國佛教寺院殿堂的典型配置

——山門、大雄寶殿及其東西配殿

／白化文

每一座佛教寺院，都是由衆多的高大森嚴的殿堂所組成。那麼，這些殿堂都是用來作什麼的呢？這裡就介紹一下中國佛教寺院殿堂的典型配置。本文以介紹明清以來漢化佛教寺院的情況爲主，藏傳佛教、邊疆其他少數民族地區各種佛教流派的情況不多涉及。但既然是講「典型配置」，就不以一個寺廟爲主，本文是這樣一組文章的第一篇，主要講山門、大雄寶殿中的主尊——佛、東西配殿這三部分。至於菩薩、天王、諸天等，以後另有專文介紹。

一、殿堂概觀

殿堂是寺院中重要屋宇的總稱。大致地說，殿是供奉佛像以供瞻仰禮拜祈禱的處所，堂是僧衆說法行道和日常生活起居的地方。其名稱，或按所供奉的主要神佛而定，或按其用途而定。

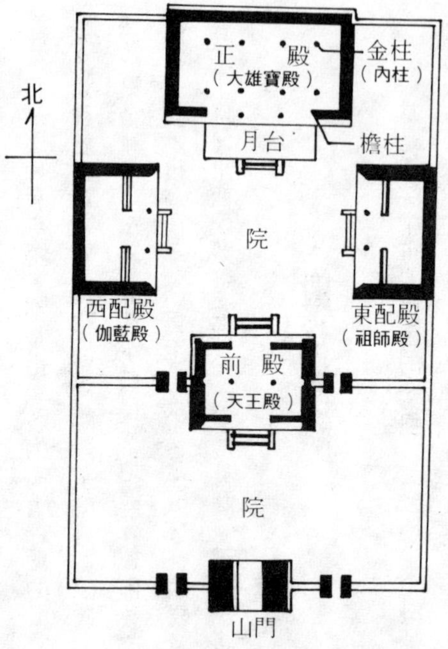

〔圖一〕山門

中國的營造法則，一般是把主要建築擺在南北中軸線上，附屬設施安在東西兩側。寺院的配置也是如此。由南往北看，主要建築大致是：山門、天王殿、大雄寶殿、法堂，可能還有藏經閣。這些都是坐北朝南的正殿。東西配殿則有伽藍殿、祖師堂、觀音殿、藥師殿等。寺院的主要生活區常集中在中軸線左側（東側），包括僧房、香積廚（廚房）、齋堂（食堂）、職事堂（庫房）、茶堂（接待室）等。「旅館區」則常設在中軸線右側（西側），主要是雲會堂（禪堂），以容四海之來者。（見圖一）

二、山門

佛寺大門稱爲「山門」。「天下名山僧占多」，寺院多居山林之處，故有此稱。一般有三個門，象徵「三解脫門」，即空門、無相門、無作門。這三座門常蓋成殿堂式，至少是把中間的一座蓋成殿堂，叫山門殿或三門殿。殿內塑兩大金剛力士像。金剛力士是手執金剛杵守護佛法的護法神。據《大寶積經》卷八《密迹金剛力士會》說，金剛力士原爲法意太子，他曾發誓說，皈依佛法後，要常親近佛，當作金剛力士，普聞一切諸佛祕要密迹之事。他後來成爲佛的五百名執金剛隨從侍衛的首領，稱爲「密迹金剛」。當了衛隊長，自然有坐「傳達室」看門的任務。可是外來戶「金剛力士」只是一個人，所以中國早期佛教的金剛力士像只有一尊。這不合乎中國人愛對稱的習慣，到後來就又添上一位。《金光明經文句》中解釋說：據經文，金剛力士只是一位，現在寺院裡卻有兩尊像，乃是適應外界情況變化，多一位也沒什麼。現今寺門左右的金剛力士像，都是面貌雄偉，作忿怒相，頭戴寶冠，上半身裸體，手執金剛杵，兩腳張開。其不同者，只是左像怒顏張口，以金剛杵作打擊之勢；右像忿顏閉口，平托金剛杵，怒目睜視而已（見圖二）。《封神演義》中想使這二位金剛進一步漢化，就說他們是哼哈二將鄭倫、陳奇死後封神而成。佛教徒認爲那不過是戲言。但據說，在雲南有的寺院山門內就塑有騎火眼金睛獸的哼哈二將。可見，世俗人等，包括佛學水平不高的僧人，愛的還是漢化了的土生土長的東西，哪怕它是小說也罷。

〔圖二〕金剛力士

由山門往北，第一重殿是天王殿。殿中間供大肚彌勒佛，面朝南。他的背後，供韋馱天，面向北。兩位背靠背，中隔板壁。彌勒東西兩旁供四大天王像。有關情況，將另文介紹。

三、正殿——大雄寶殿

天王殿再往北，就是正殿，俗稱「大殿」，正名「大雄寶殿」。這是供奉佛教締造者和最高層領導者——「佛」的大殿。大雄，是對佛的道德法力的尊稱，具體指的是佛有大力，能伏「五陰魔」、「煩惱魔」、「死魔」、「天子魔」等「四魔」。供奉的主要佛像稱爲「本尊」（又稱主尊），但究竟供的是哪位佛呢？隨著各時代崇尚的發展變化和宗派之不同，出現了多種情況。單從主尊數字看，一般就有一、三、五、七尊四種。現分別說明如下：

㈠供一位主尊的

一般供奉的是釋迦牟尼佛像，他是佛教的締造者，常見的塑像有三種姿勢。

一種是結跏趺坐（俗稱盤腿打坐），左手橫放在左腳上，名爲「定印」，表示禪定的意思；右手直伸下垂，名爲「觸地印」，表示釋迦在成道以前，爲了衆生犧牲自己，這一切唯有大地能夠證明，因爲這些都是在大地上作的事。這種造像名爲「成道相」。

再一種是結跏趺坐，左手橫放在左腳上，右手向上屈指作環形，名爲「說法印」，這是「說法相」。

再有一種立像，左手下垂，右手屈臂向上伸，名爲「旃檀佛像」，傳說釋迦在世時，優塡王用旃檀木按照釋迦的形象雕成這樣的像。後來仿製的也叫作旃檀佛像。下垂手勢名「與願印」，表示能滿足衆生願望；上伸手勢名「施無畏印」，表示能解除衆生苦難。（見圖三）

〔圖三〕旃檀佛像

淨土宗的寺院中，也有在大殿裡供阿彌陀佛的。阿彌陀佛是梵文 Amitabha 的音譯。意譯是「無量壽佛」。他是「西方極樂世界」的教主，能接引念佛的人往生「西方淨土」，所以又名「接引佛」。他的塑像常作接引衆生的姿勢：右手垂下，作與願印；左手當胸，掌中有金蓮台。這金蓮花台座就是衆生往生極樂世界後的座位。淨土宗將它分成九等，稱爲「九品蓮台」。這是依念佛的「功行」深淺，按品「依托」的意思。

㈡供三位主尊的

供三尊佛的，叫「三佛同殿」，情況比較複雜，有多種安排方式：

1供「三身佛」。三身，指三種佛身，有多種說法。供三身佛則多據天台宗的說法：一爲「法身」，指佛從先天就具有的將佛法（佛教認爲是絕對眞理）體現於自身的佛身，也就是體現了佛法的佛本身。二爲「報身」，指以法身爲「因」（有「基礎、根據、泉源」等義），經過修習而獲得佛果之身。三爲「應身」，指佛爲度脫世間衆生需要而現之身，特指釋迦牟尼之生身。

供三身佛的，多據上述教義安排：

中尊爲「法身佛」，名「毗盧遮那佛」。

左尊爲「報身佛」，名「盧舍那佛」。

右尊爲「應身佛」，即是釋迦牟尼佛。

「毗盧遮那」和「盧舍那」都是梵文Vairocana的音譯，後者是前者的簡稱。竟爾一佛化成二佛。這種變化無方之事在佛教傳說中極多，姑且聽之可也。

2供「橫三世佛」。這裡的「世」，指三個空間世界。以其同時存在，故名「橫三世」。在殿中的安排是：

正中爲娑婆世界的釋迦牟尼佛。脅侍爲文殊、普賢兩菩薩。

左側爲東方淨琉璃世界的藥師佛。脅侍爲日光、月光兩菩薩。藥師佛的典型形象是左手持鉢內盛甘露，右手持藥丸。（見圖四）

右側爲西方極樂世界的阿彌陀佛。脅侍爲觀世音、大勢至兩菩薩。阿彌陀佛掌中有蓮台。

3供「豎三世佛」。這裡的「世」，指因果輪迴遷流不斷的個體一生中存在的時間。三世，即過去（前世、前生），現在（現世、現生），未來（來世、來生）三世。以其在時間上是相連續的，故俗稱「豎三世」。在殿中的安排是：

正中爲現在佛，即釋迦牟尼佛。

左側爲過去佛，即燃燈佛。這個佛名是梵文 Dipam-kara 的意譯，一譯「錠光」。佛經說他生時身邊一切光明如燈，因此得名。並說釋迦牟尼未成佛時，燃燈佛曾爲他「授記」（預言將來成佛的事）。從輩分上說，他是釋迦的老師，所以算過去佛。

右側爲未來佛，即彌勒佛。彌勒是梵文 Maitreya 音譯的略稱，意譯「慈氏」。他本是一位菩薩，《彌勒上生經》說他居於「兜率天」，《彌勒下生經》說他將從「兜率天」下生此世界，在龍華樹下繼承釋迦牟尼的佛位而成佛。所以算未來佛。

〔圖四〕藥師佛

4還有釋迦牟尼佛、阿彌陀佛、彌勒佛三佛同殿的，又有釋迦、藥師、彌勒同殿的。其中彌勒的脅侍常爲無著、天親兩菩薩。以上兩種三佛同殿的安排，近世少見。

㈢供五位主尊的

供五佛的多見於宋、遼古刹遺構中，如大同華嚴寺、泉州開元寺等處。這五佛通稱東南西北中五方佛，又名五智如來，大致屬密宗系統。其安排是：

正中爲法身佛，即毗盧遮那佛。

左手第一位爲南方寶生佛，表福德。

左手第二位爲東方阿閦佛，表覺性。

右手第一位爲西方阿彌陀佛，表智慧。

右手第二位爲北方不空成就佛，表事業。

㈣供七位主尊的

供七佛的甚少，典型的在遼寧省義縣奉國寺大殿。據《長阿含經》卷一載，釋迦牟尼前有六佛：毗婆尸佛、尸棄佛、毗舍婆佛、拘樓孫佛、拘那含佛、迦葉佛，加上釋迦牟尼佛，通稱「過去七佛」。奉國寺所供即此。

㈤環繞主尊像的羣像配置

大致可分三類。

主尊兩側，常有「脅侍」，即左右近侍。釋迦牟尼佛的近侍，一種配置是老「伽葉」、少「阿難」兩大弟子。另一種是兩位菩薩。更有兩弟子、兩菩薩並侍的。別的佛脅侍常爲兩位菩薩。還有加上天王、力士的。這樣的一組羣像，通稱「一鋪」。一般有三尊（佛加兩弟子或兩菩薩）、五尊（佛、弟子、菩薩）、七尊（再加兩天王）、九尊（再加兩力士）等多種配置。近代寺院中常用三尊一組的配置法，或僅供主尊。

殿內東西兩側，近世多塑十八羅漢像。個別也有塑「二十諸天」像的。

佛壇背後常塑一堂「海島觀音」，或僅供一菩薩像（多爲觀音或文殊）。

有關以上情況的具體說明另見他文。

四、大殿的東西配殿——伽藍殿與祖師殿

大雄寶殿兩旁常有東西配殿。東配殿一般是伽藍殿，西配殿一般是祖師殿。

㈠伽藍殿

伽藍是「僧伽藍摩」（梵文Samgharama的音譯）的簡稱。意譯「衆園」，音兼意譯爲「僧園」。原指修建僧舍的基地，轉而爲包括土地、建築物在內的寺院的總稱。此處的伽藍特指祇樹給孤獨園。相傳釋迦牟尼成道後，憍薩羅（Kosa la，亦作「拘薩羅」）國給孤獨長者，用大量金錢購置波斯匿王太子祇陀（Jeta，逝多）在舍衛城南的花園，建築精舍，作爲釋迦在舍衛國居住說法的場所。祇陀太子僅出賣花園地面，而將園中樹木奉獻給釋迦。因以兩人名字命名爲祇樹給孤獨園。釋迦牟尼在園內居住說法傳道二十五年。

伽藍殿正中供的是波斯匿王，左方是祇陀太子，右方是給孤獨長者，以紀念這三位最早護持佛法建立伽藍的善士。寺內兩側常供十八位伽藍神，他們是寺院的守護神。據《釋氏要覽》卷上，他們的名字是美音、梵音、天鼓、嘆妙、嘆美、摩妙、雷音、師子、妙嘆、梵響、人音、佛奴、頌德、廣目、妙眼、徹聽、徹視、遍視。他們各有生平，有些是古代印度次大陸神話傳說中的小神，後來被佛教接收改造。至於漢化寺院中所塑，相當中國化，更爲失其本眞。此外，還有加供關公（關羽）的。根據隋代名僧智顗所云白日見關公顯聖而建立玉泉寺的傳說，關公也算是伽藍神。但他究竟是漢族，與外來戶不好安排在一起，所以常在殿中另作一小龕供奉。

㈡祖師殿

西配殿是祖師殿。多屬禪宗系統，爲紀念該宗奠基人（祖師）而建。正中供禪宗初祖達摩禪師（西元？～五二八年）。他是禪宗理論的輸入者。左側供六祖慧能禪師（西元六三八～七一三年）。他是禪宗的實際創立者。右側供百丈禪師（西元七二〇～八一四年）。他法名懷海，在洪州百丈山創禪院，故稱百丈禪師。他是禪宗清規的制定者。

五、法堂及其他

大殿之後爲法堂，亦稱講堂，是演說佛法皈戒集會之處，在佛寺中是僅次於大殿的主要建築。法堂的特點是：除一般性的安置佛像外，首先，堂中設法座。法座就是一個上置座椅的高台，供演說佛法之用。法座後掛象徵釋迦說法傳道的圖像。法座之前置講台，台上供小佛坐像以象徵聽法諸佛。下設香案。兩側列置聽法席。其次，堂中設鐘、鼓，左鐘右鼓，上堂說法時擊鐘鳴鼓。有的法堂設二鼓，居東北角的稱法鼓，西北角的稱茶鼓。

一般佛寺可供隨喜的主要處所，略如上述。個別的寺院尚有專供菩薩的觀音殿、文殊殿、三大士殿、地藏殿，還有藥師殿等，多作爲東西配殿（大殿或法堂的配殿），或在中軸線東西側另闢小院。有些寺院有羅漢堂，有的寺院中或其前後有塔，更增幽趣。有大量藏經的寺院多立藏經閣，那是寺院的圖書館，一般不對外開放。其他多屬生活區，「閒人免進」！

（寫作本文及其他有關各篇，曾經周紹良先生指導，並主要參考了周叔迦先生的遺稿。）

中國佛教四大天王

／白化文

古代印度次大陸的神話說，須彌山腹有「四天王天」。這個傳說被佛教採用和發展了。佛教把一般世界畫分爲慾界、色界、無色界「三界」。其中慾界最低，是具有食慾、淫慾的衆生所居。人類社會就屬於此界。地獄、餓鬼等也在此中。慾界中最高級的是「六慾天」，是超乎人鬼以上的天界，天神所居，但是還不離食慾、淫慾。六慾天分六重，第一重叫「四天王天」。這個詞是梵語 Caturmahārāj akāyika 的漢文意譯。四天王天是四天王及其眷屬的住處。——注意：佛教把佛、菩薩、天王的近侍、隨從、信徒統稱爲「眷屬」，與世俗的通用意義不同。——據說，這四天王天就在那有名的須彌山的山腰。那裡聳立著一座較小的山，叫作犍陀羅山。此山有四山峯，四天王及其眷屬分住其上。四大天王的任務是「各護一天下」，即掌握佛教傳說中的須彌山四方人類社會的東勝身、南瞻部、西牛貨、北俱盧四大部洲的山、河、森林、地方。所以又稱爲「護世四天王」，職責有點像武裝警察。這四位天王，分別是：

東方持國天王，梵語 Dhrtarāṣtra 的意譯，音譯是「提頭賴吒」。身白色，穿甲戴冑，左手把刀，右手執矟（南北朝隋唐時代的長矛）拄地，也有手執弓矢的。南方增長天王，梵語 Virūḍhaka，音譯是「毗樓勒叉」。身青色，穿甲冑，持寶劍。西方廣目天王，梵語 Virūpākṣa，音譯是「毗樓博叉」。身紅色，穿甲冑，左手執矟，右手把赤索，也有僅一手持寶劍的。以上所說，都是這幾位天王在中國早期特別是唐代佛教畫像中的典型形象。

北方多聞天王在四天王中最為突出。他的梵語名是 Vaiśrāmana，音譯「毗沙門」。據說，他就是古代印度教（Hinduism）中的天神俱毗羅（Kubera），別名施財天（Dhanada，意思是「財富的贈予者」）。他在印度古代偉大史詩《瑪哈帕臘達》等書中就出現過。在這些古神話中，他是北方的守護神，又是財富之神，相當於中國的財神爺。吉祥天女和他關係密切，據說是他的妹妹或妻子。在古代吠陀神話中，這位多聞天王本是帝釋天的部下。帝釋天音譯是因陀羅（Indra），意思是「天老爺」，是人間英雄與天上的自然威力的結合，是雷霆暴雨的人格化。帝釋天的部下大部分是武士與戰將。無奈，在神話流傳中，帝釋天的地位越來越下降。佛教傳說中還保留帝釋天之名，然而勢力已很微弱。毗沙門天王等也就逐漸脫離了他，自樹一幟。在中國早期佛教中，他們之間的關係早已若即若離了。毗沙門天王既能充武裝警察保護良民，又開銀行發放貸款，誰不敬愛。於是他在四天王中信徒最多。我們現在所見敦煌所出毗沙門畫像中，這位天王渡海行道之際，常常撒布異寶金錢，散布於畫幅下方，就是證明。

尤有進者，唐代產生了這樣的傳說：天寶元年（西元七四二年），安西城被蕃兵圍困，毗沙門天王在城北門樓上出現，放大光明。並有「金鼠」咬斷敵軍弓弦，三五百名神兵穿金甲擊鼓聲震三百里，地動山崩。蕃軍大潰。安西表奏，玄宗大悅，令諸道城樓置天王像。這樣一來，毗沙門天王在盛唐以至晚唐五代，香火極盛。他的眷屬也最有名。有時，釋迦牟尼佛的左脅侍是吉祥天女，右脅侍是毗沙門天王，眞可謂一門眷屬德容威神煥赫熙怡。毗沙門還有五位「太子」，其中第二太子「獨健」，第三太子「哪吒」最有名。唐代流傳下來的毗沙門及其眷屬像甚多，多見於敦煌石窟——可惜其中的畫旛大部分都被盜走了——表現出的毗沙門典型形象是：

身作金色，著七寶金剛莊嚴甲冑，戴金翅鳥（或說是鳳凰）寶冠，帶長刀，左手持供釋迦牟尼佛的寶塔，右手執三叉戟（有把戟畫成「4」字形的，也有畫執寶棒或執長矟的）。腳下踏三夜叉鬼：中央名地天，亦名歡喜天，作天女形；左爲尼藍婆，右爲毗藍婆，作惡鬼形。天王右邊是五位太子和夜叉、羅刹等部下；左邊有五位行道天女和天王的夫人。

到了宋元以後，特別在明清兩代，中國漢族地區佛教進一步漢化，和本國的迷信傳說相調和。四大天王也進一步漢化。這也首先表現在毗沙門天王身上。唐代的狂熱崇拜已成過去，他的身分逐漸與另外三位天王平等，不再特殊化。「財神」的兼職也被暗中取消。印度式三叉戟換成中國獵戶用的虎叉一類兵器。又慢慢從他身上分化出一位「托塔李天王」。連他的「眷屬」和兵器也全歸了這位分身而出的化身：李天王即李靖，是鎮守邊關的中國武將。他手使中國近古才出現的兵器「方天畫戟」，擎寶塔。他有一夫人三子一女（女兒是在《西遊記》裡生的），其中哪吒最有名。這樣一家漢人，難以被極樂世界再接受。於是李靖只好在玉皇大帝靈霄寶殿之下稱臣，當了天兵總司令，哪吒充任前部先鋒官。金吒、木吒不忘本源，分投兩位菩薩修行去了。至於四大天王，卸下了家眷這個包袱，正好在佛門中修行，於是成爲鎮守佛門的「四大金剛」。可見，這四大金剛也是經過改造的。元代塑像，東方天王手裡拿的東西換了琵琶；明代塑像，北方天王手裡拿的東西換了雨傘；淸代塑像，西方天王手裡拿的東西換了像蛇一類的動物。初步形成了今日一般常見的四大天王的形象。到了通俗的神魔小說《封神演義》，更爲徹底，說四大天王本是中國武將「佳夢關魔家四將」，死後才經姜子牙開封神榜派去西方作四大天王。至此，四大天王的就地改造工作基本完成，甚至進行了「返派遣」。至於毗沙門天王分出的化身托塔李天王，以及他的三個兒子，特別是哪吒，經過《封神演義》、《西遊記》和戲曲的連續塑造，早已脫離本根，在羣衆中家喻戶曉的程度也遠遠超過四大天王了。漢族潛移默化消化改造外來事物的能力，實在巨大。同時也證明了，外來事物，只有扎根分蘗，土生土長，適應當地氣候，才會煥發出新的生命。就連四大天王的兵器，也經過了漢語「雙關」式的改造：

增長天王魔禮青　掌青光寶劍一口　職風
廣目天王魔禮紅　掌碧玉琵琶一面　職調
多聞天王魔禮海　掌混元珠傘一把　職雨
持國天王魔禮壽　掌紫金龍花狐貂　職順

魔禮壽那匹花狐貂，八成就是「金鼠」的化身；紫金龍，看來就是由「赤索」而「羂索」而至「蛇類」的變化。

近代供奉四天王的佛殿稱爲「天王殿」，也是中國化了的殿堂。此殿正面本尊多供大肚彌勒佛。這是中國的彌勒化身。據說，他就是五代時的布袋和尚。這位和尚，名叫契此，身體肥胖，言語無恆，常常背著木棒，木棒上吊著一個口袋，在鬧市行乞，面帶喜容，人們叫他布袋和尚。後梁貞明二年（西元九一六年），在浙江奉化嶽林寺東廊磐石上圓寂。臨終遺偈，自稱爲彌勒化身，後人遂多塑之於山門。其實，唐代的彌勒還是典型的佛或菩薩像，今北京廣濟寺奉天冠彌勒菩薩坐像，猶存中世遺風。在彌勒左右，分塑四大天王，作「風調雨順」之像。彌勒背後則設有手執寶杵現天將軍身的韋馱天像。韋馱天原爲南天王部下八將之一，在四天三十二將中以勇武著稱。唐道宣在《感通錄》裡談到他常於東、西、南三洲巡遊，守護佛法，故稱「三洲感應」。中國佛教故事中，又有他守護伽藍的傳說，所以近世建寺必奉爲守護神，世稱韋馱菩薩。他的塑像，通常有兩種姿勢：一種是雙手合十，橫寶杵於兩腕，直挺挺地站立；一種是左手握杵拄地，右手插腰，左足略向前立，有點像今天的稍息姿勢。他面向大雄寶殿，注視出入行人動向。這位韋馱也是漢化了的，《封神演義》中那位手使降魔杵後來投奔西方肉身成聖的韋護，是他的中國式造型。儘管高僧和佛學家知道四大天王、韋馱天等原來是誰，可是一般人包括近代的塑像工人在內，恐怕還是按《封神演義》的描述去理解和塑造他們的，他們是中國的四大天王。

中國的羅漢

／白化文

一、羅漢

羅漢，是阿羅漢（梵文 Arhat 的音譯）的簡稱，原來指原始的小乘佛教所達到的最高成就。據說，一位佛教徒修行，可能達到高低不同的四種成就。每一種成就叫一個「果位」，有點類似於現代的學位。這四種果位是：

初果：名爲預流果（Srotāpanna，音譯：須陀洹），獲得了初果，在輪迴轉生時就不會墮入「惡趣」（指變成畜生，惡鬼等）。

二果：名爲一來果（Sakṛdāgāmin，音譯：斯陀含），得到此果，輪迴時就只轉生一次。

三果：名爲不還果（Anāgāmin，音譯：阿那含），得到此果，就不再回到「慾界」受生而能超生天界。

四果：是阿羅漢果，受了此果，他是諸漏已盡，萬行圓成，所作已作，應辦已辦，永遠不會再投胎轉世而遭受「生死輪迴」之苦。得此果位的人，就稱為阿羅漢，簡稱羅漢。

是不是所有的人都能證得羅漢果呢？傳說古代印度次大陸的彌蘭（Milinda）王曾經特別問過那位在佛經中著名的那先比丘（Nāgasena），是不是在家居士也有可能成為阿羅漢，答案是肯定的。但是告訴他，須具備一個條件：居士成為阿羅漢那一天，如果不當天出家，就有死去的危險。因此，成阿羅漢果的全是和尚。

二、四大羅漢

如上所聞，證阿羅漢果位好像現在攻讀最高學位。證果，只是自身求解脫。根據小乘佛教的說法，得了阿羅漢果位，就是最終歸宿（涅槃），頗有點為學位而學位的味道。說穿了，修羅漢果的不過是些「自了漢」。全都如此，誰去傳揚佛法？後來大乘佛教就往前發展了一步，以自身解脫為小，衆生解脫為大。主張一切有情成佛，以佛法成就衆生。因此，開始提倡作佛滅度後不入涅槃護法弘法的阿羅漢，這是修阿羅漢果位的人未曾預期的任務，因此，釋尊要在他們之中遴選。

據西晉時竺法護所譯的《彌勒下生經》中說，東晉時譯者失名的《舍利弗問經》也說，佛去世時指派大迦葉（Mahā Kāsyapa，也譯作「摩訶迦葉」）比丘、君屠鉢嘆（Kuṇḍopadhāniya）比丘、賓頭盧（piṇḍola）比丘、羅雲（Rāhnla，即羅怙羅、羅睺羅）比丘「住世不涅槃，流通我法」。他們都是釋尊的親傳嫡系，羅怙羅還是釋尊的親生兒子。他們都是「聲聞」。所謂「聲聞」，乃是梵文 S'rāvaka 的意譯，最早的意思指親自聽到過佛的言教聲音覺悟而得果位者。從釋迦修行而得證阿羅漢果位的人雖多，但看來均已涅槃，無蹤無影。最早住世的阿羅漢就是這四大比丘——四大羅漢——四大聲聞。

三、十六羅漢

如上所聞，釋尊留下四大羅漢住世弘法，看來可能是按東西南北各占一方考慮的。他們的任務相當繁重，有加人的必要。有的佛經中就乘方增加為十六人。北涼道泰譯的《入大乘論》說：「尊者賓頭盧、尊者羅怙羅如是等十六人諸大聲聞……守護佛法。」但未列出其餘十四人的名字。唐代湛然《法華文句記》引《寶雲經》，也出現了「十六羅漢」，但只摘引出「賓頭盧、羅雲」兩位，所引經義內容且不見於今存兩種梁代譯本《寶雲經》。

現存漢譯佛經中有關十六羅漢最早的典據見於唐代玄奘大師所譯《大阿羅漢難提密多羅所說法住記》（簡稱《法住記》），難提密多羅（Nandimitra）意譯為「慶友」，據說他是佛滅後八百年時師子國（即今斯里蘭卡）的名僧。他年輩較晚，雖成羅漢，卻夠不上「聲聞」。《法住記》中所記的是「如是傳聞」，而非「如是我聞」。書中說，慶友在涅槃時將十六大阿羅漢的法名和住址告知大衆，今將《法住記》十六羅漢名號照錄如下：

第一位：賓度羅跋囉惰闍（Piṇḍola Bhāradvāja），他的典型形象是頭髮皓白，有白色長眉。俗稱「長眉羅漢」。中國禪林食堂常供他的像。

第二位：迦諾迦伐蹉（Kanakavātsa），據《佛說阿羅漢具德經》說，他是「知一切善惡法之聲聞」。

第三位：迦諾迦跋厘惰闍（Kanaka Bhāradvāja）。

第四位：蘇頻陀（Snpiṇḍa）。

第五位：諾矩羅（Nakula）。

第六位：跋陀羅（Bhadra），意譯爲「賢者」，是佛的一名侍者。據《楞嚴經》，他主管洗浴之事，所以近世禪林浴室中常供他的像。

第七位：迦理迦（Kārika），是佛的一名侍者。

第八位：伐闍羅弗多羅（Vajrapntra），意爲「金剛子」。

第九位：戍博迦（Snpāka），有「賤民」、「男根斷者」之義，可見其出身不高，或爲宦者。

第十位：半托迦（Panthaka），與第十六位注茶半托迦乃是兄弟二人。據說他們的母親是大富長者之女，與家奴私通，逃奔他國，久而有孕，臨產歸來，在途中生二子，大的叫半托迦，意爲「大路邊生」；小的叫注茶半托迦，意爲「小路邊生」。兄聰明，弟愚鈍，但均出家成羅漢。

第十一位：羅怙羅（Rāhula），意譯「覆障」、「障月」、「執月」。他是釋迦在俗時所生唯一的兒子，據說佛出家之夜，釋迦在俗時的第二夫人耶輸懷胎，六年後佛成道之夜月蝕時降生，故名。十五歲出家，爲佛的十大弟子之一，「不毀禁戒，誦讀不懈」，稱爲「密行第一」。

第十二位：那伽犀那（Nāgasena），意譯「龍軍」，習稱「那先比丘」，生於佛滅後，七歲出家，曾在舍竭國答國王彌蘭陀之問，大闡佛法。

第十三位：因揭陀（Ingada）。

第十四位：伐那娑斯（Vanavāsin）。

第十五位：阿氏多（Ajita），是佛的一名侍者。

第十六位：注荼半托迦（Cūdapanthaka）。

中國佛教中佛和菩薩的形象到唐代都已基本定型，逐漸類型化。他們的衣飾也很特殊，與平常的世俗人等區別很大。羅漢的傳說是大致從《法住記》流行後才開始普及的，羅漢穿的又是漢化了的僧衣，和一般的和尚沒有什麼區別，有關他們的生平資料也不多。這些，都給藝術家以馳騁想像的極大創造餘地，使他們可以在現實的老幼胖瘦高矮俊醜等大量活生生的和尙的基礎上發揮想像，創造出生動的多種羅漢形象來。可以說，羅漢一到中國，就異常生動活潑地顯現在佛教徒、藝術家的心目中，豐富了中國繪畫、雕塑的題材和內容。

《宣和畫譜》卷二載，梁代著名畫家張僧繇畫過十六羅漢像。他的根據我們已無從考訂。《法住記》譯出並流行後，畫十六羅漢的名家甚多，唐代盧楞伽特別愛畫這種題材。「詩佛」王維，也畫有此種圖四十八幅。有關五代時畫十六羅漢圖的記載則更多。現知最早的十六羅漢雕塑在杭州煙霞洞，也是吳越王錢元瓘的妻弟吳延爽發願所造。

四、十八羅漢

如上所聞，五代時對羅漢的尊崇開始風行。值得注意的是，它還有所發展：首先在繪畫中由十六羅漢發展爲十八羅漢。原來，畫十六羅漢像的畫家，也有加繪兩人的。有人推論說，原來畫的大約是《法住記》的述說者慶友尊者和譯者玄奘法師。這種設想極可能符合最早的事實，但歲久年深，已難於找到確切證明。

今所知對五代時畫十八羅漢像的最早的形象化記錄見於蘇軾所作《十八大阿羅漢頌》一文（載於《東坡後集》卷二十）。蘇軾記錄說，他在謫居海南島時，從民間得到前蜀簡州金水「世擅其藝」的張氏所畫「十八羅漢圖」——說明這種圖當時已很普及，張氏累世所畫也不在少數——據蘇氏所記，這幅圖頗具生活情趣，每個羅漢均有童子、侍女、胡人等一二人作陪襯，有點像世俗畫的「燕居圖」。蘇氏未寫出十八羅漢名號——但他在後來所寫的《自海南歸過清遠峽寶林寺敬贊禪月所畫十八大阿羅漢》一文中給明確補出了。蘇氏文中前十六羅漢名號均取自《法住記》。第十七位，蘇氏稱爲「慶友尊者」；第十八位，稱爲「賓頭盧尊者」，顯然是第一位羅漢的重出。

蘇東坡是深明佛學的人，怎麼會犯這樣的錯誤呢？可能是照抄當時流行的說法。這恐怕也由於中國古代「夷夏」觀念較强，不願意把本國的玄奘法師和那十七位出身、年代、國籍都不同的外來戶摻合在一起。宋咸淳五年（西元一二六九年），志磐在其所著《佛祖統記》卷三十三中提出：慶友是《法住記》的作者，不應在住世之列；賓頭盧爲重複。第十七和第十八位應當是迦葉尊者和軍徒鉢嘆尊者，也就是《彌勒下生經》所說的四大聲聞中不在十六羅漢之內的兩位尊者。這種說法，把四大羅漢和十八羅漢以住世爲環節聯繫起來，有言之有故的優點。我們認爲，若承認有十八羅漢，寧可取志磐的解釋，還算自圓其說。可是到了清朝乾隆年間，皇帝和章嘉呼圖克圖認爲第十七位應是降龍羅漢，即嘎沙鴉巴尊者（即迦葉尊者）；第十八位應是伏虎羅漢，即納答密喇尊者（彌勒尊者）。降龍伏虎的傳說是中國的，起源甚晚，大約在北宋以後。不過這兩尊像畫起來或塑起來有龍和虎作爲道具和陪襯，容易生動，再加皇帝御定，以後的十八羅漢就以皇帝考證出來的爲準了。

十八羅漢，近代常塑在大雄寶殿之中，作爲釋迦或過去現在未來三世佛的環衞。在《西遊記》等小說及戲劇中，他們經常成組出動，在鬥爭中作釋迦的先行。如「十八羅漢鬥悟空」、「十八羅漢鬥大鵬」等便是。可是成羣結伙，缺乏個性，而且戰績不佳，常常失敗，最後還得如來佛親自出馬。他們去的往往是這種墊底兒抬高祖師爺的角色，在文學作品中沒有什麼光輝。倒是在藝人的腕下，名圖名塑常見，精彩迭出。所以，培育出中國化羅漢的，乃是中國的藝術家。

五、五百羅漢和羅漢堂

據《十誦律》卷四所記，釋迦生時，便有隨他聽法傳道的五百弟子，稱爲「五百羅漢」。《法華經．五百弟子授記品》中，也記有佛爲五百羅漢授記的事。《法住記》記十六羅漢各有駐地，各有部下，從五百到一千六百不等；五百羅漢是其中最起碼的一組。《舍利弗問經》中又記載，弗沙密多羅王滅佛法後，有五百羅漢重興聖教。西晉竺法護譯的《佛五百弟子自說本起經》中又記載了佛滅度之次年迦葉尊者與五百羅漢（五百比丘）最初結集的事。結集是梵文 Sangiti 的意譯，指的是編纂佛教經典。南傳佛教又有五百羅漢參加在斯里蘭卡舉行的第四次結集的傳說。總之，有關五百羅漢的傳說，在佛經中多有記載。可是，都沒有一一記下名號。

五百羅漢是何時出現於中國的呢？據《高僧傳》卷十二，他們最初顯現於天台山，那是東晉時代的事。到了五代，對羅漢的崇拜興盛。吳越王錢氏造五百銅羅漢於天台山方廣寺，顯德元年（西元九五四年）道潛禪師得吳越錢忠懿王的允許，遷雷峯塔下的十六大士像於淨慈寺，創建五百羅漢堂。宋太宗雍熙二年（西元九八五年）造羅漢像五百十六尊（十六羅漢與五百羅漢），奉安於天台山壽昌寺。在此期間，各地寺院也多興建羅漢堂或羅漢閣。名畫家李公麟等畫有五百羅漢圖像。至於羅漢名號，現存最早石刻記錄是宋紹興四年（西元一一三四年）十二月所立的《江陰軍乾明院羅漢尊號石刻》（題目據《金石續編》卷十七著錄），乃南宋人高道素所錄，列舉第一羅漢阿若憍陳如到第五百羅漢願事衆，一應俱全，這是中國人的創造。原碑不存，碑文收在《嘉興續藏》第四十三函中。近代佛寺所塑五百羅漢像，多依之列名。

五百羅漢塑像衆多，非一般佛殿所能容納，多另闢羅漢堂以處之。立此一堂羅漢，用工甚巨，所以，帶羅漢堂的廟多爲大寺名刹。近代寺院中有代表性的羅漢堂，如北京碧雲寺、上海龍華寺、漢陽歸元寺、昆明筇竹寺等處的均是。

近代羅漢堂中，除五百羅漢外，常有濟公出現。按，濟公實有其人，乃是南宋僧人（西元一一四八～一二〇九年），原名李心遠，台州（今浙江省臨海）人，出家後法名道濟。他在杭州靈隱寺出家，後移淨慈寺。據說他不守戒律，嗜好酒肉特別是狗肉蘸大蒜，舉止如癡如狂，被稱爲「濟癲僧」。他後來被神化，認爲是降龍羅漢轉世，被尊稱爲「濟公」。這是個土生土長的，塑造得極有個性的中國羅漢。他具有勞動人民所喜愛的詼諧幽默的性格，能作些出人意表的快心之事，所以，他是中國封建社會頗得人心的羅漢。可惜，據民間傳說，他去羅漢堂報到晚了，只能站在過道裡（如江南某些大寺），或蹲在房樑上（如北京碧雲寺）。遊羅漢堂的人，對這唯一的例外安排印象十分深刻，忘了那五百客籍也忘不了他。他是中國人，是本地產的中國的羅漢。

中國佛教的四大菩薩

——文殊、普賢、觀世音和地藏菩薩

／白化文

梵文Bodhisattva，音譯是「菩提薩埵」，略稱「菩薩」。意譯「覺有情」，「道衆生」，「道心衆生」。還有譯爲開士、始士、聖士、超士、無雙、法臣、大聖、大士的。所以一般人常稱菩薩爲「大士」。菩薩，在佛教中是僅次於佛一等的。據說，釋迦牟尼未成佛時，就曾以菩薩爲稱號的。

據佛經說，菩薩可穿出家僧衣，也可作在家裝束。可是佛教傳來中國後，穿僧衣的菩薩甚少。菩薩的形象與裝束，唐代開始定型，以後變化不大。大致是：面作女相。爲了不違反佛教中菩薩變相「非男非女」——應該說明，據佛經，一般菩薩都是「善男子」出身——的通俗性說法，常常畫出蝌蚪形小髭，北宋以後小髭取消。圓盤臉（宋代以後變長），長而彎的翠眉，鳳目微張；櫻桃小口。高髻或垂鬟髻，多出來的長髮垂在肩上，戴寶冠。上身赤裸或斜披天衣（北宋後穿上帶袖天衣，但仍常袒胸），有帔巾，膚色潤澤、瑩潔、白晰。戴項飾、瓔珞、臂釧。腰束貼體羊腸錦裙或羅裙，兩足豐圓。總之，繁麗的衣飾，是加上中國人想像的經過變化了的古代印度次大陸貴族裝飾，又夾雜有唐代貴族婦女時裝，是這兩者奇異而又調諧的混合。健美的面龐和體態，則純以唐代貴族婦女特別是家伎等女藝術家爲模特兒。這就是中國化（漢化）了的菩薩。

佛，特別是大乘佛教中的佛，可以說是虛本位的。例如，釋迦牟尼佛已升到天國的「色究竟天」，異常崇高，似乎只具有某些抽象的最高級的德性，難以與世俗信徒接近，缺乏親切感。而某些菩薩卻使世俗信徒感到親切和對之有迫切需求。所以，佛教傳入中國後，對菩薩的單獨信仰逐漸抬頭。佛，高坐於西方極樂世界，那是信徒嚮往之處，無法搬到中國來，衆生只能「往生」。菩薩以度衆生登彼岸爲旨，可以出蓮座歷下界化愚頑。因此，隋唐以後，中國的佛教信徒通過種種附會，逐漸請著名的菩薩東來定居，自立道場。就這樣，慢慢地形成了中國佛教的四大菩薩和四大名山。

漢文佛典中著名的菩薩有彌勒、文殊、普賢、觀世音、大勢至、地藏等幾位——彌勒後來升級成佛了——著名的菩薩常作佛的近侍。釋迦牟尼佛的左脅侍是文殊，右脅侍爲普賢，合稱「華嚴三聖」。接引衆生往西方極樂世界的是阿彌陀佛，他的左脅侍是觀世音，右脅侍爲大勢至，合稱「西方三聖」。後來，大勢至菩薩未能獨立成軍，在中國沒有什麼勢力範圍。觀音、文殊、普賢則隨緣應化，自立道場，成爲中國化的著名菩薩，並稱爲「三大士」。

文殊，全稱文殊師利，梵文 Mañjuśrī 的音譯。也有譯音作「曼殊師利」的。意譯「妙德」「妙吉祥」等。據說他在諸大菩薩中智慧辯才第一。他的典型法像是頂結五髻，手持寶劍，坐蓮花寶座，騎獅子，這是智慧、辯才銳利、威猛的象徵。他的美名尊號是「大智文殊」。有關他的住處，《華嚴經·菩薩住處品》中有明確說明。大意是「東北方有菩薩住處，名叫清涼山。文殊師利住在此山。」中國佛教徒以五台山應之。五台山「歲積堅冰，夏仍飛雪，曾無涼暑。」（《廣清涼傳》卷上）可擬清涼山。北魏時就建有佛寺，至北齊時已擴展到二百餘所。隋文帝下詔在東南西北中五台之頂各立寺一所，並遣使在山頂設齋立碑。唐代開元年間臻於極盛，也是「文殊信仰」以此山爲中心的極盛時代。唐宋時日本、東南亞、尼泊爾等國僧人常來巡禮。我國敦煌莫高窟第六十一窟《五台山圖》則是五代時（會昌滅佛後中興時）山區寺院情況的歷史寫照。總之，五台山是唐宋以來的我國最早最大的一處國際性道場。不過，宋元以降，民間的觀音信仰逐漸普及，「三大士」還得請觀音居中，文殊屈居左側。

普賢，梵文Samantabhadra，亦譯「徧吉」，音譯「三曼多跋陀羅」。他主一切諸佛的理德、行德，與文殊的智德、證德相對，也就是說，他代表「德」與「行」。德，據說他有延命之德；行，據說他發過十種廣大行願，要爲佛教弘法工作。所以他的美名尊號是「大行普賢」。「普賢之學得於行，行之謹審靜重莫若象，故好象。」白象是他願行廣大，功德圓滿的象徵，故普賢騎六牙白象。四川省峨嵋山自古即爲我國名山峻岫，晉代山上始建普賢寺，今名萬壽寺。後來佛教大盛於山中，逐漸演變爲普賢東來道場。百里山巒，明清時代梵宇琳宮多達七十餘座。其中萬年寺磚殿銅鑄普賢騎象像一尊：象身白色、六牙，四足分踏三尺蓮座。象背普賢坐蓮台，手執如意，全像通高七·三五米，其中白象高三·三米，象背上蓮台加普賢四·〇五米，總體重六十二噸。這銅像是北宋太平興國五年（西元九八〇年）宋太宗派張仁贊在成都分部鑄造，然後運到峨嵋山焊接而成的。這尊像是有代表性的普賢法像。

觀世音，梵文 Avalokiteśvara 的意譯，也有譯成「光世音」、「觀自在」、「觀世自在」的。音譯「阿婆盧吉低舍婆羅」、「阿縛盧枳多伊濕伐羅」。觀音是「觀世音」的略稱。唐代人避太宗李世民諱，減去「世」字，故稱觀音。據《妙法蓮華經》中的「普門品」說，觀世音菩薩是大慈大悲的菩薩，能現三十三化身，救十二種大難。遇難衆生只要念誦他的名號，「菩薩即時觀其音聲」，前往拯救解脫。觀世音主張「隨類化度」。他對一切人救苦救難，不分貴賤賢愚，所以他的美名尊號是「大慈大悲救苦救難觀世音菩薩」，簡稱「大悲」。隋唐時期，觀音已逐漸獲得社會上的普遍信仰。今存敦煌莫高窟四十多壁隋唐「法華經變」壁畫，表現以觀世音爲主角的「普門品」的占半數以上。壁畫中就有犯人念觀音名號而枷鎖自落，死囚臨刑念觀音名號而刀杖節節折斷的場面，自然這是一種幻想和欺騙，但也反映了人民歡迎這樣一位公正而有平等觀念的神的願望。這樣一位菩薩，中國人當然要歡迎他東來定居。中國浙江省舟山羣島內的普陀山，就是他顯靈說法的道場。據說唐代大中（西元八四七～八六〇年）年間有一印度僧人來此自燔十指，「親睹觀世音菩薩現身說法，授以七色寶石」，遂傳此地爲觀音顯聖之地。《華嚴經》中有觀世音住在普陀洛伽山（梵文 Potalaka）的說法，於是略稱此山爲普陀，華言「小白華」，釋言「海岸孤絕處」。日本臨濟宗名僧慧萼曾多次（約爲四次）入唐。可能在大中十二年（西元八五八年）或咸通五年（西元八六三年），他從五台山請觀音像歸日，途經普陀山，爲大風所阻。他祈請觀音，得到不肯去日本願留中國的靈示，於是在普陀山潮音洞前紫竹林，與當地居民共建「不肯去觀音院」，是爲道場開基。北宋以還，寺宇迭興，香火極盛。據中國傳說，觀世音的生日是夏曆二月十九日，成道日是夏曆六月十九日，涅槃日是夏曆九月十九日。每當二、六、九月份，朝拜者尤其踴躍。特別是日本、朝鮮和東南亞的善男信女，常不遠千里而來。日本雖以本國的那智山作普陀洛迦道場，可是信士還是心向中國南海普陀。此山已成爲近代中國最大的國際性道場。

據說，觀音可應機以種種化身救衆生苦難，所以他的化身形象特別多，有所謂「六觀音」、「七觀音」、「三十三身」，大都是密宗所傳。一般所說的觀音，是指作爲其總體代表出現的「聖觀音」，亦稱「正觀音」，這尊標準像戴天冠，天冠中有阿彌陀佛像。結跏趺坐，手中或持蓮花或結定印。近代個體像（如家裡供的小像）多爲手持楊枝淨瓶的立像，流傳甚廣，人所習見，毋庸贅言。

地藏菩薩，梵文 Ksitigarbha 的意譯。據《地藏十輪經》說，他「安忍不動猶如大地，靜慮深密猶如地藏」，故名。音譯是「乞叉底蘗婆」。據佛經故事說，他受釋迦牟尼佛囑咐，在釋迦入滅而彌勒尚未降生世間這一段時期度世。於是他發了大誓願：一定要盡度六道輪迴中衆生，拯救各種苦難，才升級成佛。因此，他的美稱尊號是「大願地藏」。大願是：一，孝道，即孝順和超薦父母；二，爲衆生擔荷一切難行苦行；三，滿足衆生需求，令大地草木花果生長；四，祛除疾病；五，要度盡地獄衆生，不然「誓不成佛」。這些內容，如孝道，很有些中國傳統倫理道德氣息，是佛教漢化後適應本地情況的新說教：保護農業和防治百病，更適合以農立國的中國國情，特別受農民歡迎；至於代衆生受苦難並度盡衆生，那可太容易被受盡苦難的中國老百姓理解和接受了。所以，除了觀音以外，地藏菩薩在舊中國下層的信徒最多。甚至出現了他的化身。據說，地藏菩薩降迹新羅國爲王子，姓金名喬覺。軀體雄偉，頂聳骨奇。祝髮後號地藏比丘。於唐高宗時航海來中國。最初隨處參訪，遊化數年，後來到九華山（今屬安徽省青陽縣，號稱「東南第一山」）結廬苦修。若干年後被地方士紳諸葛節等發現，見他住石洞茅蓬，吃摻有觀音土（一種白土）的飯食，生活清苦，又詢知是新羅王子，感到應盡地主之誼，於是發心爲之造寺。當時九華山屬閔公所有，建寺要閔公出地。閔公問地藏比丘要多少地，答云：「一架裟所覆蓋地足矣。」閔公應允。不料地藏袈裟越扯越大，蓋盡九華。於是閔公將此山全部布施供養。閔公於是成爲地藏護法，他的兒子也隨地藏出家，法名道明。據說地藏比丘居山數十年，近百歲時，於唐玄宗開元二十六年（西元七三八年）夏曆七月三十日，召衆告別，念罷偈語（成爲後世附會的主要根據），跏趺坐化。肉身不壞，以全身入塔。九華山的月（肉）身殿，相傳即地藏成道處。故後世以此日爲地藏菩薩應化中國的涅槃日，舉辦地藏法會。

地藏菩薩與以上三大菩薩不同，現出家相，作比丘裝束。他的標準像，一般是結跏趺坐。右手持錫杖，表愛護衆生，也表戒修精嚴；左手持如意寶珠，表欲使衆生之願滿足。也有作立像的。有的像兩旁侍立的是一比丘一長者，據說就是閔公父子。

四大菩薩的性別，佛教大小乘各種經典說法不一。典型的如《小乘經》說：「妙莊王三女，長文殊，次普賢，次觀音，一子即地藏王。」《悲華經》則說：「有轉輪聖王，名無諍念（即阿彌陀佛）。王有千子，第一太子名不眴，即觀世音菩薩；第二王子名尼摩，即大勢至菩薩；第三王子名王象，即文殊菩薩；第八王子名泯圖，即普賢菩薩。」這些說法本來就夠亂的了。加上在我國近世民間迷信傳說中，努力使觀音、文殊、普賢漢化，於是亂上加亂。除了菩薩衣飾在宋朝以後清朝以前進一步中國式當代化以外，典型的如《封神演義》，把三大士的履歷完全漢化，成爲破太極陣的文殊廣法天尊，破兩儀陣的普賢眞人，破四象陣的慈航道人，都是「闡教」的「玉虛門下」，屬於「十二大弟子」之列。他們的座騎虬首仙青毛獅子，靈牙仙白象，金光仙金毛犼，又都是收伏了的「截教」中「通天教主」部下。這通神聊過於離奇。不能讓人認眞對待。倒是《西遊記》中寫的南海落伽山紫竹林，淨瓶楊枝甘露水，金魚戲蓮池，童子拜觀音，那眞是活靈活現。於是，觀音的形象很受此書的影響。只要拿著《西遊記》去對照近代彩塑的「海島觀音」羣像，就會悟到那有一多半是吳承恩生花妙筆通過另一種藝術的再現。

《紅樓夢》第五十回「暖香塢雅製春燈謎」：「『觀音未有世家傳』，打《四書》一句」。謎底是「雖善無徵」。不僅觀音，四大菩薩的生平都在虛無縹緲間，很難稽考。印度次大陸古代神話中不見他們的蹤影，彼土早期佛教裡也少有他們的足迹。倒是在中國，有關他們的靈異傳說愈來愈多，而且自立道場，定居漢化，臻於極盛，東傳日本、朝鮮。他們與中國人香火緣深。他們是中國佛教四大菩薩，他們的道場成爲中國佛教四大名山。

大乘佛教和小乘佛教的區別以及在中國流行的情況

／樓宇烈

在佛教創始人釋迦牟尼逝世後，佛教內部由於對釋迦牟尼所說的教義有不同的理解和闡發，先後形成了許多不同的派別。按照其教理等方面的不同，以及形成時期的先後，可歸納爲大乘和小乘兩大基本派別。

「乘」是梵文 yāna（音讀「衍那」）的意譯，指運載工具，比喻佛法濟渡衆生，像舟、車能載人由此達彼一樣。「小乘」（Hīnayāna，音讀「希那衍那」），原爲大乘佛教（Mahāyāna，音讀「摩訶衍那」）出現後（約西元一世紀左右），對以前原始佛教（指西元前六世紀至四世紀時期，釋迦牟尼及其三、四傳弟子時的佛教）和部派佛教（指西元前四世紀至西元一世紀時期上座部、大衆部各部派佛教）的貶稱，而「大乘」則爲該派對自己的褒譽。如斯里蘭卡、泰國、緬甸、老撾、柬埔寨等南亞、東南亞各國，所傳爲小乘系統佛教，但至今他們自稱爲「上座部佛教」，不接受「小乘」的稱號。現行一般佛教史著作中沿用「小乘佛教」、「大乘佛教」等稱謂，則並不寓有褒貶之意。

大乘佛教和小乘佛教的區別，主要可以從信仰修證和教理義學兩個方面來考察。

首先，**從信仰修證方面來說**，小乘部派佛教奉釋迦牟尼為教主，認為現世界只能有一個佛，即釋迦牟尼，不能同時有兩個佛。信仰者通過「八正道」等宗教道德修養，可以達到阿羅漢果（斷盡三界煩惱，超脫生死輪迴）和辟支佛果（觀悟十二因緣而得道），然不能成佛。大乘佛教則認為，三世十方有無數佛同時存在，釋迦牟尼是衆佛中的一個。信仰者通過菩薩行的「六度」（布施、持戒、忍辱、精進、禪定、智慧）修習，可以達到佛果（稱「菩薩」，意為具有大覺心的衆生），擴大了成佛的範圍。又，小乘佛教要求即生斷除自己的煩惱，以追求個人的自我解脫為主，從了生死出發，以離貪愛為根本，以滅盡身智為究竟，純是出世的，所以大乘佛教譏諷他為「自了漢」。大乘佛教則自稱佛法大慈大悲，普渡衆生，把成佛救世，建立佛國淨土為目標。他認為，修證需要經過無數生死，歷劫修行，以「摩訶般若」（大智慧），求得「阿耨多羅三藐三菩提」（無上正覺），除斷除自己一切煩惱外，更應以救脫衆生為目標。因此他既是出世的，又強調要適應世間，開大方便門，以引渡衆生。

其次，**從教理義學方面來說**，小乘佛教總的傾向是「法有我無」，即只否定人我的實在性，而不否定法我的實在性。而大乘佛教則不僅主張人無我，而且認為法無我，即同時否定法我的實在性。大乘佛教對「法無我」的理論分析，又可以分為兩大派：一為初期大乘佛教（約西元一世紀至五世紀），由龍樹、提婆創立的中觀學派（在我國稱為大乘空宗）。它主要闡發諸法「性空假有」的理論，即認為一切現象（諸法）都是因緣（各種條件）而起，是無自性的，因而是空。

但這種空又不是虛無，其假有的現象還是有的。所謂假有是針對小乘認爲諸法在概念上是實有的理論而發的，也就是說諸法只是一種「假名」而已。龍樹、提婆認爲，用這樣的理論來分析諸法，既不著有（實有），也不著空（虛無的空），這就是所謂的「中道觀」。二爲中期大乘佛教（約西元五世紀至六世紀），由無著、世親創立的瑜伽行派（在我國稱爲大乘有宗）。它主要闡發「萬法唯識」的理論，即認爲一切現象均依「阿賴耶識」（亦稱第八識、藏識等）緣起，阿賴耶識能發生一切法。也就是說，他們認爲一切法都存在於認識之中，認識無非是心意識的分別作用，因此整個宇宙除了各種不同的認識外，再沒有什麼實體了，因此叫做「萬法唯識」。西元七世紀後，印度佛教開始走向衰微，密教（後期大乘）代之而起，已無重要義理可言了。

此外，**大小乘佛教都有各自編集的經典作爲立論之依據**。小乘佛教的主要經典（以漢譯名稱）有：《長阿含經》、《中阿含經》、《增一阿含經》、《雜阿含經》等。大乘佛教的主要經典則有：《大般若經》、《妙法蓮華經》、《華嚴經》、《大涅槃經》以及《大智度論》、《中論》（龍樹造）、《瑜伽師地論》（傳爲彌勒造）、《攝大乘論》（無著造）、《唯識三十論》（世親造）等等。

佛教約在西漢末、東漢初（西元一世紀左右）傳入我國，至東漢末，才開始有佛經的大量翻譯。當時有兩位著名的譯經者，安世高和支婁迦讖。安譯出大量小乘經典，支則譯出大量大乘經典，在社會上都有相當的影響。因此，在我國，大小乘佛教幾乎是同時傳入。然而，就佛教以後在我國發展的情況看，主要是大乘佛教的發展。小乘佛教雖也出現過一些學派和學者，但沒有得到進一步的發展，小乘佛教的各種經典、教理和戒律等只是聊備參考而已。

大乘佛教在我國可以說得到了創造性的發展。東晉時期大乘空宗般若學受到當時玄學的影響，在社會上十分流行，對般若「性空說」的解釋，有「六家七宗」之多。東晉名僧僧肇，著《物不遷論》、《不眞空論》等評述了各家理論的得失，對以龍樹爲代表的大乘中觀學派的思想作了通俗、準確的闡發。這一學派發展到隋代，形成了以吉藏爲代表的「三論宗」（以龍樹的《中論》、《十二門論》和提婆的《百論》爲所依經典），它基本上繼承了印度大乘中觀學（空宗）的思想。而唐初著名學僧玄奘西行求法，回國後大力弘揚無著、世親的思想，譯出《唯識三十論》以及護法、難陀等十家解釋「唯識」義的《成唯識論》一書，其大弟子窺基又著《成唯識論述記》等，從而創立了「唯識宗」，它基本上繼承了印度大乘瑜伽行派（有宗）的思想。

除此之外，陳隋之際形成的「天台宗」和唐代中期創立的「華嚴宗」，則已不能簡單地用原來印度大乘某派的說法予以框範了。因爲在他們的理論中，吸收了大乘各學派的說法，以至中國道教、儒家等思想因素，已成爲具有中國特色的佛教宗派了。當然，如果就「天台宗」以《妙法蓮華經》爲所依經典說，可以說空宗色彩稍多些。「華嚴宗」以《華嚴經》爲所依經典，則可說有宗色彩稍多些。至於在唐代中期形成的「禪宗」、「淨土宗」等宗派，則更是爲印度佛教所未有，而完全是由中國佛教徒所獨創的大乘佛教宗派。他們具有通俗、簡明的教理，廣泛的融合和適應性，因此在中國封建社會中具有深遠的影響。大乘密教也在中唐時期傳入我國，以後主要在西藏、內蒙古等地區得到發展，流傳至今。

和尚「爇頂」是怎麽回事

／黄炳章

在出家人頭頂上燒點，俗稱燒香疤，佛家叫「爇頂」。其出處見於《大佛頂首楞嚴經》：「……若我滅後，其有比丘發心決定修三摩提，能於如來形象之前，燃一燈，燒一重節，及於身上爇一香杜，我說是人無始宿債一時酬畢，長揖世間永脫諸漏。雖未即明無上覺路，是人於法已決定心。若不爲此捨身微因，縱成無爲，必還生人，酬其宿債。」①這就是說信徒表示虔誠信佛的決心。香疤，不僅頭頂上有，身上的某一部分也有。頭頂上的香疤數量不等，有一點，有二點，有三點，有六點，有九點，有十二點，越多表示越虔誠。有的還燃去一指或二指。

爇頂始於何時，有待考證。不過在唐、宋時期似未見到。例如唐代高僧鑑眞和尚（西元六八八～七六三年）的眞身塑像（其弟子思托作，在日本保存了一千二百多年）就沒有爇頂的香疤痕跡。又如大旅行家、大翻譯家唐玄奘三藏法師像的頭頂上也沒有香疤。當時一些到中國留學的日本僧人如空海等也不曾有爇頂之事。

爇頂的普遍流行始於元代。據《新續高僧傳》中的《元金陵天禧寺沙門釋志德傳》一文記載：至元二十五年（西元一二八八年）世祖召見志德：「賜宴並紫方袍，命主天禧、旌忠二刹，講《法華》、《華嚴》、《金剛》、《唯識》等疏三十一年，特賜『佛光大師』之號，當與七衆授戒，必令其父母兄弟相敎無犯，至於爇香頂指爲終身誓……」。是時志德和尚受到元世祖的召見，可見其權勢之高。當他傳戒時，他的弟子都必須爇香頂指，作爲終身之誓。傳說元人倡導爇頂之法，是爲了以此作爲區別喇嘛和漢僧的標記，這實際是歧視漢僧之舉。

如上所述，爇頂在唐、宋時期未曾流行，但最近拍攝的電影《少林寺》卻有和尚受戒爇頂的鏡頭，就不符合歷史事實了。

注釋

①「若我滅後」，「我」指釋迦牟尼佛，「滅」即逝世。「比丘」（bhiksu）就是僧人的梵音。「修三摩提」梵語指修禪定。「無始宿債一時酬畢」指過去一切業障，都能償清。「長揖世間永脫諸漏」就是說長在世間永遠解脫一切煩惱。「雖未即明無上覺路，是人於法已決定心。」意思是雖然沒有達到最高正覺的境界，這個人對於佛法已是達到不動搖的信念。《大佛頂首楞嚴經》卷六。

「彌勒佛」爲何要攜帶布袋

／黄炳章

在很多寺廟裡，立有一尊撫膝袒胸、開口而笑、荷布袋於身旁的佛像，人們稱之爲彌勒佛，但彌勒佛爲什麼要攜帶布袋呢？按照佛家的說法：彌勒是釋迦牟尼佛娑婆國土中的一位候補佛位的大菩薩，現在仍在兜率天宮內院說法度生。今天東列在寺廟天王殿裡的一尊大佛則是彌勒的化身。實際上這是一名禪宗遊方僧的塑像。此人自稱名契此，又號「長汀子布袋師。」生年不詳，卒年爲西元九一七年。他容貌猥瑣，蹙額皤腹，出語無定，寢臥隨處，常以杖荷一口袋，內裝隨身用具，四處化緣，乞求布施，人號「布袋和尚」。後梁貞明三年（西元九一七年），他端坐在岳林寺磐石說偈曰：「彌勒眞彌勒，分身千百億，時時示時人，時人自不識」，自稱是彌勒化身，遂去世。此事一傳開來，就產生了很大的影響。人們就以爲他眞是彌勒佛的化身，紛紛塑其像，作爲供奉的偶像。這塑像與原貌有些微不同，但荷布袋於身旁的特徵仍然保留著。據記載，五代以後，很多寺廟由原供奉的頭載五佛冠天人相狀的天冠彌勒塑像逐漸變爲供奉布袋和尚塑像。這種現象從明代直至現代更爲明顯。不過，現代寺廟中如北京廣濟寺、蘇州靈巖山寺，供奉的仍是天冠彌勒。

影片《少林寺》取材於秦王李世民時代，應在武德年間（西元六一八～六二六年），距布袋和尚生活的年代要早三百多年。可是影片在介紹少林寺時，拍了一個布袋和尚的鏡頭，這就不妥了。

古代的鼓

／傅同欽

鼓有悠久的歷史

金、石、土、木、革、絲、匏、竹是我國古代樂器製作的主要原料，稱之為八音。八種原料所做的樂器，從其功能來講，可分為三大類：其一為打擊樂器。其二為吹奏樂器，或稱為管樂器。其三為弦樂器。上述三類樂器中，打擊樂器出現最早，而弦樂器出現較晚。在原始社會，人類打石為工具，捽打陶土做器皿，劈樹枝為柴，勞動生產中的自然發音，揭開了原始音樂的序幕。打擊樂器的最早出現，是和人類社會生產力的發展水平相適應的。從目前考古出土的樂器看，商代是以打擊樂器鐃、磬、鼓等為主要樂器，而且有了一定的樂理知識和相當高的工藝製作水平。西元一九七七年湖北崇陽出土獸面紋銅鼓，鼓身橫置，其腹為圓筒形，下有方形座開襠為四足，鼓身之上有長方馬鞍形鼓飾（見圖一）。崇陽銅鼓從造型看，完全是模仿蒙獸皮的鼓製成的，鼓身、鼓足有饕餮紋，從而可以得知：鼓和磬、鐃是商代打擊樂器的主要組成部分，三者同時共存；鼓在商代已經發展到成熟定型的階段；崇陽銅鼓晚於革製鼓。《禮記》云：「伊耆氏作土鼓，是以瓦爲匡，以革爲兩面，可擊之，」可見古代的革製鼓是以陶土或木爲鼓身（或稱鼓腔、鼓匡）的。目前發現的商代打擊樂器是以石製和銅製的爲多，而木製的少，或由於年代久遠木質易腐朽之故。上述情況說明崇陽銅鼓是仿照革鼓而鑄，故必晚於蒙革的土鼓、木鼓。

在周代管樂器漸漸多了，而弦樂器也有了改進和提高。但周朝舞樂必用鈴和鼓。《周禮》載「鼓人以金鐸通鼓」，說明鼓在樂隊中仍占有主導地位，是古代打擊樂器中的重要組成部分。

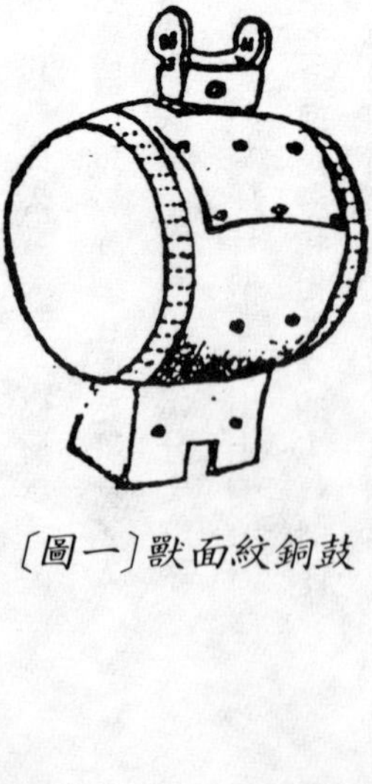

〔圖一〕獸面紋銅鼓

鼓的放置方法

古鼓皆圓桶形或扁圓形，體腔中空，兩面或一面蒙以獸皮或蟒皮。鼓自商代定型以來，至今基本沒有大的改變。鼓的放置方法有二：其一是鼓身橫放，故鼓槌必以前後方向敲擊。其二是鼓面向上，鼓身豎直而放，故鼓槌必以上下方向擊敲鼓面。崇陽銅鼓的出土，說明古代的鼓是橫於鼓座上的。商鼓承襲了夏鼓，而在周代的軍隊中，猶保留夏鼓、商鼓的遺風。在商代的打擊樂器

〔圖二〕漢代畫像石

〔圖三〕魏晉南北朝鼓

中，鐃、磬皆懸擊，唯鼓不懸。文獻云：「夏加四足謂之節鼓，商人掛而貫之謂之楹鼓，周人懸而擊之謂之懸鼓」。說明鼓在自身發展中，由鼓身置於鼓座上，即所謂之「足鼓」，到鼓身中穿一桿，插到鼓座上，即所謂之楹鼓，再發展到用木框將鼓懸掛起來，即爲懸鼓。足鼓、楹鼓、懸鼓三者鼓身皆爲橫放。隨著社會的發展，在人們的文娛活動中，擊鼓而舞的姿態也隨之多起來。在漢代畫像石中就有邊擊鼓，邊舞蹈，邊踢鞠的姿態（圖二）。但漢畫像石上的鼓皆是橫置，魏晉南北朝時亦然（圖三）。這種橫放鼓、前後敲擊的習慣，大約唐代後期就有了改變。至五代時，在一些壁畫、繪畫中，多有豎置鼓。即鼓面向上，敲打時鼓槌上下揮動。如唐代敦煌壁畫莫高窟一五六窟，張議潮出行圖樂舞部分，繪有一人背鼓（橫置），其左一人擊敲，鼓槌前後揮動（圖四）①，南唐《韓熙載夜宴圖》中有「綠腰」

〔圖五〕韓熙載夜宴圖

〔圖四〕莫高窟156窟
張議潮出行圖

〔圖六〕大儺圖

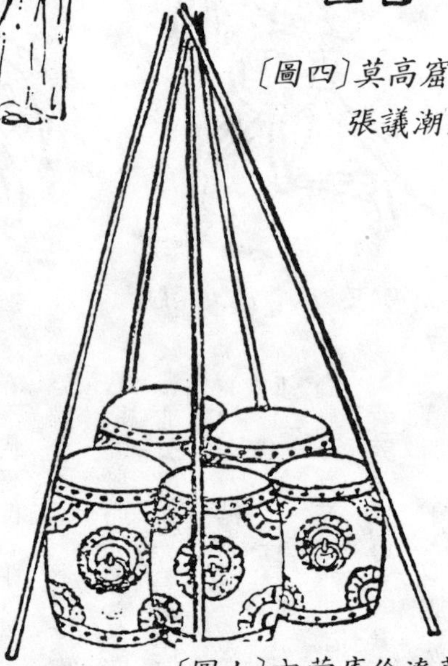

〔圖七〕內蒙庫倫遼墓壁畫
《出行圖》中的「鼓組」

〔圖八〕明《憲宗行樂
圖》的「擊圖」

〔圖九〕清太祖努爾哈赤
《建元即位圖》中的「擊圖」

舞的部分，其大鼓已是鼓面向上，鼓身稍傾斜便於敲擊（圖五）。②宋代趙大翁墓壁畫（河南禹縣白沙宋墓），其歌舞圖以及宋《大儺圖》（圖六），鼓皆直豎。遼、金、元及明、清時期皇帝即位等隆重大典，皆用直豎鼓，如內蒙庫倫遼墓壁畫《出行圖》中的「鼓組」（圖七），明《憲宗行樂圖》的「擊鼓」（圖八）、清太祖努爾哈赤《建元即位圖》中的「擊鼓」（圖九）等③。從目前的資料看，漢唐以前鼓多習慣於橫放，敲擊方法必以左右擿之。鼓身豎直，鼓面向上，上下敲擊之鼓，多見於五代以後的繪畫和壁畫中。

古鼓的名類

自商周以來，鼓一直是組成古代樂隊中重要的器樂之一，故在漢代畫像石、畫像磚中都可以見到它的圖像。隨著社會的發展、各民族之間的文化融合，鼓的名類也不斷的增多。古鼓名類見於古文獻的有四十餘種，今僅略述其名如下，以見古代豐富的物質文化的一斑。

名稱	書名	名稱	書名
①土鼓	《禮記》	②石鼓	《酉陽雜俎》
③建鼓	《通禮義纂》	④楹鼓	《羣書考索》
⑤鼗鼓	《梁元帝纂要》	⑥銜鼓	《正字通》

⑦科鼓	《古今樂錄》
⑨晋鼓	《廣雅》
⑪植鼓	《周禮》
⑬雷鼓	《周禮》
⑮鼖鼓	《周禮》
⑰鞞鼓	《梁元帝纂要》
⑲提鼓	《周禮》
㉑朝晡鼓	《梁元帝纂要》
㉓警鼓	《梁元帝纂要》
㉕紀里鼓	《晋書・輿服志》
㉗擔鼓	《羣書考索》
㉙毛員鼓	《羣書考索》
㉛腰鼓	《事始》
㉝合獵鼓	《事物鉗珠》
㉟警鼠鼓	《曲洧舊聞》

⑧足鼓	《廣雅》
⑩懸鼓	《廣雅》
⑫靈鼓	《周禮》
⑭路鼓	《周禮》
⑯應鼓	《爾雅》
⑱鼉鼓	《毛詩》
⑳登聞鼓	《梁元帝纂要》
㉒抱鼓	《梁元帝纂要》
㉔鼙騎鼓	《說文》
㉖鼕鼕鼓	《異山錄》
㉘都曇鼓	《羣書考索》
㉚雞婁鼓	《羣書考索》
㉜臍鼓	《古今樂錄》
㉞漁鼓	《事物鉗珠》
㊱鷺鼓	《梁元帝纂要》

此外與古民族之間物質文化交流有密切關係的有九種：

㊲密須之鼓	《帝王世紀》	㊳三杖鼓	《事物原始》
㊴羯鼓	《羯鼓錄》	㊵高麗龜頭鼓	《六帖》
㊶龜茲侯提鼓	《六帖》	㊷胡鼓	《羣書考索》
㊸龜腹鼓	《周書》	㊹檳榔鼓	《事物紺珠》
㊺銅鼓	《續文獻通考》		

銅鼓是我國古代西南民族地區的樂器，自春秋戰國時期至明代，累世不斷，許多銅鼓紋飾和五珠錢的印痕，都是民族之間文化交流、融合的歷史見證，近年學術界有專題討論銅鼓淵源，故本文不作贅述。

古鼓的用途

自商周以來，鼓一直是組成古代樂隊中重要的器樂之一。隨著社會的發展，各民族之間的文化融合，鼓的名類也不斷的增多。古鼓名類見於古文獻的有四十餘種。我國古鼓不僅名類繁多，而且用途廣泛，現簡述如下：

㈠合管樂——鼓與管樂器合奏，古稱其爲鼓吹樂。這種合奏樂最初只有皇帝出巡、國家大慶、軍隊凱旋等重大典慶方可使用。漢代時，諸王大臣非皇帝特賜，不得用鼓吹樂。魏晉時，使用鼓吹樂的等級已較漢代爲寬，凡校官以上，皆可使用。此後逐漸普遍，凡民間婚喪嫁娶等事，皆可用鼓吹樂。今日西北等農村，辦喜慶婚嫁，尚用吹打樂，保存了古代淳樸的遺風。

㈡示軍令——古代軍隊中，鼓是常用樂器。此外，軍中又常以鼓聲爲號令，指揮軍隊進退。軍鼓常與軍角配合，「鼓止角動」④。角原爲獸角，是我國北方少數民族「羌、胡」之吹樂，後來獸角漸爲銅號所代替。鼓與角的配合，證明古代民族之間的文化交流。軍隊進退，以鼓爲令，軍隊習射時，也以鼓爲號令。

㈢定晨昏——古代無時鐘，故以鼓通知時間，「昏鼓三通……夜半三通，……旦明三通」⑤。古以三百三十槌爲一通。晚間擊鼓謂之「更鼓」，一夜要擊五次，一更即一鼓也。民間、軍隊皆用更鼓別晨昏。

㈣紀里程——我國古代有以擊鼓記里者。據文獻記載：車中有木人，執槌向鼓（鼓橫置），行一里則打一槌⑥。

㈤作儀仗——古代官吏出行，皆以儀仗隊爲先導，以示等級、威風。如河南鄧縣出土的南朝舞樂畫像磚，兩個敲腰鼓，兩個吹長號，一望可知是出行的儀仗隊⑦。

㈥啓市亭——古代凡市中皆設鼓樓，樓上置大鼓，按時敲擊，通知坐落商販、作坊等開門營業，或閉門停業。今北京、西安等古城皆存明代鼓樓，正是古代凡市皆有樓，凡樓皆設鼓的又一例證。

㈦鳴訴訟——據《淮南子》記載「禹以五音聽治，曰：教寡人以道者擊鼓，有獄訟者搖鞀」，軺者，軞也，即有柄的小鼓。漢代在軍門、衙門等官署所在地，往往於其大門的左側置鼓，如四川彭縣漢墓出土的寺門擊鼓畫像磚。《漢書．何並傳》記載他作長陵令時，豪門貴戚王林卿令騎奴至寺門，「拔刀剝其建鼓」。從文獻記載和出土實物以及壁畫皆可證明寺門、官署門前置鼓以示權力之所在。

(八)娛兒童——漢代畫像石、磚、壁畫等，所反映的社會內容是極豐富的，爲研究漢代的物質文化生活提供了素材。在一些宣揚孝子的畫像石中，往往有七十歲的老萊子斑衣娛母的故事，老萊子手持小鼓（撥浪鼓）作玩耍姿態，說明漢代的兒童，是常以撥浪鼓爲玩具的。

(九)宣叫賣——古代貨郎常持撥浪鼓，搖鼓以代叫賣，故撥浪鼓又稱貨郎鼓。在宋、明以來的繪畫中，常常看到挑擔賣貨者或作其他小生意者皆搖之。後世串街賣布或染布者亦多搖之，故貨郎鼓又訛稱爲「布郎鼓」。

(十)伴表演——以擊鼓爲說書或表演伴奏。如四川成都天回山墓出土了東漢陶說書俑，左臂抱鼓，翹足，右手作擊鼓狀，其神態生動活潑，望而有幽默感。

(土)助歌舞——古代歌舞往往以鼓爲伴奏，如山東濟南東郊無影山出土的二十一個陶俑，七人表演，七人伴奏，七人觀看，其中有鐘和建鼓。在許多畫像石中，有於建鼓兩側對歌對舞者；又有踏鼓而舞者。其所踏之鼓，說法有二：一說所踏之鼓是以葦編而成，中實之以糠；或說鼓以皮革製成。山東武梁祠畫像石上有五盤者，山東沂南畫像石上有七盤者，舞者繞盤而舞，左腳邊有一鼓，以足踏鼓爲舞作節。

㈢警田鼠——在《曲洧舊聞》中，記一個寺廟門外有一片竹子，約爲二畝，而田鼠每喜吃其筍，故僧人設一鼓，擊之而響，以警田鼠，開後世以鑼鼓驚麻雀之先例。

總之，鼓在我國有悠久的歷史，隨著社會的發展，其名類不斷增多，用途也日益廣泛。鼓吹之樂初爲封建皇帝所專用，其後逐漸成爲城鄉兒童之玩物。王朝更替，古代少數統治者的許多玩弄之器，逐漸失傳了。但鼓這種樂器，由於廣泛流傳在民間，所以至今仍保持它的原始面貌。

注釋

①參看《中國古代舞蹈史話》插圖。
②參看《中國古代舞蹈史話》插圖。
③參看《中國古代舞蹈史話》插圖。
④《衞公兵法》。
⑤《周禮》注引司馬法。
⑥《晉書・輿服志》。
⑦參看《簡明中國歷史圖册》

古代的胡琴與琵琶

／臧　立

現在的胡琴一詞，是我國拉弦樂器的總稱，包括二胡、中胡、板胡、京胡等等。但是在宋代以前，它卻是泛指北方、西方少數民族的撥弦樂器的。

我國拉弦樂器的產生比撥弦樂器要晚得多，在唐代以前的文獻中還沒有關於拉弦樂器的記載，敦煌、雲崗石窟的壁畫和石刻中，也沒有拉弦樂器的形象。宋代沈括《夢溪筆談》卷五《凱歌》中有「馬尾胡琴隨漢車，曲聲猶自怨單于」之句，這是關於拉弦樂器的最早記載。同書還敍述了教坊伶人徐衍演奏稽琴的情況。稽琴是用竹片在兩弦間擦奏而發聲的樂器，是現在胡琴類拉弦樂器的前身。所以用胡琴一詞來專門稱呼拉弦樂器也不會早於宋代。

在拉弦樂器產生之前，統稱北方、西方少數民族的撥弦樂器爲胡琴，如琵琶、大小忽雷等。這在一些唐朝的詩歌中可以反映出來。白居易的《九日宴集醉題郡樓兼呈周殷二判官》一詩中，有「胡琴錚鏦指撥剌，吳娃美麗眉眼長」的句子，明確指出這種「胡琴」是用手指彈奏的。王仁裕《荊南席上詠胡琴妓二首》，一作《奉使荊南高從誨筵上聽彈胡琴》，僅從題目上即可看出這裡說的

「胡琴」是彈而不是拉的。宋樂史在《楊太眞外傳》中，說唐玄宗夢見了淩波池中的龍女，「夢中爲鼓胡琴，作《淩波曲》」，也明明說的是「鼓」。但有人卻據此說唐玄宗「會拉胡琴」①，則是忽視了「鼓」字的含義，也忽視了玄宗時代宮廷中還沒有拉弦樂器這一情形。

琵琶，原作「批把」，本來是描摹彈和挑這兩種彈奏方法所發出的不同聲音的象聲詞。後漢劉熙《釋名》：批把，「馬上所鼓也。推手前曰批，引手卻曰把，像其鼓時，因以爲名也。」從中可以看出「批把」一詞從象聲詞到動詞，又成爲名詞這一演變過程。

在我國古代，琵琶一詞並不是像今天這樣專指一種彈撥樂器，而是許多種彈撥樂器的總稱。爲了敍述的方便，下面分別予以介紹。

㈠**秦琵琶**。是在鼗鼓的基礎上發展而來的。「嬴秦之末，蓋苦長城之役，百姓弦鼗而鼓之。」（晉傅玄《琵琶賦．序》）鼗鼓是一種很古老的樂器，形狀像近世小孩子玩的撥浪鼓：一個小鼓上面有一個直柄，鼓身兩側有兩耳，搖動時兩耳擊鼓發聲。秦代有人仿造這種樂器並安上弦線，成爲一種新型樂器，稱爲「弦鼗」，也叫「琵琶」。後來，撥弦樂器種類越來越多，爲了便於區分，便稱這種樂器爲「秦琵琶」。這種樂器的特點是琴柄較長、琴身較小、兩面蒙皮。近世的三弦就是從這種樂器演變而來的。

㈡**阮咸**。漢朝時，烏孫公主遠嫁昆彌，曾經帶去了一種琵琶，是參考了箏、筑、箜篌等樂器創製而成的，據傅玄《琵琶賦》描寫，這種樂器是圓形音箱、直柄、四弦、十二柱（音品）。關於這種樂器的形象資料，可以參看東晉南京西善橋古墓磚刻畫中的《竹林七賢圖》（圖一）。圖中阮

咸所彈的就是這種樂器。《晉書・阮咸傳》說：「咸妙解音律，善解琵琶」，可以互相印證。正因爲阮咸善於彈奏這種琵琶，所以後人稱這種樂器爲「阮咸」，或簡稱爲「阮」。又由於這種樂器產生於漢代，也有人稱其爲「漢琵琶」。現代的秦琴、阮、月琴都是從這種樂器發展而來的。

以上兩種琵琶，形狀大體相似，都是圓箱直柄。不同的是阮咸音箱較大，爲木製；弦鼗音箱較小，且兩面蒙皮。由於兩種樂器很相似，所以後來也有人不加區分地將阮咸也稱爲秦琵琶，這是需要注意的。

㈢**曲項琵琶**。西元三五〇年左右，經由印度傳入我國一種曲項琵琶。這種琵琶爲曲項、半梨形音箱，有四弦、五弦兩種，分別稱爲「四弦琵琶」、「五弦琵琶」或簡稱爲「四弦」、「五弦」。

這種曲項琵琶與今天流行的琵琶大體相似，但初傳入時只有四柱（有相無品），演奏方法也不像今天這樣豎抱，而是橫抱，用撥子彈奏。這種樂器在隋唐時期曾盛極一時，其形制也不斷改進，除參照阮咸增加了柱位之外，演奏方法也由用撥子改爲手彈，大大豐富了演奏技巧，增加了表現力。

與曲項琵琶形制相似，屬於同一系統的，還有大忽雷和小忽雷，這些樂器的共同特點爲：曲項、木製半梨形音箱。因經少數民族傳入，所以又統稱爲「胡琴」。

縱觀琵琶一詞含義的演變，可以劃分爲二個時期。

西元三五〇年以前爲第一個時期。這時曲項琵琶尙未傳入，凡提到琵琶、批把、枇杷，都是指秦琵琶或阮咸，而不是曲項琵琶。這一點以前常常有人忽略，如唐代張祜有一首詩：「歷歷四弦分，重來上界聞。玉盤飛夜雹，金磬入秋雲。隴霧笳凝水，砂風雁咽羣。不堪天塞恨，青冢是昭君。」（《觀宋州于使君家樂琵琶》）他從當時樂工演奏琵琶聯想到漢代的王昭君，但王昭君所彈的琵琶應該是阮咸，與張祜聽到的曲項琵琶並不相同。現在有的《昭君出塞圖》上，畫的王昭君騎在馬上，懷抱一面現代式樣的琵琶，同樣是錯誤的。這個問題宋代有人就注意到了。「李匡義云：『《晋書》稱阮咸善琵琶』是即是矣。按《周書》云：『武帝彈琵琶，後梁宣帝起舞，謂武帝曰：陛下旣彈五弦琴，臣何敢不同百獸舞？』則周武帝所彈，乃是今之五弦。可知前代，凡此類總號琵琶爾。……已後惟今四弦始專琵琶之名。」（宋王讜《唐語林》卷八）

從西元三五〇年曲項琵琶傳入以後到唐代爲第二個時期。這時琵琶一詞成爲多種彈撥樂器的總稱。既包括直項的弦鼗、阮咸，也包括曲項的四弦、五弦及大小忽雷。這一時期琵琶的含義雖然有些混亂，但只要細心，仍可以大致區分清楚。因爲：

第一，這些樂器除有琵琶這一總的名稱之外，還有各自的專名可以據以區分。

第二，可以根據作品中對樂器的描寫來區分，如唐李嶠《琵琶》詩中有「半月分弦出，叢花拂面安」。「半月」係指音箱的形狀，可知是梨形音箱的曲項琵琶。

第三，由於隋唐時期，曲項琵琶極爲盛行，所以唐詩中詠琵琶的作品，絕大多數描寫的都是曲項琵琶，也正是由於這個原因，到了宋代，琵琶一詞才逐漸成爲曲項琵琶的專名。從此，琵琶一詞的概念才與今天一樣了。

注釋

①見《唐玄宗與音樂》，載《南藝學報》，西元一九八一年第三期。

龍首琵琶與鳳首箜篌

／常任俠

龍和鳳，在原始社會裡可能是兩種圖騰，到後世卻變成兩種圖案，裝飾在各種器物上。古代的史書裡，有「以龍紀官，以鳥紀官」的記載。今天我們就以龍以鳳來記錄兩種樂器吧！

龍首琵琶又名大忽雷、小忽雷。它是棒狀梨型的二弦龍首琵琶。自唐代就有記載。據文獻說：這件樂器的起源，是由唐代名畫家韓滉請名工製造的。他奉命到四川去，路經駱谷，得到一段珍貴木材，堅致如同紫石，木理有金色紋線，造成二琴，龍首二弦，名爲大小忽雷，把它獻給唐德宗李適（西元七八〇年～八〇五年）①。到李昂時（西元八二七年～八四〇年），宮內有一位彈奏名手叫鄭中丞。她善彈胡琵琶。內庫二琵琶號大小忽雷。鄭嘗彈小忽雷，偶然因爲𩨨頭脫落，送當時最有名的崇仁坊南趙家樂器店修理。後來鄭因得罪了封建統治者，被縊殺，投於河中，爲梁厚本所救。梁以爲妻。因言所彈小忽雷在南趙家修理。梁乘機以錢贖回。名樂器又復歸於名藝人。這一段佚事，見於《樂府雜錄》的記載②。

這種琵琶可能來自西南民族，唐代南詔樂、林邑樂中有龍首琵琶，是我們與西南民族文化友好的證物。它屢經滄桑，今幸保存。大忽雷長營造尺二尺八寸五分，龍首頷下，有篆書「大忽雷」三字，爲清末張瑞山的舊物。後器歸安徽貴池劉葱石。小忽雷長營造尺一尺四寸七分。龍首頷下有篆書銀嵌「小忽雷」三字，項有「臣滉手製恭獻建中辛酉春」正書十一字。建中辛酉爲唐德宗李適即位第二年，當西元七八一年。到唐文宗李昂時，猶藏內府。武宗李炎即位，仇士良追怨文宗，凡樂工內侍被寵幸的，誅貶相繼，樂府一空。小忽雷也不知流落何處。到清初康熙辛未年（西元一六九一年），著名詩人孔尚任在北京得到。孔死後，他的兒子把樂器歸於王斗南，王又贈給孔泗源（見桂馥《小忽雷記》），到清末才歸於貴池劉氏。劉葱石得到這兩件樂器，築「雙忽雷閣」以藏之，一時名士，頗有題詠。這兩件樂器，形制略同，都是龍首雙弦。弦呑入龍口，一珠中分爲二，以鱗皮蒙腹，檀木爲槽。今原器歸故宮博物院，可以目驗。或疑不是唐代舊物，但至遲亦在清代以前，爲西南民族傳來的珍貴遺品

據桂馥說：「忽雷即鱷魚，其齒骨作樂器有異響。經曰：河有怪魚，厥名曰鱷，其身已朽，其齒三作。忽雷之名，實本諸此。」桂馥爲清代語言文字學者，其說當有所本。忽雷大概是西南民族語的譯音，未知其語源。至於西南方面的《南詔樂》、《驃國樂》，都是貞元中（西元七八五年～八〇四年）經由四川成都，傳入內地（見《新唐書．驃國傳》，驃國在古代上緬甸）。按其時代及路徑，與文獻所載忽雷製作時代和地域，也頗一致。忽雷正是南詔（在古代雲南大理）類型的樂器。驃國與印度接壤，兩器皆如棒狀梨形琵琶，與印度古代琵琶的特徵相似。它們相互影響的文化關係，也可由此推考而知。

鳳首箜篌也是西南民族的樂器，以鳳首裝飾，坐而抱彈，如哈蒲（Harp，即豎琴）。彈者爲女性。今緬甸的樂器中，有鳳首箜篌，演奏仍很流行。

箜篌類樂器，自西漢就已傳入中國。曾見於《史記》的《封禪書》、《孝武帝本紀》及《漢書・郊祀志》。漢武帝劉徹時，開闢了西南海上交通，傳入了西南方的音樂。劉徹命侯調作樂器，有二十五弦瑟及空侯，這是空侯之名見於中國記載的開始。漢元帝時，以昭君與匈奴和親（西元前四十八年～前三十三年），曾賜匈奴呼韓邪單于竽、瑟、空侯，見《後漢書・南匈奴傳》。這是空侯自西南來，又向西北傳播的經過。司馬相如《凡將篇》《鐘、磬、竽、笙、築、坎侯」，則已同中國固有的樂器併列，成爲中國一種通用的樂器了。日本的亞洲音樂研究者，如田邊尚雄氏、林謙三氏、岸邊成雄氏，都認爲它是印度系的樂器，一路經過中亞、一路經過緬甸而傳入中國的。

箜篌既入中國之後，以中國人民的智慧，對這種樂器加以發展。初傳入的是豎箜篌，同豎琴相似。它原出印度。《通典》說：「鳳首箜篌，箜頸有軫。」《文獻通考》說：「鳳首箜篌出於天竺使也。其製作曲頸鳳形焉。扶南、高昌等國鳳首箜篌，其上頗奇巧也。」扶南在今印度支那半島，高昌在古代西域，今我新疆維吾爾族自治區。在漢代，越南與新疆諸民族，與中原的漢族緊密聯繫。從這些地區而來的藝人，集於漢朝首都，因此這種新傳來的樂器，也就成爲中國國樂的一種。它的形象常見於雕刻繪畫藝術中。北魏的石刻中，所見不只一例，但帶有鳳首者頗少。敦煌千佛洞壁畫中，有伎樂天彈奏鳳首一弦琴圖，實即彈奏鳳首箜篌圖。其坐抱的姿態，與今緬甸女子彈奏鳳首箜篌的姿態相似。此壁畫可能爲晚唐作品，其衣飾爲唐裝束。據以推測唐代的演奏情況，也是很可寶貴的。

敦煌千佛洞第四六五窟元畫鳳首箜篌圖，與敦煌唐畫鳳首箜篌小異。但可注意者，中國至元代，鳳首箜篌猶存。《元史・樂志》宴樂樂器之條，則僅記豎箜篌。豎箜篌唐人亦稱鳳首箜篌，這是可以互稱的。吐魯番伯孜克里克千佛洞有此類壁畫。敦煌飛天有宋畫鳳首箜篌。此種樂器，曾在中國樂壇上長期流傳，近世始絕。

據日本東京大學名譽教授岸邊成雄氏的意見，鳳首箜篌源於古代印度的維那（vina）。初為哈蒲型維那，自六世紀時轉為吉塔型維那，近時轉為流脫型（梨型）維那。

箜篌入中國後，汲取中國的古琴、古瑟、古箏的彈奏形式，又發展和創製了臥箜篌，以便於中國樂師的彈奏。這是中國人民智慧的成就，為此類樂器開創了一個新的型制。

從龍首琵琶與鳳首箜篌兩種樂器看，我國與西南民族的文化，有親密的聯繫。從中亞大陸的絲綢之路上，傳播了彼此的宗教與文明、珍禽奇獸與異卉佳果，也傳播了音樂與舞蹈。從西南海上的絲綢之路上，同樣也傳播了宗教與文明，寶石與明珠，繪畫與雕刻。民族與民族之間的友好無間，奠定了人民之間的親善關係。商舶往來，貨運通暢。僧侶巡禮，帶來了天竺的新知；天方的異聞，促進並豐富了彼此的文化，至今留下了歷史的記錄。

漢唐之間，是亞洲東西各方民族文化大匯合的時代。中國吸收了各民族文化的精華，發明創造，有較大的貢獻。在琵琶的製作與傳播上，留下了文獻與實物。日本奈良正倉院，還保存著唐代的紫檀曲項琵琶、五弦琵琶、阮咸等寶貴的遺物。可以證實中國的秦琵琶（阮咸）、曲項琵琶、五弦琵琶在當時的式樣。小忽雷、大忽雷的存在，即是龍首琵琶的遺制。此外還有雙鳳琵琶。《文獻通考》說：北齊李搔、李德忱造八弦，唐開元中鄭喜子造七弦琵琶，唐天寶中史盛造六弦琵琶，今皆不傳。琵琶類樂器的實物，傳於現在樂壇的，有阮咸（又變形爲月琴）、四弦曲項琵琶，已不同於西域傳入的初型，也不同於唐制。閩南的鄉琵琶與山東的柳（葉）琴，則創自民間，也是這類樂器的一種。山東唱柳子，即用柳琴伴奏。閩南竹馬戲，使用伴奏的琵琶，腹部有兩個共鳴孔，還是古制。關於箜篌，在中國雕刻繪畫中，雖有不少形象的遺存，但在樂壇上已改用西洋式的哈蒲。鳳首箜篌的彈奏，唯見緬甸藝人的演技。其優美的和聲，如鳳鳴於高崗，來自瑞麗江的彼岸。它使人冥想起我國古代的朝鮮族歌人創造《箜篌引》的情調，以及《孔雀東南飛》中「十五彈箜篌」少女的一腔哀怨。

注釋

①《南部新書》說：「韓晉公（韓滉）在朝，奉使人蜀，至駱谷山陬，巨樹聳茂可愛，烏鳥之聲皆異。下馬以探弓射其顛，枝柯墜於下，響震山谷，有金石之韻。使還，戒縣尹募樵夫伐之。取其幹載以歸，召良工斲之，亦不知其名，堅致如紫石，復金色線交結其間。匠曰：爲胡琴槽，他木不可並。遂爲二琴。名大者曰大忽雷，小者曰小忽雷。因便殿德皇（李適）言樂，遂獻大忽雷入禁中所有，小忽雷在親仁坊里。」

②段安節《樂府雜錄》說：「文宗朝（李昂，西元八二七年～八四〇年），有內人鄭中丞善胡琴，

內庫二琵琶號大小忽雷，鄭嘗彈小忽雷，偶以匙頭脫，送崇仁坊南趙家修理。大約造樂器悉在此坊，其中南北二趙家最妙。時有權相（權德輿）舊吏梁厚本，有別墅在昭應縣之西，正臨河岸。垂釣之際，忽見一物浮過，長五六尺許，上以錦綺纏之。令家僮接得就岸，即祕器也。及發開視之，乃一女郎，妝飾儼然。以羅領巾繫其頸。解其領巾伺之，口鼻有餘息。即移入室中，將養經旬，乃能言，云是內弟子鄭中丞也。『昨以忤旨命內官縊殺，投於河中，錦綺即弟子相贈爾。』遂垂泣感謝。厚本即納爲妻。因言其藝，及言所彈琵琶，今在南趙家。尋值訓注之亂（李訓鄭注），人莫有知者，厚本賂樂工贖得之。每至夜分，方敢輕彈。後遇良晨，飲於花下，酒酣不覺朗彈數曲。洎有黃門放鷂子過其門，私於牆外聽之，曰：此鄭中丞琵琶聲也。翌日達上聽，文宗方追悔，至是驚喜，即命宣召，乃赦厚本罪，仍加錫焉。」

古代的笛和簫

／臧　立

在我國古代的文學作品中，描寫笛、簫的名篇佳句不少，蕭史吹簫引鳳、李謨吹笛遇仙的傳說更是膾炙人口。那麼，古代的笛和簫究竟是個什麼樣子呢？

我們先來說笛。

笛在我國古代，曾經代表過兩種不同的管樂器。一種與我們今天吹的笛子大致相同，是橫吹的；另一種則是豎吹的，是現代簫的前身。

笛，古寫作「篴」。據《周禮》記載，早在周代即已有了這種樂器。近年，湖南長沙馬王堆三號漢墓（西元前一六八年）內，發現了兩隻竹製的橫吹單管樂器。墓內記載殉葬品名稱、數量的竹簡上又寫有「篴」的字樣，因而推知這兩件樂器即是古代的笛。這兩支笛的長度略有不同，均開有七孔（六個按音孔，一個吹孔）。這與東漢許愼《說文解字》所說「笛七孔，筩（筒的異體字）也」及應劭《風俗通義》「笛……長一尺四寸，七孔」的說法是相符合的。據此可知，在這以前的笛是橫吹的，與我們今天吹的笛子沒有多大差別。

漢武帝時，張騫出使西域，帶回了《摩訶兜勒》一曲及橫笛的演奏技術，當時著名的音樂家李延年摹仿這支曲子「更造新聲二十八解，乘輿以爲武樂」（《晋書·樂志》）。從此，橫吹的笛在鼓吹樂中，占有了很重要的地位。這種橫吹樂器的名稱，除了笛（篴）之外，還稱爲「橫吹」，又根據大小的不同分別稱爲「大橫吹」和「小橫吹」。

過去，人們常常以爲箎和笛是同一種樂器。但前幾年，在湖北隋縣戰國初的曾侯乙墓中，發現了兩支箎，這兩支箎的尾端是閉口的，即管尾用竹節橫隔堵住，而且全身髹漆，只有六孔，其中一個爲吹孔，其他五孔爲按音孔①。可見，兩者雖然都是橫吹的，但實際上並不完全相同。

後來，從西方少數民族傳入了一種叫「羌笛」的樂器。這種笛是豎吹的，是現代簫的前身，東漢馬融（西元七十九年～一六六年）《長笛賦》對這種樂器作了詳細的描寫：「近世雙笛從羌起，……易京君明識音律，故本四孔加以一。君明所加孔後出，是謂商聲五音畢。」從這些描寫可以看出，這種笛子原是羌族的樂器，傳入時只有四孔，後經漢代的京房（西元前七十七年～前三十七年）在後面又加了一個孔，成爲五孔。京房所處的年代稍後於漢武帝（西元前一五六～西元前八十七年）。馬融說這種笛子的傳入是「近世」的事，大概它的傳入距京房的時代不會太遠。我們可以大致估定這種樂器是漢武帝或稍後的時候傳入的。這種豎吹的笛流傳了一個時期以後，又增加到六個按孔，與現代的簫差不多了。

自從有了豎吹的笛以後，笛這一名稱，就成爲橫吹和豎吹的兩種管樂器的概括名稱了。在一個相當長的時期裡，二者的名稱常常是互相混淆的，這會給我們區別它們帶來一些困難，但是我們還是可以把它們區分開來。如豎吹的笛又稱爲「羌笛」，所以凡是提到「羌笛」就可以判斷爲豎笛。橫吹的笛除叫「橫吹」、「橫笛」外，由於當時有了玉製的笛，有人稱之爲「橫玉」，還有的在橫笛的頭上飾以龍頭，稱爲「龍笛」或「龍頭笛」。所以，遇到這些名稱也可以判斷其爲橫笛。當然，有一些作品描寫笛聲本係泛指，我們也不必過分求眞。後來人們覺得有必要將二者加以區分，自唐宋以來，人們逐漸將豎吹的笛改稱爲「簫」或「洞簫」，而將笛作爲橫吹管樂器的專門名稱了。從唐詩中描寫笛的許多作品來看，多指的是橫笛，也正是由於這一約定俗成的原因，笛的名稱才逐漸爲橫吹的笛所獨自占有。

下面再來說簫。

今天的簫古時曾一度叫做笛（篴），已如前面所述。而簫一詞，在古代則是指一種編管樂器，即排簫。排簫的產生相當早，《尚書・益稷》中就有「簫韶九成，鳳凰來儀」的句子。《詩經・有瞽》中說的「簫管備擧，喤喤厥聲」，指的也是這種樂器。關於這種樂器的形制，《詩經・有瞽》注說：「簫，編小竹管爲之。」《風俗通義》說它「其形參差，像鳳之翼。」都很形象地說明，這種樂器是用許多長短不齊的小竹管排在一起，像鳥的翅膀一樣。但是這樣的介紹還是容易使人產生誤解。如《詩經全譯》（貴州人民出版社，西元一九八一年版）在《有瞽》的注釋中是這樣解釋的：「《說文》：『簫，參差管樂，象鳳之儀』，可能是笙，非一般的簫。」這個推測的後一部分是正確的，因爲這確實不是我們今天所說的洞簫，而是一種編管樂器，而且「其形參差」。但是這種樂器卻並不是笙，因爲二者的排列方法不同，發音原理也不相同。笙的發音管是圍成一個

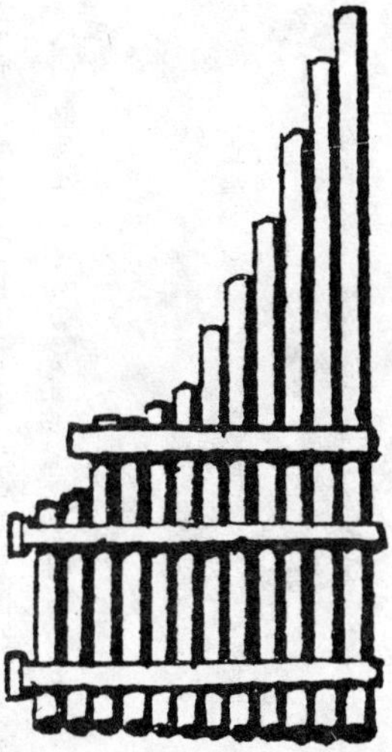

〔圖一〕

圓圈排列的，而排簫則是由許多長短不同的管子直排而成的，其排列方法有三種。一種爲：長管在一旁，短管在另一旁，中間的管依次漸短（圖一），有些像鳥的翅膀，也就是「其形參差」「像鳳之翼」。第二種排列方法爲：長管在兩側，短管在中間，成一凹形。還有一種排列方法爲：諸管長度相同，以蠟充塞管端以調節管的實際長度，來調定聲音的高低（圖二）。此外，根據管的底端是否封口又分爲「底簫」和「洞簫」，封底的爲「底簫」，不封底的爲「洞簫」。簫管的數目也不相同，據文獻記載，有二十四管、十六管、十管等多種。這種簫除了簫、排簫的名稱之外，還有雲簫、鳳簫、參差等名稱。屈原《九歌．湘君》的「吹參差兮誰思」和西漢王褒《洞簫賦》所描寫的都是這種樂器。南北朝梁劉孝儀《詠簫詩》云：「危聲合鼓吹，絕弄混笙篪。管饒知氣促，鈙動覺唇移。仙史安爲貴，能令秦女隨。」詩中所說的「唇移」即指這種簫的演奏方法像吹口琴那樣，隨時要移動口的位置。從詩中也可看出，這種樂器演奏起來很吃力。

以上這種情況一直持續到唐代。唐李嶠詩《簫》所詠的，也還是這種排簫：「虞舜調清管，王褒賦雅音，參差橫鳳翼，搜索動人心。」到了宋代，朱熹《朱子語錄》說：「今之簫管，乃是古之笛，雲簫方是古之簫，雲簫者，排簫也。」可見，這時已將單管的簫和編管的排簫在名稱上加以區別了。

總括以上情況，在宋代以前，凡是提到簫的，都是指排簫。傳說伍子胥在吳市吹簫乞食，如果確有其事的話，那麼他吹的應該就是這種簫。神話傳說中秦穆公的女婿——弄玉的丈夫——蕭史所吹的，也是這種簫，而不是今天的單管簫。

由於排簫的表現力很差，演奏起來又很費力，所以應用也越來越少，到清代時，就只在宮庭雅樂中應用了。現在，只能在博物館和漢代及魏晉時的畫像石刻、畫像磚中看到，另外，羅馬尼亞、匈牙利等國的排簫也與之十分相似，可以參考。

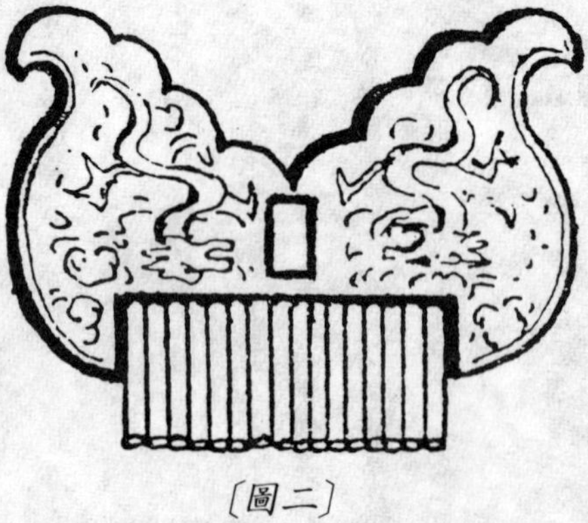

〔圖二〕

注釋

①參見吳釗《篪笛辨》，載《音樂研究》，西元一九八一年第一期。

「四面楚歌」是什麼地方的歌

／孟棣

「四面楚歌」這個成語，經常爲人們所引用，可以說是盡人皆知。但這裡的「楚歌」，究竟是什麼地區的歌呢？這恐怕就不是那麼容易說清楚的了。翻檢一些成語辭典和詩文注本，一般都籠統地解釋爲「楚歌即楚地山歌」。在某些必須作出明確論述的文章裡，一般都將楚歌解釋爲兩湖民歌。如《音樂愛好者》雜誌，西元一九八〇年第二期所載《音樂是怎樣撼動人們的內心世界的》一文就說：「已經陷入絕境的楚軍，聽到了『四面楚歌』，有的會思念起『洞庭波兮木葉下』的可愛的家鄉。」既然把楚歌的故鄉說成是洞庭湖（即古之雲夢澤），當然是以楚歌爲兩湖民歌了。湖北音協、文化局、湖藝編委會編著的《中國民間歌曲集成·湖北卷（初稿）》（西元一九八二年五月出版）在「荊楚地區」一章中說：「荊楚民風善歌……當年項羽被圍垓下，夜間聽到四面皆『楚歌』；他在同虞姬作別時唱的《垓下歌》，就是典型的『楚歌』；劉邦統一天下後衣錦還鄉時唱的《大風歌》，同樣也是『楚歌』。」荊楚地區略當於今之湖北、湖南，上擧諸歌也被認爲是兩湖民歌。《江漢論壇》，西元一九八〇年第五期所刊《楚聲今昔初探》更是對楚歌的歷史源流作了說明：

「春秋戰國時，我國音樂就分東西南北四方之音……楚聲即是楚歌、楚樂之音。」楚歌的地域範圍「是現在的河南南部、湖北省及四川東部的地方」。照這種見解，「四面楚歌」簡直成了四面湖北民歌了。

事實果眞是這樣嗎？不是的。

讓我們首先來看看在垓下唱楚歌的漢軍都是什麼地方的人。當時到達垓下包圍項羽的，共有五支部隊。主力軍是劉邦親自率領的漢軍。劉邦本人是沛縣（今屬江蘇省）人，起義之初，他「收沛子弟二三千人」，轉戰於黃河中下游，入咸陽，居漢中，後出關東征項羽，戰場也在黃河中下游地區，補充的兵源大多是關中子弟，從中要找到大量能唱兩湖民歌的人，是不大可能的。其他四支部隊，韓信來自齊（今山東），彭越來自梁（今河南東北部），劉賈來自壽春（今安徽壽縣），只有叛楚歸漢的周殷來自最南邊的舒（今安徽舒城），但他們也並不是兩湖人，也不曾到兩湖地區作戰，他們的軍隊裡也不大會有兩湖籍貫的士兵。既然如此，要本非兩湖人的漢軍熟練地唱兩湖民歌，那就成爲不可能的了。

再來看看聽歌者的籍貫。項羽世爲楚將，他本是下相（今江蘇宿遷，離劉邦老家不遠）人，後因避禍，隨叔父項梁遷居吳中（今江蘇蘇州）。他正是在此舉兵反秦的。《史記・項羽本紀》載：「遂舉吳中兵，使人收下縣，得精兵八千人。」這八千江東子弟兵是他的嫡系部隊，他帶著這支部隊（當然有擴大，有更新），敗秦將章邯，最後滅秦，並與劉邦逐鹿中原，前後大小七十餘戰。但從未到達過伏牛山以南的荊楚地區，這是史有明載的。因此，在垓下被圍的項羽部隊是找不出多少能聽懂兩湖民歌的士兵的。

如果以上分析不錯，那麼，「四面楚歌」中的楚歌絕非兩湖民歌便是明白無疑的了。而且可以根據楚、漢兩軍的籍貫判定：漢軍能夠唱楚軍能聽懂的歌，以其最大範圍而論，也只能是長江、淮河下游地區的民歌。但司馬遷在《史記》中爲什麽把長江、淮河下游地區的民歌稱作「楚歌」呢？

這得從「楚」這個歷史地理概念的演變說起。春秋時期的楚國，中心在今湖北地區，其都城郢都，即在今湖北江陵。隨著楚國勢力的强大，其領土也不斷擴大。在全盛時期，西北達今陝西東南部，西南到今廣西東北部，東北至今山東南部。西元前三四四年，楚攻殺越王無彊後，更把原在今安徽中部的東部邊界，推進到了東海之濱，原來的吳、越故地，盡爲所有。此後，秦國强大，不斷攻楚。西元前二七八年，秦將白起攻破郢都，楚遷都到陳（今河南淮陽），又遷巨陽（今安徽太和縣東），西元前二四一年遷壽春（今安徽壽縣），西元前二二三年秦兵破壽春，楚亡。這一段歷史說明：

第一、早在戰國中期，劉邦、項羽的老家和起兵之處，就已成爲楚國領土的組成部分，楚國軍民東遷已經開始。今天的上海簡稱「申」，便因爲楚國貴族黃歇被封於此，稱春申君而得名。

第二、後來楚國丟掉了湖北根據地，國都不斷東遷，楚人必然隨之進入江淮下游地區，楚國東方領土成了它最後的立腳之地。

因此，長江、淮河下游也被稱爲「楚地」便是順理成章的了。隨著時間流逝，人們對荊楚之

「楚」一淡忘了，反把楚國的東部領土（也是最後的一塊領土）看成楚的中心區域了。

事實也正是如此，兩漢時期分封的諸侯王國中有楚國，這個楚國並不在今之湖北，而在彭城（今江蘇北部的徐州），這反映了上述「楚」的地理概念的變化。而彭城正是當時西楚的中心。所謂西楚，是當時的「三楚」之一，「三楚」就是對西楚、東楚、南楚的合稱。對「三楚」的地域畫分，《史記》與《漢書》不盡相同。《史記》以淮北、沛、陳、汝南（今屬河南）、南郡（今屬湖北）爲西楚，以彭城以東、東海（今江蘇北部）、吳（今江蘇南部）、廣陵（今江蘇揚州）爲東楚，以衡山（今鄂、豫、皖交界地區）、九江（今安徽中部）、江南、豫章（今江西）、長沙（今屬湖南）爲南楚；而《漢書》則以彭城爲西楚，以吳爲東楚，以江陵（在今湖北）爲南楚。儘管分法有差別，但「三楚」的大部分地區在今長江、淮河下游一帶則是共同的。瞭解了這種劃分，我們對項羽稱「西楚霸王」的原因也就清楚了，原來他的老家下相正屬西楚地界，而其首都彭城則是西楚的中心。我們由此可知《史記》把江、淮下游地區的民歌，包括「四面楚歌」中的楚歌、項羽所唱的《垓下歌》、劉邦所唱的《大風歌》都稱爲「楚歌」是符合當時的地理概念的，但絕非湖北民歌，也是完全可以肯定的。

說到這裡，問題並未完全解決。因爲《史記》記載說，項羽「夜聞漢軍四面皆楚歌」以後，「大驚曰：『漢皆已得楚乎？是何楚人之多也！』」能夠使項羽吃驚的「楚歌」，恐怕並不是一種通行於長江、淮河下游地區的「楚歌」，而是一種另有特點的「楚歌」。因爲當時項羽敗彭城、困垓下，已成孤軍，長江以北、以西之楚地不保，當是親歷之事或意料中事。這時，只有作爲大後方的江東地區才是他唯一的退路。項羽所說的「楚地」，應是專指江東地區而言。不難想像，漢軍所唱如果是江淮下游通行的楚歌，恐怕是難以引起項羽的驚愕的。唯一合理的解釋只能是漢軍所唱是江東吳地的楚歌，楚軍的江東子弟聽到大量的人在唱吳地民歌，才可能產生思鄉之情，項羽也才會發出老巢丟失的絕望驚呼。

不過，話又得說回來，項羽的楚軍能聽懂吳地楚歌自然不成問題。那麼，劉邦的漢軍會唱江東吳地的楚歌嗎？要回答這個問題可就不那麼容易了。當然，我們可以解釋說：在三年滅秦之戰、五年楚漢相爭的時間內，劉邦的軍隊裡不可避免地會有一些江東子弟加入，這些人是會唱吳地楚歌的，而且，不會的也可以學會，等等。這些解釋固然也可以，但是，更重要的證據，尙須從吳越、荊楚、華夏三種語言系統（包括民歌系統）的融合中去尋找。

作爲項羽大後方的江東地區，春秋時屬吳國，後被越國所滅。據《呂氏春秋·知化》、《吳越春秋·夫差內傳》及《越絕書》所載，吳、越兩國的風俗、語言是相通的，都說古越語，揚雄的《方言》亦以吳越爲一方言區。越語和楚語不同，漢劉向《說苑·善說篇》載：鄂君子哲（楚國人）聽船夫用越語唱《越人擁楫歌》，根本聽不懂歌詞，而要請人翻譯。和華夏地區的語言差別就更大了。不過，春秋末年，吳、越先後北上中原爭霸，越王勾踐還把越國首都遷往瑯琊（今山東諸城）。說越語的人大量遷住淮河兩岸及山東南部地區，與華夏語言文化直接接觸。秦統一中國後，越人繼續北遷，中原地區的人民也大量進入吳、越地區。更如前述，戰國中後期，楚國勢力東進，楚人必然東遷，楚和越、華夏三種語言文化開始了一個長期的融合過程。於是，在江、淮下游地區，便有三種語言文化同時並存，並互相影響，互相融合。但在秦末漢初時，並未達到完全融爲一體的程度。比如揚雄《方言》中的吳越方言區，並不包括西楚地區；劉邦在沛縣起義時即有該地區「越人」參加，其中三人因功封侯（見《史記・高祖功臣侯者表》），可見越人北遷後，起碼還有一部分越人未被完全融合。由此可以推測，當時江、淮下游一帶，並不是流行一種單一的「楚歌」，而是有若干種不同風格的「楚歌」。江東地區的楚歌，吳越色彩必然會濃重一些，但與古越族民歌已有不同，加進了楚和華夏語言成分。加之不斷北遷的越人又必然會把他們的語言和這種具有吳越風味的楚歌帶到他們的遷所，也必然反過來影響遷所地區的語言和民歌，那麼，會唱會聽這種楚歌的人自當不限於江東子弟了，只不過這種楚歌的中心區域仍在江東的吳地罷了。劉邦的軍隊裡早有越人加入，他的士兵又有不少來自東方的楚地，找一些唱江東民歌的人自然不會很困難，加上口耳相傳，甚至臨時訓練，會唱的人可以是很多的。因此，形成「四面楚歌」的巨大聲勢，也是完全可能的了。

唐代的小舞劇

／常任俠

唐代承繼北朝的民間舞劇，有「踏謠娘」、「蘭陵王」、「蘇中郎」等。「踏謠娘」見於唐崔令欽《教坊記》、唐杜佑《通典》、段安節《樂府雜錄》、韋絢《劉賓客嘉話錄》以及《舊唐書·音樂志》、《太平御覽》等書。以崔令欽所記最早，又最詳細。其中情節是：在北齊時，有人姓蘇，鮑鼻。實在並未做官；而自號為「郎中」，不理生產，嗜好飲酒，醉後凶暴，常毆其妻，妻含怨苦，訴於鄰里。時人取其情節，演為舞劇。男子著婦人衣，徐步入場，行歌。每歌一疊，旁人齊聲和之云：「踏謠，和來！踏謠娘苦，和來！」因其且步且歌，故謂之「踏謠」，因其稱冤，故言「苦」。及其夫至，則作毆鬥之狀，以為笑樂。到唐時以婦人扮演，遂不呼「郎中」，但云「阿叔子」。在扮演時，又增加典質衣物的情節，失去了原來的舊意。又或誤稱「談容娘」。當時蘇五奴妻張四娘，善歌舞，美姿色，能弄「踏謠娘」。

這個故事性舞劇出於河北地方，為北齊時的民間創作，到隋末繼續演出，至唐代而盛行。所以《舊唐書·音樂志》說：「踏搖娘，生於隋末。隋末河內有人貌惡而嗜酒，嘗自號郎中。醉歸必毆其妻。其妻美色善歌，爲怨苦之辭，河朔演其曲而被之管弦，因寫其妻之容。妻悲訴，每搖頓其身，故號『踏搖娘』。近代優人頗改其制度，非舊旨也。」與崔令欽所記也略同。

從這兩書的記錄看，內容無多出入，雖時代有先後，但也相距不久。北齊地處河朔，說它是河北地方的民間舞劇，也是相同的。

在盛唐時代的演出情況，早期與晚期，已有變化。初期限於旦、末兩角，以旦爲主，旦先出場，緩步行歌，至感情激越時，悲從中來，乃搖頓其身而舞。悲歌傾訴，道其冤苦。是爲第一場。由末扮其夫登場，與旦對白，以至鬥毆。觀衆資爲笑樂。是爲第二場。旨在暴露男女不平等，戒斥酗酒暴戾的懶漢，而以打鬧收場，意在嘲諷，反收到諧笑的效果。

至晚期的演出，則多一丑角登場，扮其妻典質衣物，以供其夫浪費，質庫中人前來需索，是爲第三場。情節較多，而諷刺愈深，以彰其夫之醜，其妻之賢；已由鬧劇而進爲悲劇，由家庭擴大到社會。被折磨的妻子，由配偶的壓迫加上高利貸者的壓迫，並遭市儈的剝削與侮辱。但在表演時，往往「以穢嫚爲歡娛，用鄙褻爲笑樂」（《隋書．柳彧傳》中語），把一個善良婦女的受欺侮，當作調笑的資料，這種演出只能收到有害於社會的效果。

踏謠娘爲河北地方的民間舞，其中表現了河北民間風俗，伴奏的音樂也應是河北民間音樂。常在廣場中演出，由觀衆圍觀，觀衆也可以一唱百和。「踏謠，和來；踏謠娘苦，和來！」很可能就是羣衆的和聲。《全唐詩》卷二〇三所載常非月《詠談容娘》詩，對演出的情景作了生動而逼眞的描寫，詩云：「舉手整花鈿，翻身舞錦筵。馬圍行處匝，人壓看場圓。歌要齊聲和，情教細語傳。不知心大小，容得許多憐。」在崔令欽記中，也留下了關於表演場景的記述。

此外，蘭陵王也是唐代的著名舞劇，其最早的記述，也見於崔令欽《教坊記》，書中說：「大面出北齊。蘭陵王長恭，性膽勇，而貌若婦人。自嫌不足以威敵，乃刻木爲假面，臨陣著之，因爲此戲。亦入歌曲。」《教坊記》把此曲列入「軟舞」之內，曾云：「垂手羅、回波樂、蘭陵王、春鶯囀、半社渠借席、烏夜啼之屬，謂之『軟舞』。阿遼、柘枝、黃麞、拂林、大渭州、達摩之屬，謂之『健舞』。」蘭陵王這一舞劇，大概是單人的獨舞，表演時感情很細膩。此舞起源於北齊，是北齊時民間的創作，到唐代加以發展，成爲有歌有舞的舞劇。它的早期稱爲「蘭陵王入陣曲」，見於《北齊書》十一《蘭陵武王孝瓘傳》及《北史》五十二《齊宗室諸王列傳下》。文獻說：「蘭陵武王長恭，一名孝瓘，文襄第四子也。累遷并州刺史。突厥人晋陽，長恭盡力擊之。芒山之敗，長恭爲中軍，率五百騎，再入周軍，遂至金墉之下。被圍甚急。城上人弗識，長恭免胄，示之面，乃下弩手救之，於是大捷。武士共歌謠之，爲『蘭陵王入陣曲』是也。……武平四年（西元五七三年）五月……薨。長恭貌柔心壯，音容兼美。」這個舞劇到唐代流傳到了日本。日本代代傳習，綿綿不絕，至今還保存著古代的舞面舞服。到了宋代，雖有《蘭陵王》詞的長調，文人學士曾按譜塡詞，但似乎只有歌而無舞了。

蘭陵王高長恭墓，在今河北磁縣申莊鄉鐵路側，豐碑兀立，有亭保護，碑文仍是北朝的舊制，爲文物保護重點之一，地與北齊都城鄴縣及建安銅雀台相近，是我國的歷史古蹟，筆者曾一登眺。而歌頌這個英雄人物的《蘭陵王》舞，卻已經隨漳水流逝了。

古代婚儀中的「結髮」與「合髻」

／向　黎

「結髮」與「合髻」是中國古代婚禮中先後出現的兩個重要的儀式。由於兩者都是以新婚男女的頭髮作爲婚姻結合的信物，因而在性質上是相同的。只是在處理形式上有差別。它與外國某些民族的「結髮」風俗，在表現形式上有很大的不同。例如，處於偶婚階段的霍匹印第安人氏族，其青年男女舉行婚禮時，由雙方的母親或女性親戚給他們在一個盆裡洗頭，並將他們的頭髮混合在一起，叫做「結髮」，表示彼此的系屬關係，以象徵婚姻的結合。

中國上古原始社會的「結髮」婚儀，已不可考。據古書記載，「結髮」婚儀在階級社會已經深受買賣婚姻的影響。《曲禮》云：「女子許嫁，纓。」「纓」，是一種絲繩。女子許配人家以後，便用它來束髮，以此表示她有了對象：「示有從人之端也。」直到她成婚時，那條絲繩才由新郎親手從她的頭髮上解下，這就是《儀禮．士昏禮》說的「主人（婿）入，親脫婦之纓」。可見，「纓」確是夫妻關係的信物。漢、唐詩歌中，多有「與君初婚時，結髮恩義重」（曹植《種葛篇》）、「結髮爲君妻，席不暖君牀」（杜甫《新婚別》）之類的詩句，說的就是這種「結髮」

婚儀。

唐代中、後期，「結髮」由婚前繫纓、成婚時脫纓，變成新婚男女各剪下一綹頭髮，綰在一起作爲信物。唐代女子晁采與情人私訂終身，還寫了一首《子夜歌》：「儂既剪雲鬟，郎亦分絲髮。覓向無人處，綰作同心結。」詩中描寫的剪髮、綰髮的細節，就是「合髻」的儀式。

此後，「合髻」婚儀更是風行一時，不但民間流行此俗，而且「公卿之家，頗遵用之」（《新五代史・劉岳傳》）。宋代的孟元老在《東京夢華錄》中，對「合髻」的儀節，說得更具體：「入洞房後，男女『對拜畢，就牀。……男左女右，留少頭髮。二家出匹段、釵子、木梳、頭鬚之類，謂之『合髻』。」這種以剪下少許頭髮作爲婚姻信物的婚俗，到明代仍未絕跡。

從民俗學的角度來看，中國古代的「結髮」婚儀，比用其他物品（如儷皮、雁）作爲婚姻結合的憑證更原始一些。從這個意義上說，可能與霍匹印第安人的「結髮」婚儀有相通之處。

上述情況表明，「結髮」是新婚夫妻舉行婚禮中的一種儀式，不同於成年男子的加冠或成年女子的著笄（古代束髮用的簪子），因而用男冠女笄來解釋「結髮」是不妥當的。而「合髻」則是新婚男女各自剪下一綹頭髮，綰在一起，作爲信物，而不是新郎新娘把頭髮纏在一起。

交杯酒及其他

——漫話宋都婚俗

／劉德謙

儘管世界上的婚禮千奇百怪，但卻往往各有自己的關鍵儀節。在國外，有的是交換戒指，有的是同飲一杯甘泉，有的是共嘗一塊麵包，有的是向新娘呈獻鑰匙，有的是遺送新娘大量檳榔，……如要找我國古代婚禮的關鍵儀節，那大概應推交杯酒了。

「交杯酒」又可稱為「交杯」、「合歡杯」、「合瓢」以及「交巹」等，追溯到上古，就是新婚夫婦同食共飲的「共牢」與「合巹」。合巹就是早期交杯酒的名稱，正因為它在婚禮中是個具有象徵意義的標誌，所以後來人們便把「合巹」一詞作為婚姻的代稱。

現在人們談到交杯酒一詞時，往往溯源到宋代。的確，使用交杯酒這一名稱的早期記載，大多是出自宋人的筆記之中。如據王彥輔在宋徽宗政和五年追序總成的《麈史》、孟元老在宋高宗紹興十七年編次成集的《東京夢華錄》、吳自牧在宋度宗咸淳十年脫稿的《夢粱錄》，有關交杯酒的記載是這樣的：

古者婚禮合巹，今也以雙杯彩絲連足，夫婦傳飲，謂之交杯。

（合髻）後用兩盞以彩結連之，互飲一盞，謂之交杯酒。

（撒帳後）命……執雙杯，以紅綠同心結綰盞底，行交巹禮。

從以上這些記載來看：㈠上古已有的合巹這一婚儀，已經逐漸地發生了變化，從北宋到南宋，它已取得了交杯酒這一名稱；㈡宋代的交杯酒使用的已經是兩個酒杯了；㈢酒杯杯足或盞底，須用彩絲連接；㈣彩絲有紅綠等色，並且綰爲同心結之類的彩結；㈤飲交杯酒的方法是新婚夫婦交互傳杯共飲。

另一方面，在宋代官方文件或某些意在指導的著述中，儘管對不同身分的人要求的婚儀繁簡相去甚遠，使用的物器大有差異，連交接的語言也各不相同，但無論是皇太子納妃儀還是皇子納夫人儀，無論是帝姬降嫁儀還是宗姬族姬嫁儀，無論是諸王以下婚儀還是品官婚儀，乃至於庶人婚儀，共牢合巹的儀式卻都是不可缺少的。

上古婚禮中的共牢合巹，就是見之於《禮記》的「共牢而食」、「合巹而酳」，也就是《儀禮》所載的「三飯」、「三酳」。根據三禮的原文、鄭玄的注文和賈公彥、孔穎達等人的疏釋，這同食共飲的主旨並不是爲了吃喝。共牢，即舉行婚禮時，新婚夫婦共吃祭祀後的同一肉食，以象徵自此以後夫妻尊卑相同；合巹，即新婚夫婦各用一片瓜瓢喝酒漱口，以表示自此以後夫妻相愛相親。在合巹的早期規定中，酒器是「四爵合巹」，即四只爵和用一個匏瓜剖成的兩只巹，六只酒器供新婚夫婦各酳（即用酒漱口）三次，第三次用的就是巹。

由此看來，我國早期婚儀中的共牢合巹，到宋代的確已經有了相當大的變化。即便單就所用的這個巹而論，北宋中葉司馬光的《書儀》中還只是言「巹」（見卷第三），而在北宋末期正式推行的鄭居中《政和五禮新儀》裡，對合巹所用的「四爵兩巹」，「以常用酒器代之」，便給予正式的認可（見卷一百七十三等）。這樣一來。合巹也就名正言順地變成了交杯。我們不妨說，唐代已有了「合歡杯」的名稱，在北宋仍然還處於變化之中，或許還未普及到全國，所以《塵史》的作者在記錄交杯習俗時，曾在前面加上「四方不同風，甚者京師尤可笑」的話。

實際上應該承認，整個婚儀都是處在變化之中的。從有關材料看來，隋唐以至宋代正是這個變化的重要時期。司馬光的《書儀》，詳盡記述古婚禮的六禮（納采、問名、納吉、納幣、請期、親迎），也許是希望把當時的婚禮納入一個以古禮爲依據的規範裡。此書雖然「元豐中薦紳家爭相傳寫，往往皆珍祕之」（見宋版《書儀》序），然而在實踐上卻收效甚微。而鄭居中等主撰的《政和五禮新儀》正是針對五代之後「禮廢樂壞」的情況，在宋徽宗趙佶的親自參與下而制定出的一個官方的規範。這部二百二十卷新儀的制訂，意在「推而行之，……以兼明天下後世」（《政和五禮新儀》卷首），然而效果仍不能盡如人意。因爲儘管當初制定時的意旨是循古之意而勿泥於古，適今之宜而勿牽於今，但卻仍離當時的現實太遠，加之「俗儒膠古，……不知達俗，閭閻比戶，貧窶細民，無廳寢戶牖之制，無庭階升降之所，禮生教習，責其畢備，少有違犯，遂底於法。至於巫卜媒妁，不敢有行，冠昏喪祭，久不能決。」以至於新儀反倒成了「害民之本」，只好落了個「可更不施行」的結局（《宋大詔令集》卷一百四十八）。

那麼當時宋都通行的婚禮到底是一個什麼樣子呢？如綜合多種資料，其習俗大體是這樣的：男女雙方家庭先經過媒人互通草帖，兩家初步同意後再通細帖，帖子裡除各寫上擬成親的兒女的姓名、排行及生辰之外，還須寫上父親、祖父、曾祖父的姓名、官職及財產狀況等等。有的人家這時候還要相媳婦。在瞭解了對方家庭和對方容貌舉止之後，便可以下定禮，有人認爲這就相當於上古婚禮的納采。下定禮後再過一段時期便可以下聘，這種下財禮的活動就是六禮中的納幣（又稱納徵、納成）。當時對門第和財產都是相當看重的，講究的是男方下定、女方回定，男方下財禮、女方送嫁奩，並非單向的財物轉移。當然也有女家資助男家或男家資助女家的。古之親迎，這時又稱大禮，是相當熱鬧的。迎親前，男家要到女家「催妝」，送些冠帔、花粉一類供女方打扮使用的東西；女家要到男家「鋪房」，派人用女家準備的帳幔、被褥之類的東西把新房裝點起來，有錢人家自然可以擺陳金銀器物、首飾珠寶，小戶人家也不妨擺出衣服鞋襪。迎親那天，男家率引花擔子或車子到女家迎親，花擔子就是後來所說的花轎。新娘上轎上車後，轎夫車夫卻不肯行動，到了男家後，又有人攔著不讓進門，目的是要吉利錢、要喜酒吃——很顯然，這是唐代「障車」活動的陳跡。新娘下車或下擔後，還有「撒穀豆」的習俗，就是在新娘快進門時，旁人用穀物、豆子、草節，以及金錢、果子等望門而撒，據說是爲了趕走守在門口的三煞（即青羊、烏雞、青牛之神），以求得吉利太平。接著還有新娘「跨馬鞍」、「坐虛帳」，新郎「高坐」等這些源自北方兄弟民族的習俗。接下便有後來被稱爲拜堂的活動，宋時叫做「牽巾」，即用紅綠彩緞綰成象徵恩愛的同心結，男女各執一頭，相向相牽而行，先拜祖先，然後回房夫妻交拜。交拜後坐牀時，還有「撒帳」和「合髻」的習俗，接下去便是新婚夫妻互相傳飲交杯酒了。喝完交杯酒，新人便出到新房外答謝親友，大家入席飲食盡興後，這天的婚禮就算結束了。喝交杯酒時，對杯子的處理也很別致，起初是「擲杯於地，驗其俯仰」，「盞一仰一合，俗謂大吉」；但這一仰一合並不是每次都能辦到的，所以後來乾脆「以盞一仰一覆安於牀下，取大吉利益」，於是賓客紛紛再度賀喜，掀起婚禮的最後高潮。

婚家欣喜，賀者熱烈，這一賀婚的內容在宋代最突出的文學形式中也得到了反映，以至出現了不少專爲**祝賀婚姻的詞作**。「歌喉佳宴設，鴛帳爐香對爇。合巹杯深，少年相睹歡情切。羅帶盤金縷，好把同心結。終取山河，誓爲夫婦歡悅。」（無名氏《少年游》）「傾合巹，醉淋漓。同心結了倍相宜。從今把做嫦娥看，好伴仙郎結桂枝。」（無名氏《鷓鴣天》）這些句子所寫的，正是婚禮中交杯的儀節，正是同心結所象徵的永結同心、交杯酒中體現的情感交融。這種用以祝賀他人婚姻的詞章，儘管今天還難以推出公認的名篇，但在宋詞中，它們仍占有自己的一份位置。姑且放下已知的一千四百餘有姓有名的詞人不說，僅無名氏的這類詞，現收於《全宋詞》中的就超過了三十首之多。更有趣的是，在大量的詞牌中，這三十餘首便有好幾首專門選用了詞牌《賀新郎》。《賀新郎》又稱《乳燕飛》、《風敲竹》、《金縷詞》、《金縷曲》等，究其原始，宋人意見也相互抵牾：一說就是蘇軾守錢塘時爲官妓秀蘭所作的那首《賀新涼》；一說《賀新郎》的出現遠在蘇軾之前。但無論是《賀新涼》誤名成了《賀新郎》，還是早就有了《賀新郎》，這詞牌的演生或存在，正說明了宋詞的創作已經涉足於宋代賀婚的領域。而這類詞的實際數量，在宋代用於祝賀的詞作中，大概僅次於賀生祝壽之作。

值得補充一提的是**花擔子**。花擔子就是後來人們所熟悉的花轎，也就是把原有的擔子用於迎親。擔子又叫肩輿、轎子等。它的始源，據宋人高承的《事物紀原》說，是從巴蜀地方婦女所乘的兜籠演變而來的；《唐會要》、新舊《唐書》、《新五代史》、《宋會要》、《宋史》等都有肩輿或擔子的記載；《老學庵筆記》也記有徽宗南幸乘坐轎子的事；如據《世說》、《晉書》，肩輿的使用還早在唐宋之前。那麼婚禮中的迎親又怎麼從用車變成用花擔子的呢？對此，司馬光是這樣分析的：「然人亦有性不能乘車，乘車即嘔吐者，如此即自乘擔子。」發展到宋時，已經是「世俗重擔子，輕氈車」了。孟元老在記述東都風俗時還是車子與花擔子並提，鄭居中的新儀也說女乘牛車或擔子，而吳自牧等所記述的臨安等地的婚俗中便不見車子了。看來婚禮中花轎取代車子的事也是在宋朝。

舅姑·丈人·泰山·岳父

——對妻子的父母的稱謂

／車錫倫

恩格斯在《家庭、私有制和國家的起源》中指出，親屬間的稱謂「並不是一些毫無意義的稱呼，而是實際上流行的對血緣親屬關係的親疏異同的觀點的表現。」根據恩格斯的這一觀點，探討一下我國古代對妻子的父母的稱謂是很有趣的。

查閱先秦時期的文獻會發現，當時丈夫對妻子的父母、妻子對丈夫的父母均稱作舅姑。《禮·坊記》：「昏（婚）禮，婿親迎，見於舅姑，舅姑承子以授婿。」這裡「舅姑」是丈夫對妻子的父母的稱謂。《禮·檀弓（下）》：「敬姜曰：『婦人不飾，不敢見舅姑。』」這兒的「舅姑」是妻子對丈夫的父母的稱謂。中國古代的學者曾對這種特殊的稱謂現象，作過種種解釋，但他們多是從字面上望文生義。實際上這種特殊的稱謂現象，是人類社會發展史上母系氏族社會階段族外羣婚的遺跡。這種被恩格斯稱之爲「普那路亞家庭」的族外羣婚，較之原始社會中的血緣羣婚已有極大的進步。它已排除了同一氏族中男女的結合，而是由兩個氏族中的同一代男子互相「出嫁」到對方氏族中，同對方氏族中的同一代女子互相結合；他們所生的子女歸屬於女方氏族，而「出嫁」的男子則仍屬男方氏族的成員，死後要葬在自己原氏族的墓地。因而在這種母系氏族社會族外羣婚制下，沒有必要、也沒有可能從「舅、姑」這種血緣親屬關係中區分公公、婆婆、岳父、岳母這類關係。它們是在「一夫一妻制家庭」婚姻階段才被確立的。

春秋戰國時期，我國社會婚姻形式早已進入「一夫一妻制家庭」階段，但舊時的稱謂卻仍然保留了下來。這一方面說明親屬的稱謂作爲語言中的基本詞彙，變化是很慢的；另一方面也說明社會上仍然大量存在著「女回娘門」（姑之女嫁舅之子）、「侄女隨姑」（舅之女嫁姑之子）這種「姑舅親」。但是締結婚姻的雙方對對方父母這種相同的稱謂，不能表現出這時的「一夫一妻制家庭」中丈夫所占的統治地位，所以丈夫對妻子的父母的稱謂便加了個「外」字。在《爾雅·釋親》中便是這樣注明的：「妻之父爲外舅，妻之母爲外姑。」漢劉熙《釋名·釋親屬》中並爲此作了說明：「妻之父曰外舅，母曰外姑。言妻從外來，謂至已家爲婦，故及以此義稱之。」後來將妻父母稱爲「外父」「外母」，即是由此演化而來。

漢代以後的文獻中有時仍將妻父稱爲「舅」。比如漢末董承是漢獻帝劉協的妻父，陳壽《三國志》中便把他稱作「獻帝舅」。（見《蜀志·先主傳》）南朝宋裴松之爲《三國志》作的注中便說：「董承，……於獻帝爲丈人。蓋古無丈人之名，故謂之舅也。」這裡說明，遲至東漢末，書面語言中仍可把妻父稱作「舅」，但在**南北朝時期，「丈人」已成爲妻父的專稱了**。

「丈」，古代有「長」的意思。《大戴禮·本命》：「丈者，長也。」「丈人」一詞，是對老年人、對長輩的尊稱，自然妻父母也可包括在內。《論語．微子》：「子路從而後，遇丈人以杖荷蓧（古代芸田用的竹器）。」這個「丈人」指老漢。漢代王充《論衡．氣壽》：「名男子為丈夫，尊公嫗為丈人。」這裡把老年婦女也尊稱作「丈人」。漢樂府詩《婦病行》：「婦病連年累歲，傳呼丈人前一言。」這裡的「丈人」則是病婦對她丈夫的稱呼。

古代，「丈母」一詞也是對長輩婦女的尊稱。北齊顏之推《顏氏家訓．風操》中說：「中外丈人之婦，猥俗呼為丈母。」這裡「丈母」雖是對「丈人之婦」的稱謂，但那「中外丈人」還是對男性長輩的稱呼，並非對妻父的專稱。以後丈人用來專稱妻父，丈母也就成了妻母的專稱。

稱妻父母為丈人、丈母，如前所述，始自南北朝時期，唐代仍如此。如柳宗元有《祭獨孤氏丈母》、《祭楊詹事丈人》文。舊題唐李商隱《義山雜纂》中把「對丈人、丈母唱艷曲」稱作「惡模樣」之一。

唐代以後，人們又把妻父稱作「泰山」，據說起自這樣一件事：唐玄宗李隆基於開元十四年（西元七二六年）到泰山封禪（古代帝王到泰山祭拜天地的大典），丞相張說擔任封禪使，順便把他的女婿鄭鎰也帶去了。按照舊例，隨皇帝參加封禪後，丞相以下的官吏可以升一級。鄭鎰本是九品官，張說利用職權，一下子便把他的乘龍快婿連升四級，升作五品。唐代八、九品官穿淺青色或青色官服，五品官穿淺緋色官服。唐玄宗在宴會上看到鄭鎰的官服突然換了顏色，覺得奇怪，便去問他。鄭鎰支支吾吾，不好回答。這時玄宗身邊那位擅長諷刺滑稽的宮廷藝人黃旛綽替他回答說：「此泰山之力也！」妙語雙關，唐玄宗心照不宣，事情就這樣混過去了。

這件事最早的記載見唐段成式《酉陽雜俎》前集卷十二。段成式（西元？～八六三年）是晚唐人，他記錄這件事已是事情發生一百多年之後了，可見其流傳、影響之深。作爲一種稱謂，它有一個被羣衆接受的過程。從文獻資料上看，北宋時期已見於記載，如晁說之《晁氏客語》中說：「呼妻父爲泰山。……今人乃呼爲岳翁。」因爲泰山是爲東岳，是五岳之長，所以又把妻父稱作「岳翁」、「岳丈」、「岳父」等；妻母則有了「岳母」的稱謂，在書面文獻中也有把妻母稱作「泰水」的。

如果說稱妻父爲「丈人」表現了對這種親屬關係的尊敬，而稱妻父爲「泰山」則來自這種親屬關係中政治利益的關連。過去羣衆把這種因妻女、姊妹姻親關係而得的官稱作「裙帶官」。宋代趙昇《朝野類要》卷三：「親王南班之婿，號曰西官，即所謂郡馬也，俗謂裙帶頭官。」這自然含有譏刺的意思。上述「泰山之力」的故事，也含有諷刺揶揄的內容。所以儘管稱妻父爲「泰山」很雅道，但同那「泰山之力」的故事連在一起總不光彩，所以人們便考證說：稱妻父爲泰山，是因爲泰山頂上有丈人峯的緣故（見宋晁說之《晁氏客語》）。或說：因《漢書·郊祀志》有「自華以西，大山川有岳山，小山川有岳婿山」，後人因稱妻父爲岳父，自稱爲婿（元黃縉《日損齋筆記·雜辯》）。或說：因晉人樂廣爲衞玠妻父，岳丈是「樂丈」外訛（見清趙翼《陔餘叢考》卷三十七）。第三種說法顯係附會，因爲一種應用至廣的稱謂，不可能是由某人的名字傳訛而來。第二種說法似是而非，因爲女夫稱婿早在先秦文獻中已如此，但對妻父稱「岳」卻是唐代以後的事。第一種說法，需作點考證。泰山頂上確有一丈人峯。明末泰安人蕭協中在《泰山小史》

中說：丈人峯「在岳頂西南，巨石特立，儼然人狀，故名。」清乾隆時泰安人聶劍光的《泰山道里記》中說：泰山「絕巔西里許爲丈人峯，狀如老人傴僂。」由此看來，它之所以被稱作丈人峯，是因爲它的形狀似一老人，猶如稱之爲「老人峯」，與妻父稱謂無關。大概是泰山頂上先有了象徵老人的丈人峯在前，後來又發生了「泰山之力」的故事，這丈人峯也被附會上妻父的含義。最早提出這種說法的《晁氏客語》，也是把此說同「泰山之力」的說法並列，可見在當時兩種說法也是聯繫在一起的。

隨著社會的發展，作爲原始社會族外羣婚制遺跡的「舅姑」這種稱謂，早已不用之於妻父母，它們已專指父親的姊妹（姑）和母親的兄弟（舅）。在後來的書面文獻中，它們有時被用作妻子對丈夫的父母的稱謂（口語中並非如此）。現在一般把妻父母稱作岳父、岳母，而口語中卻是用丈人、丈母這一古老的對長輩的尊稱，它們已成爲妻父母的專稱。由於岳母對女婿特別關心，女婿對岳母也把對自己母親的稱呼附加上去，稱作「丈母娘」。對妻父則尊稱爲「老丈人」。自然，這都是在他人面前對自己妻父母的稱謂。當面的直接稱謂，大多數人還是隨妻子一樣稱呼的。

時下越來越多的老人們同女兒女婿生活在一個家庭之中，夫妻們對雙方的父母也一律稱之爲「爸爸」「媽媽」。這種婚姻狀況的產生，不同於舊社會的「入贅」，而是男女雙方建立在平等的基礎上的結合，同時不加區別地承擔了對雙方父母的贍養義務。

野蠻的婦女殉葬制

／楚　南

西漢時有個廣川王，常好聚集無賴少年到處遊獵盜墓。一次，他們在盜掘一座古墓時，「見百餘屍，縱横相枕藉」，該墓覆蓋著一丈多厚石堊，一尺多深雲母，挖開時屍體保存完好，「或坐或臥，亦猶有立者，衣服形色，不異生人」。墓中「唯一男子，餘皆女子」。原來這是西周末代君主周幽王（死於西元前七七一年）的墳墓，這一百多女子全是爲幽王生殉的妃妾。《西京雜記》記載的這則材料，充分反映了我國古代婦女殉葬的情況。

殉葬是一種古老的習俗。早在原始社會，人們便習慣於把隨身使用的工具、武器以及生前喜愛的日用品和死者埋葬在一起。隨著氏族社會末期私有制的產生，已經開始出現人殉的萌芽。早期的人殉雖也有用未成年子女陪葬的情況，但較多的則是女子屈膝陪葬於男子的身旁。這正反映了婦女地位的下降，她們逐漸淪爲可由男子任意處置的私有物品，因而理所當然的成了早期人殉的主要對象。到了奴隸社會，奴隸作爲會說話的工具，更被大量殺死或活埋，用來殉葬，讓他們在「陰間」繼續爲主人效力。這時用奴隸殉葬已成爲一種制度，如《墨子．節喪篇》所說：「天子殺殉，衆者數百，寡者數十；將軍、大夫殺殉，衆者數十，寡者數人。」從對殷墟墓葬的發掘情況來看，基本上證實了這種說法。

進入階級社會以後，作爲貴族男子玩物與附庸的婦女，在殉葬者中仍占有相當大的比例。商代卜辭中就有專門殺祭殺殉女奴的記載。當然，殉葬者的身分並非全部是奴隸，也有墓主的妻妾和家臣。

到了春秋時期，奴隸制瀕於崩潰，由於生產力的發展，勞動效率提高，奴隸的價值逐漸增大，人殉的作法開始引起非議。西元前六二一年，秦穆公死後用一百七十七人殉葬，其中包括三名才能出衆、孚有衆望的良士。國人因此作《黃鳥》詩以表示對死者的哀悼和對暴君的憎恨。這時在各諸侯國，婦女作爲主人婢妾生殉的惡俗也逐漸受到摒棄。據《禮記．檀弓下》記載，有個叫陳乾昔的，臨死時囑咐兄弟和兒子一定要給他造一口大棺材，讓兩個婢女夾著他殉葬。陳死後，他的兒子說：「以殉葬，非禮也，況又同棺乎？」沒有照他的話辦。就是在統治階級上層，人殉的作法也不那麼時興了。西元前五九四年，晋卿魏武子染病，起先他囑咐兒子魏顆，自己死後要讓嬖妾改嫁，到病重時又改口，一定要嬖妾殉葬。後來魏顆覺得父親病重糊塗時說的話不合禮法，不能算數，最終按魏武子清醒時的意願，讓父親的嬖妾改嫁。齊國也有類似情況，齊大夫陳子車死後，妻子和總管商定用人殉葬。子車的弟弟子亢卻對他們說：「如果哥哥在陰間需人侍候的話，沒有比他的妻子和總管更合適的了，這件事要不就算了，如果一定要堅持，我就準備用你們二位生殉。」子車的妻子與總管並不願意去死，只好同意取消生殉婢妾的打算。（《禮記．檀弓

下》）

春秋之後，人殉的作法已不多見，基本上改用木製或泥製人形偶像殉葬。戰國時的秦國就曾在獻公元年（西元前三八四年）正式下令廢止人殉。但是到了西元前二二一年秦統一六國後，卻再次發生了大規模駭人聽聞的生殉事件。

秦始皇生前爲祈求長生不老，曾派人率數千童男童女出海求仙。同時，還用十來年的時間，動用數十萬人修建規模巨大的陵墓，即酈山始皇墓。

陵墓高五十餘丈，方圓五里，墓頂上用珍寶鑲成日月星辰，地下用水銀鋪成百川江河大海，墓中築有宮觀，裝滿奇珍異寶。陵墓東側還埋有大批陶製兵馬俑，木製戰車和各種兵器。這些和眞人眞馬一樣大小的兵馬俑，排列成雄偉壯觀的軍陣，是保衞皇帝的地下御林軍。西元前二一〇年，秦始皇死後，秦二世稱：「先帝後宮非有子者，出焉不宜」皆令從死，正式宣布後宮婦女全部殉葬。爲防止洩露陵墓的機密，又「盡閉工匠臧者，無復出者」（《史記・秦始皇本紀》）。《漢書・楚元王傳》提到，這次殉葬的宮女和被害工匠人數，竟多到「計以萬數」。秦始皇的作法固然反映了一旦求仙不成，還可在地下宮殿繼續享受冥福的奢望，但更多的則是體現出專制君王至高無上的政治色彩。上萬名殉葬的婦女和被害工匠成了中國歷史上第一批大規模祭奠封建皇權的「犧牲」。

秦王朝的一系列暴政激起了人民强烈的反抗，秦末農民戰爭不但推翻了秦王朝，而且教訓了新王朝的統治者。威名顯赫的漢武帝死後，雖然殉葬了大批金銀財物、鳥獸魚鱉、牛馬虎豹，但他的幾千名妃妾宮女畢竟全部保住了性命。隨著人民的反抗和社會的進步，從漢朝到元朝，除邊遠少數民族地區以外，强制婦女殉葬作爲一種制度，已不復存在。《漢書》記載：西漢趙繆王劉元臨終時遺令：「令能爲樂奴婢從死，迫脅自殺者凡十六人」，結果被認爲「暴虐不道」，終遭「國除」。三國時吳將陳武戰死，孫權破例下令以陳愛妾殉葬。不久吳亡之後，也被人指責：「權仗計任術，以生從死，世祚之短，不亦宜乎！」（《三國志·吳書·陳武傳》注）曾經建立元朝的蒙古族，早期因其處在落後階段，一度盛行過殺殉，入主中原後，便很快放棄了這野蠻習俗。

到了明朝，封建專制集權高度膨脹，儘管社會經濟和科學文化得到了長足發展，但以婦女殉葬的作法，卻一度死灰復燃。朱元璋在世時即首開惡例。洪武二十八年（西元一三九五年）他的次子秦王朱樉死後，以兩名王妃殉葬。朱元璋本人死後，共有四十六名妃嬪、宮女陪葬孝陵，其中十幾名侍寢宮女全部生殉。西元一四二四年明成祖死後，殉葬宮妃多達三十餘人。此後的仁宗、宣宗也各以五妃、十妃殉葬。除皇帝外，諸王也間或用人殉葬。最突出的例子是正統四年（西元一四三九年），周王朱有燉死後，因生前曾上奏摺表示身後務從儉約，以省民力，故明英宗特命「妃夫人以下不必從死，年少有父母者遣歸」。誰料未等聖旨傳到，王妃鞏氏和施氏等六夫人已同日自經殉身（《明史·周王傳》）。直到天順八年（西元一四六四年）正月，英宗病危時下遺詔表示「用人殉葬，吾不忍也，此事宜自我止，後世勿復爲」（《廿二史札記》），才算最終廢止了宮妃殉葬制度。

明朝的生殉比起早期人殉制度有所區別。從人殉的對象來看，除明太祖死後有一男性的侍衛長殉葬外，其餘全部是婦女。人殉的範圍基本上限制在皇帝和諸王一級。和早期人殉粗暴强制的作法相比，明初更多的借助封建禮教，軟硬兼施。朝廷對被殉者一律從物質、精神上給予褒獎鼓勵。洪武三十一年（西元一三九八年）七月，建文帝把張鳳、李衡等十一名爲太祖殉葬宮女的父兄由錦衣衛所試百戶、散騎帶刀舍人進爲本所千百戶，從厚優恤，帶俸世襲，世稱「太祖朝天女戶」。宣德十年（西元一四三五年）英宗追贈爲宣宗殉葬的惠妃何氏爲貴妃，謚端肅，趙氏等九名宮女也都追封爲妃，分別謚以美稱。謚册稱：「茲委身而蹈義，隨龍馭以上賓，且薦徽稱，用彰節行。」（《明英宗實錄》）

其實這種褒獎鼓勵不過是替野蠻的人殉制度披上一層封建禮教的薄紗，並未改變殘暴强制的本質。《朝鮮李朝世宗實錄》有一段記載爲我們再現了永樂二十二年（西元一四二四年）成祖死後逼殉宮女的悲慘情景：「帝崩，宮人殉葬者三十餘人。當死之日，皆餉之於庭，餉輟，俱引升堂，哭聲震殿閣。堂上置木小牀，使立其上，掛繩圍於其上，以頭納其中，遂去其牀，皆雉頸而死。」其中有個朝鮮選獻的韓妃，臨終時對守候在身邊的乳母金黑連呼「娘，吾去！娘，吾去！」話聲未落，便被太監踢開木牀，一命嗚呼，眞是慘絕人寰！

事實上在確定被殉人選時，絕大多數情況並非本人自願，而是由繼位的皇帝和大臣議定的。天順初年景泰皇帝被廢爲郕王後死去，唐氏等妃嬪殉葬。據《彤史拾遺記》記載，當時是「羣臣議殉葬及妃，妃無言，遂殉之，葬金山」。大學士李賢撰寫的《天順日錄》還提到，本來還「欲令汪妃殉葬」，多虧李賢啓奏「汪妃雖立爲后，即遭廢棄幽閉，幸與兩女度日。若令隨去，情所不堪，況幼女無依，尤可矜憫」，英宗受到感動，承認李賢說的有理，而自己「以爲弟婦且少，不宜存內，初不計其母子之命」，終於收回成命。可見無論是帝王大臣，還是殉身的妃妾，實際上都把生殉看成是極大的不幸。正如一首《宮詞》所說「龍馭上賓初進爵，可憐女戶盡朝天」，性命都已無辜斷送，褒獎又有什麼用處！

十七世紀代明而起的滿洲貴族入關前仍實行人祭、人殉制，「享神輒殺遼人代牲，或至數百」。（《北游錄》）清初攝政王多爾袞的生母大妃納喇氏，就是在西元一六二六年清太祖努爾哈赤死後與另外兩名庶妃一起被逼殉而死去的。入關前不久，清太宗皇太極死後亦有殉人之舉，其中安達里臨殉時，還「謂諸王貝勒等曰：『若先帝在天之靈問及後事，將何以應？』」（《清世祖實錄》）但入關統治全國後，這種作法即被廢除。嚴格地說，自明英宗以後中國就不再有帝王用妃妾殉葬的制度。

强制人殉的作法雖然最終被制止，表彰節烈，鼓吹婦女殉夫殉節的風氣卻越來越盛。這種鼓勵婦女自願殉身的作法，比起殉葬更增加了幾道「文明」、「崇高」的光環，其影響所及也遠比殉葬更爲普遍、深入、廣泛，但其野蠻性卻是完全一樣的。

古代的屏風

／汪萊茵

屏風歷來是我國室內的主要器具之一。古代稱之爲「扆」，亦寫作「依」，即設在戶牖之間的屏風。新、舊《辭海》上載有「黼扆」、「斧扆」、「斧依」，都是一個意思，指的是古代帝王使用的屏風，因上有斧形花紋，故名。

我國古代建築大都是土木結構的院落形式，不如今世鋼筋水泥房屋那麼嚴緊。爲了擋風，古人開始製造屏風這種家具。除了擋風之外，屏風還是建築物中可以移動的精巧斷隔，有的在牀後安置屏風，亦作倚靠或掛置什物之用。後漢李尤的《屏風銘》有這樣的一段：「舍則潛避，用則設張。立必端直，處必廉方。雍閼風邪，霧露是抗。奉上蔽下，不失其常。」它正確地道出了屏風的特徵和功用。紫禁城太和殿（俗稱金鑾殿）正中的寶座上，設有雕龍髹金大椅，椅後擺著雕龍髹金屏風。這樣陳設，不僅可以禦風，又能增加御座的莊重肅穆氣氛。由於屏風常擺設在室內明顯的位置上，人們在屏風本身的美化和裝飾上下過許多功夫，因此它才逐漸發展成爲我國傳統的具有實用價值的著名手工藝品之一。

屏風有插屏和圍屏之分。插屏多是單扇的，圍屏則由多扇組成，少則二扇，多則十二扇，能隨意折疊，可寬可窄，使用方便。製作屏風，一般採用木板，或以木料爲骨，蒙上絲織品作爲屏面，用石、陶或金屬等其他材料做柱基。屏面飾以各種彩繪，或鑲嵌不同題材的圖畫，也有全素的屏風。帝王貴族們使用的屏風，用材尤其珍貴，做工精細，畫面豐富多彩，瑰麗奪目。據史書記載，在西漢皇室的宮廷裡，曾使用過璀璨斑爛的雲母屏風、琉璃屏風和雜玉龜甲屏風等。《太平廣記・奢侈・趙飛燕》稱，西漢成帝時，皇后趙飛燕，向以揮霍無度聞名於世，有一次臣下向她進獻三十五種貢品，其中就包括雲母屏風和琉璃屏風。後世還出現有琺琅屏風、象牙屏風等等。這些屏風價値連城，多爲統治階級專用的奢侈品。所以《鹽鐵論・散不足》說：「一杯棬用百人之力，一屏風就萬人之功」。

在我國，屏風的使用雖然已有幾千年的歷史，但留存的實物甚少。西元一九七二年湖南省長沙馬王堆一號漢墓出土的屏風，可說是現在見到的我國最早最完整的屏風實物。這是一具彩繪漆插屏，木胎，長方形，通高六十二釐米。屏板長七十二釐米、寬五十八釐米、厚二點五釐米。屏板下安有兩個承托的足座。屏面髹漆，一面紅漆地上滿繪淺綠色油彩，中心繪一谷紋圓璧，周圍繪幾何形方連紋，邊緣髹黑漆地，朱繪菱形圖案。另一面髹黑漆地，以紅、綠、灰三色油彩繪雲紋和龍紋。但見一條游龍飛舞於長空之中，昂首張口，騰雲遣霧，體態輕盈矯健，形象神奇生動，富有想像力和藝術魅力。綠色龍身，丹赤鱗和爪，邊緣菱形圖案呈朱紅色，色調醒目鮮艷，畫工技巧高超，落筆瀟灑利落，剛柔結合，奔放有力。

馬王堆一號墓還出土了許多簡册，其中第二一七簡記載：「木五菜（彩）畫並（屏）風一，長五尺，高三尺。」簡文所記的尺寸，可能是當時一般實用屏風的尺寸。漢代五尺約合現在公制一點二米左右。但出土的這架彩畫漆屏風與該簡文所述的尺寸不符，面積要小一些。

馬王堆一號墓共出土了一百八十四件絢麗繽紛的漆器。就其胎骨質地來說，不外木、竹胎和夾紵胎兩類。這具屏風的胎骨經鑒定爲斫木，製作比較粗糙，可能是一件模擬死者生前使用過的實物的明器，專爲陪葬而準備的。

經專家鑒定，馬王堆一號漢墓的年代，在漢文帝前元五年（西元前一七五年）之後。漢景帝中元五年（西元前一四五年）之前。死者可能是第二、三代軑侯的妻子，也可能是第一代軑侯的妻子。因此這架彩繪漆屏風，距今已有二千一百餘年的歷史了。它的首次完整出土，爲我國研究屏風史提供了稀有的實物資料。

稍晚的就是西元一九八三年八月至十月考古發掘的廣州象崗山西漢南越（《史記》稱南越，《漢書》謂南粵）王墓出土的一架銅框架漆屏風。這架屏風放置在主室墓主棺椁外的左側，長達三米許，顯然是一架實用屏風。墓主爲第二代南越王趙眛。南越是秦始皇派到廣州（古稱番禺）開拓嶺南的將軍趙佗，於漢初建立的諸侯王國，呂后年間潛號稱帝割據，傳五世共九十三年。趙眛即位於建元四年（西元前一三七年）。大約死於元朔（西元前一二八年——前一二三年）至元狩（西元前一二二年——前一一七年）年間。這具銅框架漆屏風距今亦已二千年了。這件實用大屏風可說是目前我國現有的古屏風中最大的一架。它的最新出土，不僅是我國考古工作的重大收穫之一，而且也為研究我國屏風家具史提供了新的實物資料，至為珍貴。（詳見《考古》，西元一九八四年三期、《人民日報》西元一九八三年十一月十一日三版）

是否有比西漢更早的屏風實物出土呢？

西元一九六五年十月至一九六六年一月，在湖北省江陵縣境內發掘了三座春秋戰國時代的楚國墓，其中望山一號墓出土的彩繪木雕小座屏，亦極為罕見。座屏通高僅十五釐米、長五十一點八釐米、上寬三釐米、下寬十二釐米，底座高三釐米。底座、邊框、屏面均浮雕蛇蟒和各色動物共五十一個，即大蟒二十條，小蛇十七條，蛙兩隻，鹿、鳳、雀各四隻。所雕動物形狀各異，有的在相互角鬥。周身黑漆為底色，用朱紅、金銀等漆彩繪。畫面玲瓏剔透，別開生面，意趣橫生，堪稱藝術傑作，看來這只是一件陳設品。（《文物》西元一九六六年五期）

現在有的學者認為近年河北省平山縣戰國中山王嚳墓出土的錯金銀虎噬鹿銅器座、錯金銀犀牛銅器座及錯金銀水牛銅器座，可能就是一架屏風的柱礎。器座上都有銎，虎噬鹿器座為雙銎，犀牛和水牛器座各為一銎。三個器座共有四個銎，銎上還殘留有木榫，可惜出土時已看不到屏面的形狀及其大小了，它可能就是一件圍屏的柱礎。當然，這一點尚有待於進一步考證。

比起馬王堆一號墓出土的漆屏風遲得多的模擬明器，則有甘肅武威旱灘坡東漢墓出土的一件彩繪木屏風架，以及河南洛陽澗西七里河東漢墓出土的一件小型陶質屏風。

說起古代實用屏風，則還要推西元一九六六年出土的山西大同石家寨司馬金龍墓的一架漆畫屏風。這是南北朝後魏太和八年（西元四八四年）以前的作品，大部分已經朽毀了，所餘五塊屏板還比較完整，板高約八十釐米。還有四件淺灰色細砂石精雕的柱礎，每個高十六點五釐米。如果復原起來，可能是一具四尺屏風，其形狀不同於馬王堆一號墓出土的插屏，而是可供一人使用的設置在牀頭的圍屏。特別是屏面上所繪的古代歷史人物故事，引起了學術界的注意。

紫禁城宮殿裡每個殿堂上的寶座後面，幾乎都設有屏風，如「紫檀嵌黃楊木雕雲龍屏風」、「乾隆牙雕山水人物染色圍屏」、「雕龍髹金屏風」等都是清代極為珍貴的工藝品。屏面上的紋飾更是巧奪天工，美不勝收，有浮雕的雲龍紋，有鑲嵌和刺繡的花鳥、山水、人物等各種圖案。它們是我國古代屏風的精品，集中反映了我國手工藝的高度水平。

「雙鯉魚」和古代的信封

／麻守中

漢樂府民歌《飲馬長城窟行》：「客從遠方來，遺我雙鯉魚。呼兒烹鯉魚，中有尺素書。」什麼是「雙鯉魚」呢？聞一多《樂府詩箋》云：「雙鯉魚，藏書之函也。其物以兩木板爲之，一底一蓋，刻線三道，鑿方孔一，線所以通繩，孔所以受封泥。……此或刻爲魚形，一孔以當魚目，一底一蓋，分之則爲二魚，故曰雙鯉魚也。」聞一多的說法，本於近人傅振倫的《簡策說》（載《考古》雜誌第六期）。傅振倫在《簡策說》中云：「函者，咸也。咸者，緘也。凡封緘者，始謂之函。蓋凡封藏物者曰椷、曰櫝、曰函。其物爲木板，上刻線三道，鑿方孔一，線所以通繩，孔所以封泥。《新唐序．禮樂志》所云：『印齒』，即此物也。就實物考之，函有書牘之函，物品之函兩類。」從這些考證可以知道，「雙鯉魚」就是古代的信封。這種信封和現在用紙糊成口袋形的信封不同，它是用兩塊魚形的木板做成的，中間夾著書信。「呼兒烹鯉魚」，即解繩開函，「中有尺素書」，即開函看到用素帛寫的書信。這種鯉魚形的信封沿襲很久，一直到唐代還有仿製，《琅嬛記》載：貞觀年間有人「以朝鮮厚繭紙作鯉魚函，兩面俱畫鱗甲，腹下令可藏書」。而且有詩云：「花箋製葉寄郎邊，江上尋魚爲妾傳。郎處斜陽三五樹，路中莫近釣翁船。」

漢以前的信封是什麼樣子呢？史無明文記載，但是有信封是無疑的。《戰國策·齊策》載：「齊王使使者問趙威后，書未發，威后問使者曰：『歲亦無恙耶？民亦無恙耶？王亦無恙耶？』」「書未發」，即書信未啓封，可見當時已經有了信封。

漢以後，信封逐漸被人們廣泛使用，並產生許多有關信封的故事。東晉有個志大才疏的殷浩，奉命北伐，吃了個大敗仗，被貶爲庶人，後來野心家桓溫又想任用殷浩當尚書令，寫信告訴殷浩，殷浩高興得不得了。寫好了回信，總擔心有謬誤，把信箋裝進信封又拿出來，拿出來又裝進信封，折騰了數十遍，結果是越愼重越出錯，他竟給桓溫寄去個空信封，桓溫當然大大的不高興，於是一場升官美夢，化爲泡影（見《晉書·殷浩傳》及《世說新語》）。唐張籍《秋思》：「洛陽城裡見秋風，欲作家書意萬重。復恐匆匆說不盡，行人臨發又開封。」雖然也是臨發信又打開信封，但張籍和殷浩急於當官的心情不同，他大概不會也寄個空信封回家去。但寄張白紙回家的人卻是有的。宋羅燁《醉翁談錄》載：「三山吳某，字仁叔，在太學，附家書歸，而誤封一幅白紙。妻啓緘見之，微笑，即寫詩一首復之曰：『碧紗窗下啓緘封，一紙空頭徹底空。料想仙郎懷別恨，憶人全在不言中。』仁叔接詩亦大笑，遂寄詩云：『一幅空箋聊達意，佳人端的巧形言。聖君若也頒科詔，應作人間女狀元。』」又戲曲《尺素書》（又名《空柬記》）、短篇小說《李克讓竟達空函，劉元普雙生貴子》，說的是宋眞宗時，洛陽劉元普富而好義，常接濟四方貧士，遠近聞名。當時有個叫李遜的人，考中了進士，授錢塘令，到任不滿一月，病重危，心想丟下孀妻弱子怎麼辦呢？他想到了名聞天下的洛陽劉元普，但苦於與劉素不相識，於是準備了一個空信封，封得牢牢的，信封上寫：「辱弟李遜書呈洛陽恩兄劉元普親拆。」然後把信封交付給妻子張氏和兒子彥青，說：「此吾八拜交也，可往投之，必能濟汝母子。」李遜死後，張氏領著彥青，帶著信去投奔劉元普。劉元普根本就不認識李遜，看見函面稱呼卻寫得十分親暱，打開信封一看，裡面竟無一字，茫然不知道是怎麼一回事。過了一會兒，他恍然大悟說：「我知之矣。」馬上叫他的妻子王氏出見張氏母子，說：「此吾故交妻若子也。」請張氏母子住在他家的南樓，飲食家具全都準備得很齊全，使張氏母子有了依靠。一個空信封，竟勝過萬語千言。從這些描寫中不僅可以知道信封使用的廣泛，而且可以知道信封封面書寫的情況。當然小說戲曲不是信史，但文學是社會生活的反映，從文學作品的具體描寫中，是可以看到古代信封發展變化的印跡的。

明朝人寫信，若不是死喪凶信，大多在信封上寫「平安」二字。成書於明代的《水滸傳》第三十五回「石將軍村店寄書」，寫石勇爲宋江寄家書，「酒罷，石勇便去包裹內取出家書，慌忙遞與宋江。宋江接來看時，封皮逆封著，又沒『平安』二字。宋江心內越是疑惑，連忙扯開封皮，從頭讀至一半，後面寫到：『父親於今年正月初頭因病身故，現金停喪在家，專等哥哥來家遷葬。千萬千萬，切不可誤！宋清泣血奉書。』」結果，宋江被這封假信矇騙，連忙回家「奔喪」去了。第三十九回「梁山泊戴宗傳假信」，寫朱貴用蒙汗藥麻翻了戴宗，從戴宗便袋裡搜出蔡九知府寫給他老子蔡京的家信，「見封皮上寫道：『平安家信，百拜奉上父親大人膝下，男蔡德章謹封』」。明朝時人在封皮上俗寫「平安」二字的習慣，也可從明人詩中得到證實。高啓《得家書》：「未讀書中語，憂懷已覺寬。燈前看封篋，題字有平安。」又商家梅《得家書》：「忽見平安字，封題是老親。自驚爲客久，不敢述家貧。松菊縱多故，路途唯一身。臨風應不盡，還問寄書人。」

清朝的信封和現代的信封大體相同，但寫法不同。信封的正反兩面都寫字，而且由於寫信的對象身分地位不同，而有不同的寫法。例如太平天國忠王李秀成《致征北主將張洛行書》，寫給平行關係的人，信封正面寫：「征北主將張弟收展」，信封背面寫：「自天京發行　內乙件　太平天國庚申十年肆月初三日　鳳陽一帶。」李秀成《給侄容椿子容發諄諭》，是寫給晚輩的，信封正面：「忠義宿衞軍忠王李諄諭」，信封背面：「自杭郡鳳山門外發　內乙件　太平天國辛酉十一年初三日封　遞至紹興郡　交與王相容椿侄、二殿下容發子等開拆」（均見《太平天國文書彙編》）。

和西方一些國家比較，中國使用信封是比較早的。據《中國青年報》西元一九八二年五月十六日《信封的故事》（可人摘譯自捷克《青年世界》）載：西方古代沒有信封。希臘歷史學家海羅多特寫道：爲了保密，古代的奴隸主用奴隸的頭皮作信箋傳遞消息。他們先把奴隸的頭髮剃光，在頭皮上寫上信的內容，待奴隸的頭髮長出來後，就把這封「信」寄出去。奴隸抵達目的地後，收信人再把他的頭髮剃掉，就可以讀到信的內容了。十四世紀人們用紙寫信，把信用繩子捆好，再蓋上印章，但仍然難免洩密。大約在一百五十年前，英國才出現了第一批信封。當時有一個書店老板叫布魯爾，他發現在海邊渡假的女士們非常喜歡寫信，又十分害怕信的內容被別人知道。布魯爾經過一番研究，便根據當時出售的信紙的尺寸，設計了第一批信封，把口子封上，便能保守祕密了。十年後（西元一八四四年）倫敦出現了第一臺糊信封的機器。如此看來，在信封的發明和使用上，中國比西方國家早得多。

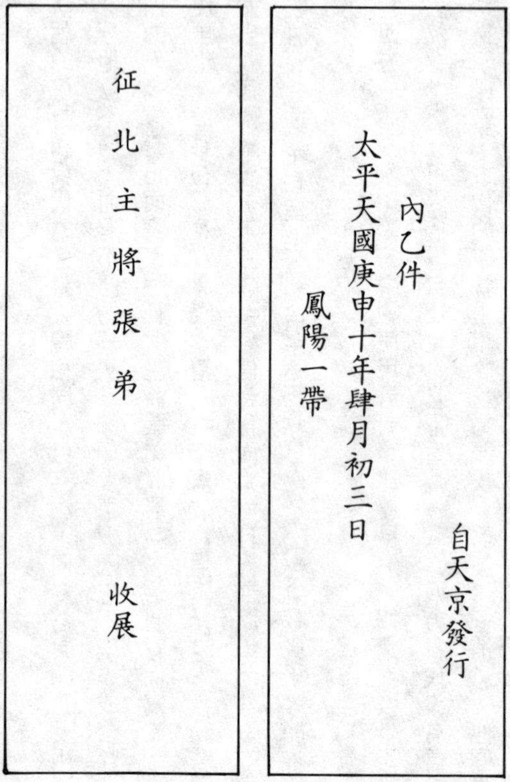
自天京發行
內乙件
太平天國庚申十年肆月初三日
鳳陽一帶
征北主將張弟 收展

信封正面　信封背面

太平天國忠王李秀成《致征北主將張洛行書》

古代的「名帖」

／劉桂秋

《史記．酈生陸賈列傳》裡有這樣一段記載：沛公劉邦引兵過陳留，酈食其「踵軍門上謁」，求見沛公，沛公不見，使「使者出謝，……酈生瞋目按劍叱使者……，使者懼而失謁，跪拾謁，還走，復入報曰：『客，天下壯士也，叱臣，臣恐，至失謁。』」

在上述的這一段文字裡，「謁」字凡四見，這裡的「謁」，即是後世所說的「名帖」（名片）。由此可知，早在秦漢之際，人們在拜訪謁見時，就開始用名帖來通報姓名了。但那時還沒有紙張，所以當時的名帖是削竹木而成，上書自己的姓名，西漢時稱作「謁」，東漢時則稱作「刺」，如《後漢書．文苑列傳》：「建安初，（禰衡）來游許下，始達潁川，乃陰懷一刺，既而無所之適，至於刺字漫滅。」

漢代以後，由於造紙術的發明，開始用紙作名帖了，名帖也相繼被叫作「名」、「名紙」等，但同時沿用了「刺（名刺）」的名稱。「刺」上面所書的內容，或者只是自己的鄉里、姓名，或者一併寫有自己的官爵，後者稱之爲「爵里刺」；而「刺」的書寫格式，東漢的劉熙曾介紹說是「長書中央一行而下之也」（見《釋名．釋書契》）。西元一九七四年三月，江西省南昌市東湖區永外正街出土了一座西晉時的夫妻合葬墓，其男性墓主姓吳名應，字子遠，豫章郡南昌縣都鄉吉陽里人，生前曾任「從事中郎」一類的官職。在墓中發現了木簡五件，即是吳應生前所用的名刺，其中三件內容相同，文曰：

弟子吳應再拜　問起居　南昌字子遠

這三件名刺的格式是：先書「弟子吳應再拜」，稍空後寫上「問起居」的問候語，再在木簡下端偏左處以稍小的字體寫上鄉里和字；第四件名刺和前三件內容格式基本相同，只是「弟子」二字換成了郡名「豫章」；第五件名刺文曰：

中郎豫章南昌都鄉吉陽里吳應年七十三字子遠

這一件與前四件有所不同，於鄉里姓名之外，又寫有官職年齡，而且是一行直書而下，①與東漢劉熙《釋名．釋書契》中的「下官刺曰長刺，長書中央一行而下之也，又曰爵里刺，書其官爵及郡縣鄉里」的記載正同。這幾件木簡的出土，爲我們提供了當時所用名刺的實物資料，到了宋代，南宋時期的張世南，在他的《游宦紀聞》一書中說過：「士大夫謁見刺字，古制莫詳。」但張氏在該書中，卻記錄了他家中收藏的北宋元祐年間秦觀、黃庭堅、張耒、晁補之等人所用過的名刺的「石本墨跡」，刺云：

觀，敬賀子允學士尊兄。正旦，高郵秦觀手狀。

庭堅奉謝子允學士同舍。正月、日，江南黃庭堅手狀。

耒謹候謝子允學士兄。二月、日，著作郎兼國史院檢討張耒狀。

補之謹謁謝子允同舍尊兄。正月、日，昭德晁補之狀。

上面所錄，是秦觀等人拜謁一個叫常立（字子允）的人時所用的名刺，這些名刺「或書官職，或書郡里，或稱姓名，或只稱名；既手書之，又稱主人字；且有同舍、尊兄之目」（《游宦紀聞》），於此可見宋時名刺的體式內容②。

名帖的作用，當然是人們在登門拜訪求見時用以通姓名的；但也有於逢年過節之時，自己不登門而使僕從到親戚朋友家投送名刺為賀的。南宋周密《癸辛雜識》云：「節序交賀之禮，不能親至者，每以束刺簽名於上，使一僕遍投之，俗以為常。」該書還記載了這樣一個故事：「余表舅吳四丈，性滑稽。適節日無僕可出，徘徊門首，恰友人沈子公僕送刺至。漫取視之，類皆親故。於是酌之以酒，陰以已刺盡易之。沈僕不悟，因往遍投之，悉吳刺也。」看來，後世人們在春節互致「賀年片」的習俗，正是由此而來。

唐宋時，又時行用一種叫做「門狀」的名帖，其式「繁於名紙」，它的前身本來是一種下屬見上司所呈遞的公狀，狀紙呈上後，必須由上司於「狀後判引，方許見。」南宋葉夢得在他的《石林燕語》一書裡介紹這種公狀的體式說：「唐舊事……府縣官見長吏，諸司僚屬見官長，藩鎭入朝見宰相及臺參，則用公狀。前具銜，稱『右某謹祗候某官，伏聽處分（或曰「伏候裁旨」）。牒件狀如前，謹牒。』」到了唐武宗時，李德裕爲相，位高權盛，一些趨奉巴結之徒在踵門拜謁時，嫌其「舊刺禮輕」，便將這種公狀施用於李德裕的私人宅第，謂之門狀。此後，私人之間拜謁，便開始通用這種門狀。如《游宦紀聞》便記載了作者家藏的北宋治平四年士大夫往來所用的門狀，其中有：

醫博士程昉：右昉謹祗候參節推狀元，伏聽裁旨，牒件如前，謹牒。治平四年九月，日，

醫博士程昉牒。

到了明清兩代，又有所謂「手本」。這是當時下屬見上司或門生見老師時所用的一種名帖，一般以棉紙六頁摺成，外加底殼，下官見上官所投手本，用青色底殼；門生初見座師，則以紅綾

爲底殼。

名帖本用以通姓名，然而到了一些阿諛之徒手裡，卻往往成了他們奉迎討好權貴們的工具。如前人筆記曾記：明代有拜謁嚴嵩者，以紅綾爲名帖，以赤金絲爲字；又有拜謁張居正者，以織錦爲名帖，以大紅絨爲字；更有在名帖上自稱爲「門下小廝」、「渺渺小學生」之類，以降低自己來擡高對方的。明代歷史傳奇劇《精忠旗》（寫岳飛抗金之事）有這樣一個情節：奸黨何鑄、羅汝楫、万俟卨一起上門拜謁秦檜，共商與金兵議和之事，他們所投的門帖上一個寫著「晚生何鑄」，一個寫著「門下晚學生羅汝楫」，一個寫著「門下沐恩走犬万俟卨」，結果何鑄自嘆弗如道：「約定一樣寫官銜晚生，如何又加『門下晚學』、『沐恩走犬』字樣？這樣我又不濟了。」活畫出了這幾個趨炎附勢之徒的嘴臉。

注釋

①見西元一九七四年第六期《考古》三七五頁，《江西南昌晉墓》圖版九、二。

②參見《文史知識》，西元一九八四年四期《賀帖與謝帖》。

投壺趣談

／吳曾德

河南省南陽市臥龍崗的漢畫館內，陳列著一幅投壺石刻畫。畫面的中間立著一壺，壺裡插著已投進去的兩根「矢」。壺的左側是一隻三只足的酒樽，樽上擱置一把勺，供人舀酒用。畫上共有五人。壺的左右各有一人跽坐（跪著坐），每人一手懷抱三根矢，另一手執一根矢，面向著壺準備投擲。畫面的右端一人跽坐，雙手拱抱，似是退居一旁的旁觀者，又像是侍僕。畫面左端一彪形大漢席地而坐，他應是主人，那一副醉漢的模樣顯然是投壺場上的敗將，已多次被罰，飲酒過量而不能自持，需下人攙扶。許多來到漢畫館的觀衆都被這幅形象生動的投壺圖所吸引，細細品味，佇立良久。

投壺是古代宴會上一種助酒興的遊戲。宴會的主人設置這種遊戲，既可使來客多喝些酒，表示了自己的盛情，又能增添宴會的歡樂氣氛。故而很受古人的歡迎。此外，漢代社會上盛行投壺遊戲的一個很重要的原因是，地主階級爲了維護自身的統治利益，想方設法去建立封建的統治秩序，而投壺遊戲也變成了進行封建禮節教育的手段之一。有的書中專門記有投壺的禮節，如《禮記》中的《投壺》、《少儀》篇，著名史學家司馬光寫的《投壺儀節》。

投壺所用的壺，廣口大腹，頸部細長，壺的腹內裝滿又小又滑的豆子，很有彈性，如投矢時用力過猛，已投進的矢也會被彈出去。所用的矢是用叢生灌木楛或棘的莖製成，因爲楛木和棘木重而且直，用以投擲才不飄浮。製作這種矢是不剝樹皮的，目的是使它更重一些。矢形是一頭齊，一頭尖，尖頭如刺，故又稱這種矢爲「棘」。矢的長度以「扶」爲單位計算，古代以四指寬爲一扶，合漢制四寸。矢按長短不同分爲三種：五扶、七扶、九扶，分別折合二尺，二尺八寸和三尺六寸。之所以矢的長短不一，是因爲在不同的投壺場地需要使用不同長度的矢。光線較好時，可以在「室」內投壺，室內比較狹窄，人距壺較近，故只能用比較短的五扶矢。光線稍暗，投壺可在較寬敞一點的「堂」上進行，人距壺就遠一些，於是用七扶矢。光線再暗一些，投壺遊戲便挪到庭院中，這時壺就離人更遠一些了，即用九扶矢。

投壺前要指定一個「司射」，其職責如同現在各項比賽中的裁判一樣。他手中捧一個用木頭雕刻成的名叫「中」的獸形（或鹿或虎等）盛器，裡面放著「算」。故名思義，「算」是計算每人投中的數目的，據說「算」長一尺二寸。至於把盛「算」的器物稱爲「中」，這大概是個吉利詞，願大家都能順利地投中。每次投壺取多少「算」，是以參加者的多少來定的，規定每人只准拿四根矢（這與投壺圖上投壺者拿的矢數相吻合），相應地每人也得備四算，兩人投壺備八算，三人投壺備十二算……。

投壺前的禮節是，主人拿著矢，盛情邀請客人說：「某有枉（桿不直之）矢、哨（口不正之）壺，請以樂賓。」客人推辭道：「子有旨酒（美酒）、嘉肴，某既賜矣，又重以樂，敢辭。」要如此反覆謙讓三次，客人才敢拜受，從主人手中接過投壺用的矢。這裡還有個講究，地位高的所謂尊者，可以把四矢全放在地上，投一矢取一矢，而地位低的卑者，則要把矢全部抱在懷中。投壺石刻畫上正在投壺的兩人正是屬於社會地位較低的卑者。

投壺正式開始前，由「司射」上前確定壺的位置。壺一般設在筵席的南面，距離座席二矢半。因所用矢的長短不一，因此這『二矢半』的距離也不等，室內的二矢半用五扶矢丈量，壺距席五尺，堂上的二矢半以七扶矢計算，則壺距席七尺，庭院中的二矢半以九扶矢測定，由是壺距席九尺。司射確定壺的位置過程叫「度壺」。

之後，司射宣布：「勝飲不勝者。」意思是優勝者讓輸的一方喝酒。並命令奏樂：「請奏『狸首』。」「狸首」本是一詩篇的名字，後來配上樂曲成了投壺遊戲的伴奏樂。一般要反復奏五遍，第一遍樂曲是投壺前的序曲，待第二遍樂曲終了，鼓聲起時，投擲正式開始，賓主更替各投一矢，然後是奏第三遍樂曲，再擊鼓投矢……，到第五遍樂曲和鼓聲都停了，四矢也全部投完。

每投進一矢，由「司射」給投中者一邊放上一「算」，稱爲「釋算」。倘若投中者高興得忘乎所以，不等對方投擲就搶先又投一矢，即便投中了，「司射」也不給「釋算」，「不算」這個詞大概即由此而來。四矢投完只是第一局結束，「司射」爲勝者計「算」，這叫「立一馬」，古人把投壺遊戲比爲騎馬射箭，故用「馬」這個名稱。三局後才能定勝負，三局都勝了，立三馬，即所謂「至三馬而成勝」。假如只勝了二局，立二馬，對方贏了一局，立一馬，這一馬就要歸入那二馬的擁有者名下以湊成三馬，表示慶賀得勝的一方。

在三國時期，有一個名叫邯鄲淳（字元淑）的人，寫了一篇《投壺賦》，對這種遊戲大加讚美：「絡繹聯翩，爰爰兔發，翻翻隼集，不盈不縮，應壺順入，何其善也」。意思是「矢」一支接一支從投壺者的手裡飛出去，宛如舒緩而行的兔子，又好似輕快地飛來會集的隼鳥，投出的箭不遠不近，都準確地順壺而入，這是何等地高妙啊！從這些描寫可想像投壺遊戲是多麼有趣。

投壺遊戲出現的時間最遲在春秋末，據《左傳》昭公十二年記載，約在西元前五三〇年，各國的一些君主來到晉國祝賀新繼位的晉昭公，晉昭公設宴招待，並與齊景公等人一起投壺。晉昭公在投擲前，他的大臣中行穆子在一旁口中念念有詞：「有酒如淮（水），有肉如坻（山）。寡君中此，爲諸侯師。」那時各國都想稱霸，晉國也不例外，似乎投壺投中了便是能稱霸的一個吉兆，結果眞給昭公投中了。齊景公也不甘示弱，回敬說：「有酒如澠，有肉如陵。寡人中此，與君代興。」結果也投中了，他倆人的對話使這一場投壺帶上了政治鬥爭的色彩。他倆都能每投必中，說明水平不低，必定是經常玩投壺遊戲的老手。從這個故事至少可推斷出，投壺遊戲在春秋晚期已經受到人們的歡迎，並且開始流行於社會。到了戰國，投壺遊戲在社會上已比較盛行，男女可同坐在一起，邊喝酒邊投壺（《史記．滑稽列傳》）。直到唐代，投壺遊戲仍受人們的歡迎。宋以後就很少見到關於投壺的記載了。到了西元一九二六年，盤踞東南五省的大軍閥孫傳芳，在南京舉行過一次投壺禮，原定由章太炎主持儀式，屆時太炎先生沒有參加。這件事，魯迅先生在《關於太炎先生二三事》中曾經提及，說太炎先生「即離民眾，漸入頹唐，後來參與投壺，接收饋贈，遂每爲論者所不滿，但這也不過白圭之玷，並非晚節不終」，對章太炎晚年活動進行了委婉的批評，而對孫傳芳搞的具有復古意味的投壺禮則予以否定。

魏晉時代的「嘯」

／孫　機

頃讀《美國的隱逸派詩人》一文，看到其中有這樣一段對話：

「中國有沒有垮掉的一代詩人？」

我說：「有。一千七百年前的晉朝就有。嵇康、阮籍、呂安、向秀，還有孫登、陶淵明，都可說是他們的代表人物。」

「他們歌唱嗎？」

「唱歌。他們唱一種『無詞之歌』，也叫『長嘯』，每天在小林中仰天長嘯，抒發感情。孫登是長嘯大師。」

西元一九八二年十二月四日《光明日報》

從嵇叔夜到陶靖節，這些在中國歷史上一直受到尊重的文化名人，爲何忽然一齊「垮掉」？

雖殊感費解，但姑不具論。只說把長嘯指爲「唱無詞之歌」這一點，揆諸史實，已未免不夠確切。

魏晋名士，風流倜儻，雅好長嘯，本來不假。然而嘯卻不是由他們所首倡，早在《詩經》裡就屢次提到嘯。

《召南．江有汜》：「之子歸，不我過，其嘯也歌。」

《王風．中谷有蓷》：「有女仳離，條其歗矣。」

《小雅．白華》：「嘯歌傷懷，念彼碩人。」

嘯和歗是一個字的不同寫法，鄭玄說它的意思是「蹙口而出聲」（《江有汜》箋），也就是現代所說的吹口哨。值得注意的是《詩經》裡出現的嘯者多是女性，她們心懷憂怨，發而爲嘯。在其他記載中也常提到婦女作嘯，如《列女傳．仁智篇》說魯漆室之女因憂念邦國，倚柱而嘯。《古今注．音樂篇》說商陵牧子婚後五年無子，將別娶，妻聞之，中夜起倚戶而悲嘯。婦女用吹口哨來舒其不平之氣，大概是古代所常見而現代已較陌生的一種習俗。不過，嘯也不完全是抒情的，它也用在某些施行巫術的場合中。如《楚辭．招魂》：「招具該備，永嘯呼些。」王逸注：「夫嘯陰，呼陽，陽主魂，陰主魄；故必嘯呼以感之。」這是用嘯來召喚亡者之魄。《靈寶經》記某國大旱，一個名叫姓音的女仙「爲王仰嘯，天降洪水，至十丈」（《文選．嘯賦》李善注引）。這是用嘯來求雨。說得更具體的是葛洪的《神仙傳》，此書記西漢人劉根學成道術，郡太守知道後，命劉根召鬼；如召不來，將加刑戮。劉根於是「長嘯」，嘯音非常清亮，聞者莫不肅然，衆客震悚。」忽然南壁裂開數丈，有許多兵護送一輛車出來，車上以大繩縛著郡守已亡故的父母。則嘯又被認爲能召鬼。此類神話雖屬無稽，但可證嘯是術士的一宗本領，而且法術高深者，嘯得還十分嘹亮，不同凡響。

至東漢時，這種音調既清越，用意又含有若干神祕色彩的嘯，逐漸從婦女和巫師那裡進入文士的生活圈。《後漢書．向栩傳》說此人「恆讀《老子》，狀如學道，不好語言，而喜長嘯」。他之好嘯，如果說還可能同「學道」有點關係的話，那麼《後漢書．隗囂傳》所載王遵致牛邯書中，說自己由於激憤而「吟嘯扼腕」，就和道術全不相干了。魏晋以後，關於吟嘯的記事更加常見。《世說新語．雅量篇》：「謝太傅（安）盤桓東山時，與孫興公（綽）諸人泛海戲。風起浪湧，孫、王諸人色並遽，便唱使還。太傅神情方王，吟嘯不言。」同書《文學篇》：「桓玄嘗登江陵城南樓，云我今欲爲王孝伯作誄。因吟嘯良久，隨而下筆。」吟是吟詠，嘯是長嘯，所以它也可稱爲「諷嘯」或「嘯詠」。如《晋書．王徽之傳》說：「時吳中一士大家有好竹，（徽之）欲觀之，便出坐輿，造竹下諷嘯。」《世說新語．言語篇》說：「周僕射（顗）雍容好儀形，詣王公（導）。初下車隱數人，王公含笑看之。既坐，傲然嘯詠。」這時的吟嘯、諷嘯或嘯詠，不僅出現在情緒激動的場合，而且當其意趣恬適、心境曠放、談玄揮麈、登高臨遠之際，也常常且吟且嘯。但於大庭廣衆之前放聲長嘯，自然有點旁若無人的樣子。可是在「魏晋之際，天下多故」，輩卓不羣之士由主張達生任性而走向逸世高蹈的時代背景下，這卻正是他們很欣賞的一種姿態。所以吟嘯之風，不脛而走，廣泛流行，以致成爲名士風度的一個組成部分。其實嘯是形式，倨傲狂放才是它的靈魂：《世說新語》用「傲然」來形容周顗嘯詠時的神態，可謂搔中癢處。而這種動作和神態又可被簡稱爲「嘯傲」，即郭璞《游仙詩》所說的「嘯傲遺世羅，縱情任獨往」；陶淵明《飲酒詩》所說的「嘯傲東軒下，聊復得此生。」至於《歸去來辭》中的「登東皐以舒嘯，臨清流而賦詩」，雖不言傲，而傲世之態，已盡在其中。

但魏晉時的吟嘯，現代卻有時把它理解爲「唉聲長嘆」（新版《辭源》）或「感慨發聲」（新版《辭海》）；果如是，它就只不過是一種哼哼唉唉的聲音，既談不上什麼音樂性，也和講風骨、講吐屬的魏晉名士的氣質頗不相投了。實際上並非如此。《世新說語·任誕篇》說劉道眞少時「善歌嘯，聞者留連」，《陳留風俗傳》說阮籍的歌嘯「與琴聲相諧」，反映他們的嘯聲是帶有旋律的、相當優美的。把嘯的方法和嘯的音調記述得最細緻的是西晉成公綏的《嘯賦》（《文選》卷十八）。他寫嘯的發聲是：

近取諸身，役心御氣。
動唇有曲，發口成音。
觸類感物，因歌隨吟……
音韻不恆，曲無定制。

行而不流，止而不滯。
隨口吻而發揚，假芳氣而遠逝。

嘯音則柔曼而又尖峭：

響抑揚而潛轉，氣沖鬱而熛起。
協黃宮於清角，雜商羽於流徵。
飄遊雲於泰清，集長風乎萬里……
時幽散而將絕，中矯厲而慷慨。
徐婉約而優遊，紛繁鶩而激揚。
情既思而能反，心雖哀而不傷。

其效果則是：

清激切於竽笙，優潤和於琴瑟。
玄妙足以通神悟靈，精微足以窮幽測深……
散滯積而播揚，蕩埃藹之溷濁。

〔圖一〕南京西善橋太崗寺
南朝墓出土的《竹林七賢與榮啟期》磚畫中之阮籍

變陰陽之至和，移淫風之穢俗。

末一項雖被渲染誇張，但嘯於其音樂性之外，再蒙上這樣薄薄一層玄學的外衣，遂使它在當時更具有魅力。一些關於長嘯的記述，也往往在這方面點睛增毫。如《晉書·阮籍傳》說他在蘇門山遇見後來被稱爲「仙君」的孫登（附帶說一句，孫登並不作詩，所以把他也歸入「垮掉的一代詩人」之列，更是冤枉），「與商略終古及棲神導氣之術，登皆不應，籍因長嘯而退。至半嶺，聞有聲若鸞鳳之音，響乎岩谷，乃登之嘯也。」所以直到唐代，孫廣在《嘯旨》中還說「嘯之清可以感鬼神、致不死」，就是這層用意的發揮。

不過，嘯聲中確乎沒有歌詞，那麼是不是可以稱它爲無詞之歌呢？否。因爲吹口哨與唱歌雖互相接近，卻究竟是兩回事；不能把吹口哨說成是無詞之歌，正像不能把吹喇叭說成是無詞之歌一樣。嘯之發聲的特點不是唱，而是吹。正像《嘯旨》中說的：「夫氣激於喉中而濁，謂之言；激於舌而清，謂之嘯。」南京西善橋太崗寺南朝墓出土的《竹林七賢與榮啓期》磚畫中之阮籍，即作長嘯狀(圖一)。他席地而坐，舉起右手靠在口邊，正吹得很起勁。南朝去晋尚近，磚畫中所表現的均應信而有徵。看到這幅畫，魏晋名士的引吭長嘯之風姿，便栩栩如生地呈現在我們眼前了。

文士吟嘯的習俗在唐代尚有孑餘。王維《竹里館》：「獨坐幽篁裡，彈琴復長嘯」；李白《游太山》：「天門一長嘯，萬里清風來」等句便可爲證。唐以後，此風漸息。到了宋代，學者講義理，士子重舉業，沒有誰再像魏晋時那樣動不動就長嘯。詩文中偶或提到嘯，多半是在掉書袋，不一定實有其事。這時在考古材料中看到的嘯者，則大抵爲藝人。河南偃師出土的宋代磚畫（圖二），河南焦作、山西侯馬出土的金代陶俑中都有吹口哨的。他們都是正在演戲的演員。元雜劇的科泛中記明打哨子的地方也不少見。在宋、金至元的雜劇演出中，吹口哨是丑角行當的一項重要表演技巧。但它和魏晋之長嘯的藝術風格和社會意義，已經完全不同。經過長時間的隔膜，現代人對魏晋之嘯不甚了然，也就不足爲奇了。

〔圖二〕河南偃師出土的宋代磚畫

京瓦技藝

——宋代市民遊藝

／楊　泓

在北宋都城汴梁（今河南開封）城內，有一處熱鬧的遊藝場所，名叫「瓦子」，位於皇城東南角的東角樓附近街巷中。據孟元老《東京夢華錄》卷二所記：「街南桑家瓦子，近北則中瓦，次里瓦。其中大小勾欄五十餘座，內中瓦子蓮花棚、牡丹棚，里瓦子夜叉棚、象棚最大，可容數千人。自丁先現、王團子、張七聖輩，後來可有人於此作場。」除了各種文藝演出外，「瓦中多有貨藥、賣卦、喝故衣、探搏飲食、剃剪紙、畫令曲之類。終日居此，不覺抵暮」。「瓦子」又稱「瓦舍」，這一名稱的來源並不十分清楚。據吳自牧《夢粱錄》說：「瓦舍者，謂其『來時瓦合，去時瓦解』之義，易聚易散也。不知起於何時。傾者京師甚爲士庶放蕩不羈之所，亦爲子弟流連破壞之門。」這類專供當時一般市民乃至軍卒暇時娛樂的場所，到了南宋時期，在都城杭州比北宋汴京更有所發展。據《夢粱錄》卷十九所記，杭州城內外的瓦舍，合計達十七處之多。

在瓦子演出的各種伎藝，名目繁多，大致可以看出有些與後世的戲劇有關，有些與曲藝、雜技以至武術表演有關。與後世戲劇有關的技藝，主要有「雜劇」和傀儡戲。傀儡戲也就是後世的木偶戲，當時有「枝頭傀儡」（杖頭傀儡）、「懸絲傀儡」、「藥發傀儡」等名目。此外也有「影戲」，影戲用的人物，在北宋汴京時是用「素紙雕簇」，後來改爲「以羊皮雕形，用以彩色妝飾」，形成現代皮影戲的前身。與後世曲藝有關的技藝，主要有小說講經史、諸宮調、叫果子等名目。其中小說講經史一項，實開後世說書藝人之先河。又據所講述的內容不同，還可細加區別，講史以講談歷史故事爲內容，「謂講說《通鑑》，漢、唐歷代書史文傳，興廢戰爭之事。」（《夢粱錄》）小說則偏重傳奇情節，內容多煙粉、靈怪、傳奇、公案，常是離不開朴刀、棍棒、妖術、神仙等打鬥離奇的情節，引人入勝。除此而外，還有演說佛書、說參請的，表演者是一些和尚，主講賓主參憚悟道等事，實際是藉文藝表演形式以進行宗教宣傳。諸宮調是以唱爲主的表演，有鼓板或弦管樂器伴奏。還有淺斟低唱的小唱等。叫果子是模擬賣物小販的叫賣聲，屬於口技一類。與後世的雜技以至武術表演有關的技藝，如《東京夢華錄》中講的小掉刀筋骨上索雜手伎渾身眼、李宗正、張哥、球杖踢弄孫寬、小兒相撲雜劇掉刀蠻牌董十五等。此外，還有索上擔水、索上走裝神鬼、舞判官，以及踢瓶、弄碗、踢磬、踢缸、敎蟲蟻、弄熊、藏人、藏劍、吃針等雜技、馬戲表演。在瓦市中還有一種極受人們歡迎的項目，就是「相撲」，又稱「角抵」或「爭交」，它有些像後世的摔跤表演。由於瓦子裡有上述的諸般技藝演出，極受一般市民和軍卒人等的歡迎，因此不管是風雨寒暑，都是非常熱鬧，那些最大可容數千人的表演棚內，觀衆總是滿滿的，日日如是。

兩宋都城中瓦子的繁榮熱鬧的景象，早已成爲歷史陳跡，但近年來的考古發掘又爲我們提供很多資料，使我們得以窺知當時演出的部分情景。下面選取雜劇、傀儡戲和相撲爲例，作些簡略的介紹。

雜劇是宋代市民遊藝很重要的一項。關於雜劇演出的情況，據耐得翁《都城紀勝》，雜劇中末泥爲長，每四人或五人爲一場。先做尋常熟事一段，名曰「艷段」。次做「正雜劇」，通名爲兩段。最後還有後散段「雜扮」。在河南省偃師縣酒流溝發現的一座北宋末年的墓中，墓室的北壁上嵌有六塊上有畫像的雕磚，其中的三塊磚上的畫面是與雜劇演出有關的，總共刻出五個姿態生動的演劇人物的形象，雖然無法查考他們具體表演的是什麼劇目，但可以看出這三塊磚大約正代表著雜劇演出的三段。其中一塊磚上刻有一個演員，從鬢邊露出的短髮和面像，可以看出是一位女演員，她雙手張開一幅小巧的立軸畫，身軀微向前傾，似是面對臺下觀衆獨白。這一畫面表現的可能就是雜劇演出的第一段的情景，即「艷段」或稱「首引」，係引起戲劇開場的意思。另一塊磚上的畫面中刻出兩位男演員，左側的一人右手托著一個包袱，他側轉臉去對右側的人講話，同時還用左手指點著對方。右側的人頭稍前傾，做出正專心傾聽對方講話的姿態。他們所表演的內容，大約是雜劇的第二段，即「正雜劇」，也就是演出的主要部分。至於雜劇的第三段，也就是主要的「正雜劇」演完的後散段「雜扮」，可能是第三塊磚畫面所描繪的情景。刻出的兩位演員都是丑角的扮相，左側的人托著內伏一鳥的鳥籠，並用右手指著鳥籠大張著嘴，似是對另一人講話。右側的人回轉身來看著托籠的人，並把右手的拇指和食指含在口中，正在吹口哨。兩個人

〔圖一〕南宋繪畫

都雙足外扭，邁著「丁字步」，並像是按著同一節拍，扭擺著身體，形象滑稽，引人發笑。除了雜劇雕磚外，還有兩幅傳世的南宋繪畫，描繪的大約也是雜劇舞台人物的形象。其中一幅繪出兩個表演者，左側的一位眉目清秀的演員，著裝頗爲滑稽，頭戴一頂下圓上尖的高帽子，身穿肥大的長袍，右脅下斜懸一個方形布袋，在帽子上、長袍的前襟和後背以及布袋上面，都畫著許多眼睛（圖一）。他側身向右，用手指點著對面站立的另一位演員的右眼。另一位演員是農民的扮相，左手執著竹篦，也用右手指點著自己的右眼。有人考證這幅畫可能畫的是雜劇名目中的「眼藥酸」，如果不錯，那這幅畫就是唯一的劇目明確的宋代雜劇圖像。

關於雜劇演出時的樂隊，在宋墓的雕磚中也有發現。河南禹縣白沙東的一座北宋墓中，發現一組戲劇題材的雕磚，刻出的演劇人物造型較粗劣，藝術價值遠沒有偃師的那組高，不過其中保留了有關樂隊的珍貴資料。刻出的樂隊由七位樂師組成，演奏的樂器共五種，計有大鼓、腰鼓、拍板、笛和觱篥，腰鼓和觱篥各二件，餘皆爲一件。樂師有男有女，擊大鼓和拍板的是女性，其餘樂器則由男子演奏。

除了繪畫和雕磚以外，也發現過一些和戲劇有關的雕塑作品，主要是一些南宋時期的白瓷俑。在江西鄱陽發現的南宋景定五年（西元一二六四年）死去的洪子成墓中出土的白瓷俑，共有二十一件，多是頭戴各種樣式的幞頭，身穿圓領長袍，足穿靴，作各種不同姿態的表演，或俯首欲泣、或擡頭遠眺、或雙手捧物、或舉手舞蹈、或拱手肅立、或恭敬施禮，面部表情多樣，神情靈活自然，很可能是模擬著登臺作戲的演員。原來衣上施加有彩繪，現在已經大部分脫落了，僅在面部、袍帶等處微見朱彩墨痕而已。類似的瓷俑，在景德鎮地區也有發現。

除了雜劇，**傀儡戲**也是宋代民間流行的表演藝術，利用各類偶人可以作多種題材的表演。據《都城紀勝》，傀儡戲主要表演煙粉靈怪故事，以及鐵騎公案之類題材，使用和雜劇相近似的劇本。由於用偶人表演，所以更宜於演「多虛少實」的神鬼故事，「如巨靈神、朱姬大仙之類是也」。依據操縱偶人的技法等不同，又可以區分為懸絲傀儡（懸線傀儡）、杖頭傀儡、水傀儡、肉傀儡等名目。西元一九七六年在河南濟源縣發現了兩件宋代的三彩枕，其中一件枕面中部是兒童遊樂圖，描繪出三個在池邊柳蔭下玩耍的兒童。其中有一個頭挽雙丫髻的綠衣白褲小兒，坐在繡墩上，右手執著一個提線木偶作戲（圖二），另兩個小兒一個敲鑼、一個吹笛進行伴奏。雖然描繪的是小兒遊戲，但是卻可以看出宋代懸絲傀儡的結構和操縱手法，和現代的提線木偶是完全一樣的。在洛源發現的另一件三彩釉枕面上，在四角有四個圓形的畫面，也都是描繪著小兒遊戲的題材。其中左下角一幅，繪出一個坐在地上的小兒，綠裙紅色兜肚，白胖可愛，舉右手耍弄一個黃衣的傀儡（圖三）。這一傀儡是在頭下連接衣套，雙臂旁伸，用手操縱傀儡活動。這種木偶，現代也有同樣的形象。上面的考古資料雖然無法代表宋代傀儡戲表演的盛況，但提供了有關提絲傀儡等的形象資料。至於杖頭傀儡的具體形象，現在還缺乏實例。

「相撲」表演除了皇帝大開宴會時由官軍表演的大型集體相撲外，大致可分爲兩類，一類是正式爭勝負的比賽，有所謂「打擂」的性質，另一類是平常在瓦舍等平民遊藝場所的表演。前者如南宋時臨安護國寺南高峯露臺上的比賽，據《夢粱錄》記載：「若論護國寺南高峯露臺爭交，須擇諸道州郡膂力高强、天下無對者，方可奪其賞。如頭賞者，旗帳、銀杯、彩緞、錦襖、官會、馬匹而已。」《武林舊事》所錄當時相撲（即角抵、爭交）名手有王僥大、張關索、撞倒山、王急快等四十餘人。後來在小說《水滸全傳》中所

〔圖二〕

〔圖三〕

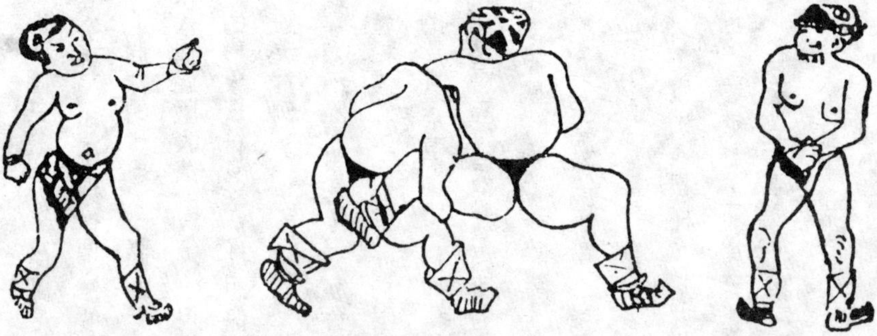

〔圖四〕山西晉城南社宋墓室南頂繪圖

描述的燕青智撲擎天柱的相撲比賽，大致形象地再現了這類露臺爭交的情景。後者是在瓦子裡日常進行的表演性質的相撲，不像前者那樣競爭性强，主要是表演而帶有娛樂羣衆的性質。這種表演的情況是「瓦市相撲者，乃路歧人聚集一等伴侶，以圖摽手之資。先以女颭數對打套子，令人觀睹，然後以膂力者爭交。」開場表演的女子相撲手，當時有賽關索、囂三娘、黑四姐等。除了一般相撲表演及女子相撲外，還有小兒相撲、喬相撲表演。相撲時的服裝，沿襲著漢唐以來的舊制，比賽雙方上身完全赤裸，下身光腿赤足，僅在腰胯束有短褲，頭上一般是梳髻不戴冠，也有時足下穿靴或鞋。在山西晉城南社宋墓中，墓室南頂繪有一幅相撲圖（圖四），生動地描繪出宋代相撲的情景。畫面中有四個相撲的力士，都是赤膊光腿，僅穿短褲，頭巾黑色，穿靴。兩側的兩個人是旁觀者，中間兩人則全力拼搏，左邊的一個頭被右邊的夾在臂下，右邊的左腿卻被左邊的力士抱住，正堅持不下。不知何故在右側力士的背脊上，書有「深秋簾暮」、「落日樓臺」八字，大約是繪畫的匠師信手寫出的。至於女子相撲時的裝束，可能與男子差不多，肢體裸露，因此當時的文人很看不慣。北宋時，司馬光還特別寫過《論上元會婦人相撲狀》，要求禁止「使婦人裸戲於前」的婦人相撲。但是，看來這種表演符合一般市民的興趣，因此在南宋的臨安仍然流行於瓦舍之中。

漫話「相撲」

／伊永文

「相撲」是我國傳統體育項目之一。古稱角抵，猶今之摔跤。據說最早起於古冀州的「蚩尤戲」。蚩尤是古代一個强大的部族聯盟的首領。《述異記》稱他「頭有角，與軒轅鬥，以角抵人，人不能向」。不言而喻，蚩尤戲帶有武力競爭的色彩。到漢代，出現了一種名叫《東海黃公》的戲，乃是從蚩尤戲發展而來。《西京雜記》載：「秦末有白虎見於東海，黃公乃以赤刀往魘之。術既不行，遂爲虎所殺。三輔人俗用以爲戲。漢帝亦取以爲角抵之戲焉。」這兩種戲都是以劇烈打鬥爲內容的，並有一定的故事情節，因而爲觀衆所喜愛。它們由兩個人表演，與後來的「相撲」近似。西元一九七四年山東臨沂金雀山九號漢墓出土了一幅彩繪帛畫，此畫畫有三人，畫面右側的一個頭戴箭形茨菰葉飾，雙腕佩紅鐲。居中的一個著長冠，繫赤帶，穿肥袍。這兩人下頷高揚，怒目逼視，手臂伸張，躍躍欲撲。畫面左側立一旁觀者，小帽寬衣，拱袖肅立，大概是裁判吧。這幅畫顯露了相撲的雛形。

「相撲」一詞，最早見於宋代的類書《太平御覽》七五五引晋王隱《晋書》載：「襄城太守責功曹劉子篤曰：『卿郡人不如潁川人相撲。』篤曰：『相撲下技，不足以別兩國優劣。』」唐代也流行相撲。《舊唐書》卷五《兵志》記曰：「六軍宿衞皆市人，富者販繒彩，食粱肉；壯者爲『角抵』、『拔河』、『翹木』、『扛鐵』之戲。」此時，雖然選擇有力氣的人進行「角抵」，可是專爲貴族表演，具有特定的情景和服裝，「戲」的成分增强了。從史料看，「相撲」以「爭交」的形式在民間普及，變成大庭廣衆之中的欣賞對象而自成一家，是宋代的事。那時的東京（今洛陽）公共娛樂場所專設「小兒相撲」一項（《東京夢華錄》五卷，《京瓦技藝》條）。在歡慶神仙生日的廟會上「喬相撲」，從早到晚「呈拽不盡」（同上，八卷，《六月六日崔府君生日二十四日神保觀神生日》條）。皇帝也培養了一大批「相撲手」，讓「軍頭司」每旬訓練他們「格鬥」（同上，四卷，《軍頭司》條）。每逢盛典、宴會，皇帝還傳喚號稱「左右軍」的「京師坊市兩廂」的藝人表演集體「相撲」以助興（同上，九卷，《宰執親王宗室百官入內上壽》條）。南宋時，臨安有了相撲者的組織——「角抵社」。其中著名的職業性「相撲手」竟有五十多名（《武林舊事》，《社會》、《諸色技藝人》條）。他們有的還在「護國寺南高峯露臺」「爭交」，主持人以「旗帳、銀杯、彩緞、錦襖、官會、馬匹」等大宗獎品爲誘餌，使「諸道州郡膂力富强，天下無對者，相撲而奪其賞」，以招人觀睹（《夢粱錄》，《角抵》條）。不過這寥寥文字，無法使人獲得具體、深刻的印象。倒是從小說《水滸傳》七十四回「燕青智撲擎天柱」的描寫可以窺見宋代「相撲」的全貌。

這次「相撲」，在山東泰安州的岱嶽廟內擧行。時值三月二十八日，「天齊聖帝降誕之辰」，天下香客盡聚於此。相撲的目的在於「獻聖」，這表明它含有祭神禮佛的意味。相撲開始前「一個年老的部署」，即「相撲」的裁判員手拿竹批，走上比賽場地——四根柱子支撐的「獻臺」。他「參神已罷」，便邀請當年相撲的對手上臺。當即有一個名叫任原的相撲手走上臺來，他先是「喝了一聲參神諾，受了兩口神水」。後摘了巾幘，脫下錦襖。只見他「頭綰一窩穿心紅角子，腰繫一條絳羅翠袖。三串帶兒拴十二個玉蝴蝶牙子扣兒，主腰上排數對金鴛鴦踅褶襯衣。護膝中有銅襠銅褲，繳臁內有鐵片鐵環。紥腕牢拴，踢鞋緊繫。」跳上臺去的燕青也是「除了頭巾，光光的梳著角兒，脫下草鞋，赤了雙腳，蹲在獻臺一邊，解了腿綳護膝，跳將起來，把布衫脫將下來，吐個架子。」看來「相撲」者，都要頭髮綰成角兒，赤裸著上身。任原、燕青上臺後，「部署」即從懷中取出相撲社條，讀了一遍。社條的內容當是注意事項，如「不許暗算」之類。接著，「部署」拿著竹批，兩邊吩咐已了，叫聲『看撲』，算是開始。當時，「任原見燕青不動彈，看看逼過右邊來」；燕青「去任原左脅下穿將過去」，「任原急轉身又來拿燕青」，燕青「虛躍一躍」，「又在右脅下鑽過去」，任原「轉身」不便，「三換換得腳步亂了」，這時，燕青「搶將入去」，用右手扭住任原，左手插入任原交襠，用肩胛頂住他胸脯，把任原直托在手上旋轉了一番，然後叫一聲「下去」！這一撲，名喚「鵓鴿旋」。《水滸傳》作者用了一連串富有造型的詞彙描摹了燕青和任原的「相撲」過程，使我們瞭解到，「相撲」有一套撲法、路數。像燕青的「穿」、「躍」、「旋」，任原的「奔」、「轉」、「換」均是。任原被燕青摔敗，「利物」應歸於燕青。所謂「利物」，是山棚裡的「金銀器皿，錦繡緞匹」，「門外拴著五頭駿馬，全副鞍轡」。「利物」又是怎樣來的呢？任原說了：「四百座軍州，七千餘縣治，好事香官恭敬聖帝，都助將利物來。」如此衆多的州縣，名爲「恭敬聖帝」，實際是以豐品厚物獎勵相撲的優勝者。這反映出了「相撲」已成爲廣大人民喜愛的體育活動。《水滸傳》中還有不少這樣的事例，如高俅未發跡之前，在東京城曾「相撲頑耍」。後來作了梁山軍俘虜，還誇口「自小學得一身相撲，天下無對」。水滸英雄喜看相撲，「衆人都哄下堂去」，「就廳階上」，高俅與燕青「脫了衣裳」，「相撲」起來。「只一跤」燕青就用「守命撲」把高俅「攧翻在地褥上，做一塊半響掙不起」。慣闖槍林劍樹的李逵，有時也嚷著和人「性命相撲」。可是，當他與焦挺交手，卻被焦挺「脅羅裡又只一腳，踢了一跤」。李逵跌在地上叫道：「贏他不得！」焦挺「相撲」本領之所以高强，其源蓋出於「祖傳三代相撲爲生」。踢倒李逵的「手腳」乃是「父子相傳，不教徒弟」的。從梁山英雄所處的宣和年代推算，北宋初就有憑依「相撲」維持生活的人了。從焦挺「到處投人無著，山東、河北都叫他『沒面目』」斷定，以「相撲」爲職業者，不僅在城市裡表演，還浪跡江湖，足見羣衆對它喜愛的程度。這從任原與燕青「相撲」時的景況也可略見一斑：「廟裡的看官，如攬海翻江相似」，「廊廡屋脊上也都坐滿」，「撲」到精采處，「數萬香客，齊聲喝采」。可惜這些相撲並沒有傳下來。但從日本現有的「相撲」表演中，仍可以看出中國古代「相撲」的影子來。

在日本，相撲競賽和表演是在一塊高近一米，每邊長六米的正方形臺上進行的。參加競賽的兩名力士頭束髻角，腰繫一條拴著數十根細細的像蝴蝶扣的寬圍帶，跨襠兜著一塊厚布，其餘部位裸露著。他們在角逐時先是互相合掌，再慢慢地擡起腿，用力地蹬踏場地。接著還要完成撒食鹽、喝「神水」等等動作。之後在一位身著古時錦繡服飾的裁判員的主持下才開始正式比賽。他們虎視眈眈，猛衝直撞，起初動作非常迅速。兩位力士各自從正面，用撞、推、拉、甩、絆等「撲法」企圖戰勝對方。其「撲法」竟達四十八種之多。日本的「相撲」，一場平均十秒鐘左右。有的瞬間便可決出勝負。只要把對手「撲」得除腳心以外的身體任何一部位接觸到場地就是勝利。也有雙方一起倒地的，這就要以先觸場地者爲敗方。但誰要故意揪對方的頭髮，抓咽喉，握拳打，踢對方的胸腹，誰就犯規，輸掉了這一局。

據《日本書記》載，日本的相撲是奈良時代從中國傳入的，兩者有許多相似之處：都有專門表演的戲臺；都有一個裁判站在旁邊；演員都要喝「神水」，等等，然而，由於史料缺乏，還很難斷定日本的相撲就是由中國傳入的，但中國的相撲給予日本以很大影響，這卻是事實。

漫話踢毽子

／李喬

踢毽子是我國民間的一項體育遊戲，被人們譽爲「生命的蝴蝶」。在古代，它是所謂「雜技」、「雜戲」、「博戲」、「百戲」的一種。毽子，在古籍裡又寫作鞬子、毽子、蹀鍺。清人翟顥《通俗編》卷三十一毽子條載：「《吳氏字彙補》：『毽，抛足之戲具也。』」毽子分毽鉈和毽羽兩部分，毽鉈多用圓形的鉛、錫、鐵片或銅錢製成，毽羽多用翎毛。「毽兒者，墊以皮錢，襯以銅錢，束以雕翎，縛以皮帶」（《燕京歲時記》）。毽子的踢法甚多，阮葵生《茶餘客話》踢毽條說：「其中套數家門，凡百十種。」據說清朝光緒年間，承德有一個百歲老進士，能踢出喜鵲登枝、金龍探爪、獅子滾繡球等一〇八種花式。

踢毽子的歷史很悠久，但究竟始於何時，並無確切記載。古代的名物考據家認爲踢毽子源於蹴鞠，如宋人高承《事物紀原》稱踢毽子爲「蹴鞠之遺事也」。而「蹴鞠者，傳言黃帝所作，或曰起戰國之時」（《史記．蘇秦列傳》裴駰集解引劉向《別錄》），如此說來，踢毽子的歷史就要追溯到戰國以至遙遠的黃帝時代了。雖然這是傳說，但唐代以前的鞠「用毛糾結爲之」（《初學記》），與毽羽類同，且也是「抛足之戲具」，所以鞠與毽還的確有點血緣關係。據文物家考證，漢代畫像磚上已有踢毽者的形象，照此推斷，踢毽子最晚也起源於兩千年前的漢代。

到了南北朝，人們已經能夠熟練、巧妙地踢毽子了。唐代釋道宣《高僧傳》記載：「沙門慧光年立十二，在天街井欄上，反踢蹀䥖，一連五百，衆人喧競異而觀之。佛陀因見怪曰：此小兒世戲有工。」（卷二《習禪．魏嵩岳少林寺天竺僧佛陀傳》）蹀䥖就是毽子，反踢就是用腳外側踢，也叫「拐」，反踢五百下，可見腳上功夫。踢毽子甚至影響了少林寺武功，少林寺僧曾把踢毽子作爲一項練武的輔助功。

唐宋時，踢毽子更加風行，技巧也更高超。《事物紀原》記載：「今時小兒以鉛錫爲錢，裝以雞羽，呼爲韃子，三五成羣走踢，有裡外廉、拖槍、聳膝、突肚、佛頂珠、剪刀、拐子各色……。」可知此時踢毽子有邊跑邊踢之法，且不光用腳踢，還用膝、腹、頭耍弄毽子，「聳膝」、「突肚」、「佛頂珠」即是。宋代，由於踢毽子的人多，就產生了以賣毽子爲生的小商業。南宋詞人周密寫的筆記《武林舊事》卷六小經紀條，列舉了首都臨安城（杭州）裡經營各種玩具的小商業，如風箏、粘竿、毽子、鵓鴿鈴、象棋、彈弓等等，並指明：「每一事率數十人，各專藉以爲衣食之地。」

明清時代，踢毽子更爲普及，技藝也大爲長進。清人潘榮陛《帝京歲時紀勝》記述北京民間踢毽子：「都門有專藝踢毽子者，手舞足蹈，不少停息，若首若面，若背若胸，團轉相擊，隨其高下，動合機宜，不致墜落，亦博戲中之絕技矣。」《通俗編》踢毽條說：「今京市爲此戲最工，頂頷口鼻，肩背腹膺，皆可代足，一人能兼應數敵，自弄，則毽子終日繞身不墮。」由於踢毽子趣味盎然，觀之賞心悅目，故成爲藝術家，尤其是民間藝術家的創作題材。花瓶上出現了匠人們繪的踢毽圖，畫家也把踢毽子的場面畫下來，清代風俗畫集《北京民間風俗百圖》裡的踢毽圖就是現存的一幅。

踢毽子既有趣，運動量又可大可小，故踢毽者男女老少都有。尤其清代婦女踢毽子更爲引人注目。一首北京竹枝詞唱道：「青泉萬迭雉朝飛，閒蹴鸞靴趁短衣。忘卻玉弓相笑倦，攢花日夕未曾歸。」（《清代北京竹枝詞》）當時女孩們愛玩名曰「攢花」，即「數人更翻踢之」的踢毽遊戲，爲了玩得痛快，她們脫掉裙裳，身著短衣，她們踢著，笑著，常常日落不歸。清初著名詞人陳維崧作了一闋《沁園春》，詠閨人踢毽子，詞云：「嬌困騰騰，深院清清，百無一爲。向花冠尾畔，翦他翠羽：養娘篋底，檢出朱提。裹用綃輕，制同毬轉，簸盡牆陰一線兒。盈盈態，訝妙踰蹴鞠，巧甚彈棋。鞋幫只一些些，況滑膩纖鬆不自持。爲頻夸狷捷，立依金井，慣矜波俏，礙怕花枝。忽憶春郊，回頭昨日，扶上欄杆剔鬢絲。垂楊外，有兒郎此伎，眞惹人思。」（見陳乃乾輯《清名家詞》）我們好像看到一位清代女郎在清幽的深院裡踢毽子的盈盈姿態，那精心製成的毽子上下翻舞，變化多端，簡直比踢球還巧妙，比下彈棋更有趣味。

清朝光緒皇帝的瑾妃非常喜歡踢毽子，她的侄子唐海炘回憶瑾妃踢毽子的情景：午休後，「吃完加餐，喝完茶，瑾妃親自帶我們到御花園裡走走，但更多的時間是在前殿踢毽子玩。踢毽時瑾妃要把大衣襟的下擺拉起來塞到腰搭上，和我賽著踢、對著踢。當她自己踢時，越踢越帶勁，有時把毽子踢到前殿掛匾後邊，這時宮女便傳來小太監用竹桿弄下毽子再接著踢。姑母踢毽子的姿勢很好看，前踢、後踢、左踢、右踢，雪白的雞毛毽子，在姑母腳下來回旋轉。太監和宮女們在旁邊喝采叫好：『瑾主妃踢得妙！』就這樣，一直踢到進晚膳才算罷休」（《文史資料選編》第十八輯，政協北京文史資料委員會編，第一七七頁）。

我國歷史上有許多城鄉有踢毽子的風俗，以至成爲年節「歲時」活動。如清代北京人踢毽子多在秋冬之季，以此爲「天寒時消遣之一法」。《燕京歲時記》上說，踢毽子「足以活血禦寒。」《帝京歲時紀勝》裡有一首童謠：「楊柳青，放空鐘。楊柳活，抽陀羅。楊柳發，打尜尜。楊柳死，踢毽子。」清人黃竹堂每當楊柳凋零，天氣寒冷的時候，踢毽子就熱鬧起來了。塞外承德更有「踢毽之鄉」的美譽，舊時，幾乎家家有毽，人人會踢。一到新年，人們結伴成羣，上街踢毽，一時彩蝶紛飛，似聞春訊。清代廣州正月十五有踢毽子會，清初文學家屈大均寫的《廣東新語》記載，每逢元宵節，「晝則踢毽五仙觀，毽有大小，其踢大毽者市井人，踢小毽者豪貴子」（《廣東新語》卷九，《事語·廣州時序》）。熱鬧的踢毽子活動，使元宵佳節錦上添花。

雖然踢毽子在歷史上被視爲「不登大雅之堂」的「雕蟲小技」，但由於它有益健康而又有趣，更重要的是它植根於民間，所以獲得很强的生命力，千年不衰，傳留至今，仍然是人們喜歡的一種體育遊戲。

明清的北京城垣

／許以林

北京作爲明清的都城，曾有堅固的城垣。中心是皇帝處理政務與居住的宮城，也稱紫禁城。其外部有皇城。皇城以外有京城，也稱內城。最外部還有一段城垣叫外城。因此，明清北京共有三層半城垣。如今只有紫禁城還完好無缺，其餘各城垣隨著歲月的推移，已經發生了很大變化。從勞動人民文化宮迤東到北京飯店迤西一帶，從中山公園迤西經六部口折而向北的一帶，我們可以看見兩段高約六米，厚約二米的圍牆，紅色的牆身，頂部覆蓋著黃色琉璃瓦牆帽，這就是原皇城的部分城垣。座落在天安門南面的前門、箭樓以及座落在北京西北方向的德勝門箭樓，分別是內城兩座城門的一部分。它們聳立在雄偉的墩臺上，內城與墩臺相連，可見內城的高大。當我們乘火車出入北京，拐過京城的東南角樓時，透過車窗能看到內城僅存的一段長百餘米的灰色城垣。關於明清北京的幾重城垣，現在我們還能見到的大概就是這些了。

北京地區的城垣建設有著悠久的歷史。戰國七雄之一的燕，其都城薊城就在北京地區。德勝門外曾有兩個土阜是燕京八景之一，名爲「薊門煙樹」，相傳就是古薊門遺址。從西元前二二一年，秦始皇統一中國，直至唐代的千餘年中，薊城一直是我國北方的軍事重鎮與貿易中心。

西元十世紀至十三世紀，我國北方兩個少數民族契丹（遼）和女眞（金）先後入主中原，在華北、東北廣大地區建立了統治政權。薊城開始由軍事重鎮向政治中心過渡。先是爲遼的陪都，稱南京（亦稱燕京），後爲金的都城，稱中都。中都城的設計極力模仿北宋都城汴梁，營建時幾乎動員了全國的人力、物力，從役的民夫、工匠、士兵竟達百萬人之多。城市規模十分宏大，是中世紀少見的大都市。中都城的位置大約在今天廣安門外蓮花池一帶，方圓二十幾平方公里。

金中都興盛了六十個春秋，西元一二一四年被興起於黑龍江斡難河畔的成吉思汗部下所破。當時蒙古統治者沒有在此處建都，又改稱燕京。十幾年後，當年號稱「雖秦阿房，漢建章不過如是」的中都宮殿，便成爲瓦礫塡塞，荊棘叢生的丘墟了。

西元一二六〇年元世祖忽必烈初到中都，住在東北方向金代所建的離宮——萬寧宮（萬寧宮初名大寧宮，因遠離中都，所以沒有被戰火全部毀壞）。至元元年（西元一二六四年）元世祖決定以萬寧宮的瓊華島爲核心建設都城，仍稱中都。至元八年（西元一二七一年）改稱大都，並全部完工，歷時八年。

元大都建在中都城的東北方，不受舊城的約束。元世祖忽必烈之所以不在金中都的舊址上興建，而另闢新址，其主要原因：一是舊城殘破，已無可取之處；二是舊城水源——蓮花池水系水量不足，不能滿足新城的需求。新城的規劃者劉秉忠與阿拉伯人也黑迭兒，根據漢族傳統的都市進行佈局，使大都成爲一座嶄新的城市，也爲明清北京城的建設奠定了基礎。從此，北京開始做

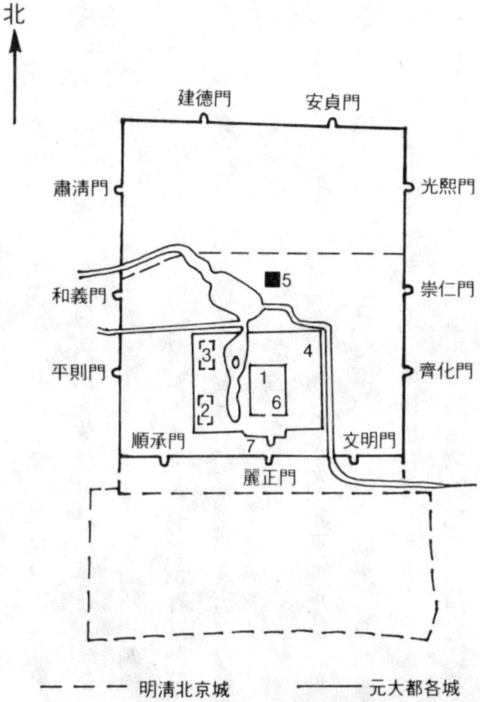

〔圖一〕元大都與明清北京城關係示意圖

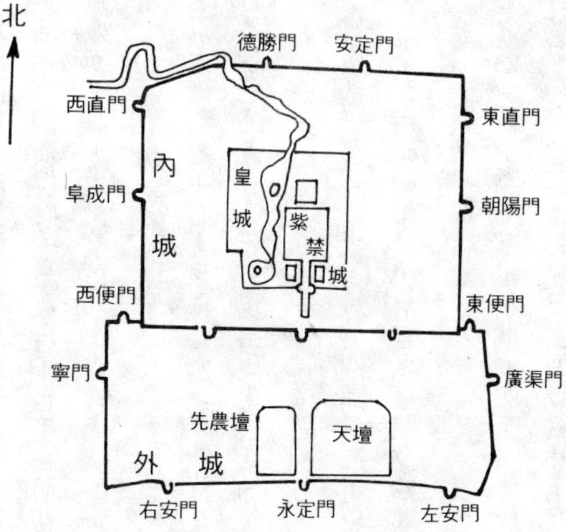

〔圖二〕明清北京城示意圖

爲全國的政治中心出現在歷史上。

大都城垣三重，由都城、皇城、宮城組成。最外部是都城，周長二八六〇〇米。南北略長，呈長方形。城闢十一門，除北面設二門以外，其餘各面均設三座門。城牆用夯土築城，牆壁被以葦衣，防止雨水沖刷。城牆的四隅有防禦性的巨大角樓，城外圍繞著護城河。每座城門外有木製的吊橋，元末在城門外部加築了甕城。西元一九六九年拆除西直門箭樓時，曾發現了包築在明初加築的甕城和箭樓內的元末甕城城門遺址。大都城內街道縱橫平直，規劃整齊。在靠近東城的齊化門一側建有太廟，在靠近西城的平則門一側建有社稷壇。

第二重城垣是皇城，亦稱蕭牆，也叫紅門闌馬牆。它以太液池爲中心，東部是宮城。西部是隆福宮，西北部是興聖宮，這是兩座離宮。皇城內結合自然景色佈置各宮，表現出變化靈活的特點。

城市的核心是宮城，它占有重要的地位。城有六門，以南部三門最高大。城的四隅建三重琉璃瓦頂的角樓。城垣南北長一〇〇〇米，東西長七四〇米，全部用磚砌築。明清宮城闕門及四隅角樓的規制與大都宮城極爲相似。

大都三重城垣設計的一個特點是以預先選定的「中心之臺」爲中點，確定京城的四至，然後以南起麗正門北到中心臺的一條直線爲軸，平分京城與宮城，從而顯示出封建君主的尊嚴和至高無上的地位。

西元一三六八年明太祖朱元璋建都南京，同年大將徐達攻克大都，改稱北平。爲了消滅「王氣」，把大都宮殿夷爲平地，又將城市的北部放棄，在北城牆以南五里的地方另建新城牆，仍設兩門，東爲安定，西爲德勝。同時改崇仁、和義兩門爲東直門與西直門。西元一四〇三年朱棣奪取了王位，改元永樂。永樂四年明成祖朱棣下詔營建北京，永樂十七年把南部城牆向外推移了二里。永樂十八年（西元一四二〇年）北京宮闕建成，並正式遷都北京。正統四年（西元一四三九年）改京城的麗正門爲正陽門、文明門爲崇文門、順承門爲宣武門、平則門爲阜城門，九門名稱至今沿用。明北京的建設，就是從改造元大都的舊城開始。它以明初中都鳳陽和南京爲藍本，但規模更加宏偉，佈局更加嚴整。

明北京的宮城（亦稱紫禁城）利用了元宮城的遺址，但其四至與之不盡相同。主要是南、北兩城牆分別向南推移了近四〇〇米和五〇〇米。元宮城正門崇天門的位置相當於今太和殿的位置，北門厚載門的位置相當於今景山少年宮以南的位置。其次明紫禁城較元宮城向東也推移了一定距離。明宮城平面呈長方形，東西長七五三米，南北長九六一米，四面都有高大的城門，四隅都有造形秀麗的角樓。元宮城周圍沒有護城河，明宮城四周開挖了寬五十二米的護城河，河岸用堅硬的條石砌築，俗稱筒子河。河水引自京西玉泉山，流向京東大運河，不但利於皇宮的守衛，也便於宮內的用水與排水。用開河挖出的土，在宮城之北堆築了萬歲山（亦稱煤山，今景山）。

紫禁城城垣高大牢固，上窄下寬，高約九點九米。外部用山東臨清生產的城磚乾擺砌築，並用白灰漿同江米汁摻和在一起灌縫。中間部分用素黃土分層夯實。整座城垣共用城磚多達一〇〇〇萬塊，工程之巨，不言而喻。宮城外觀雄偉，十分堅固，除了顯示金城湯池，皇權神聖以外，還具有一定的防禦功能。

明皇城的位置較元皇城也有變化，開拓了南、北、東三面。尤其是南面，擴大了宮城與皇城之間的距離，爲進一步突出皇宮作好準備。利用新開闢的空間，在紫禁城正門——午門前方的東西兩側，分別建太廟與社稷壇，組成對峙的建築羣。改變了元朝把太廟和社稷壇設在皇城之外的佈局。同時從承天門（今天安門）向北建端門、午門、奉天門（今太和門）、乾清門等五重門，以附會周朝宮室外的五門（皋門、庫門、雉門、應門、路門）制度。皇城東部將通惠河的一段圈入城內，改變了大運河的終點，皇城北海子一帶逐漸荒廢，代之而興的是正陽門以南一區。皇城西南部，於太液池的南端又開挖了南海，展寬了御園的水域。整個皇城的平面是個不規則的長方形，西南缺了一角。皇城色彩分明，造形亦不同於一般城牆，雖可用於防禦，但主要起皇城禁地、至高無上的象徵作用，在皇帝與京師的老百姓之間劃分出一條嚴格的界線。

明內城的四至與元大都京城不同，主要是南北兩面城牆向南推移。相比之下城牆的周長有所減少，城門由十一座改爲九座（東、北、西三面各二門，南面三門）。牆身改用磚包砌。護城河上的木橋，於正統初年改爲石橋。然而最大的一個變化是明中葉在京城外部加築了外城。當時由於北方韃靼部的俺達汗入侵頻繁，常常兵臨北京城下，爲了保衞帝京以及城外數十萬居民，修建外部城廓勢在必行。於是嘉靖三十二年（西元一五五三年）閏三月破土興工，但不到數月就因工程量太大，而修改了原建城計劃，只修築了京城以南二十八里長的段，把京城東南、西南兩角包圍在內。北京城的輪廓成爲「凸」字型，當時命名正陽外門爲永定、崇文外門爲左安、宣武外門為右安，東一側為廣渠，西一側為廣寧。加上東西包角處的東、西便門，外城共有七門。從此北京城有「裡九外七」之說。外城把原來地處南郊的天壇、先農壇包括在內，「郊天」的儀式便不是在郊外舉行了。內城與外城主要起防禦作用，因此有種種防禦措施。例如每座城門都築有甕城，甕城上建有堅如堡壘的箭樓以及閘樓，一有敵情，則關閉閘樓，斷絕內外交通。另外城牆每隔一定距離建有馬面，轉角處建有角樓等等。

明北京的外城、內城、皇城、宮城之間的內在聯繫有了進一步發展，南起永定門，北到鐘鼓樓，以一條長達七公里半的中軸線為骨幹前後貫穿。沿這條中軸線排列著各種建築物共三十九座之多，組成了變化起伏的空間序列，整個北京城便成為一個有機的整體。這是北京乃至中國封建社會城市發展史上成就光輝的一頁。

從西元一六四四年清朝建立到西元一九一一年被推翻的兩個半世紀中，北京城垣的變化不大，基本保持了明城的舊貌。清初改皇城的正門承天門為天安門，北安門為地安門。乾隆時期改宮城的玄武門為神武門。乾隆十九年，擴建了天安門前東、西兩側的皇城圍牆，使天安門前的橫向廣場規模更加宏整。光緒二十六年（西元一九〇〇年）外國人於正陽門東水關開一門，同年於外城永定門東側開門，通行京奉火車。以後又在東便門、西便門等處開門通火車。

民國三年（西元一九一四年），首先對正陽門，甕城以及箭樓進行了改造：在正陽門左右開闢二門，又拆去甕城，工程浩大。以後宣武門甕城及宣武門、朝陽門箭樓也次第拆去。民國十五年（西元一九二六年）於正陽門與宣武門之間開設一門，初名新華門，後定名為和平門，而對著和平門的街道仍叫新華街。天安門外，東、西兩側乾隆時期增建的皇城，民國初年即被拆除。皇城的東安門於民國十三年（西元一九二四年）被拆除。以後皇城被分段逐年拆除，市內交通不再受皇城的阻礙。

紫禁城內御花園的「石子畫」

／張世芸

故宮御花園，是清代皇帝遊憩賞玩的地方。裡面有蒼翠欲滴的青松翠柏，有富麗堂皇的軒、閣、亭、臺。至於玲瓏假山、修竹盆花，莫不精雕細琢、陳列儼然。特別是回環園內的石子甬路，由五色勻稱的石子綴成一幅幅生動的畫面，只要細心觀看，就會發現一個爭奇鬥妍的大千世界，其中有花卉、人物、博古、建築、飛禽、走獸、吉祥圖案等七百多幅，色彩斑爛、琳琅滿目，內容十分豐富。它一定會使你流連忘返。

這些石子畫，做工十分考究。它有兩種做法；一種是用磚雕成花紋，經過磨光；一種是以瓦條組成花紋，都是在花紋的空間塡鑲石子，鋪綴成各種圖案的。這些圖案的形式極爲多樣，有《七巧圖》、《什樣錦》、《博古》、《帶形畫》等等。《七巧圖》是用長方形、正方形、菱形、梯形、矩形等爲輪廓，中間以花鳥動植爲題材的圖案。這些圖案有荷花鴛鴦、雙鳳花卉、鷺鷥蓮花、花鳥蕉葉、雲龍天雞、三松友鶴、鳴鳳在竹等。千姿百態，錯雜其中，眞是百花齊放、百鳥爭鳴。《什樣錦》是以石榴、蘋果、佛手、扁豆角、瓜、蝙蝠、古磬等形狀爲輪廓的，畫面則以民間流傳的故事爲題材。有「二老觀棋」、「五子奪蓮」、「漁樵耕讀」、「犀牛望月」、「紅日出海」、「獅子滾繡球」、「漁家樂」等。人物形象栩栩如生，極富情趣。《博古》是在多種形式的多寶格上，陳放一些花瓶、尊，盆景、花觚、卷書、山子等古玩陳設，造形古樸、雕刻精細。《帶形畫》就是帶狀圖案，邊上以回紋或卍字錦地襯托，卍字從四面向縱橫引伸，互相連接，形成各種圖案，這種紋樣叫卍字錦。《帶形畫》的特點是畫面連接而不斷，便於表現寓意連續的畫面，所以這一類題材衆多，不拘一格，內容也最爲豐富。有民間流傳的傳說，有歷史戲劇和故事的片段，還有吉祥圖案，風俗畫等等。整個御花園，石子甬路犬牙交錯，而石子畫的各種圖案又層見迭出，回環組合，相映成趣，顯得變化而不單調，在整體結構上有一種流動的氣韻。我們行走於上，如履錦繡，如涉花叢，其間的幽情奇趣，是難以一一言傳的。

石子畫不僅以色彩的絢麗和造形的生動給人們以極大的美感享受，而且寓教於樂，通過寓意深微、情趣幽默的畫面，給人以種種知識的啓迪。譬如在寬敞的農村場院上有個糧倉，旁邊站著又肥又大的母雞，它爲了保護小雞，衝著黃鼠狼怒目圓睜，毛羽盡張，準備作一場殊死的搏鬥，而它身後的幾隻小雛雞，急忙找尋躲藏的地方，這就是俗語所說的「黃鼠狼給雞拜年——沒安好心」。一條遍體著鱗的游龍和一個張開大嘴的老虎，兩相爭持，意思是誰也不怕誰，叫做「龍爭虎鬥」。還有的是在一幅小小的畫面上分成對角，上邊是天空，下邊是海水，天上的雲朵中有條大龍，海水裡有條小龍，兩條龍的眼色互相呼應，意思是「大龍訓子」。另外還有一些反映民間生活的故事場面，內容大抵幽默詼諧，滑稽多姿。其中一幅「怕媳婦」圖，畫面表現幾對男女，有的是男人跪在一條木凳上，頭頂油燈，妻子騎在他身上，有的是男人跪在搓板上，頭上頂一條板凳，妻子在一旁舉棍痛打。種種情狀，形象逼眞，看後不禁啞然失笑。還有一幅是《十八學士登瀛州》，描述了唐太宗時開文學館招攬天下名士。畫面上一位學士騎在馬上，漫步平川，怡然自得，而一前一後的小書僮，挑著書擔，不緊不慢地走著。畫上人物不過半尺，但人物神態各異，衣紋清晰。

石子畫還有很多是吉祥圖案。如「功名富貴」、「連中三元」、「榴開百子」、「五子登科」、「平安如意」、「三羊開泰」、「五福捧壽」、「杏林春燕」、「平升三級」、「麟鹿同春」等，這些吉祥圖案的寓意，大抵都很抽象，如何將它們形象地表現出來呢？宮廷建築的設計人員自有妙法。例如「功名富貴」，是用正在啼叫的公雞和牡丹花來表示的，「公」與「功」同音，雞啼爲鳴，「鳴」與「名」同音；而牡丹花在古代被認爲是富貴花，所以這兩種東西組合在一起，就寓意爲「功名富貴」。又如「連中三元」，在圖案上用荔枝、桂圓、核桃各三枚表示，因爲這三種果子都是圓的，取其「圓」「元」同音；也有的是用弓箭射準三個圓銅錢或三個元寶的圖案。清代的科學制度，分爲三級考試，中試者，其中第一名分別給以「解元」、「會元」、「狀元」的頭銜，如果應試舉子在三級考試中連續考取第一名，就是所謂的「連中三元」，這在封建社會是無上的榮寵。「榴開百子」，是畫一個已經成熟、自然裂開的石榴，露出許多又紅又大的石榴子，以百子形容其多，寓意爲多子多孫。「五福捧壽」，是五隻蝙蝠環繞「壽」字組成的團花圖案，「蝠」「福」同音，故用以借代。所謂「五福」，據《尚書．洪範篇》的記載，就是：「一曰壽，二曰富，三曰康寧，四曰攸好德，五曰考終命。」這些吉祥圖案的寓意，雖然有很多封建意識，但對於我們瞭解古人傳統的人生觀卻很有幫助。

更有意思的是，在宮禁森嚴的御花園裡，居然也透進了一絲西方文明的熹微之光。在一幅帶形石子畫裡，我們看到了一列正在進站的火車，這列火車由很多車廂組成，其中還有一些敞露的貨車廂，鐵路由遠方蜿延伸來，鐵軌、枕木清晰可辨，列車的前方是一座西洋式建築，門牌上寫著「京□鐵路公□（公司）」的字樣。我們知道，晚清的時候，鐵路技術已由西方傳入，慈禧太后在現在的北海、中南海就修有一條「西苑鐵路」，專供她一人使用。想不到石子畫裡還反映了這一內容，確實很有意思。另有一組交通圖，由好幾幅畫面組成，中間一幅有一個交通警，戴帶沿帽，穿黑制服，手執警棍，前面有一盞路燈，後面有一座崗亭，看來他正在執行任務。在此圖的兩邊，分布著一些馬車、人力車、自行車等，但是沒有汽車。我國交通警起於何時，未曾深考，但通過這一畫面，我們似乎可以瞭解到一些當時的交通管理情況。

御花園內的石子畫甬路縱橫花園南北，五顏六色，光潤華麗，每一幅畫不但有獨立的畫面，還有各式各樣的圖案裝飾，它結構奇麗，優美別緻，實在是難得的藝術珍品！

慈禧的油畫像

／汪萊茵

中國畫歷史悠久，肖像畫亦早已有之，故宮博物院就藏有不少帝王后妃的肖像畫。清代康熙朝開始，來華的西洋傳教士中的一些畫師，曾經長期被供奉於清廷如意館，例如郎世寧、艾啓蒙、王致誠等。他們帶來的是西洋畫即油畫的技法，但爲了博得皇帝的歡心，改用中國的繪畫工具和繪畫材料作畫。他們講究解剖結構和透視原理，强調明暗光影效果，通過紮實的素描工夫，巧妙地用毛筆把物像表現於宣紙之上。他們留下了大量作品，其中不少是肖像畫，至今仍庋藏在故宮博物院，成爲中西文化交流的見證。

滿洲入主中原，定鼎北京以後，紫禁城裡曾居住過十個皇帝。在康熙、雍正、乾隆幾個朝代，被供奉在內廷的外國畫師較多。他們的政治和生活待遇都較高，不少人被破例賞予職銜頂戴，飲食起居盡量照顧他們原有的生活習俗，給予妥善安排，十分優渥厚遇。道光、咸豐年間，由於帝國主義的入侵，供奉於內廷的西洋畫師逐漸減少了。而留下西洋畫像的，也只有清末統治中國達四十八年之久的慈禧太后（西太后那拉氏）一人。經考證，先後有兩個西洋畫師爲慈禧畫過肖像，第一個是著名的美國女畫家卡爾小姐，第二個是一位法國畫家華士．胡博。繪畫故事都發生在二十世紀初。

清光緒二十九年（西元一九〇三年），首先由美國駐華公使康格夫人，向慈禧推薦美國女畫家卡爾進宮為太后畫像。據卡爾所著《慈禧寫照記》（陳霆銳譯述，上海中華書局西元一九一五年八月印刷，九月發行）記載：「西元一九〇三年八月五日，為予首次進見慈禧太后之日。」此說與清宮檔案有關光緒二十九年六月十五日由康格夫人陪同，卡爾攜畫具進頤和園覲見慈禧太后的記載相符。卡爾述稱，至翌年元旦（按：指農曆元旦即春節）過後，慈禧搬進紫禁城西苑三海居住（即今之中南海、北海），她本人亦隨往寫照。西元一九〇四年四月又隨慈禧遷回頤和園。因此，可以確信卡爾為慈禧畫像是在頤和園和「三海」完成的。

有趣的是，對西洋畫一無所知的慈禧，在畫像之前，曾急不可耐地提出過不少問題，如為什麼要坐著畫呀？別人能否代坐？是否每天都要穿一樣的衣服，戴一樣的首飾珠寶？等等。出於迷信，慈禧還專門擇定黃道吉日，叫人幫她精心梳妝打扮，換上繡有紫色牡丹的朝服，披著壽字嵌珠花巾，頭上戴著玉蝴蝶和鮮花，手上戴著玉釧及長長的護指套。總之，慈禧盡最大可能把自己炫耀一番，藉以顯赫於天下。

卡爾精心繪製的慈禧第一張油畫像，是準備送往美國聖路易賽會的陳列品，因此慈禧特別重視，親自擇定完工的日子。在該畫完成之前數日，西太后不時來到卡爾畫室，觀其設色點睛，興奮異常。慈禧還特邀外國在北京之駐使及參贊夫人，於西元一九〇四年四月十九日（即慈禧親自擇定的畫像完工日）至西苑三海參觀畫像。這批洋夫人，爲了討好太后，無不稱讚畫像之神似，設色之美麗，筆畫之工細，慈禧聽之更是樂不可支，美國丹青女史當然也倍得恩寵。

卡爾在頤和園及西苑三海一共爲慈禧畫了四幅像（其中一幅是作爲模範用的小幅畫像），居住時間共達八、九個月之久，大大超過了原先的計劃。這說明卡爾深得慈禧的歡心。慈禧經常賜給她珍饈美味和貴重物品，宮中都呼卡爾爲柯姑娘。慈禧興之所至還經常帶卡爾去遊園賞景。

送往美國聖路易賽會陳列的慈禧畫像，淸廷派皇族代表溥倫專程護送。在該畫像送走之後，於四月下旬，卡爾隨慈禧駕還頤和園居住。卡爾盡她自己的努力，滿足慈禧畫像的要求。卡爾有這樣的記述：「予於斯時，頗能多事工作，當時先所著手者，即爲往『賽』之太后畫像之模範一小幅，太后欲自留此，以誌紀念者也。繼則將先所畫就之太后寫眞二幅，細爲修飾，故亦頗占時光。」西元一九〇四年五月中，待其餘三幅油畫像全部告成之日，慈禧又遍請駐京外國使節夫人，在頤和園舉行遊園賞畫會，自我陶醉一番。

卡爾自述，送往美國聖路易賽會的慈禧肖像是穿朝服的，該像俟賽會閉幕之後贈予美國政府，至今仍藏在華盛頓國家博物館內。慈禧認爲著朝服太複雜，令人不耐坐，畫第二幅像時遂改穿繡花藍色常服，頭上插了茉莉花球數枚，旁綴珠蝴蝶。慈禧擬用它點綴自己的寢宮，不讓他人傳觀。後來在卡爾的請求下，慈禧同意將其兩隻愛犬也畫了進去。慈禧親睹卡爾僅淡淡數筆，即將二犬畫得維妙維肖，對其畫筆之迅速讚嘆不已。第三幅畫像，慈禧穿冬季朝服，緣以明珠。爲了便於觀賞，慈禧要求將這幅畫的畫面擴大爲寬六英尺、高十英尺。這第三幅慈禧油畫像今藏在故宮博物院。該畫的右下方，有卡爾親筆簽字：「Kate Carl」，並署有「1904」阿拉伯字字樣。目前，除美國國家博物館和故宮博物院保藏的兩幅外，其餘兩幅即帶小狗的和模範小畫至今都下落不明。

據史料記載，光緒三十年（西元一九〇四年）四月初十日，慈禧特派外務部大臣到美國駐華公使館，轉達太后對卡爾所繪畫像「均稱聖意」的懿旨，並送去了各種料子綢緞等禮品，還有寶星一座，面交銀票一萬二千兩作爲酬謝。

歷史故事《火燒圓明園》影片一開始，就出現一幅慈禧油畫像，同時告訴觀衆，這是慈禧七十四歲時的畫像。然而，影片並沒有交待這是誰畫的，解說詞所稱的慈禧畫像年齡也與歷史事實有出入。這幅畫目前藏於頤和園，是署名「Hubert Vos」的畫家所繪。畫像通高二點二三米，寬一點四二米。畫像上端橫題「大淸國慈禧皇太后」楷書字樣，並有「慈禧皇太后之寶」印模。另外，畫像的右首有「寧壽宮」印模，左上方有「大雅齋」印模。寧壽宮在故宮博物院的外東路，即今「珍寶館」所在地。這是乾隆年間，弘曆皇帝爲他自己在位六十年之後當太上皇時頤養天年而改建的具有前朝後寢的一組宮殿，慈禧晚年喜歡住在這裡。「大雅齋」則是慈禧爲自己附庸風雅而起的專用齋號，故宮博物院現藏的慈禧專用瓷器上常署有「大雅齋」銘款。該畫像的左上方書有「光緒乙巳年」，即光緒三十一年（西元一九〇五年），比卡爾給慈禧畫像晚一年。經考證，慈禧生於道光十五年（西元一八三五年），卒於光緒三十四年（西元一九〇八年），虛齡七十四歲。畫此像時的年齡應爲七十一虛齡。畫像左下方的外文署名銘款高一釐米、寬六釐米。並署有漢文銘款「華士・胡博恭繪」六字，銘文高十三釐米、寬三釐米。西元一九七九年北京中央美術學院油畫系教師，在頤和園臨摹過此畫。

據瞭解，華士・胡博還繪有另一幅慈禧太后油畫像，現藏於美國福格美術館（Fogg Art Museum）。瑪利納・瓦勒（Marina Warner）所著的《龍皇后》（Dragon Empress）一書（西元一九七二年在英國倫敦出版）的封面上，曾經登載了這幅油畫像的彩色照片。華士・胡博可能是法國人。然而，對於華士・胡博如何進宮爲慈禧畫像，共繪了多少幅，至今尚未發現清宮檔案涉及此事的記載，有待於今後進一步探索和研究。

關於珍妃像

／劉北汜

珍妃是清光緒帝的寵妃。光緒十四年（西元一八八八年）十月初五日，慈禧太后選定她弟弟、副都統桂祥的女兒葉赫那拉氏爲光緒帝之后時，珍妃和她姐姐瑾妃同時被選爲嬪，時瑾嬪十五歲，珍嬪十三歲。光緒二十年，兩人同時晉封爲妃。

珍妃於光緒二十六年（西元一九〇〇年）不幸遇害。當年六月十七日，八國聯軍藉口義和團「排外」，侵占大沽炮台，接著集結兵力，於八月初向北京進攻。慈禧太后挾持光緒帝慌忙逃往西安前，命太監將幽禁於北三所壽藥房中的珍妃喚出，推入慈寧宮後貞順門內的井中淹死。當時珍妃年僅二十五歲。

珍妃在宮中時，照像技術已傳入中國。從現藏故宮博物院的大量晚清時的舊照片和舊底片來看，有一些就是當時北京城內私營照像館照的。舊照片中數量最多的是慈禧太后的大幅鑲框照片，其次是光緒帝皇后隆裕、光緒妃瑾妃及溥儀幼年進宮時和遜位後留居故宮後三宮時的照片，唯獨不見和他們同時的光緒帝及珍妃的照片。

珍妃死後三十年，在西元一九三〇年五月三日出版的《故宮周刊》「珍妃專號」上曾刊出一張所謂「珍妃遺像」，附注爲「劉宮女言照於南海」。發表這張照片時，這位劉宮女還活著，已經是七十五歲的老人，是她看了這張照片後認爲是珍妃的。

又過了三十年之後，在西元一九六〇年出版的《故宮博物院院刊》第二期上，又刊出另一張「珍妃像」，是作爲單士元先生的文章《關於清宮的秀女和宮女》一文的插圖發表的，但文章中對所附「珍妃像」沒有作任何說明。這兩張照片的面貌完全不同，根本是兩個人。「珍妃遺像」中的珍妃顴骨高，杏核眼；「珍妃像」中的珍妃長圓臉，大眼睛。究竟誰是誰非，一時判斷不了。

兩年前，偶然從故宮舊藏照片底版中發現一張上面寫有「貞貴妃肖像」字樣的橢圓形半身照片，也即西元一九六〇年單士元先生文章中所附的照片。不同的是，隨單文發表的照片只注明「珍妃像」，而沒有同時刊出底片上的「貞貴妃肖像」字樣。

清代后妃中，被封爲貞妃的只有一位，那就是清世祖順治帝之妃棟鄂氏，滿洲正白旗人，其父爲一等輕車都尉巴度。順治十八年（西元一六六一年）正月初七日順治帝死，同日棟鄂氏殉葬。順治帝第三子康熙於同年正月十九日繼位，追封棟鄂氏爲皇考貞妃。

被封爲貞貴妃的，也有一位，那就是咸豐帝的孝貞顯皇后被册封爲皇后之前，曾於咸豐二年（西元一八五二年）二月被封爲貞嬪，五月晋封爲貞貴妃，六月立爲皇后。當時，我國還沒傳入照像技術，無論順治帝的貞妃，還是咸豐帝的貞貴妃，都不可能在宮中留下照像底片。

咸豐帝死，同治帝繼位後，孝貞顯皇后與同治帝生母慈禧垂簾聽政，兩人都被晋封爲皇太后。前者即慈安太后，也即東太后；後者即慈禧太后，也即西太后。慈安太后死於光緒七年（西元一八八一年），當時照像技術雖已自國外傳入，但她死時已經四十五歲，身分早已是皇太后，而這張舊底片中的貞貴妃還很年輕，當然不可能是被立為皇后前的咸豐帝的那個貞貴妃。

清代后妃中被封為珍妃的有兩位。一位是道光朝的赫舍里氏，於道光五年（西元一八二五年）四月從珍貴人晉封為珍嬪，同年八月晉封為珍妃。這時期也還沒有傳入照像技術，這個珍妃也不可能有照片留下來。另一位就是光緒帝的珍妃了。

珍妃被害後第二年，光緒帝隨慈禧自西安回京後，珍妃的屍體才從井中被打撈上來，並被追封為珍貴妃。珍妃之姊瑾妃曾在貞順門門房內立「珍貴妃之神位」，設奠祭祀。瑾妃則一直活到西元一九二四年十一月五日清遜帝溥儀被逐出宮前才去世。

從「貞貴妃肖像」的穿戴看，應為晚清的服飾，年紀也與珍妃當時的年紀相符。瑾妃與珍妃為同父異母所生，對照現藏的瑾妃年輕時的照片來看，兩人臉型、長相、眉眼也都頗為近似。因此，可以斷定，這張貞貴妃肖像就是珍妃像，單士元先生文章所附照片標明為「珍妃像」是對的，而發表在《故宮周刊》上的「珍妃遺像」是錯的。

這張「貞貴妃肖像」，應為珍妃死後被追封為珍貴妃後，或最初埋葬珍貴妃於北京西直門外田村時，或後來遷葬珍貴妃於清西陵光緒陵寢崇陵旁的崇妃園寢時，利用珍妃舊照片底片複製的，底片上的「貞貴妃肖像」五個字也為複製時所加；「貞」與「珍」同音，而誤將「珍」字寫成了「貞」字。

「支那」的本義

／陳啟智

現代語言中，常見「支那」一詞。對這個詞的意義，有種種不同的說法。下面僅就幾種常見的說法，略作辨析。

「支那」，本來就只是外國人對中國的稱呼，中國人自己一般並不採用。由於近現代日本曾稱中國爲支那，而不用中國當時的國號，人們更感到是對中國的輕蔑，因而對它沒有什麼好感。至於它的本源，則以爲是英文 China 的音譯。China 在西方又當瓷器講。便以爲是由於古代中國的瓷器流傳到西方，爲歐洲各國人民所欣賞和珍愛，遂以瓷器（China）作爲中國的代稱。其實這些認識都還是不夠全面的。

查閱一下《辭海》（新版），就會知道，原來「古代印度、希臘和羅馬等地人稱中國爲 Cina，Thin，Sinal 等，或以爲皆是秦國的秦的對音，後在佛教經籍中譯作支那、至那或指那等」。這樣闡述基本上是符合事實的。但認爲「支那」是「秦」字的對音，則嫌不確切。今本《辭源》更引證唐朝高僧義淨的話：「且如西土名大唐爲支那者，直是其名，更無別義」。好像只是隨便的稱謂，沒有什麼意義似的。這種說法也是值得商榷的。

首先，以爲支那是秦的對音是沒有根據的。新版《辭海》秦字條下說：「古時西域稱中國爲秦。《漢書．西域傳》下：『馳言秦人，我匄若馬』。後來西方國家通稱中國爲支那，蓋即秦音之變」。「秦人」條下又據《史記．大宛列傳》、《漢書．匈奴傳、西域傳》和《佛國記》等資料說：「我國秦代統一全國，開展對外交通，北方和西方鄰族和鄰國往往就稱中國人爲秦人。這一名稱直至漢晋時還沿用。」今案：新版《辭海》所稱引的書和文章中，不見西域稱中國爲「秦」的材料，只出現「秦人」字樣，而且往往與「漢」或「漢兵」爲對文。這證明當時西域各族還是稱當時的中國爲「漢」的。如：《漢書．匈奴傳》載：「衞律爲單于謀，穿井築城，治樓以藏穀，與秦人守之。漢兵至，無奈我何。」那麼這些文章中出現的「秦人」又是指誰呢？顏師古注曰：「秦時有人亡入匈奴者，今其子孫尙號秦人。」原來是西域各族對秦時避禍到西域的中國人以及他們對自己的稱呼。而且這一稱呼直到唐朝還沿用不衰。這裡的「秦」，顯然非指中國無疑。秦朝雖然空前强盛，外卻匈奴、內行峻法，修馳道、築長城，使「胡人不敢南下而牧馬，士不敢彎弓以報怨」。聲威可謂顯赫，然其有國，不過二世而亡（僅十五年）。在交通極不發達的時代，影響不可能如此迅速地播越大漠重山之外，至使西方諸國稱中國爲「秦」。而且漢朝曾與羅馬帝國互通使節，西域各族也都「思漢威德，咸樂內屬」（《漢書．西域傳》）。在這種情況下仍以滅國「秦」稱大漢國，於理未通。倒是漢代，中國曾稱羅馬帝國爲「大秦」，《後漢書．西域傳》載：「大秦在海西，其人民長大平正，有類中國，故謂之大秦。」用這樣的稱號顯然也是爲了與「大漢國」相區別。由此足證「一音之轉說」是靠不住的。

至於今本《辭源》所引義淨的說法，更欠妥當。義淨是唐代高僧，曾由海路往印度求法，歸國後又曾在東西二都主持譯事，著譯甚豐。然而他在《南海寄歸內法傳》裡的這段話，卻是需要商討的。段玉裁在《說文解字注》中說：「有音無義，殊爲乖謬。」雖是針對個別字義而言，卻可視爲考察一切名詞概念的通例。沒有內涵與外延的概念，的確是難以設想的事情。只是某些語詞，後人僅瞭解其引申義，至於它的本義，今天已很難考見罷了。

「支那」一語，散見於佛教典籍之中。比義淨更早一些去印度的名僧玄奘，在所著《大唐西域記》中記錄了他與戒日王的對話：「王曰：『大唐國在何方，經途所亙，去斯遠近。』對曰：『當在東北數萬餘里，印度所謂摩訶至那是也。』」摩訶至那就是大支那的意思。《慈恩法師傳》也記載：「三藏至印土，王問：『支那國何若？』對曰：『彼國衣冠濟濟，法度可遵，君聖臣忠，父慈子孝。』」玄奘所謂的「文教之邦」，正可看作是他對「支那」的具體描畫。據馮承鈞《西域地名》考訂：支那（Cina）是「梵文邊鄙之稱，原爲雪山以北諸種之名，後以爲中國之號」。至於有的佛經中出現的「震旦」、「眞丹」等則是「支那地（China Sthana）的省譯」。他已經考證出部分詞義。但要瞭解爲什麼「用作中國之號」？支那的本義到底是什麼？還須作進一步的考察。其實比義淨稍晚一點的高僧慧苑，在其所撰《華嚴經音義》卷下，已對義淨的說法作了糾正：「支那，此翻爲思維，以其國人多所思慮，多所製作，故以爲名，即今漢國是也。」宋釋法雲的《翻譯名義集》則說：「支那，此云文物國。即讚美此方是衣冠文物之地也。」（見《四部叢刊》本卷三，八十頁上）這是兩部專講梵語語義的辭書，當是可信的。至近代，對梵語文學有精湛研究的蘇曼殊大師認爲：「支那一語，確非秦字轉音，印度古詩《摩訶婆羅多》中已有支那之名，《摩訶婆羅多》乃印度婆羅多王朝記事詩，婆羅多王言：『嘗親統大軍行至北境，文物特盛，民多巧智，殆支那分族』云云。考婆羅多王朝在西元前一千四百年，正震旦商時。當時印度人慕我文化，稱智巧耳」（《曼殊全集．書札集》）。足證「支那」一詞不僅有「義」，而且是古代印度人加給中國的一種尊稱。至於希臘羅馬之稱中國爲支那（Thin、Sinal），當是接受了印度的成說。這可從古代印度以其高度文化和特殊地理位置對歐亞兩洲產生過極大影響這一點找到說明。

那麼，本文開頭提到的，一般認爲歐洲人以瓷器（China）作爲對中國的代稱，這是怎麼一回事呢？衆所周知，中國的瓷器大量傳入西方，這給歐洲人民生活帶來極大的方便。歐洲人民便用對中國的稱號China給這些生活中不可須臾而離的瓷器命名，以表示對中國的感謝和紀念。據英文《韋氏大辭典》所載，瓷器（China）一詞最初即來源於支那（China）。由此可見在西方先有中國之名，後有瓷器之稱。這就是說，以瓷器（China）作爲對中國的代稱並不符合實際，只是人們的一種誤解罷了。事實恰恰相反。

從以上所述看，「支那」無疑是一個褒詞，包含著對中國和中國人民的一種友好的感情。但是它在一段時間內，曾經被蒙上了一層灰塵。近代日本軍國主義者爲了實現其「王道樂土」——「大東亞共榮圈」，妄圖吞併中國，採用佛經中對中國的稱謂，而不稱中國的國號。這樣，「支那」一度成了侮辱中國國格的詞彙，這當然是不能容忍的。

八陣圖與古代的陣法

／孫紅昺

談到古代的陣法時，人們常會想到諸葛亮的八陣圖。《三國演義》中說：石砌的八陣「常有氣如雲，從內部起」。吳將陸遜入陣後，陣中「狂風大起，一霎時飛砂走石，遮天蓋地」，嚇得他幾乎找不到出路。這是小說誇張，不足爲據。其實八陣圖只是孔明的戰士練習陣法的「石砌模型教具」。而八陣之法，古代已有，多說出自春秋孫武，或說出自戰國孫臏。我看後者爲是。

一、春秋的陣法訓練和實戰運用

陣法就是各軍種、各種武器裝備的戰鬥隊形，組織配置和行動方法。戰爭要取勝，就要用陣法訓練戰士。春秋時，在農隙訓練民衆，有所謂「春蒐、夏苗、秋獮、冬狩」。據《周禮》的記載，訓練的主要內容是：由主持訓練的司馬用旗號集合民衆，練習陣法，同作戰一樣。各級指揮官各有號令指揮戰士，戰士根據鼓聲的節奏，旗幟的顏色、指向而進退，或快或慢；或散開或密集，以變換隊形①。《孫子兵法》的作者孫武就曾經爲吳王闔廬訓練過一次陣法。吳王派出宮女一百八十人，孫武把她們分爲兩隊，以吳王愛妃二人爲隊長，都拿著戟操練，開始都嘻笑不聽號令。孫武斬了兩個隊長，「用其次爲隊長，於是復鼓之。婦人左右前後，跪起皆中規矩繩墨，無敢出聲」（《史記．孫武吳起列傳》）。孫武向吳王報告陣法訓練已成②。以上所述可知春秋的陣法訓練確是比較簡單。當然不能說這些訓練就是八陣法。

春秋實戰中的陣法也不複雜。西元前七五二年周鄭之戰，鄭莊公以少勝衆，他在兩翼排成兩個方陣，中軍排成「魚麗之陣」（即：戰車在前，步兵在後，戰車距離拉大，中間空隙以步兵作補充），用少量兵車占領較寬大的正面，進行防禦，先用兩翼進攻周軍兩翼的較弱的軍隊。乘勝再集中力量攻周軍中央，終於大勝③。這個有名的「魚麗之戰」還是車戰爲主，步兵協同，並不複雜。兵車列陣，因限於平原開闊地，變化較少。故而春秋軍事家孫武的《孫子兵法》中僅有三處講到列陣。並沒有講到陣法的內容，更沒有提到八陣法的概念。《孫子兵法》中不談陣法的原因，並非孫武不注意陣法，而是當時的陣法還未成爲複雜繁難的課題。孫武時代只有戰車和步兵，還未出現多兵種的戰爭，他還不可能預見到和考慮到要解決多兵種出現後的複雜戰鬥隊形的組織與運用的問題。因此，他的兵法只談列陣而沒有詳談陣法的運用。複雜的八陣法的創始，只能留待後人了。

二、八陣法的創始人——孫臏

古代長於兵法的孫子有兩人：一是春秋吳國大將孫武，稱吳孫子；一是戰國齊國大將孫臏，稱齊孫子。各有兵法傳世，可是《孫臏兵法》隋以前已佚。因此，後人多不知。西元一九七二年在山東臨沂銀雀山西漢墓中同時出土了《孫子兵法》、《孫臏兵法》。《孫子兵法》與今本基本相同，沒有講多少陣法，而《孫臏兵法》中卻有大量篇章講陣法。其中，《八陣》講八陣的意義和基本原則；《十陣》講各種陣法的組織方法和運用；《十問》講對敵人各陣的破法；《官一》講八陣的變化爲多種陣法。這四篇是專講陣法的，其他各篇中講到陣法的還有不少。孫臏最先提出八陣這一概念，並說王者之將必須懂得運用八陣的基本原則。但八陣的具體內容，當時懂得的人還不多。《孫臏兵法》中就記載著，齊國大將田忌問孫臏：「錐行陣是怎麼回事？雁行陣是怎麼回事？」④錐行、雁行都是八陣的名稱，田忌還不懂，可見八陣法確是孫臏的創造，當時懂得的人並不多。

孫臏能創造出八陣法，主要是戰爭條件變化的需要。戰國時，出現了騎兵，機動性大大增加，戰場情況的變化加劇了。兵器也多樣了。《孫臏兵法》記述田忌問孫臏：在野戰情況下，如何組織戰鬥。孫臏說：「用蒺藜當溝池；用車當堡壘；用□□當高牆；用盾牌當矮牆；執長兵器（戟、矛）的掩護盾；執短矛（鏦）者在長矛後做掩護；執短兵器（劍）的又在後面，當有利時機衝出切斷敵人或乘敵疲憊時襲擊他。弩兵在最後和投石機一起超越發射（或對付敵人的投石機）。」⑤這段話充分顯示一支野戰部隊防禦時多層次使用各種武器的方法。這在春秋的戰爭中是不可能出現的。這就要求當時的指揮員懂得發揮各兵種的特長。再加上戰國時兵員大增，秦趙長平之戰，趙軍被坑殺就有四十萬人。兵多，戰場範圍就大，同一戰場就包括了各種地形。因此，戰國時的統帥是多兵種協同作戰的指揮員。他必須解決多兵種軍隊的戰鬥隊形的組織與運用，即掌握各種複雜的陣法。孫臏正是在這樣的歷史條件下，總結出了各種新的陣法。在《孫臏兵法》中，他提出八種最基本的陣法——八陣法及由此派生的各種變化的陣法。八陣法經歷秦漢傳到三國，由於諸葛亮出色的運用，小說的渲染，八陣法幾乎婦孺皆知了。但八陣中各陣的名稱和內容，由於《孫臏兵法》的佚亡，到唐宋就已經混亂不清和爭論不休了，直到重新發現《孫臏兵法》，才又知其究竟。

三、八陣法的內容

「八陣」既是《孫臏兵法》中的篇名，又是各種陣法的統稱。八陣法的基本原則是：要根據不同的地形，運用適當的陣法；凡用陣要把兵力分爲三，每陣必有前鋒，有後續，都待命而動。三分之一戰鬥，三分之二待機，用「一」去攻敵，用「二」來解決戰鬥。兵車、騎兵、步兵一起作戰時，要分爲三部分：一在左，一在右，一在後。平地多用車，險地多用騎，隘地多用弩（步兵）⑥。這些都是些基本原則。八陣的各陣名稱和運用的方法則見於《十陣》篇。因爲陣法的組織和運用不易講清楚，只能概而言之。

㈠方陣：用於截斷敵人；

㈡圓陣：用於聚結隊伍；

㈢疏陣：用於擴大陣地；

㈣數陣：密集隊伍不被分割；

㈤錐行之陣：如利錐用於突破敵陣；

㈥雁行之陣：如雁翼展開用於發揮弩箭的威力；

㈦鈎行之陣：左右翼彎曲如鈎，準備改變隊形、迂迴包抄；

㈧玄襄之陣：多置旌旗，是疑敵之陣。

還有火陣、水陣。本篇開頭說「凡陣有十」，就是以上十種。但在文內敍述之時，火陣就稱爲火戰之法，水陣就稱水戰之法，不僅是列陣的問題了，故不稱之爲陣。因此，雖說十陣，但基本陣法仍是上述八陣。「八陣」之名即源於此。還有一篇《官一》講八陣的變化，但文字殘缺，次序凌亂，不易讀通。講到的陣名很多，古書所謂八八六十四陣，恐怕即出於這些變化的名稱。《十問》篇則是講對付敵人各種陣法的方法，如敵人用方陣、圓陣時，應如何擊破它。總之，《孫臏兵法》中講到陣法的運用和變化，往往都是先講敵人的情況，地形的條件，再講應用什麼陣法。優秀將領都懂得沒有一種必然取勝的陣法，只能根據敵情和地形來靈活運用。

四、漢代及三國時八陣法的運用

漢代常有運用八陣法的記載。《漢書・項籍傳》載：項羽逃至東城，被漢軍緊緊圍困，「於是引其騎因四隤山而爲圜（圓）陳（陣）外向」，同時向四面殺出。圓陣，就是八陣的一種。《後漢書・竇憲傳》說：竇憲運用八陣法擊敗匈奴，「勒以八陣，莅以威神」。東漢末年，曹操專權，漢帝每年秋天，仍檢閱一次士兵操練八陣法的情況。《三國志・武帝紀》中裴注引《魏書》說：「漢承秦制，唯十月都試車馬，幸長水南門，會五營士爲八陣進退。」即按八陣法的規定，演習進退的動作。劉備據蜀，亦用八陣法訓練戰士。王應麟《玉海》載：「漢昭烈帝初置五軍，其將校略如西漢，諸葛武侯治蜀，以八陣教練將士。」可見，漢代至三國時，八陣法仍是一種常用的作戰方法和訓練方法，並不神祕。但是，《三國演義》中的諸葛亮被「神化」了，他的八陣圖也常被誤解和神化。八陣圖本是他用石砌成的訓練八陣的實物示範，類似現在的沙盤作業。酈道元的《水經注》講得很明白：「亮所造八陣圖，東跨故壘，皆累細石爲之。自壘南去，聚石八行，行間相去二丈，因曰：『八陣既成，自今行師，庶不覆敗。』皆圖兵勢行藏之權。自後深識者所不能了。」這些石砌陣圖只是選來標誌操演八陣法時兵士應處的位置而已。所記「八陣既成」一句，則常被人誤解爲「八陣圖砌成」就可當十萬雄兵，不會失敗了。這顯然是錯誤的。它的原意應是：「八陣法的訓練完成後，（有這樣的隊伍）去打仗，大致不會全軍覆沒了。」而且諸葛亮在實戰中確實運用了各種陣法。《諸葛亮集》中有一些片斷的軍令，記錄了他的陣法。如軍令：「五聞鼓音，舉黃帛兩半幡合旗，爲三面圓陣。」（聽到五次鼓聲，中軍舉起黃帛旗，即排成三面圓陣如⋂狀）又軍令：「連衡陣狹而厚也，爲利陣。令騎不得與相離，護側騎與相遠。」（組成連衡陣時，要正面狹，縱深厚，成銳利的陣勢。騎兵（主力）不得遠離步兵。掩護側翼的騎兵則要盡量前伸）又軍令：「若賊騎左右來至，徒從行以戰者，陟嶺不便，宜以車蒙陣而待之；地狹者，宜以鋸齒而待之。」（如果敵騎兵從左右來進攻，步兵跟在後面的就不便超越障礙，可用車攔在陣前對付他；地形狹隘地方，就用鋸齒陣，即少量精兵在前，主力在後，如「M」形以應敵）圓陣、連衡陣皆見於《孫臏兵法》，但又有了變化。關於陣法，岳飛說過：「陣而後戰，兵家常法，運用之妙，存於一心。」（列好陣然後打仗，是用兵者的常規辦法，如何運用得好，就各有奥妙了）因此，八陣法既是訓練中的常規方法，而在實戰中運用時又有許多變化。

注釋

①《周禮》：「司馬以旗致民，平列陣，如戰之陣……王執路鼓；軍將執晉鼓；師帥執提；旅帥執鼙……公司馬執鐲，以教進退、疾徐、疏數之節，士卒聽聲視旗而前卻。」

②據銀雀山漢墓殘簡《孫子》中的《見吳王》篇，其內容大致同《史記．孫武吳起列傳》所記。但其中詞句頗有不同，如有「孫子曰：『然則請得宮女……以爲二陣，一陣未成不足見也。及已成，君王居台上而待之。』」可見孫子訓練宮女列陣也。

③《左傳》：「桓公五年……原繁、高渠彌以中軍奉（鄭莊）公爲魚麗之陣，先偏後伍，伍承彌縫（晉．杜預注：《司馬法》車戰二十五乘爲偏，以車居前，以伍次之，承偏之隙而彌縫闕漏也。五人爲伍，此蓋魚麗陣法）戰於葛繻……王卒大敗。」

④《孫臏兵法．威王問》：「田忌問孫子曰：『錐行者何也？雁行者何也？』孫子曰：『錐行者，所以衝堅毀銳也，雁行者，所以觸側應□也。』」

⑤《孫臏兵法．陳忌問壘》：「孫子曰：『蒺藜者所以當溝池也，車者所以當壘也，□□者所以當堞也，發者所以當埤堄也，長兵次之所以救其隋也，鏦次之者，所以爲長兵□也。短兵次之者，所以難其歸而徼其衰也。弩次之者，所以當投機也。」

⑥見《孫臏兵法．八陣》篇，原文太長，不錄，以下《十陣》、《十問》、《官一》，引文皆見《孫臏兵法》上列篇內。

蘇武「自刺」後是如何急救的

／孫紅昺

漢朝天漢元年（西元前一〇〇年），蘇武奉漢武帝之命，出使匈奴，遭匈奴扣押逼降，蘇武堅貞不屈，憤而自殺，被匈奴醫生急救治好，關於急救蘇武的方法，《漢書．蘇武傳》說：

「（蘇武）引佩刀自刺。衛律驚，自抱持武，馳召醫。鑿地為坎，置熅火，覆武其上，蹈其背以出血。武氣絕，半日復息。」

其中「蹈其背」一語，如果釋爲「踩其背」，顯然不妥。在這裡，「蹈」是「掐」的假借字，音滔，應作「輕叩」或「輕按」解。楊樹達對這段話的解釋：「背不可蹈，況在刺傷時耶！『蹈』當讀爲『掐』。掐背者，輕叩其背使出血，不令血淤滯體中爲害也」①。又《辭海》說：「掐又可解作用手指輕按。《三國志．魏志．蘇則傳》：『侍中傅巽掐則曰：不謂卿也』。」因此，「蹈其背」應釋爲「輕叩」（或按摩）他的背部。對於胸部受嚴重刺傷而架在火坑上的病人，「踩其背」就會導致傷口大出血，促其死亡而不可能治好病。但將病人置於火坑上按摩其背，如何就能治好嚴重的刺傷呢？當時是如何急救蘇武的呢？由於史書所記很簡略，注亦不詳，只能從漢代的古醫書中去探究。據甘肅省博物館、武威縣文化館合編的東漢墓出土的《武威漢代醫簡》第四十八、四十九簡說：

「去中冷病後不復發□□方：『穿地長與人等，深七尺，橫五尺，用白羊屎乾之十餘石，置其坑中，縱火其上，羊屎盡索（燃），橫木坑上，取其臥人；臥其坑上，熱氣盡乃止，其病者慎勿得出見。』」（原編者注：「自簡文看係用羊屎熏法去中冷病，並使之不復發，《漢書．蘇武傳》：『（蘇武）引佩刀自刺……。武氣絕，半日復息』也是用熱熏方法醫治。這種醫術具有西北地方的色彩」。）

由上可知「去中冷病後不復發方」的方法與當時急救蘇武的方法是相同的。「中冷」是古代病名，亦稱中寒，謂中於寒邪，寒飲食致病，包括服寒食散後的冷食冷洗在內，故以熱熏法去其寒邪。蘇武在嚴寒中受重傷，用此方急救是合理的。據此方，我們就可以瞭解到當時搶救的具體措施，而且可以找出急救成功的醫理。首先我們知道蘇武不是直接臥在坑上，而是面向下臥在橫放於坑上的橫木上。這樣就不致墮入坑內，也便於在他背上輕叩或按摩。更重要的是熅火的燃料是乾白羊屎十餘石。羊屎在秦漢古醫書中被認爲是治刀傷的良藥，這是過去知者不多的醫方。長沙馬王堆漢墓出土的《五十二病方》的「治諸傷方」中有：「以刃傷，燔（燒）羊矢（屎），傅（敷）之」。燒十餘石乾羊屎熱熏，其功效比燒羊屎敷傷口則有更多的好處。過去《漢書》的注家雖然知道挖坑置熅火，但是如果不知燒白羊屎爲燃料，亦不知羊屎爲治刀傷良藥，則終不能解釋急救蘇武成功的奧祕。有的人亂加解釋，以訛傳訛，則距離事實更遠了。

從漢墓出土的醫書綜合來看，當時急救蘇武的方法是：挖地爲大坑，長與人體相等，深七尺，橫五尺，坑中放乾白羊屎十餘石，燒羊屎保持有煙無焰的熅火；在坑上橫放些木料，將蘇武面向下置於橫木上，使煙能熏到受傷處；同時在他背上輕輕按摩以促進血液循環，使血液不致淤積胸腔內。這樣，蘇武雖已氣絕，又漸恢復呼吸了。這事發生在西元前一百多年的少數民族地區，在當時當地醫療條件下，用這種方法急救成功，應該說是比較可貴和有研究價值的。以現代醫學知識而言，亦有一定道理：

(1)在嚴寒中用熱熏療法，可使這個外傷大量失血昏迷的病人，迅速恢復和保持體溫，這對防止循環衰竭以及重要器官的血流灌注是十分有利的；

(2)燒白羊屎有止血癒傷的作用，用大量羊屎燒煙熱熏，能及時防止繼續大出血和感染；

(3)由於胸部受傷，令病人採取俯臥位，並在背部進行按摩（或輕叩），可讓淤血慢慢從胸部流出，不致引起致命的內窒息。而按摩又可以促進血液循環和心臟功能恢復，從而使病人恢復呼吸。

這種急救方法終於救活了重傷的蘇武。

這種方法是匈奴的傳統醫術之一。《蘇武傳》中說：「馳臺醫」，可見此是專職醫生，必然亦有其傳統醫術。可惜除此法外，在《史記》、《漢書》的《匈奴傳》中都沒有記載。只在其後的史書中找到一點點內容，《三國志·烏丸傳》裴松之注引《魏書》說：

「烏丸，東胡也，匈奴冒頓滅其國，餘類保烏丸山，因以為號焉……俗有病知以艾灸，或燒石自熨，燒地臥上，或隨痛病處，以刀決脈出血，無針、藥。」

可知烏丸醫術有灸法、熨法、熱熏法、砭刺出血等，與我國漢代醫籍所載方法種類相同，但尚未掌握針法和藥物治療法。這些方法與匈奴的醫術有密切關係，漢初冒頓單于時已滅其國，匈奴與東胡醫術當早已合流。如「燒地臥上」，與匈奴醫生急救蘇武的方法相同。故我們可說：「上述烏丸醫術亦是匈奴醫術的一部分。此亦可補《匈奴傳》中的一點不足吧！故而急救蘇武的方法在醫學和史學上卻是值得研究的。

注釋

①見中華書局出版《兩漢文學史參考資料》，《蘇武傳》注四十七。

國家圖書館出版品預行編目資料

古代禮制風俗漫談 2／劉德謙等著. --再版.
--臺北市：萬卷樓, 民 86
冊；　公分
ISBN 957-739-165-6(第 2 冊：平裝)

1. 禮俗-中國

530.92　　　　86014930

古代禮制風俗漫談 2

著　　者：劉德謙等
發 行 人：許錟輝
總 編 輯：許錟輝
責任編輯：李冀燕
發 行 所：萬卷樓圖書有限公司
台北市和平東路一段 67 號 14 樓之 1
電話(02)3216565・3952992
FAX(02)3944113
劃撥帳號 15624015
承印廠商：晟齊實業有限公司
定　　價：360 元
出版日期：民國 87 年 1 月再版
出版登記證：新聞局局版臺業字第伍陸伍伍號

ISBN 957-739-165-6

請貼
郵票

萬卷樓圖書有限公司
「業務部」 收

106　台北市和平東路 1 段 67 號 14 樓之 1

萬卷樓圖書有限公司 讀者服務卡

謝謝您購買這本書！為加强對您的服務並使往後的出書更臻完善，請您詳細填寫本卡各欄，寄回給我們，即可收到本公司最新的出版資訊，及享受我們提供各種的優待。

書籍名稱：E003　古代禮制風俗漫談 2

姓名：________

年齡：________　性別：□男　□女

地址：________

聯絡電話：（O）________　（H）________

學歷：□高中（職）　□專科　□大學　□研究所以上

職業：□學生　□教職員　□公務員　□研究職　□上班族
□家庭主婦　□自由業　□軍警　□資訊業　□銷售業
□工商業　□服務業　□其他________

購買本書的方式：

□________市（縣）________書店　□劃撥　□本公司

□贈送　□書展、演講活動，名稱________

□其他________

您從何處得知本書的消息

□逛書店　□報紙廣告　□國文天地雜誌　□親友推薦

□廣告 DM　□其他________

您是否為《國文天地》雜誌的訂戶？

□是，編號：________　□否

您是否曾購買本公司的其他書籍？

□是，書名（舉一）：________　□否

對我們的建議：